임화문학 비평

프롤레타리아문학과
식민지적 주체

지은이_ 와타나베 나오키 渡辺直紀, Watanabe Naoki

일본 무사시[武藏]대학 교수. 전공은 한국 근현대문학. 1965년 도쿄 출생. 일본 게이오[慶應]대학 정치학과를 졸업한 후에 일본 출판사에서 편집자로 근무했다. 1994년에 동국대학교 대학원에 입학, 1998년 여름에 동 대학원 박사과정을 수료했다. 고려대학교 국제어학원 초빙전임강사를 거쳐서 2005년부터 무사시대학에서 가르치고 있다. 2011년에 UC San Diego에서, 2018년에 고려대학교에서 각각 Visiting scholar를 역임했다. 2017년 2월에 「임화 문학론 연구」로 동국대학교에서 박사학위를 취득했다. 최근 한국을 중심으로 한 동아시아 표상 공간의 담론 형성에 관심을 기울이고 있다.

주요 논문으로 "The Colonial and Transnational Production of "Suicide Squad at the Watchtower" and "Love and the Vow""(*Cross-Currents*, Vol.2, No.1, University of Hawaii Press, 2013)가 있으며, 공저로 『전쟁과 극장 – 전쟁으로 본 동아시아 근대 극장의 문화정치학』(소명출판, 2015), 『전쟁하는 신민, 식민지의 국민문화』(소명출판, 2010), 『이동하는 텍스트, 횡단하는 제국』(동국대 출판부, 2011), 『근대한국, 제국과 민족의 교차로』(책과함께, 2011) 등이 있다.

임화문학 비평 프롤레타리아문학과 식민지적 주체

초판인쇄	2018년 12월 5일
초판발행	2018년 12월 15일
지은이	와타나베 나오키
펴낸이	박성모
펴낸곳	소명출판
출판등록	제13-522호
주소	서울시 서초구 서초중앙로6길 15, 1층
전화	02-585-7840
팩스	02-585-7848
전자우편	somyungbooks@daum.net
홈페이지	www.somyong.co.kr

ISBN 979-11-5905-339-9 93810

값 27,000원 ⓒ 와타나베 나오키, 2018

이 책은 武藏大學 研究出版助成의 지원을 받아 출판되었습니다.

임 ── 화

프롤레타리아문학과
식민지적 주체

문 ── 학

Im Hwa's Literary Criticism
Proletarian Literature and Subjectivity in Colonial Korea

비 ── 평

와타나베 나오키

소명출판

머리말

이 책은 2017년 2월에 동국대학교 대학원에 제출된 나의 박사논문 「임화 문학론 연구」를 단행본으로 간행한 것이다. 내용적으로 설명이 미흡한 몇 부분을 보완하긴 했지만, 색인을 제외하고는 대부분이 학위논문과 동일하다. 책의 중심적인 내용은 내가 지금까지 한국어와 일본어로 집필하고 발표해 온 논문이나 기사들을 바탕으로 삼고 있다. 이 책의 각 장은 처음에 아래와 같은 지면에 발표되었다.

서론 3-3 마쯔모토 세이쬬(松本淸張)의 『북의 시인(北の詩人)』에 대해서

: 「『北の詩人』の読まれ方―あるいはナラティブに回収されないもの」, 『現代思想』, 青土社, 2005. 3

제1장 문학의 정치주의화 – 예술대중화논쟁과 주체로서의 '전위'

: 「카프 文學의 大衆化論 研究 – 나프 大衆化論과의 比較를 통하여」, 동국대 석사논문, 1996 일부를 대폭 보완하여 이 장의 일부로 삼음

제2장 식민지 '청년' 주체의 정립과 식민지 풍경의 전경화 – 임화의 이야기시

: 「林和の詩作品における抒情性の位相について」, 『朝鮮学報』, 第201輯, 朝鮮学会, 2006.10

제3장 분열 / 조화와 전체성의 리얼리즘론 – 소설비평의 원리 : 새 원고

제4장 조선어의 위기와 민족어론

：「임화의 언어론 - 1930년대 중·후반의 견해를 중심으로」,『국어국문학』
138, 국어국문학회, 2004

제5장 「신문학사의 방법」과 '조선적인 것'

：「'조선문학'이란 무엇인가 - 1930년대 중·후반의 임화의 견해를 중심으
로」,『한중인문학연구』9, 한중인문학학회, 2002

제6장 문학사 서술과 '민족' 개념의 재편 - 「개설 신문학사」(1939~41)：새 원고

제7장 테느와 식민지문학 - 조선과 대만에서의 수용비교

：「이폴리트 테느(Hippolyte-Adolphe Taine)와 식민지문학 - 조선과 대만에
서 수용 비교」, 임화문학연구회 편,『임화문학연구』5, 소명출판, 2016

제8장 영화사와 서사시적인 것

：「식민지 조선에서 〈만주〉 담론과 정치적 무의식 - 문학평론가 임화의
1940년대 전반의 논의를 중심으로」,『진단학보』107, 진단학회, 2009;「제국
의 조선영화를 어떻게 논할 것인가 - 백문임『임화의 영화』, 소명출판, 2015」
(서평),『한국극예술연구』51, 한국극예술학회, 2016

[보론] 임화가 관여된 두 가지 재판과 그 공판자료：새 원고

이렇게 적고 나니 결과적으로 내가 얼마나 긴 시간 동안 식민지 조선
의 프롤레타리아문학의 대표적인 시인이자 평론가였던 임화의 문학 세
계를 해명하고자 노력해 왔는지를 알 수 있다. 이처럼 오래 시간이 걸린
이유는 내 능력이 그만큼 부족했기 때문일 것이다. 다른 이유를 덧붙이자
면, 임화가 써서 남긴 수많은 텍스트의 의미망이 넓은 범위의 사항들과

관계를 맺고 있기 때문에 그 관련성과 흔적들, 영향권을 확정하는 데 많은 고충이 있었기 때문이기도 하다.

임화연구의 어려움은 그가 북에서는 숙청된 문학자였다는 이유로, 또 남에서는 월북한 문인이었다는 이유로, 각각 오랫동안 공개적으로 연구되지 못한, 연구를 둘러싼 어려운 정치적 여건 때문이기도 하지만, 무엇보다 임화 자신이 써서 남긴 글의 성격에도 큰 원인이 있다고 생각한다. 임화가 써서 남긴 평론 중에는 아주 구체적인 작가와 작품을 명쾌하게 다룬 것이 많이 있는 한편, 지극히 난해하고 또 본인도 제대로 이해해서 썼는지 의심스러운, 관념적이고 현학적인 글들도 많이 있다. 이 구체성과 추상성의 관련성, 그리고 그 관념성과 추상성의 의미망을 확정하는 데 지금까지 임화를 연구해 온 많은 연구자들이 고민해 왔다. 게다가 그러한 산문이나 평론이 자아내는 임화의 사상성과, 그가 시인으로서 남긴 수많은 작품, 즉 이야기시나 기타 수많은 서정시가 각각 어떤 관계를 가졌는지를 생각하는 것도 그의 문학 세계를 연구하는 사람들에게는 큰 부담과 과제가 되어 왔다. 한 번쯤 임화의 문학 세계에 관심을 기울였다가 그것을 해명하는 데 터무니없는 시간이 걸린다고 생각해서 전공 분야나 관심 대상을 바꾼 연구자도 없지는 않을 것이다.

그렇게까지 어려운 과제를 다룬 나를 여기서 칭찬하거나 자랑하려는 것은 결코 아니다. 나의 경우에는 임화연구가 그만큼 어렵다는 것을 뒤늦게 깨달았다는 것이 솔직한 말일 것이다. 임화의 문학 세계를 규명하는 지극히 수준 높은 논문을 많이 발표했음에도 그것을 모아 책으로 출간하지 않은 한국의 연구자가 있다는 것을 나는 잘 알고 있다. 나는 그 '미완'

이 연구자로서의 하나의 학문적 성실함의 표시였다고 생각한다. 그에 비하면 나의 경우는 비난을 받아도 마땅히 할 말이 없는 어리석은 소행이라고 할 만하다.

그럼에도 불구하고 이러한 형태로 하나의 연구물로 정리하게 된 것은 지금까지 나의 연구를 격려해 준 분들에게 늦기 전에 보답을 하고, 가능하면 내가 해왔던 연구의 일부라도 구체적인 성과물로 보여주고 싶었기 때문이다. 내가 보답해야 하는 사람들 중에는 이미 이 세상 사람이 아닌 분들도 계신다. 더 이상 늦어지면 연구상의 게으름을 비난받을 뿐만 아니라 내 인생에서 돌이킬 수 없는 치명적인 오점을 남기고 마는 게 아닐까 하는 두려움을 갖게 된 것이다. 나의 학위논문과 그것을 바탕으로 한 이 책은 그러한 초조함의 산물이다.

이 책을 간행하면서 내가 감사의 뜻을 표해야 하는 사람들이 아주 많다. 그 모든 사람들의 이름을 여기에 열거할 수는 없지만, 최소한 이름을 적어서 감사의 뜻을 표해야 하는 분들이 있다. 우선 이 책의 바탕이 된 박사논문의 심사위원을 맡아주신 한만수, 김재용, 이경훈, 황종연, 박광현 선생님께 감사드린다. 심사 과정에서 그들이 지적해 준 많은 사항들은 이 논문을 제출한 후에도 내가 해야 할 작업을 구체적으로 제시해 줬다. 특히 심사위원장 한만수 선생님은 대학 복직 직후의 분주한 시기임에도 번거로운 일을 흔쾌히 맡아 주셨다. 또한 박사논문의 초록 발표에서 질의를 맡아 줬고, 또 내가 일본과 한국을 왕래하면서 학위논문의 심사를 받는 데 해야 할 사무적인 일들을 도맡아준 이철호 선생님의 협력 없이는 역시 이 논문과 책을 낼 수 없었을 것이다. 그리고 내가 동국대학교 대하원 재학 중에 물심양면으로 많은 지원을 해주신 홍기삼 선생님과 김태준 선생님께 특별히 감사드린다. 지도교수인 홍기삼 선생님은 외국인 유학생인 나에게 석사과정과 박사과정 재학 시에 많은 학문적 시사를 주셨을 뿐만 아니라 내가 일본으로 귀국한 후에도 끊임없이 제자의 학문적 성취에 관심을 기울여 주셨다. 김태준 선생님은 행동을 통해서 모범을 보임으로써 대학인으로 산다는 것과 교사로서의 소명, 그리고 사람들과 교류하고 서로 배우는 것의 소중한 의미를 몸소 가르쳐 주셨다.

그리고 내가 고려대학교에서 일본어 강사로 재직하던 시절부터 연구와 교육 양면에서 수많은 시사와 배려를 해주신 김춘미 선생님, 일본어로 된 텍스트를 매주 읽으면서 문학 연구의 의의를 서로 토론한 김철 선생님을 비롯한 연세대학교 한일문학연구회 선생님들, 2005년에 도쿄에 온 이후 시작한 '인문평론연구회'에서 창설 멤버로 참여하여 여러 토론을 나눈 황호덕, 이영재, 최경희, 권나영, 차승기를 비롯한 여러 선생님들, 그 이후에 같은 연구회의 중심적인 존재로서 운영에 진력해 주시는 하타노 세츠코 선생님과 세리카와 테츠요 선생님을 비롯한 여러 선생님들, 그리고 2011년도에 1년 동안 연구년으로 머물렀던 캘리포니아대학교 샌디에이고 캠퍼스UC Sandiego에서 역시 나의 연구와 생활 양면에 걸쳐서 배려해 주시고 당시 읽고 있었던 『임화문학예술전집』의 감상에 대해 하나하나 코멘트를 해주신 이진경 선생님의 이름도 여기에 적어서 감사의 뜻을 표한다.

아울러서 내가 학위논문을 제출할 때부터 논문의 의의를 인정해 주시고 학위수여식을 위해 서울에 머물렀을 때 숙소까지 몸소 찾아와서 이 책의 간행을 권해 주신 소명출판의 박성모 사장님과 공홍 편집부장님, 학위논문을 제출할 때 나의 한국어 원고를 교열해 준 이영재 선생님, 단행본 출간을 위해 역시 교정과 색인 작업을 맡아서 애써 작업해 준 정종현 선생님에게도 감사의 뜻을 표하고 싶다. 마지막으로 삶의 동반자인 가족들, 아내인 고학선과 딸 하나, 아들 유우키와 나의 아버지 하루오와 어머니 노부에에게 고마운 마음을 전하고 싶다. 간신히 학위논문을 제출해서 어깨의 무거운 짐을 내린 것에 더 안심하고 있는 것은 나보다도 오히려 아내일지도 모른다.

아버지 하루오는 내가 학위논문을 정리하기로 마음먹기 훨씬 전인 2014년 10월에 세상을 떠나셨다. 아버님께 이 책을 보여 드릴 수는 없지만, 잘못하면 부모님에 대한 효도도 스승에 대한 보답도 못하게 될지 모른다는 것을 깨닫게 해준 것은 내 아버지였다. 그런 의미에서 이 논문을 정리해서 단행본으로 간행할 수 있도록 맨 처음 내 등을 밀어준 것은 아버지였을지도 모른다. 아버지에게 감사드리며, 명복을 빌고 싶다.

2018년 12월

와타나베 나오키渡辺直紀

머리말   3

서론   13

1. 문제제기 - 임화의 주체 개념   13
2. 임화연구의 방법론상의 과제 - 이식문화론과 탈식민주의Postcolonialism   16
3. 임화연구의 변천 검토   21
   1) 남·북한의 임화연구 변천사   21
   2) 한국학계의 임화연구 검토   24
   3) 마쯔모토 세이쵸松本淸張의 『북의 시인北の詩人』에 대해서   27
4. 책의 구성   33

제1부 ——————— 이야기시, 소설론, 언어론

제1장 문학의 정치주의화 - 예술대중화논쟁과 주체로서의 '전위'

1. 프롤레타리아문학의 예술대중화란 무엇인가   41
2. 소련, 독일, 중국, 대만에서의 프롤레타리아문학의 예술대중화논쟁   43
   1) 소련 - 작가동맹, 코민테른, 노동자통신원운동   43
   2) 독일의 노동자통신원운동   46
   3) 중국의 예술대중화논쟁 / 대만의 향토문학논쟁   47
3. 일본의 예술대중화논쟁 - 나카노 시게하루의 루카치·레닌적인 것   50
4. 식민지 조선의 프롤레타리아문학의 예술대중화논쟁   58
   - 김기진의 대중소설론과 임화의 '단편서사시'

제2장 **식민지 '청년' 주체의 정립과 식민지 풍경의 전경화** – 임화의 이야기시

　　1. 저작에서 차지하는 시 작품의 위치　77

　　2. 시 작품의 전반적인 특성　79

　　3. 이야기시 (1) – 혈연을 노래하는 것　85

　　　　1) 남매 관계　87

　　　　2) 모자 / 부자 관계　99

　　4. 이야기시 (2) – 식민지 풍경의 전경화　105

　　5. 서정, 파토스, 감상주의　120

제3장 **분열 / 조화와 전체성의 리얼리즘론** – 소설비평의 원리

　　1. 낭만주의와 '주체' – '실천'의 강조와 관조주의 비판　127

　　2. 분열된 세계로서의 '세태' – 「세태소설론」(1938.4)　131

　　3. 루카치 문예비평과 전체성론　143

　　4. 분열 / 조화의 소설론과 그 변질 – 세태소설, 전향소설, 농민문학　152

제4장 **조선어의 위기와 민족어론**

　　1. 문제의 소재　171

　　2. 『한글 맞춤법 통일안』(1933.10)의 발표와 찬반 논쟁

　　　　– 문학자들의 경우　174

　　3. '민족어'로서의 조선어가 놓인 위치　180

　　4. 민족어=조선어의 완성과 문학자의 역할　190

제2부 ——————————— 문학사론과 영화사론

제5장 「신문학사의 방법」과 '조선적인 것'

1. 임화의 문학사론과 '이식문학론' 203
2. 「신문학사의 방법」 비판에 대한 재검토 207
3. '조선문학'이란 무엇인가
   −「신문학사의 방법」(1940)에서의 또 하나의 쟁점 217
4. 문학사에서의 '조선적인 것' 226
5. '민족'을 상상하는 두 가지 형태 231

제6장 문학사 서술과 '민족' 개념의 재편−「개설 신문학사」(1939~41)

1. 「개설 신문학사」와 학예사, 경성제대 아카데미즘 237
2. 문학사론 전체의 특성−낭만주의, 향토성, 반−복고 247
3. 한문학과 국문문학의 '지양'의 결과로서의 '신문학' 258
4. 신소설의 오락성과 정론성 270

제7장 테느와 식민지문학−조선과 대만에서의 수용 비교

1. 임화의 「신문학사의 방법」과 테느 279
2. 19세기의 테느와 20세기 유럽 비교문학 282
3. 대북제대의 비교문학과 테느−시마다 긴지와 황더시 286
4. 문학 생성의 장소로서의 '환경'−임화의 경우 294

제8장 **영화사와 서사시적인 것**

    1. 영화에서의 '조선표상'과 그 대항물　299

    2. 영화의 제작 주체로서의 조선　308

    3. 다시 서사시로 – 영화 〈복지만리〉를 둘러싼 상상력　314

    결론　321

[보론] **임화가 관여된 두 가지 재판과 그 공판자료**　327

    1. 평양에서 열린 숙청재판(1953.8)　328

    2. 신건설사사건(1934.6)　335

    참고문헌　342

    찾아보기　354

서론

1. 문제제기 – 임화의 주체 개념

본 연구는 식민지 조선의 프롤레타리아문학 시인이자 평론가였으며, 카프KAPF(조선프롤레타리아예술동맹)의 위원장을 맡았던 임화(1908~53?)의 글들을 연구대상으로 한다. 그가 남긴 시, 평론, 문학사론, 영화론 등 다방면에 걸친 저작을 통해 본 논문은 임화의 '주체' 개념의 변천을 검토하고자 한다. '주체' 개념은 그가 식민지에서 민족이 놓인 상황과 그 역사적인 위상을 어떻게 해석하였으며, 또 이를 어떻게 문학적 실천과 결부시켰는가를 해명하는 중요한 키워드이다.

임화(본명 임인식)는 서울에서 출생해서 1926년경부터 시와 평론을 발표하였다. 초기에 다다이즘을 비롯한 전위예술에 관심을 보인 그는 무산계급 예술에 대한 관심으로 방향을 전환하였으며, 1927~28년 카프 제1

차 방향전환에서는 비타협 강경노선으로의 전환에 주도적인 역할을 맡았다. 다음 해인 1929년 「우리 오빠와 화로」, 「네거리의 순이」 등 소위 '단편서사시'를 발표해서 대표적인 프롤레타리아 시인으로서의 지위를 확립했고, 같은 해 일본으로 건너가 이북만 등의 '무산자'사 그룹과 행동을 함께 했으며, 귀국 후인 1932년에는 카프 서기장으로 취임했다. 프롤레타리아문학은 카프 해산의 계기가 된 1934년 카프 전주사건(극단 '신건설사 사건') 이후 1935년의 카프 해산 신고를 끝으로 실질적으로 조직으로서의 막을 내렸다. 이후 1945년 해방까지 시집 『현해탄』 간행(1938) 및 평론집 『문학의 논리』(1940) 등에서 프롤레타리아문학의 한계를 논한 그는 리얼리즘론, 소설론 등으로 새로운 비평적 과제에 적극적으로 대처했다. 또 「조선신문학사론서설」을 비롯한 여러 글들을 통해 근대문학사를 선구적으로 구성하는 데 전념했다. 한편 '학예사'를 운영하면서 이 출판사의 사주 최남주가 경영하고 있었던 영화사 등을 통해 당시 영화사업에 영향을 미쳤으며, 식민지하 파시즘기의 '신체제문화운동'에 가담하는 등 우여곡절을 거쳤다. 1945년 8월 해방 직후에 '조선문학건설본부'를 결성, 좌익문인을 규합한 임화는 1946년 2월의 '조선문학가동맹' 결성을 주도했다. 1947년 11월 월북한 그는 조소문화협회 중앙위원회 부위원장 등을 역임하고 한국전쟁 당시에는 인민군 종군 작가로서 종군, 서울에서 조선문화총동맹을 조직하고 부위원장을 맡았다. 그리고 1953년 8월 북한 최고재판소에서 '미제 간첩'이라는 혐의로 사형판결을 받았다.[1]

---

1   임화의 약력에 대해서는 김윤식, 『임화연구』(문학사상사, 1989)의 권말에 있는 연표를 참조. 이 연표에서는 임화가 사형판결을 받았다고만 쓰여 있고 처형된 사실은 기재되어

임화는 식민지 조선에서 프롤레타리아 시, 리얼리즘 평론, 문학사론, 영화론 등 다방면에 걸쳐 수많은 저작을 남겼다. 거기서 확인할 수 있는 '주체' 정립의 방식은 다양한 차원에서 관찰되고, 또 시대에 따라 조금씩 변용된다. 이 양상에 대해 언급하기 전에 임화문학 연구의 전제가 되는 논의를 살펴보고 선행연구의 특징에 대해 언급하고자 한다.

있지 않으며 몰년인 1953년에도 물음표가 붙어 있다. 여기에는 이유가 있다. 한국의 자료에서는 이 숙청 재판의 개정 기간 마지막 날인 1953년 8월 6일을 임화의 사망일로 하는 것이 있는데(이기봉, 『북의 문학과 예술인』, 思社硏, 1986, 290쪽), 임화가 언제 처형되었고 사망했는지를 보여주는 자료는 전혀 없다. 또 판결은 내려졌으나 처형 자체는 몇 년간 연기되었다는 설도 몇 가지 정보원을 통해 제공되고 있다. 러시아과학아카데미(당시) 조선인 연구자인 K 씨에 따르면(1995년경 면담) 임화는 1953년 8월 6일에 사형판결을 받았는데, 모스크바의 지시로 사형 집행이 되지 않았다고 한다. 참고로 말하면 이 숙청 재판이 이루어진 1953년 8월 초순은 한국전쟁의 휴전협정이 조인된 직후이다(조인은 1953년 7월 27일). 그런데 그 후 1956년 2월의 흐루쇼프의 스탈린 비판으로 소련이 해외 공산당의 자유화를 인정하고 모스크바의 개입을 자제하는 방침이 표명되자, 즉각 평양에서 임화들에 대한 사형이 집행되었다는 것이다. 모란봉지하극장의 법정에서 임화는 마지막에 시를 낭송했다는데 자세한 사정은 알려져 있지 않다. 그리고 또 하나의 정보에 따르면 중국·조선족 작가인 김학철 씨가 비슷한 증언을 했다고 한다(일본인 연구자 O 씨가 본인에게게 직접 들은 이야기로서 일본인 연구자 H 씨가 증언. 2005년 가을경). O 씨에 따르면 자세한 경위는 불분명하지만 임화가 1953년 8월의 사형판결 직후 처형되지 않고 몇 년 동안 생존했다고 김학철 씨가 증언했다고 한다. 모두 확정적인 정보는 아니나, 이러한 정보가 있는 이상 몰년을 확정적으로 쓰는 것은 삼가기로 했다. 참고로 와다 하루키[和田春樹]에 따르면 스탈린 비판이 있었던 1956년 2월부터 헝가리 동란으로 자유화 물결이 종식되는 1956년 10월 사이에 소련은 중국의 모택동과 상의하여 북한의 자유화를 시도했는데 1956년 9월 단계에서 북한이 구-중앙위원의 복귀를 인정하는 대신에 그 자유화를 단념했다고 한다. 당시 북한에서는 연안파와 소련파의 대립이 격화되고 있었고, 경우에 따라서는 김일성의 정권기반이 흔들리는 요인이 다수 존재했다. 和田春樹, 『スターリン批判 1953〜56年 — 一人の独裁者の死が, いかに20世紀世界を揺り動かしたか』, 作品社, 2016, pp.373〜375.

2. 임화연구의 방법론상의 과제
─ 이식문화론과 탈식민주의Postcolonialism

임화가 주장한 논의 중에서 이식문화론만큼 현대 한국의 논단이나 문학연구에서 화제와 비판의 대상이 된 것은 없을 것이다. 임화는 「신문학사의 방법」(1940.1)에서 서구적인 문학 장르를 받아들이면서 형성된 후, 외국문학의 자극과 영향, 모방으로 일관되고 있었다고 할 수 있을 만큼 조선의 신문학은 이식문화의 역사라고 했다. 여기에 대한 비판으로 조선의 근대는 그러한 모방이나 이식뿐만 아니라 자율적인 근대의 맹아로부터 발생·성립되었다는 논의가 있을 수 있다. 이 논쟁이 당시 어떤 맥락에서 등장했는가에 대해서는 이 책의 제4장에서 본격적으로 다루는데, 여기서는 먼저 그 논의의 외연과 내포를 확인해 두고자 한다.

임화가 지적한 이식문화론과 이에 대한 비판이라는 이러한 논의 구조는 한국 이외에도, 임화가 이식의 대상으로 삼은 서구문학 안에서조차 그 예를 무수히 찾을 수 있다. 이를테면 영국, 독일, 프랑스에서 19세기 후반부터 20세기에 걸쳐 생성된 비교문학이라는 학문의 제도가 실로 그러했다. 이 학문에서는 국경과 언어를 넘는 국제적인 문학의 영향 관계를 조사함으로써 일국문학사를 해체하고 각 작가나 작품의 평가를 상대화하려고 했다. 그것은 문학 작품의 평가를 작가의 전기연구로부터 해방시키는 효과를 초래했으며, 이렇게 작품의 사상적·철학적 원천을 동시에 논의하는 것은 작가나 작품의 독창성에 대한 부정과 이어졌고, '영향'에 대한 불신을 조성했다.[2] 20세기 후반에 들어와서도 이와 같은 논의는 계속 되고 있는데, R. 바르트R.Barthes의 『텍스트의 쾌락*Le plaisir du texte*』(1973)이나 H. 블룸H.Bloom의 『영향의 불안 – 시의 이론을 위해서*The Anxiety of Influence:a theory of Poetry*』(1973) 등의 논의가 그러하다. 문학적 창작에서 완전한 오리지널 은 없고 작가는 끊임없이 동서고금의 텍스트의 그물에 잡혀 있거나, 혹 은 시 작법 및 수사 유형의 영향을 받고 있다는 논의는 늘 작품의 독창성 이 위협받는 것과 표리일체를 이루고 있다. 필립 라쿠-라바르트Philippe La-coue-Labarthe의 『근대인의 모방*L'imitation des modernes*』(1986)은 그리스의 고전과 의 관계에서 유럽의 고전주의 시대부터 그 사고의 기반을 뒤흔드는 '미 메시스=모방'이라는 거대한 장치가 존재했음을 지적하고 있는데, 이 역 시 위의 담론과 맥을 같이 한다.

일본의 사소설론 역시 이식론의 변종이라고 할 수 있을 것이다. 스즈키 토미鈴木登美가 지적하듯이 사소설이란 대상지시상, 주제상, 형식상의 객 관적 특성으로 정의할 수 있는 장르가 아니다. 그 텍스트를 사소설로 성 립시키는 것은 텍스트 속의 인물과 화자인 작자의 동일성을 기대하는 독 자의 믿음이다. 그런 의미에서 사소설이란 실체적 장르가 아니라 읽기의 모드이다.[3] 고바야시 히데오小林秀雄의 「사소설론」(1935), 나카무라 미츠오 中村光夫의 「풍속소설론」(1950) 등 대표적인 사소설론은 일본의 근대 리얼

---

2   M. F. ギュイヤール, 福田 訳, 『比較文学』, 白水社, 1953, p.138.(M. F. Guyard, *La littérature comparée*, 1951)

3   鈴木登美, 「日本近代を語る私小説言説」, 鈴木登美・大内 ほか訳, 『語られた自己 – 日本近代 の私小説言説』, 岩波書店, 2000, pp.1~19.(Tomi Suzuki, *Narrating the Self: Fictions of Japa-nese Modernity*, 1996)

리즘의 파행성으로서 1920년대 다이쇼大正 사소설이나 1930년대 중반에 나온 전향소설, 1945년 종전 직후에 나온 전후파의 사소설을 모조리 비판하고 있다. 여기에서 초점은 메이지유신明治維新 이후에 이루어진 일본의 근대가 '자율적'인 것이 아니라 서양문물의 유입에서 자극받은 "위로부터의 근대"로서 성립되었다는 점이며, 사소설 내지 사소설적인 '전통'은 부정적인 것으로 강조되었다. 이러한 논의 또한 일본 근대가 그 생성 과정에서 문제가 있었다고 생각하는 한 끊임없이 재생산되는 것이며, 그러한 의미에서 '사소설 담론'이라고 해도 좋을 것이다.

그러나 이것이 서구 혹은 제국주의 열강의 문학사가 아니라 발전의 시간차가 있었던 지역 간, 종주국과 식민지 간의 문학 생성의 장소에 관한 논의가 되면 '자율성'이나 '독창성' 또는 반대로 '타율성'이 문제가 된다. 임화의 이식문화론도 일본을 통한 서구 근대의 '이식'을 지적했기 때문에 이 논의가 발표된 식민지기 당시보다도 한반도가 식민지로부터 해방된 후 한국문학사 연구에서 '극복'의 대상으로 여겨지게 되었다. 즉, 단순히 서양문화를 모방·이식한 것이라면 문제가 그렇게 크지 않을 수 있다. 그러나 일본으로부터의 모방이라면 문제는 심각해진다. 임화의 시 「현해탄」(1938)과 평론 「신문학사의 방법」에서 논의되는 이식문화론의 내용을 합친 "현해탄 콤플렉스"라는 용어가 대표적으로 보여주고 있는 바처럼, 이식문화론 비판은 담론이라고 해도 좋을 만큼 역사적으로 견고하게 형성되어 왔다.

서구의 모방론이나 텍스트론, 일본의 사소설 담론, 그리고 한국의 이식문화론 모두 각각의 '근대'에서 문제성을 찾아내고 그 문제성의 사실 여부를 지적하면 할수록 논의하는 양쪽 모두에서 문제가 확대 재생산된다. 반면 담론이 생성되는 전제 자체가 없어진다면, 문제는 성립되지 않는다. 그러나 임화가 지적한 문화 이식의 논의는 단순히 근대 일본이나 식민지 조선의 문화 상황을 논할 뿐만 아니라 여러 문화 사이에 발생하는 관계의 모순을 극복하는 역학으로서 제기되었다고 생각한다. 여기에 대해서는 본론에서 검토할 예정이다.

또 하나의 논점은 이 논문에서 탈식민주의의 논의가 적용 가능한가의 문제이다. 『검은 피부 하얀 가면*Peau noire Masques blancs*』(1952), 『자기의 땅에서 유배당한 자들*Les damnes de la terre*』(1961) 등에서 인간에 관한 진실을 밝혀냄으로써 인간성의 회복을 시도한 프란츠 O. 파농Frantz. O. Fanon, 『오리엔탈리즘*Orientalism*』(1978), 『문화와 제국주의*Culture and Imperialism*』(1993) 등에서 서양이 어떻게 「동양(오리엔탈)」을 타자로서 표상해 왔는지를 파헤친 에드워드 W. 사이드Edward. W. Said, 『서벌턴은 말할 수 있는가?*Can the Subaltern speak?*』(1988), 『탈식민주의 이성비판*A critique of postcolonial reason*』(1999) 등에서 피-억압자의 자기표상 불가능성을 논한 가야트리 C. 스피박Gayatri. C. Spivak, 『문화의 위치*The location of culture*』(1994) 등에서 주변화된 타자와 억압된 소수자의 목소리를 역사에서 건져내는 작업으로서 탈식민주의의 위상과 전략을 주장한 호미 K. 바바Homi K. Bhabha의 논의는 모두 유럽이 '근대'를 세계로 확대해 나간 시대를 식민주의 시대로 고찰하고 있다. 이 논의들은 식민지를 지배한 나라의 사회 시스템, 사상, 문화가 어떻게 식민주의와 관련이 있었는지를 밝혀낸다.[4] 그러나 영어권과 프랑스어권의 탈식민주의 논의는 종주국의 언어에 의해 네이티브 언어가 완전히 억압된 것을 전제로 하고 있다. 따라서 이는 서양에서 '주어진' 언어로 서양문화를 해체하려고 하는 시도이기도 하였다.

그런데 해방 후 한반도의 경우 억압당했던 네이티브 언어인 한국어가 복권되었으며 제국어로서의 일본어는 문화와 담론의 후경으로 후퇴했다. 해방 후에도 여전히 일본과 일본어의 영향이 남아 있었지만 이를 불식시키고자 하는 문화적 노력이 이루어졌다. 그런데 1945년을 전후로 한 언어의 교체가 이 역학 관계를 파악하기 어렵게 한 측면이 있다. 마찬가지로 일본의 식민지였던 대만에서도 비록 형태는 다르지만 비슷한 양태를 찾아볼 수 있다. 대만의 경우, 문제의 초점은 일본어 사용으로 '상실된 언어가 과연 무엇인가'에 있었다. 중국어인가, 다른 네이티브 언어인가? 과연 문학의 언어란 무엇인가? 이와 같은 물음들이 끊임없이 되풀이되어 왔다. 이처럼 네이티브 언어가 복권된 문화에서 탈식민주의 담론은 제국의 식민주의를 비판하는 도구는 될 수 있어도 그 역학을 해체하는 비평의 도구가 되기는 어렵다. 그러므로 이 책에서는 탈식민주의의 논의를 부분적으로만 채용하고자 한다. 물론 이는 한국문학 연구에서 탈식민주의의 논의를 적용할 수 없다는 뜻은 아니다. 임화의 작품과 비평을 분석할 때, 이에 대한 분석 자체도 중요한 검토 대상이 되기 때문에 적용을 한정적으로 한다는 의미이다. 구체적인 논의에 대해서는 각 장에서 언급하기로 한다.

4　本橋哲也,「いま, なぜポストコロニアリズムか」,『ポストコロニアリズム』, 岩波書店(新書), 2005, vii~viii.

3. 임화연구의 변천 검토

1) 남·북한의 임화연구 변천사

한국에서는 민주화선언 이후인 1987년부터 1988년에 걸쳐서 해방 후 북한으로 건너간 소위 '월북작가'의 작품이 해금되었으며, 일부 연구자들에게만 허용되었던 이들 작품에 대한 접근이 폭넓게 이루어졌다. 대학의 학위논문에서 월북작가 또는 식민지기 프롤레타리아문학 연구가 양과 질의 측면에서 모두 압도적이 된 사정은 이를 잘 보여준다. 당시까지 임화의 시집 『현해탄』(1938)과 평론집 『문학의 논리』(1940)는 식민지기 간행물의 해적판으로 유통될 뿐이었다. 그러나 이 시기에 이르러 임화의 작품에 대해 연구자가 주석을 단 보급판이 드디어 간행되었다. 덧붙여 말하자면 해금 이전 논문에서는 임화를 언급할 때, '林○'와 같이 일부가 복자처리되는 것이 보통이었다. 해적판 자료집도 마찬가지였는데, 임화가 아닌 비슷한 이름의 인물까지 '林○'로 처리된 것도 있어서 자료의 집필자가 누구인지 한눈에 구별할 수 없을 때도 있었다.

한편 북한에서는 개별적인 문학연구나 논문이 그다지 많이 나오지 않았는데, 따라서 작가나 작품에 대한 연구동향과 평가의 흐름을 파악하기 위해서는 십수 년에 한 번 꼴로 대규모 간행되는 문학사 구성을 살펴보는 것이 적당하다. 북한의 식민지기 문학 서술은 카프의 성립에서 해산까지의 역사(1926~35)와 이 시기 발표된 작품에 대한 기술이 가장 비중

이 크나, 여기에서도 1953년 숙청된 임화에 대해서는 거의 언급되지 않
았다. 또한 1977년부터 1981년에 걸쳐 출판된『조선문학사』전 5권(과
학백과사전출판사)을 보면, 1926년 이후 기술에서 카프 문학 부분은 대폭
축소되고, 대신 김일성이 빨치산 투쟁의 과정에서 창작 지도했다고 생각
되는 가요와 연극 등 소위 '항일혁명문학'이 그 자리를 채우고『조선문학
사』제3권(과학백과사전출판사, 1981)을 보면 제1편「위대한 수령 김일성 동
지의 지도 밑에 항일혁명투쟁 과정에서 창조된 혁명적 문학예술」에 이어
제2편「항일혁명투쟁의 영향 밑에 발전한 진보적 문학」에서 카프의 문학
논쟁이 간략하게 정리되어 있는데, 이기영과 강경애의 소설이 소개되어
있을 뿐이다. 이후 임화는 물론 카프의 역사 자체가 언급되지 않는 시기
가 오랫동안 계속되었다. 이는 1967년 북한 내에서 전개된 '반종파투쟁'
의 결과로서 김일성의 주체사상이 북한 유일의 지도적 사상으로서 확립
된 것과 관련이 있다.[5] 참고로 말하면, 이와 비슷한 시기 일본에서도 일부
재일조선인 문화인들이 재일본조선인총연합회(이하 조총련)를 잇달아 탈
퇴, 이후 이들을 중심으로 한 문화활동이 조직 외의 여러 분야에서 전개
되었다.

흥미로운 것은 이러한 북한에서의 카프 '묵살'의 역사에 종지부를 찍
은 것이 김정일의 저서『주체문학론』(조선노동당출판사, 1992)이라는 사실
이다. 이 책의 제2장「유산과 전통」중 제3절 '민족문학예술유산을 주체

---

5   김재용,『북한문학의 역사적 이해』, 문학과지성사, 1994. 특히「유일 사상 체계의 확립과
     북한 문학의 변모」(215~231쪽) 참조; 민족문학사연구소 편,『북한의 우리문학사 인식』,
     창작과비평사, 1991, 418 421쪽.

적립장에서 바로 평가하여야 한다'에서 김정일은 유럽중심주의 사상에 빠진 일부 인사들이 자국의 문학전통을 부정적으로 평가할 뿐더러 그 유통과 보급을 막는 일조차 있었다고 지적하며 그러한 폐해를 '주체적'(=주체사상적)인 입장에서 시정하고 자국의 문학전통을 정확하게 평가해야 한다고 말하고 있다. 이때 바로 그 예로 들고 있는 것이 조선 시대의 실학파 문학과 식민지 시대의 카프문학이다.[6] 북한에서 "유럽중심주의 사상"이 구체적으로 어떻게 전개되었는지도 흥미를 끄는 대목이지만, 카프의 어느 작가, 어느 작품이 재평가되었는가를 살펴보는 것도 흥미로운 일이다. 재평가된 주요 작가와 작품은 1970년대 카프에 관한 기술이 문학사에서 사라지기 이전 높이 평가되었던 이기영(1896~1984), 한설야(1900~?) 등의 작품이다. 그러나 이들이 식민지기부터 북한으로 건너간 후까지 임화와 대립적인 입장에 있었던 문학자들이었다는 점을 염두에 둔다면, 임화에 대한 묵살은 여전히 계속되고 있다고 할 수 있다.

  김정일의 이 저서 이후 김학렬의 『조선 프롤레타리아 문학운동 연구』 (김일성종합대학출판사, 1996)가 출판되었다. 김일성종합대학의 박사논문인 이 책은 북한에서는 아마도 카프에 관한 첫 전문서적으로 보인다. 그러나 여기서도 카프 기관지의 목차를 소개하는 대목에서 임화 부분이 복자 처리되어 있거나(저자 자신이 집필 시에 복자로 한 것인지, 그가 본 자료 자체가 복자가 되어 있었는지는 분명하지 않다)[7] 또는 1934년의 카프 제2차 검거사건('신

---

6 김정일, 『주체문학론』, 조선노동당출판사, 1992. 그중에서도 제2장 「유산과 전통」 중의 제3절 '민족문학예술유산을 주체적립장에서 바로 평가하여야 한다'(73~90쪽) 참조.
7 김학렬, 『조선 프롤레타리아 문학운동 연구』, 김일성종합대학출판사, 1996. 목차의 복자는 예를 들면 41쪽에 인용되는 『예술운동』 창간호(1927.11)의 것으로 '……'라는 표시가

건설사사건')에서 임화가 검거되지 않은 것을 새삼 지적하는 이기영의 「카프 시대의 회상기」(『조선문학』, 1957.8)를 권말에 재수록하는 등, 임화라는 시인의 실적을 묻지 않고 있다는 점은 동일하다. 참고로 김정일의 『주체문학론』 간행 후에 나온 『조선문학사』 전 11권(사회과학출판사·과학백과종합출판사, 1991~95)에서는 1926년부터 1945년까지의 기술이 항일혁명문학과 카프 계열의 문학으로 별도 편성되어 있고, 항일혁명문학을 다루는 제8권과 카프 문학 기타라고 표기된 제9권이 따로 나와 있는데(저자는 둘 다 류만) 제9권에서 서술하고 있는 카프와 임화에 대한 기술은 김정일, 김학렬의 저서와 대동소이하다.

2) 한국학계의 임화연구 검토

앞에서도 언급했듯이 임화와 같은 월북작가의 작품은 해금 전까지 간행·보급되는 일은 물론, 논문에서 언급되는 일도 지극히 제한적이었다. 그러한 연구 환경 속에서도 선구적인 역할을 한 것은 김윤식이다. 김윤식은 「임화연구 – 비평가론」을 자신의 방대한 연구서 『한국근대문예비평사연구』(한얼문고, 1973; 일지사, 1976)의 권말부록으로 게재했다. 이 논문은 그의 『한일문학의 관련양상』(일지사, 1974)의 초역이 오무라 마스오大村益夫의 번역으로 『상흔과 극복傷痕と克服』(아사히신문사, 1975)이라는 제목으로 간행되었을 때 별도로 번역되어 같은 책에 실리기도 하였다. 김윤식의 이

되어 있는 부분은 임화의 시 「曇」이다. 그리고 같은 책에서 예술대중화논쟁을 다룬 부분에서도(119~125쪽) 임화에 대해서는 역할은 물론 이름도 전혀 언급되지 않고 있다.

논문은 1935년의 카프 해산 후 임화가 식민지 조선의 문학사를 서술한 것의 의미를 묻는 데서 시작하여 임화의 시인으로서의 자질이나 문학자로서의 실적을 평가하고 있다. 논문에 인용된 임화의 대표시는 오무라의 손으로 번역되어 일본어 번역본에 실렸고, 이로써 일본에서도 임화의 시를 한자리에서 읽을 수 있는 기회가 제공되었다.

이후 김윤식은 임화의 생애와 사상에 관한 방대한 전기『임화연구』(문학사상사, 1989)를 발표했다. 이 전기연구는 단순히 임화의 신변사항을 정리하는 것에 머물지 않고, 임화의 작품세계를 분석적으로 논하고 그가 관여한 수많은 논쟁과 논의를 정리하는 등 임화의 후속 연구에 불가결한 중요문헌이 되었다. 또한『임화와 신남철 – 경성제대와 신문학사의 관련 양상』(역락, 2011)에서 김윤식은 임화의 문학사론에서 보이는 학술적 글쓰기와 관련해 실제로 임화와 논쟁을 나눈 바 있는 신남철의 사상과 경성제국대학의 인문학연구의 실제 상황을 소개하고 분석했다.

임화연구의 저변을 일거에 확대한 사건으로서 임화문학예술전집 편찬위원회 편『임화문학예술전집』(소명출판, 2009) 전 8권(그중 1~5권 간행)의 간행을 들 수 있다. 임화의 작품이나 기타 업적이 1980년대 후반까지 공개적으로 읽히거나 출판되기 어려웠던 상황에 대해서는 앞에서 언급한 바 있다. 1980년대 월북작가 작품이 해금된 이후 신승엽이 엮은『임화전집』I 시 – 현해탄(풀빛, 1988), 임규찬·한진일이 엮은『임화 신문학사』(한길사, 1993), 김외곤이 엮은『임화전집』1 – 시(박이정, 2000),『임화전집』2 – 문학사(박이정, 2001) 등과 같은 작품집이 편자들의 혼신의 노력으로 간행되었다. 이러한 노력의 결과로서 2009년에 간행된 것이 소명출판에서 간행된 전집으로, 내용도 ① 시, ② 문학사, ③ 문학의 논리, ④ 평론 1, ⑤ 평론 2, ⑥ 산문 1, ⑦ 산문 2, ⑧ 화보·연보·색인 등으로 방대할 뿐 아니라 각 권의 각주 작업을 담당한 편자인 김재용, 임규찬, 신두원, 하정일이 자신들이 수행한 지금까지의 임화연구의 성과를 바탕으로 기재한 방대한 분량의 각주도 특기할 만하다. 임화가 쓴 글은 처음에 실린 잡지나 신문에서는 오탈자, 교정 오류, 본인의 비문 등이 많았는데, 이 전집의 편자들은 각주에서 이를 바로잡음으로써 이 전집의 외국인 독자에게도 지대한 편의를 제공했다. 그리고 이 전집에서 미간행된 글들에 대해서는 박정선 편 『언제나 지상은 아름답다 – 임화 산문선집』(역락, 2012), 백문임 『임화의 영화』(소명출판, 2015. 권말에 임화의 영화평론을 18편 게재) 등이 나왔는데, 이로써 임화의 산문이나 에세이, 영화 관련 평론이나 영화사론도 포함해서 그 전체상을 생각하며 글을 읽을 수 있게 되었다.[8]

또한 김윤식의 업적 이외에도 임화의 시 세계를 면밀한 고증작업을 통해 고찰한 김용직의 『임화문학연구』(세계사, 1991), 임화뿐만 아니라 카프문학운동의 전체를 조명하고 각종 창작 논쟁의 개요부터 소설, 시, 연극

---

8 이 논문에서 인용은 소명출판의 『임화문학예술전집』과 『임화의 영화』에 게재된 임화의 글을 따른다. 시에 관해서도 『임화문학예술전집』 제1권에서 처리했듯이 원문이 아니라 수정된 것을 인용했다. 그외 전집에 실리지 않은 글은 원문을 인용했다. 또 책의 각주 내용이 복잡해지는 것을 피하기 위해 아래와 같이 약기하고 권말의 참고문헌 리스트에서 상세서지를 정리하였다.
(예1) 임화, 「세태소설론」, 『동아일보』(1938.4.1~4.6), 임화문학예술전집 편찬위원회 편, 『임화문학예술전집』 3 – 문학의 논리, 소명출판, 2009, 271쪽 → 임화, 「세태소설론」, 1938.4, [3] 271쪽.
(예2) 임화, 「조선영화론」, 『춘추』(1941.11), 백문임, 『임화의 영화』, 소명출판, 2015, 282쪽 → 임화, 「조선영화론」, 1941.11, [영화] 282쪽.

작품의 양상, 조직론까지를 모은 역사문제연구소 문학사연구모임의 『카프문학운동연구』(역사비평사, 1989) 역시 카프 문학운동의 역사를 카프 자체가 아니라 조선의 좌파문화운동 전체의 시점에서 맥락화했다. 또 카프가 관련된 각종 재판의 공판자료에 대해서 분석한 권영민의 『한국계급문학운동사』(문예출판사, 1998)도 이 책을 집필하는 데 큰 참고가 되었다.

한편 이훈의 『임화의 문학론 연구』(제이앤씨, 2009)는 임화의 문학세계 중에서도 문학론과 리얼리즘론의 변천에 대한 포괄적인 연구서이다. 박정선은 『임화 문학과 식민지 근대』(경북대 출판부, 2010)에서 임화의 시적 화자의 주체 정립의 문제로부터 해방기 혁명가요의 작사 문제까지 다루는 독보적인 연구를 했다. 백문임의 『임화의 영화』(소명출판, 2015)는 임화의 영화평론, 영화사론을 당시 영화담론과 동아시아에서의 영화 제작 상황과 연관지어 면밀히 검토했으며, 권말에 임화가 쓴 영화 관련의 평론 18편을 게재함으로써 연구자들에게 편의를 제공했다. 문학과사상연구회에서 편찬한 『임화문학의 재인식』(소명출판, 2004), 임화문학연구회에서 편찬한 『임화문학연구』 1~4(소명출판, 2009·2011~2012·2014)와 같이 임화의 문학세계를 각 집필자들의 각도에서 논한 논문집에 수록된 논문들 또한 이 책을 집필하는 데 큰 참조가 되었다.

3) 마쯔모토 세이쵸松本清張의 『북의 시인北の詩人』에 대해서

일본의 소설가인 마쯔모토 세이쵸松本清張(1909~92)의 추리소설 『북의 시인北の詩人』(1962~63)은 1945년 해방 후 조선에서의 좌우 양 진영의 정치 대립을 소재로 하여 그 속에서 임화가 어떻게 활동하고 북으로 건너갔는지 묘사하고 있다. 또한 작품 말미에 1953년 8월 평양에서 열린 숙청 재판에서 임화가 남긴 범행 진술과 판결문을 게재하고 이를 소설의 마지막 장으로 삼고 있다. 마쯔모토 본인의 언급에 따르면 소설의 취재원으로 당시 일본에서 번역·간행된 임화에 대한 공판자료 『暴かれた陰謀－アメリカのスパイ, 朴憲永, 李承燁一味の公判記錄』(現代朝鮮研究会 訳編, 駿台社, 1954)를 제시하고 있는데, 인물구성이나 서울의 풍경의 정확성, 임화와 여타 인물들이 실제로 연설한 내용이 정확히 기록되고 있는 것을 볼 때, 공판 자료 외에도 상당히 많은 자료를 참조했음을 알 수 있다.

이 소설의 중공문고中公文庫판(1974) 해설을 쓴 러시아사 연구자인 기쿠치 마사노리菊地昌典가 말하듯 "마쯔모토의 많은 작품 중에서 무대를 한반도에서 취했고, 게다가 북한에서 다름 아닌 '반혁명' 음모가로 미 제국주의의 스파이로 처형된 기구한 운명의 혁명적 시인을 주인공으로 삼은 사례는 매우 드물다".[9] 조선의 프롤레타리아 시인 임화에 대해서 상세히 알고 싶다고 생각하는 독자들은 (일본에서도 한국에서도) 이 작품의 성립 자체를 불가해하게 느끼리라. 또 이러한 작품이 1960년대 일본에서 간행된 사실에 일견 놀라움을 가지며 환영하고, 작중 디테일에 깊이 파고들어 때로는 안타까운 마음으로 실제의 역사적 사실과의 차이를 찾아보고 각자의 사념에 잠겼음에 틀림없으리라. 실제로 이 작품에 대해서 지금까지 쓰여진 작품론은 대부분 임화라는 시인을 보다 자세히 이해하려고 한 독자

---

9   菊池昌典, 「解説」, 松本清張, 『北の詩人』, 中央公論社(文庫), 1969, p.338.

들에 의해 집필되었다. 『북의 시인』에 대한 수준 높은 독자가 마쯔모토의 다른 작품의 열렬한 독자가 아니라는 보장은 없지만, 지금까지 나온 『북의 시인』론을 보자면 마쯔모토의 전 작품 중 이 작품의 위치나 서술·구성의 특징을 살펴보는 것이 아니라, 이 작품의 소재와 배경 특히 임화라는 시인의 성격을 보다 정확히 규명하고 일본 독자에게 이를 알리려는 데에 역점을 둔 것이 사실이다.

마쯔모토의 추리소설에 관한 일반적인 평가는 주인공을 둘러싼 사건이나 범인 탐색의 수수께끼보다도 주인공이나 범인의 심리와 내면묘사의 탁월함에 방점이 찍혀 있다. 또한 마쯔모토의 작품에 때로 그려지는 사회악이나 인간의 악에 대한 고발, 작품의 모티프 전체에서 발견되는 반-권력성과 같은 특성으로 인해 단순한 미스테리가 아니라 '사회파'로서의 성격이 강조되기도 한다. 실제로 역사적으로 존재한 인물과 사건에 대한 그의 치밀한 고증작업은 때로 역사학자를 경탄시킬 때도 있다. 마쯔모토 작품의 이러한 특징들은 『북의 시인』에도 모두 해당된다. 그러나 작품에서 다루어진 사건이 당시 일본뿐만 아니라 다른 외국에서도 잘 알려지지 않은 정치가나 문학자들에 대한 숙청 사건인 만큼 그 진실성과 신빙성 확보가 중요하다고 생각되면서도 일본의 독자 사이에서 그것이 널리 검증되지 않은 것도 사실일 것이다.

아마도 이 점에서 주인공인 시인 임화나 조선문학, 혹은 1950년대 북한에서 이루어진 남조선노동당계 인사들에 대한 숙청극을 아는 일부 논자만이 이 작품의 독자로서 우위에 설 수 있었던 것은 지극히 자연스러운 일로 보인다. 이 작품의 가도카와문고角川文庫판(1983) 해설을 쓴 한국문학 연구자 오무라 마스오는 "조선의 북쪽에서도 남쪽에서도 받아들여지지 않았고 이데올로기와 정치 역학에 눌려서 지금도 남북 어느 쪽의 문학사에서도 완전히 말살되고 있는 조선 최대의 프롤레타리아 시인에게 강한 관심과 뜨거운 눈길을 보낸 최초의 일본인 작가가 마쯔모토 세이쵸였다"라고 평가하고 있다.[10] 마찬가지로 한국문학 연구자인 사에구사 도시카츠三枝壽勝가 "임화에 대해서 보통 볼 수 있는 것은 마쯔모토의 『북의 시인』뿐"이었다고 했듯이[11] 전문가들에게조차 이 작품에 쓰여있는 사실들, 혹은 인물묘사는 경탄할 만한 것이었다. 여기서 오무라가 말한 "조선 최대의 프롤레타리아 시인"이 왜 "지금도 남북 어느 쪽의 문학사에서도 완전히 말살되고" 있었는지 상상하는 것은 어렵지 않다. 북에서는 정치적으로 숙청된 문학자로서, 남에서는 북으로 간 문학자라는 이유로 각각 임화에 대한 언급이 지극히 어려운 상황이었기 때문이다.(1980년대 후반 한국에서 월북작가 작품이 해금됨으로써 임화를 포함한 문학자에 대한 연구에 큰 진척이 있었던 것은 앞에서 언급했다)

마쯔모토의 『북의 시인』은 한국에서도 번역·간행되었다. 이 작품뿐만 아니라 마쯔모토의 작품은 한국에서도 많은 독자를 획득했다. 『점과 선』은 1961년 이후에, 『제로의 초점』은 1974년 이후에 각각 몇 번씩 출판사를 바꾸면서 번역·출판되었고, 『북의 시인』의 한국어 번역은 1987년 한국의 미래사에서 『북의 시인 임화』라는 제목으로 간행되었다.[12] 번역자

---

10 大村益夫, 「解説」, 松本清張, 『北の詩人』, 角川書店(文庫), 1983, p.346.
11 三枝壽勝, 『『韓国文学を味わう』報告書』, 国際交流基金アジアセンター, 1997.12, p.119.
12 마쯔모토 세이쵸, 김병걸 역, 『북의 시인 임화』, 미래사, 1987.

인 김병걸은 문예작품의 번역자로서는 별로 알려져 있지 않으나 그의 간
단한 약력을 소개하자면 다음과 같다. 1924년 함경남도에서 태어나서
1960년대 한국의 『현대문학』지를 통해 문단 데뷔, 1974년 공무원법 위
반으로 경기도 모 전문대 조교수의 직장에서 해임되었다. 이 번역자와 마
쯔모토의 작품 『북의 시인』과의 관계를 보여주는 것은 눈에 띄지 않는다.
다만 이 번역서에서 눈길을 끄는 것은 26개의 역주(그중 세 개는 원전에 있
는 각주)와 권말에 수록되어 있는 한국의 시인 신경림의 작품평과 문학평
론가 신승엽의 해설이다. 역주를 누가 담당했는가는 확인불가능하나, 역
주 앞에 첨부된 부기를 참고할 때 이를 담당한 것은 번역자인 김병걸이
아니라 신승엽이었던 것으로 추정된다.

　이 책의 한국어 번역의 간행 또한 1987년부터 1988년에 걸쳐서 한국
에서 진행된 '월북작가' 작품 해금의 시류 속에서 이루어진 것이다. 역주
의 대부분은 임화를 비롯한 등장인물의 성격 묘사나 작품의 배경 설정에
관한 의문, 1934년 재판에서 임화가 검거되지 않은 사실을 포함한 몇 가
지 사실 오인을 지적하는 것이다. 역주의 필자인 신승엽은 작품 『북의 시
인』에 대한 평가를 역주만으로 끝낼 생각이었던 듯하다. 권말의 해설 「식
민지시대 임화의 생애와 문학」에서 그는 임화의 생애를 전기적으로 쓰면
서 그때까지 한국에서 이루어진 임화연구의 성과를 근거로 이후의 임화
연구의 가능성에 관해 논하고 있다.[13]

　흥미로운 것은 『북의 시인』 한국어판의 작품평을 시인인 신경림이 썼

13　신승엽, 「식민지시대 임화의 생애와 문학」, 위의 책, 307~332쪽.

다는 점이다. 1936년에 태어난 이 시인은 민요조의 시집 『농무』(1973)로 알려졌는데, 그는 작품해설 「서정시인 임화」에서 자신이 젊을 때부터 임화의 시를 즐겨 읽었다는 사실을 밝히며 임화가 단지 혁명시인, 프롤레타리아문학의 평론가였던 것만이 아니라 처음부터 마지막까지 서정시인이었다는 점을 마쯔모토의 『북의 시인』에서 나오는 임화의 심리 묘사를 인용하며 이야기하고 있다.[14] 『북의 시인』의 주인공 임화는 엄격한 식민지하에서의 언론통제나 국제정세의 거센 파도에 부딪치면서도 시인으로서의 '서정'적인 심정을 잊지 않는 존재로 그려졌다. 그런데 이 묘사는 단지 주인공이 시인이었다는 사실에서 유추한 허구에 불과하고 실제로 그 '서정'성조차 주변 환경에 대한 감상적인 반응 이외에는 평면적으로 그려져 있을 뿐이다. 그러한 의미에서 신경림이 지적한 임화의 '서정성'이란 『북의 시인』에 촉발된 것이 아니라 원래 그 자신이 임화의 작품세계에 대해서 느끼고 있었던 것으로 생각된다.

실제로 『북의 시인』에서 인용되는 임화의 시는 작품 서두에 실린 「암흑한 정신」(1934)의 일부분, 작품 중에 인용된 「현해탄」(1938)의 전반부 등 두 군데뿐인데, 이 작품의 후반부나 그의 다른 이야기시를 봐도 알 수 있듯이 임화의 서정성이란 늘 '풍경'으로서의 식민지 조선을 파노라마처럼 조명하는 작업 중에 숨쉬고 있는 것이었다. 한국전쟁 당시 인민군 소속으로 종군하며 남쪽에 남기고 간 딸을 노래한 시 「너 어느 곳에 있느냐-사랑하는 딸 혜란에게」(1950)에서도 임화는 다른 이야기시와 같은

---

14 신경림, 「서정시인 임화」, 위의 책, 295쪽.

형식으로 역경이나 고난을 구성하는 원인을 규명하려 하고 있다. 참고로 이 시는 발표 당시 북한에서 인민이나 노동자의 감정을 읊지 않았다는 점이 비판되었고 그 후에 임화는 숙청 재판의 법정에 서게 된다. "그의 문학이념이 공화국에서 그대로 받아들여질 리도 없었다"고 한 것은 가도카와문고판 해설을 쓴 오무라의 말인데[15] 그것이 단순한 정치상의 이념이나 슬로건, 노선의 차이보다도 이 시인의 문학정신의 근간과 관계된 것임을 이 사실에서도 알 수 있을 것이다.

결론적으로 말하자면 마쯔모토의 『북의 시인』이 임화의 작품세계나 그의 문학관에 깊이 파고들어갔다고 하기는 어렵다. 그러나 대단히 이른 시기에 임화가 남북 대립을 기원으로 하는 정치적 음모에 휘말리는 양상을 그려냄으로써 이 시인에 대한 관심을 일본뿐만 아니라 한국에서도 높인 소설이었다고 할 수 있을 것이다.

4. 책의 구성

이 책의 각 장은 임화의 글에 드러나는 '주체' 개념의 변천과, 이를 통해 임화가 식민지 조선의 담론공간 속에서 민족이 놓인 상황과 역사적인 위상을 어떻게 해석하고 문학적 실천에 연결시켜갔는가 검토하는 데에 할애되어 있다. 특히 당시 조선 문학장과 관련된 일본과 외국의 문학, 사

---

15   大村益夫, 앞의 글, p.345.

상적 조류를 중요한 참조항으로서 설정, 이를 해명하고자 한다.

　제1장에서는 1930년 전후 프롤레타리아문학 진영 내부에서 이루어진 예술대중화논쟁에 대해서 각국의 사례와 비교하며 식민지 조선에서 이루어진 논쟁의 특징을 지적한다. 식민지 조선의 예술대중화논쟁은 김기진에 의해 형식과 내용 양면에서 높은 수준으로 제시되었는데, 카프 도쿄지부 무산자사에 있었던 김두용이나 임화에 의해 대중영합적이고 검열을 이미 고려하고 있다는 점에서 정치적으로 후퇴된 것이라고 비판받았다. 이 논의의 내용과 배경, 그리고 논의 중 거론된 임화의 이야기시, 즉 '단편서사시'가 어떻게 초점화되었는가를 검토한다. 당시 임화가 보여준 정치주의는 일본의 나카노 시게하루中野重治의 그것과 유사한 점이 있으며, 그러한 정치주의가 실은 세계의 예술대중화논쟁에서 얼마나 특수한 위치에 놓여있었던 것인가를 해명하고자 한다.

　제2장에서는 임화의 산문시와 이야기시의 특징과 성격을 검토한다. 임화의 시 가운데 이야기시라고 부를 수 있는 작품들에서는 보통 서정시처럼 단순한 자연이나 풍경이 그 무대나 배경으로서 선택되지 않았다. 도시의 거리를 배경으로 하거나, 바다나 산을 배경으로 해도 식민성이 강조된 풍경이 선택되었다. 이 장소들은 운동에서 동지가 만나고 서로 격려하고 때로는 눈물을 흘리는 이야기를 유지하고 구성하는 곳이었는데, 임화가 이러한 장소의 시적 형상화를 통해 대립과 모순의 원인을 폭로하고 제시한 양상을 개괄적으로 검토한다. 동시에 임화의 시에 대한 '감상주의'적이라는 비판의 의미에 대해서도 함께 살펴본다.

　제3장에서는 임화가 1930년대 중반부터 후반에 걸쳐서 남긴 당시 소

설작품에 대한 리얼리즘 비평의 내용과 목적, 그리고 그 동력과 모티프에 대해 논한다. 임화는 소설론에서도 분열/대립과 통합/지양이라는 시각으로 독자적인 리얼리즘 소설론을 전개하였다. 이러한 방법과 G. 루카치 G.Lukacs의 '전체성Totalitat, totality' 이론과의 공통성, 그리고 그 논의의 연장선상에서 당시 식민지 조선의 전향소설, 만주개척 소설에 대해서 어떻게 평가했는지에 대해서 검토한다.

제4장에서는 임화가 「개설 신문학사」 서술을 시작하기 이전인 1930년대 중반, 「조선신문학사론서설」(1935.10) 전후에 발표한 언어론과 관련된 몇 가지 논문에 대해서 논했다. 이 시기 임화의 언어론은 그 자신의 문학사 서술의 전제일 뿐 아니라 당시 식민지 조선의 상황에 호응하는 견해였는데, 조선어가 놓인 현실적인 환경이나 역사적인 시각에 관한 임화 자신의 독특한 견해를 지적하고 그 내용에 대해서 분석한다.

제5장에서는 임화가 조선의 근대문학사를 집필하는 사이에 발표한 평론 「신문학사의 방법」과 거기서 논의된 문화의 이식성, 그리고 그것에 대한 해방 후 한국에서 이루어진 비판을 검토하고, 문학사에서 '조선적인 것'을 어떤 부분에서 찾을 수 있는가에 관해 정리한다. '이식문학론'은 임화의 문학사론에서 폭넓은 스펙트럼을 가진 방법론이며 시각이었다. 그것이 적용되고 있는 하나의 사례로서, 한국문학사에서 한문학의 위상을 어떻게 포착하고 있는가에 대해서도, 그 독자성에 대해 지적한다.

제6장에서는 최초의 근대문학사 서술이라고 할 수 있는 임화의 「개설 신문학사」의 구성 원리에 대해서 살펴보고 거기서 조선어, 조선인이라는 주체를 어떻게 생각하고 있었는지를 검토한다. 여기서 적용되는 것이

사적유물론적인 시각이다. 문학사에서의 계급성을 작품의 특징이나 한문/국문이라는 언어적 이중상황으로부터 지적하는 임화의 문학사론의 특징과 그 내용을 검토한다.

제7장에서는 임화가 「신문학사의 방법」에서 언급한 H. 테느의 논의가 당시 같은 일본의 식민지였던 대만에서 대만문학을 설명하는 개념으로서 언급된 사례를 검토하고 그것을 통해서 임화가 「신문학사의 방법」에서 지적한 문학 생성의 장소로서의 '환경'이 어떠한 것인지를 살펴보고자 한다. 테느의 '환경' 개념은 유럽에서의 내셔널리즘에 대한 반성적 여론 속에서 비교문학이라는 지식 제도에 의해서 극복되었는데, 그것이 어떻게 동아시아의 식민지 지식인들에 의해 다시 호출된 것인지, 그 경위와 의의를 검토한다.

제8장에서는 임화의 영화론에 대해서 논의한다. 그의 영화론은 리얼리즘 소설론이나 「개설 신문학사」 집필에서의 검토처럼 주체로서의 '민족'을 늘 고려한 것이었다. 임화가 식민지 조선의 영화에 대한 독자적인 논의로 그 역사의 변천을 설명하고 작품의 주제에서 민족의 주체를 확보하려고 한 경위를 검토한다.

임화가 남긴 평론이나 작품에는 당시 제국 일본과 대치하는 식민지 조선의 지식인으로서의 자아가 농후하게 투영된 글들이 많다. 그만큼 그러한 임화의 작품에 대해 일본인 연구자인 필자가 정리해서 평가한다는 것 자체가 상당한 어려움을 수반한다. 게다가 임화가 일본어로 남긴 다음과 같은 글을 읽을 때 일본의 연구자로서는 더욱 긴장하지 않을 수 없다.

현재 우리가 가장 경계하고 있는 것은 우리 문학에 대한 경솔한 평가이며 억측이다. 아울러서 국어(일본어 – 인용자)로 쓰여지는 우리의 평론에 만약 발언할 수 있는 기회가 주어진다면, 조선문학이 내지(일본 – 인용자) 독자에게 억측을 당하고 오해받는 것을 가능한 한 적게 하고, 우리의 작품이 이해되고 사랑받을 수 있도록 원조하는 것이 우선 주어진 일이 아닌가 생각된다.[16]

평생을 바쳐서 대립, 갈등과 그 극복을 자신의 문학평론의 중심으로 삼은 임화가 일본(어)의 독자에 대해서 던진 이 말을 충분히 고려하면서 논의를 진척해 나가고자 한다.

---

16 임화, 「현대 조선문학의 환경」, 1940.7, [5] 509쪽. 원문은 일본어.

제1부

이야기시, 소설론, 언어론

제1장 문학의 정치주의화 - 예술대중화논쟁과 주체로서의 '전위'

제2장 식민지 '청년' 주체의 정립과 식민지 풍경의 전경화 - 임화의 이야기시

제3장 분열/조화와 전체성의 리얼리즘론 - 소설비평의 원리

제4장 조선어의 위기와 민족어론

제1장

문학의 정치주의화

예술대중화논쟁과 주체로서의 '전위'

1. 프롤레타리아문학의 예술대중화란 무엇인가

카프에서 1928년부터 1931년에 걸쳐서 집중적으로 전개된 예술대중
화논쟁은 그 후 카프의 위원장이 되는 임화의 문학자로서의 경력에서 각
별한 중요성을 가진다. 이 논쟁은 카프의 주도권이 초기의 소위 '경향적'
인 멤버로부터 후기의 '소장파'로 옮겨가는 제2차 방향전환, 즉 프롤레타
리아 예술운동이 정치주의화하는 계기가 됐을 뿐만 아니라 이 논쟁이 일
으킨 문학상, 예술상의 문제는 비평가이자 시인으로서 임화에게 지대한
영향을 미친 것으로 보인다. 이 논쟁에는 임화가 그 후에 취한 문체와 양
식 및 문학과 예술에 대한 본질적인 입장이 드러나 있기 때문이다.

주지하다시피 당시 프롤레타리아 예술운동의 전술론으로서 전개된 예

술대중화논쟁은 '통속예술'로 기울고 있는 일반대중을 어떻게 프롤레타리아 예술 쪽으로 끌어들일 수 있을까를 놓고 벌어졌다. 논쟁의 중심은 팔봉 김기진(1903~85)에 의한 식민지 조선에서의 통속소설에 관한 검토였다. 그는 프롤레타리아 예술 확립을 위해 대중에 대한 직접적인 선전의 형식이나 내용을 염두에 두고 대중의 취향에 맞는 작품을 창작할 것을 제안했다. 이에 대해 당시 카프 도쿄 지부였던 무산자사에서 활동하고 있던 김두용(1903?~?), 임화 등은 예술의 원천이 대중의 정서에 있고, 대중이 요구하는 것이 참된 예술이며, 작품 전달을 위해서 검열에 걸리지 않도록 배려하거나 대중을 위해 문학 작품에 소재상의 재미를 가미하는 것은 잘못이라고 주장했다.

당시 프롤레타리아문학이란 말할 것도 없이 1917년에 일어난 러시아 혁명 후 소련에서 제출된 문예정책과 창작방침을, 소위 '노동 계급'이 중심이 되는 사회를 지향하기 위해 세계 각국의 진보적인 문학자나 운동단체가 받아들여 창작한 것을 뜻한다. 조선의 식민지 종주국이었던 일본의 프롤레타리아문학운동을 포함하여 세계 각지에서도 예술대중화논쟁과 비슷한 논쟁이 벌어졌다. 그리고 각국의 예술대중화논쟁에서 김기진처럼 문학의 영역을 고수하고 대중의 심성을 중시하려는 입장을 주장하는 진영과, 임화 등처럼 문학·예술의 정치주의화를 과감하게 주장한 진영이 나뉘어 그 타당성에 관해 논쟁하였다.

그러나 각 나라나 지역, 민족들이 놓인 역사적 상황의 차이를 고려할 때, 당시 식민지 조선에서 전개된 예술대중화논쟁의 경우 그 대립 구도에서는 다른 나라 및 지역의 유사성이 인정되지만 문학창작에 준 영향이나 방향성에서는 상당한 차이가 보인다. 그러한 점을 고려해서 여기서는 세계 각지에서 이루어진 예술대중화논쟁의 실제 상황을 개관하면서 식민지 조선의 예술대중화논쟁의 특질을 규명하고, 아울러 논쟁 중에 언급된 임화의 소위 '단편서사시'의 성질에 관해 살펴보고자 한다.

2. 소련, 독일, 중국, 대만에서의
프롤레타리아문학의 예술대중화논쟁

1) 소련 – 작가동맹, 코민테른, 노동자통신원운동

1917년의 러시아혁명 후의 소비에트 문학 상황은 세 유파에 의해 유지되고 있었다. 하나는 이미지즘, 구성주의, 러시아형식주의 등을 비롯한 아방가르드 그룹으로, 특히 러시아 형식주의의 문학자들은 1923년에 결성된 '예술좌익전선LEF'에 모여 동인지를 내는 등의 활동을 하고 있었다. 두 번째는 '프롤렛트쿨릿트proletkulit', 즉 '단조장'파, '10월'파, '고개'파 등을 비롯한 프롤레타리아문학자 그룹이다(1917~25). '프롤렛트쿨릿트'란 '프롤레타리아 문화'라는 의미의 소비에트 최초의 문화계몽 단체로 그 이론적인 견해는 프롤레타리아문학 투쟁을 경제적 투쟁과 병행하면서 전개하고자 한 것이다. 그것은 새로운 프롤레타리아트 계급문화의 창조를 사명으로 하여 그들만의 힘으로 대중을 교화하고 농민, 근로대중과 지식층 사이에 존재하는 거리를 인정하면서 유산계급의 개인주의를 집단주의적인 이데올로기로 대치하려고 하는 것이었다. 세 번째는 소위 '동반자작가' 그룹으로 사회주의 혁명에 대한 동조를 보여주나 프롤레타리아적 이데올로기의 범위 밖에 머무르는 작가들을 뜻한다. '동반자작가'라는 명칭은 트로츠키가 『문학과 혁명』(1923) 중에서 정의한 것이다.[1]

1925년 러시아프롤레타리아작가동맹RAPP이 결성되고 1928년 이후부터 문단에 영향력을 행사하기 시작하였다. 이와 함께 러시아 아방가르드의 시인 마야코프스키의 자살로 상징되듯이(1930.4) 동반자작가들의 활동이 제한되기 시작했다. 1932년 4월에는 소비에트공산당 중앙위원회 결의로 RAPP가 해산하고 소비에트작가동맹이 결성되었다. M. 고리키M. Gorky를 중심으로 한 준비위원회의 활동을 통해서 1934년 8월 전 소비에트 작가대회가 개최되고 소위 '사회주의리얼리즘' 강령이 채택되는데, 그후 소련은 스탈린에 의한 소위 '대숙청'의 시대를 맞이하게 되었다.[2]

소련에서는 이러한 공산당 주도의 문화사업 및 1919년에 창립된 공산주의 정당의 국제조직 '코민테른'(제3 인터내셔널)이 문예창작에서 큰 역할을 수행했다. 1921년 여름 코민테른 제3회 대회에서 '대중 속으로'가 슬로건으로 채택된 이후 소비에트를 비롯한 전세계의 공산주의운동에서 노동자통신원운동이 국제공산주의운동의 일환으로 추진되었다. 소비에트공산당 기관지 『프라우다Pravda』는 1923년 이후 군의 통신원, 농촌통신원, 노동자통신원들의 통신을 적극적으로 게재했다. 레닌이 타계한 1924년 여

---

1   川端香男里 編, 『ロシア文学史』, 東京大学出版会, 1986, pp.294~303.
2   위의 책, pp.309~316.

름에는 코민테른 제5회 대회가 개최되었고 이때 '공산당의 볼셰비키화'가 슬로건으로 채택되어, 통신원운동이 소비에트 전국뿐만 아니라 국제적으로도 전개되었다. 당시 소련에서 예술대중화를 둘러싼 논쟁이 격렬하게 이루어진 적은 없으나, 이 통신원운동 즉 군과 농촌과 공장 등의 현장에서 노동을 찬미하고 용광로, 공장 사이렌, 매연 등을 소재로 작품을 창작한 것이 세계 각국의 예술대중화 논의와 공통된다. 스탈린이 직접 관여한 1928년의 코민테른 제6회 대회에서는 사회민주주의 세력에 대한 대항적 의미에서 '사회 파시즘론'이 지적되고 통일전선이 제창되었는데, 동아시아에서도 이때 채택된 '일국 일공산당' 원칙으로 조선공산당의 승인이 취소되었다. 또 만주총국과 일본총국이 해산되어 중국공산당과 일본공산당에 흡수되었다. 1935년의 제7회 대회에서는 반-파시즘 인민전선 전술이 제창되는데 이는 1939년의 독소불가침조약으로 포기되었으며, 이후 독-소전의 발발로 1943년 5월 코민테른은 명실공히 그 존재 의의를 상실하고 해산되었다.[3]

---

3 이상, 코민테른에 관한 기술은, 마이켈·와이나, 「コミンテルンと東アジア」, K·マクダーマット&J·アグニュー, 『コミンテルン史 - レーニンからスターリンへ』, 大月書店, 1998, pp.220~257.(K. McDermott · J. Agnew, *The Comintern : A History of International Communism from Lenin to Stalin*, 1996); 池田浩士, 「解題」, 安宇植 ほか編, 『資料·世界プロレタリア文学運動』第4巻, 三一書房, 1975, p.342 참조.

2) 독일의 노동자통신원운동

독일도 소련과 마찬가지로 1921년 여름 코민테른 제3회 대회에서 '대중 속으로'가, 1924년 여름의 제4회 대회에서 '공산당의 볼셰비키화'가 각각 슬로건으로 채택됨으로써 노동자통신원운동이 활발히 전개되었다. 그리고 이 운동에 촉발된 작가들이 스스로를 부르주아 출신의 작가로서 규정, 자신에게 수련을 부과하는 활동을 했으며[4] 노동자통신원운동에서 뛰어난 단편소설이 조금씩 나오는 일도 있었다.[5] 또 부르주아문학의 '로만'에 대항하는 프롤레타리아의 혁명적인 '로만'을 지향하는 '프롤레타리아 대중소설'이 제창되었으며 노동자통신원운동 속에서 작가를 확보하거나, 대량 염가판 매체의 판매망을 구축하기 위한 논의가 이루어지기도 했다.[6] 이들 운동 속에서 1928년 독일 프롤레타리아 혁명작가동맹이 결성되었다. 이 결성에는 독일공산당의 주요 멤버도 참가했는데 역시 노동자통신원운동이 중심적으로 진행되었고 그 안에서 노동자작가를 배출하기도 했다. 그들은 특수하고 개별적인 사건으로부터 출발한 보편화를 목표로 구체적인 사례로부터 계급적인 전형을 그려내면서 기업, 공장에서의 경험을 전달했다.[7] 한편 이들 노동자문학을 평가하는 혁명적 지식인도 중요한 역할을 했다. 그 대표적인 존재가 G. 루카치G.Lukacs(1885~1971)

---

4   ヨハネス・R・ベッヒャー, 「大衆への道」(1927.10), 위의 책, pp.352~355.
5   ハンス・マルヒヴィツァ, 「はじめての労働者通信からはじめての掌篇物語へ」(1929.9), 위의 책, pp.372~374.
6   クルト・クレーバー, 「プロレタリア大衆小説」(1930.5), 위의 책, pp.397~402.
7   J・ベルク ほか, 山本 ほか訳, 『ドイツ文学の社会史』上, 法政大学出版局, 1989, pp.51~52. (J. Berg ed., *Sozialgeschichte der deutschen Literatur von 1918 zur Gegenwart*, 1981)

이다. 헝가리 출신의 이 사상가는 하이델베르크, 모스크바, 베를린, 비엔나 등을 전전했는데 그 주요 저서는 모두 독일어로 발표되었다. 루카치의 『소설의 이론』(1914), 『역사와 계급의식』(1923)은 독일뿐만 아니라 전세계 공산주의문화운동에 큰 영향을 주었다. 루카치의 주요 저서는 독일의 프롤레타리아문학 운동이나 노동자통신원운동이 확대되기 이전에 발표된 것인데, 그는 자신의 견해를 바꾸지 않고 노동자통신원운동에 대해서도 노동자의 경험이나 실천에 너무 지나치게 의존하고 있는 작품, 르포르타주reportage(보고문학)를 강조한 작품을 강하게 비판하고 문학 작품의 '전체성totalitat,totality'을 요구했다. 루카치는 19세기의 부르주아적인 비판적 소설에도 계급적 다층성과 함께 내재되는 계급적 약동성을 형상화한 작품이 있다고 주장했다. 그의 『역사와 계급의식』은 코민테른에 의해 극좌주의라고 비판되었으며, 1930년의 하리코프회의 이후 독일 프롤레타리아 혁명작가동맹도 정책을 전환하게 되나, 루카치의 이 예술관은 그 후에도 일관되었다.[8] 다만 코민테른의 루카치 비판이 특히 일본이나 조선에서의 논의에 크게 영향을 주었다는 점을 부기해 둔다.

3) 중국의 예술대중화논쟁 / 대만의 향토문학논쟁

중국의 좌익계 문학의 대중화론은 1930년 3월에 상해에서 성립된 좌익작가연맹(좌련)에 모인 작가들 사이에서 벌어졌다. 중화민국 시기인

---

8   위의 책, pp.77~79.

1927년에 장개석蔣介石이 반공 쿠데타를 일으켰다. 좌련이 성립한 1930 년 곽말약郭沫若(1892~1978)과 루쉰魯迅(1881~1936) 사이에서 대중화에 관한 논의가 이루어졌다. 예술대중화에 대한 곽말약의 엘리트주의-이상주의적인 주장에 대해서[9] 루쉰은 대다수 사람들이 문자를 읽을 줄 모른다는 사실을 지적하면서 만약 대중화가 가능하다면 창곡 정도라고 응답하였다. 루쉰은 현재 구어 문장이 모든 사람들이 이해하는 문장이 아니라고 논하면서 5·4운동 이래 계속된 중국의 문학 문체의 현실적인 보급력 문제에 대해 날카로운 지적을 한 바 있다.[10] 1932년 봄부터 여름에 걸쳐서 구추백瞿秋白(1899~1935)과 모순茅盾(1896~1981) 사이에 본격적인 논쟁이 벌어졌다. 젊은 날 모스크바에서 체류한 바 있는 구추백은 10월 혁명 후의 소련 사회를 체험했고, 능숙한 러시아어로 문학·예술의 지식을 흡수한 후 중국에 귀국했다. 한편 5·4운동 이래 중국 신문학의 지도자적 존재였던 모순은 평론과 창작 양면에서 문단에 큰 영향력을 행사하고 있었다.[11] 구추백은 「프롤레타리아 대중문예의 현실문제」(1932.4)에서 문예가 대중화되기 위해서는 우선 사용 언어의 개혁이 필요하다고 주장하였다. 그에 따르면 사대부의 문체를 모방한 청년들의 문예문체인 5·4운동 이래의 구어 문학의 문체나 속인 문예의 문체인 '장회체章回體'로는 문예를 대중화하기 어려웠다.[12] 또 「대중문예의 문제」(1932.6)에서 그는 속어

---

9   곽말약(郭沫若), 「신흥 대중 문예의 인식」(1930.3), 安宇植 ほか編, 앞의 책, pp.422~424.
10 노신(魯迅), 「문예의 대중화」(1930.3), 위의 책, pp.424~425.
11 高田昭二, 『中国近代文学論争史』, 風間書房, 1990, pp.191~215.
12 구추백(瞿秋白), 「프롤레타리아 대중 문예의 현실문제」(1932.4), 安宇植 ほか編, 앞의 책, pp.425~439.

문학 혁명의 지속적인 운동을 펼치고 가두문학운동이나 노농통신운동, 지식인의 자기비판 운동을 다방면에서 펼칠 것을 제창했다.[13] 여기에 대해 모순은 「문제 속의 대중문예」(1932.7)에서 문예의 대중화를 위해서는 구-문어도 신-문어도 적절하지 않다는 것을 전제로 문체의 문제는 오로지 누구에게 말을 거는가에 달려 있으며, 처음부터 공통어의 개혁을 호소한다고 해서 해결할 수 있는 문제가 아니라고 지적했다.[14]

일본 식민지 대만의 좌익운동은 1921년에 장위수蔣渭水(1890~1931)나 임헌당林獻堂(1881~1956)을 중심으로 설립된 대만문화협회를 그 모태로 한다. 이 단체는 문화계몽 활동을 하는 한편, 대만의회설치 청원 운동의 중심 세력이 되었다. 1927년경에 좌우대립이 표면화되고 같은 해 7월 우파가 대만민중당을 결성하자, 좌파인 사설홍謝雪紅(1901~70)이 중심이 되어 1928년 4월 대만공산당이 결성되었다. 상해의 프랑스 조계지에서 결성된 대만공산당은 코민테른의 지도하에 같은 해 코민테른의 '일국 일공산당' 방침에 의해 '일본공산당 대만민족지부'로 성립되었다. 대만공산당은 대만 현지로의 침투를 상의했으나, 1929년과 1931년의 대량검거사건으로 붕괴되었다.

대만 좌익문예의 대중화 논의인 '향토문학논쟁'은 바로 이 대량검거 사건 전후에 황석휘黃石輝(1900~45), 곽추생郭秋生(1904~80), 료육문廖毓文(1912~80) 등이 중심이 되어 제기되었다. 이 논쟁은 주로 황석휘가 논의의 제재를 제공해서 진행되었는데, 기본적으로 어떤 언어로 쓸 것인가라

---

13   구추백, 「대중 문예의 문제」(1932.6), 위의 책, pp.439~445.

14   모순(茅盾), 「문제 속의 대중문예」(1932.7), 위의 책, pp.445~452.

는 문제를 중심으로, 즉 대륙에서의 논의와 비슷한 흐름으로 전개되었다. 다른 점은 백화문白話文인가, 민남어閩南語인가라는 선택의 문제였는데, 민남어 지향의 논의는 대륙의 대중어 지향의 논의와 비슷한 점이 있었다. 민남어는 기본적으로 구어이기에 한자로 대치할 수 없는 단어도 있는 등의 어려움을 수반하기 때문에, 그것을 대만 민중에게 근접시키기 위한 언어로 만들어 가기 위해서는 상당한 노력이 필요했다. 그 민남어를 문학언어로 세련화시키자고 한 것이 곽추생의 논의였다면, 민남어가 미성숙하기 때문에 문학의 볼셰비키화에는 적절하지 않다고 한 것이 료육문의 논의였다.[15] 식민지하 대만에서 고등교육이 일본어로만 이루어지고 있었다는 사실, 따라서 문학 작품의 독자층을 생각한다면 중국의 백화문도 민남어도 읽을 수 없는 사람들이 대량으로 존재한 점 또한 이 논쟁의 행방에 큰 영향을 주었다.[16]

3. 일본의 예술대중화논쟁

─ 나카노 시게하루의 루카치·레닌적인 것

'전일본무산자예술동맹NAPF, 나프'은 1928년의 3·15사건에 의한 탄압을 계기로 구라하라 고레히토蔵原惟人(1902~91)를 중심으로 한 '전위예술

---

15   이상 대만의 향토문학논쟁의 개요에 대해서는 松永正義, 「鄕土文学論争(1930~32)について」, 松永正義, 『台湾文学のおもしろさ』, 研文出版, 2006, pp.131~155 참조.
16   崔末順, 「日拠時期台韓文学運動及其文学論之比較」, 崔末順, 『海島與半島 : 日拠台韓文学比較』, 聯経, 2013, pp.92~106.

가동맹'과 나카노 시게하루中野重治(1902~79)를 중심으로 한 '프롤레타리아예술동맹'이 합동하여 성립된 단체였다. 나프의 예술대중화논쟁은 이구라하라와 나카노 사이에서 벌어졌다. 문학에서의 '미의식'을 강조한 나카노는 「예술에 관한 각서」(1927.10)에서 "무엇을 어떻게 묘사해야 할까"라는 제재의 취사선택은 현상으로서의 제재 자체로부터 출발해서는 안된다고 주장하였다.[17] 그는 「어떻게 구체적으로 투쟁할 것인가」(1927.12)에서 무산계급운동의 임무를 말한 다음 피억압 민중에게 예술을 가지고들어가는 것은, 그들의 특수성을 추종하는 게 아니라, 이 특수성을 정확하게 인식하는 동시에 그들의 특수성에 얽매이지 않는 일정한 예술을 가지고 들어가야 한다고 주장했다.[18]

이러한 나카노의 주장에 대해서 구라하라는 「무산계급예술운동의 신단계」(1928.1)에서 특수성에 얽매이지 않는다는 주장은 살아있는 대중대신에 논리적인 결론으로서의 관념적인 대중을 설정하는 것이라고 비판하고, '특수성에 적응한 예술'을 주장하기 위해서 과거의 예술작품을 비판적으로 받아들이면서 '대중'의 취향에 맞는 예술을 창조해야 한다고 주장했다.[19] 구라하라의 말처럼 나카노가 지극히 이상적·관념적인 대중관을 밝히고 있는 데에 비해 구라하라는 대중에게 있는 어느 정도의 미숙함을 인정하고 그들에게 맞는 예술을 강조하고 있다. 그러나 구라하라

---

17 中野重治,「芸術に関する走り書的覚え書」,『プロレタリア芸術』, 1927.10;『日本プロレタリア文学評論集』I - 前期プロレタリア文学評論集, 新日本出版社, 1990, p.335.

18 中野重治,「如何に具体的に闘争するか」,『プロレタリア芸術』, 1927.12; 臼井吉見,『近代文学論争』上, 筑摩書房, 1975, p.231.

19 蔵原惟人,「無産芸術運動の新段階」,『前衛』, 1928.1;『蔵原惟人評論集・第1巻・芸術論』, 新日本出版社, 1966, pp.89~93.

가 이렇게 노동자대중을 향한 문예물을 생각할 수 있었던 것은 당시 일본의 출판 자본주의 전반의 성숙도와도 분명히 관계가 있다.

세계 각국의 논의에서 알 수 있듯이 프롤레타리아문학의 대중화논쟁에서는 독자인 노동자, 농민의 지적 능력, 식자 능력과 관련된 논의가 지극히 많았다. 일본도 예외가 아니었는데, 한편에서 그러한 계층의 식자율이나 대중 문예물의 구매력에서도 세계의 논의와는 달리 특수하고 예외적인 면을 보여줬다고 할 수 있다. 당시 일본의 예술대중화논쟁 논의의 주변에서는 상업출판과 프롤레타리아문학이 '대중' 쟁탈전을 펼치고 있었다.[20] 실제로 1919년 4월에 창간된 종합 잡지 『개조』는 선행 잡지인 『중앙공론』과의 차이화를 꾀하기 위해서 급진적인 논문을 대거 채용함으로써 부수를 늘리는 동시에 이러한 사회 운동을 지향하는 논문의 대중화에도 기여했다. 그리고 1920년대 후반부터의 소위 '엔본 붐円本ブー厶'(염가판 책 붐)으로 출판물의 저렴화 경향이 강해졌는데, 이때 문학전집뿐만 아니라 마르크스, 레닌 등 사회주의 관계 책들도 염가판 서적 후보에 오르곤 했다. 그 연장선상에서 1927년 10월 이와나미 문고岩波文庫에서 가와카미 하지메河上肇·미야카와 미노루宮川實의 공동번역으로 『마르크스 자본론』을 간행했으며, 1928년 6월에는 개조사판 『마르크스·엥겔스 전집』 전 30권 수만 부(초판과 재판)가 매진되었다.[21] 구라하라가 노동자를 독자로 생각하고 있었던 나프의 기관지 『전기戰旗』의 대중화 문제도

---

20 佐藤卓己, 『『キング』, の時代─国民大衆雑誌の公共性』, 岩波書店, 2002, pp.66~84.
21 참고로 개조사판 『마르크스·엥겔스 전집』은 조선에서도 대대적으로 선전되었으며, 『동아일보』 등에서도 광고가 크게 게재되었다(『동아일보』, 1928.6.28 등). 高榮蘭, 『『戰後』というイデオロギー』, 藤原書店, 2010, pp.122~123.

그러한 상황 속에서 논의되고 있었다고 생각된다.

이에 비해 나카노의 노동자관과 대중관은 지극히 이상주의적인 정치론이었다고 할 수 있다. 그는 「이른바 예술 대중화의 잘못에 대해서」(1928.6)를 통해서 예술의 대중화 논의가 "통속화와 재미에 대한 맹목적인 추종"이었다고 하면서 "생활의 참된 자세를 묘사하는 것은 예술에서 최후의 수단이다. 대중이 요구하고 있는 것은 예술 중의 예술, 제왕 중의 제왕"[22]인 것이고 "예술의 재미는 예술적 가치 자체 속에 있고 (…중략…) 그 가치는 표현의 소박함에서 결정"된다고 했다.[23] 나카노는 어디까지나 정치적 프로그램과 예술적 프로그램을 혼동해서는 안 된다고 주장하면서 작가의 창작 자세에 독자 영합적인 요소를 넣으려고 하는 구라하라의 의견을 견제했다.

구라하라와 나카노의 논쟁은 결국 의견 일치를 보지 못하는데, 기본적으로 구라하라는 나카노처럼 프롤레타리아 예술의 제작 문제에 관해 언급하려 한 게 아니라 프롤레타리아 예술에 대한 인식과 조직 운영의 방향성을 문제시하고 있었다. 여기에 대해 나카노는 구라하라가 정치적 투쟁과 예술운동을 혼동하고 제작 태도가 타락해서 프롤레타리아 예술 형성의 길에서 이탈했다고 비판함으로써 정치적 투쟁과 문예운동의 관계를 밝히고자 했다.[24] 나카노의 주장에 따르면 대중에게 최고의 프롤레타

---

22 中野重治, 「いはゆる芸術の大衆化の誤りについて」, 『戦旗』, 1928.6; 平野謙 ほか編, 『現代日本文学論争史』 上, 未来社, 1956, pp.299~300.

23 中野重治, 앞의 글, p.303.

24 中野重治, 「問題の捩じ戻しとそれに就ての意見」, 『戦旗』, 1928.9; 平野 ほか編, 앞의 책, pp.319~321.

리아 예술은커녕 최소한의 것도 주어지지 않은 상황이 정치적으로 해결되어야 하고 이를 망각한 채 대중이 이해하고 사랑하는 예술형식의 문제를 언급하는 것은 소용이 없다는 것이다.

여기서 하나 흥미로운 것은 구라하라가 나카노를 비판할 때 '후쿠모토주의福本主義'를 동시에 비판하고 있다는 점이다. 구라하라는 「예술운동에서의 '좌익' 청산주의」(1928.10)에서 혁명 전에 프롤레타리아 문화의 가능성을 부정하는 것은 소련 내 일국 사회주의의 건설을 부정한 멘셰비키mensheviki의 주장과 마찬가지라고 나카노를 비난하고 있는데, 특히 문화를 민중생활 그 자체의 구체적인 것으로 파악하고 있는 점에 대해서 '계급투쟁의 무기'라고 추상적으로 규정한 관념의 일종이라고 지적하고 있다. 구라하라에 따르면 프롤레타리아 예술운동이란 넓은 의미에서 늘 정치운동이며 '예술적 프로그램'은 항상 '정치적 프로그램'에 종속돼야 한다. 나카노를 "좌익적 언어와 일화견적日和見的(회색적) 실천"의 사람이라고 비난한 구라하라는 "그 방법론적인 기초를 이루고 있는 것은 관념론 — 나쁜 의미에서의 '후쿠모토주의'"라고 비판했다.[25]

'후쿠모토주의'란 초기 일본공산당에게 조직론 측면에서 영향을 준 후쿠모토 가즈오福本和夫(1894~1983)의 정치적 견해이다. 자본론의 일본어 초역이 완성되고 일본판 마르크스 · 엥겔스 전집의 간행이 준비되고 있었던 1924년 독일에서 귀국한 후쿠모토는 잡지『마르크스주의マルクス主義』에서 레닌 사상에 대한 해석을 발표해서 주목을 모았고 이어서 사회주의

25　蔵原惟人,「芸術運動に於ける「左翼」清算主義」,『戦旗』, 1928.10; 平野 ほか編, 앞의 책, p.338.

이론가인 야마카와 히토시山川均(1880~1958)와의 일본공산당 재건을 둘러싼 이른바 '아나·볼 논쟁アナ·ボル論争'(아나르코생디칼리슴과 볼셰비즘의 논쟁)의 논의에서 '자연성장론'을 주장하는 야마카와에 반대하여 후쿠모토는 '분리·결합론'을 주장하고 이론투쟁을 위한 당 재건을 주장했다. 1927년에 후쿠모토는 루카치가 코민테른에서 비판받은 것과 동시에 비판을 받았으며 이후 급속히 그 영향력을 상실해갔다. 프랑크푸르트에서 루카치와 교류했던 후쿠모토는 레닌의 이름을 이용해서 자기의 주장을 전개했다. 그는 당시 마르크스주의 해석에 대해서 초기 마르크스주의의 시점, 즉 역사에 대한 개인의 '주체'적인 계기를 도입함으로써 계급투쟁을 지식인의 외부에 있는 문제로서가 아니라 지식인 내부의 문제로 파악했다. 그리고 사회구조의 설명에 더해서 그것을 어떻게 하면 변혁할 수 있는지를 구체화함으로써 당시 지식인들에게 단순한 전략론 이상의 것으로 받아들여졌다. 이러한 점이 나카노와 같은 당시 지식인을 마르크스주의에 접근시켰다고도 볼 수도 있다. 따라서 당시 지식인에게 마르크스주의운동은 단순한 사회정의의 문제라는 차원을 초월한 것이 되었다. 한편 루카치-후쿠모토에 대한 코민테른의 비판은 그 후 일본의 사회주의운동을 스탈린을 중심으로 한 소비에트공산당 주도하에 편입되도록 하였다.[26]

나카노의 논의와 루카치의 방법론의 근접성을 그 배후에 있는 레닌의 논의와의 근접성으로 생각할 수도 있다. 실제로 나카노는 도처에서 레닌

26　柄谷行人 編, 『近代日本の批評－昭和篇』上, 福武書店, 1990, pp.26~27; M·シルバパーグ, 林淑美 ほか訳, 『中野重治とモダンマルクス主義』, 平凡社, 1998, pp.58~59.(M. Silverberg, *Changing Song: The Marxist Manifestos of Nakano Shigeharu*, 1987)

에 관한 언급을 하고 있다. 예를 들면 그의 주요 저서인『레닌 아마추어 독법レーニン素人の読み方』(1973)에서 나카노는 레닌의 글의 매력을 마르크스주의 공식을 내내 따른 프레하노프의 글과 비교해서 어디까지나 현상의 본질에 육박하려 하는 글이라고 높이 평가했다.[27] 1920년대 후반부터 전세계에 파급된 사회주의·공산주의운동 혹은 프롤레타리아문학의 각종 논쟁에서 레닌의 논쟁적·도발적인 문체만큼 세계 청년들에게 모방된 것은 없었다. 당시 레닌의 문체가 특수한 시적 언어로서 인식되어 있었던 것은 형식주의자들의 다음과 같은 평가를 보아도 잘 알 수 있다.

> 레닌의 논쟁은 그것이 적에 대해서든 동지에 대해서든 늘 '언어를 둘러싼' 논쟁, 즉 언어가 변화되었다는 주장으로 시작된다. (…중략…)
>
> 레닌은 책을 통째로 암기하는 사람들을 싫어한다. 그의 문체는 혁명적 미사여구의 격하와 전통적인 언어의 일상적인 동의어로의 전환에서 존재한다.
>
> 이 점에서 레닌의 문체는 기본적 수법에서 톨스토이의 문체에 가깝다. 레닌은 명명하는 것에 반대하고 언제든지 말과 대상 사이에 새로운 관계를 수립하도록 노력하고 사물을 명명하거나 새로운 명칭을 고정하지 않았다.[28]

아마 레닌에게 필요한 것은 단순한 '욕설'이 아니라 특별한 어휘의 층이었겠는데, 그것을 그는 자신의 실무적·문어적 어휘 속에 받아들여서 날카로운

---

27   中野重治,「レーニン素人の読み方」(1973),『中野重治全集』第20巻, 筑摩書房, 1997, pp.292~307.

28   V·シクロフスキー,「規範の否定者としてのレーニン」(1924), V·シクロフスキー ほか, 桑野 訳,『レーニンの言語』, 水音社, 2005, pp.17~18.

콘트라스트를 만들어 내는 동시에 서기언어(書記言語)로부터 일탈한다. 그는 이러한 구어적·일상적 표현이나 관용구를 받아들임으로써 발화언어(發話言語), 구두의 논의 영역으로 몸을 옮긴다.[29]

나카노는 레닌이 민족문제, 피억압 민족의 입장에서 생각을 하고 있었던 점도 높게 평가한다. 이것은 1927년의 목적의식 논쟁 때 레닌의 『제국주의론』과 『무엇을 해야 하는가』를 번역했던 아오노 스에키치靑野季吉(1890~1961)가, 프롤레타리아트가 자연발생적으로 사회주의적 의식에 이르기는 어렵기 때문에 '외부'로부터 목적의식의 주입이 필요하다고 한 레닌이나 후쿠모토의 주장에 따라 이른바 전위당의 필요성을 주장했을 때, 아오노의 주장에 대립해서 나카노가 마르크스주의 이론이나 사회주의적 의식보다도 모든 피억압 민중의 구체적인 현실을 파악하고 그것을 표현하는 것이 중요하다고 논하면서도 레닌의 전위당론을 수용함에 있어 내실을 주는 논의를 펼친 것과 부합된다.[30] 또 이는 예술대중화논쟁에서도 구라하라가 수준이 높은 예술이라면 많은 프롤레타리아트는 이해하지 못하기 때문에 이해하기 쉬운 예술을 주어야 한다고 한 데에 대해, 나카노가 사회주의의 설명보다도 우리 자신의 생활의 고통이나 견디기 어려운 고통을 끌어내는 예술이 필요하다고 한 태도와도 부합된다. 후쿠모토이즘은 프롤레타리아트의 자기인식인 계급의식이 전위의 지도

---

29 B·M·エイヘンバウム, 「レーニンの演説における文体の基本的傾向」(1924), 위의 책, p.35.

30 綾目広治, 「中野重治のレーニン論」, 『社会文学』 12号, 日本社会文学会, 1998.6, p.131.

에 의해 '외부'로부터 주어져서 처음으로 객관적인 것이 된다고 했는데, 나카노는 그 후쿠모토의 논의 중 이론투쟁 주의가 아니라 노동자의 계급적인 자기의식에 주목하는 점으로부터 분명 영향받았다고 할 수 있을 것이다.[31]

4. 식민지 조선의 프롤레타리아문학의 예술대중화논쟁
– 김기진의 대중소설론과 임화의 '단편서사시'

예술대중화논쟁에서 김기진이 펼친 주장은 당시 조선 대중의 취향을 구체적으로 검토하는 방향을 취했다는 점에서 일본의 예술대중화논쟁에서 구라하라가 논의한 것과 같은 성격의 것이었다. 김기진은 대중이 기대하는 예술이 무엇인가, 지금 바로 대중 속에 가지고 들어갈 수 있는 예술의 성격에 대해서 고민하는 것으로부터 자신의 대중화론을 전개해 나갔다. 문예물은 대중에게 읽혀야 하고 그러기 위해서는 어떤 실천적 방법이 있을 수 있는지를 검토해 나갔다고 할 수 있다. 「통속소설 소고」(1928.11)는 김기진이 처음으로 문예에 대한 대중의 취향을 구체적으로 검토한 평론이다.[32] 그 의도는 대중 속으로 가지고 들어가기 위한 창작방법을 논의

---

31 綾目広治, 앞의 글, p.137.
32 이 평론은 『동아일보』에서 1928.11.9~11.20 동안 연재되었다. 제목은 「문예시대관 단편」이고 그 다음에 「통속소설 소고(상)」, 「통속소설 소고(중)」, 「통속소설 소고(하)」, 「대중의 영합은 타락」, 「우리들의 견해(상)」, 「우리들의 견해(하)」, 「약간의 결어」 등의 부제가 달려 『조선일보』에 연재되었다. 여기서는 이 글의 제목을 「통속소설 소고」로 통일한다.

해 온 연장선상에 있는데, 그러한 대중 문예에 대한 취향을 분석하려고 한 계기는 식민지하 조선에서의 엄격한 검열 제도 및 그에 대한 반발이었다.

온갖 조직적·집합적 활동을 우리들의 운동에서 거세하여버린 (…중략…) 은 최후로 우리의 작품까지 질식하게 만들고 있다. 우리들은 소위 문학의 붓까지 꺾어버리고 말아야 옳은 것인가? 저들로부터 던지어진 조건 안에서라도 우리들의 당면의 행동을 취하여야 옳을 것인가? (…중략…) 우리들은 대중을 저들의 의식의 감염으로부터 구출할 의무를 느끼지 않으면 안 된다.

전자(통속소설, 기타 통속적 일반 작품)로의 길은 이러한 용의 앞에서 개척되어야 한다.[33]

김기진이 지적하듯이 카프의 창작활동을 질식시키고 있는 것은 무엇보다도 조선 총독부의 검열이다. 그러나 여기서 김기진은 현실에 존재하는 검열 제도에 대해서 그저 당국이 말하는 대로 삭제와 정정 지시를 따른다면 현실의 창작 활동은 더욱 질식해 갈 뿐이라는 것을 통감하고 있었다. 검열에 걸리지 않는 문예물로서 김기진이 들고 있는 것은 통속문예이다. 이러한 김기진의 견해는 대중에게 영합하지 않는 '마르크스주의적인 통속소설'이라는 개념으로 표현된다. 그렇다면 그가 생각하

---

33 김기진, 「통속소설 소고」(1928.11), 『김팔봉문학전집』 I, 문학과지성사, 1988, 127쪽. 인용문에서 '……'는 원문에 있는 복자, '(…중략…)'은 인용자가 넣은 생략 기호. 이하 『김팔봉문학전집』을 『전집』으로 표기.

고 있었던 '대중적 독서물'이라는 것은 어떠한 것인가? 김기진은 이광수(1892~1950)와 염상섭(1897~1963)의 신문연재소설에 주목하고 있다. 이 소설들에 대해서 통속적이지만 배울 부분이 있다고 한 그는 통속소설의 다음과 같은 성격에 착목한다. 즉 대부분의 통속소설은 ① 보통 사람의 견문이나 지식(부귀공명, 연애와 그 갈등, 신구도덕의 충돌, 계급의 불합리), ② 보통 사람의 감정(감상적, 퇴폐적), ③ 보통 사람의 사상(종교적, 배금주의적, 영웅주의적, 인도주의적), ④ 보통 사람의 문장(평이, 간결, 화려) 등을 그 성격으로서 가지고 있다고 했다. 그리고 그러한 소설의 독자들을 보통 독자(부인, 초등학생, 봉건적 이데올로기를 가진 노인과 청년)와 교양 있는 독자(각성된 노동자, 진취적인 학생과 실업청년, 투쟁적 지식인) 두 부류로 나눠서 전자에는 통속소설을, 후자에는 원칙적으로 프롤레타리아 소설을 대응시켰다. 김기진은 이들 두 부류의 독자가 마르크스주의적 이데올로기를 주입할 대상이라는 점에서 일치하고 있으며, 그 차이는 전자가 암시적인 데 비해 후자는 투쟁적이라는 점에 있다고 하였다.

한편 김기진은 전체적 구상, 형식을 사고하는 방법으로서 '변증법적 리얼리즘'을 주장한다. 그는 이후 발표한 「변증적 사실주의」(1929.2)에서 기존의 프롤레타리아문학의 소설과 시에 대해 이 극도로 재미없는 정세는 어디서 오는가라고 하면서[34] 내용·형식논쟁의 출발점이 된 박영희(1901~50)의 소설이 전체적으로 구성을 제대로 이루지 못했고 따라서 결국 독자의 흥미를 유발하지 못하고 있다는 지적을 다시 전개한다. 그리

---

34 김기진, 「변증적 사실주의」, 『동아일보』, 1929.2.25~3.7; 『전집』 I , 63쪽.

고 그 논의의 요점을 제시하듯이 프롤레타리아문학은 사람들이 읽기 쉽게 써야 하고 우리의 '연장으로서의 문학'은 그 수준을 낮춰야 한다고 말한다.[35] 그는 프롤레타리아 작가의 사상은 리얼리즘적 태도로 표현되어야 하는데, 그 객관적, 진취적, 현실적, 구체적, 실제적 태도는 무산계급적인 태도라고 했다. 이러한 전제하에서 김기진이 프롤레타리아 문예의 기본적인 원칙을 교양 수준이 낮은 대중에게 적용하면서 그 구체적인 창작 방침으로 제시한 것이 「대중소설론」(1929.4)이었다.

「대중소설론」에 따르면 교양이 낮은 일반대중은 이미 통속소설이나 대중소설, 혹은 잡가 등의 재래 가요를 자신의 문화로서 가지고 있다. 이는 「춘향전」, 「옥루몽」, 「추월색」 등의 고소설과 통속적인 신소설의 대중 보급 서적을 말한다.[36] 다수의 독자를 확보한 이러한 문예물은 대중의 향락적인 요구를 충족시키며, 현실에서 도피하여 몽환에 도취시키고, 미신을 키우고, 노예근성과 숙명론, 봉건적 취미를 키우거나[37] 배금주의적이고 영웅주의적, 감상적, 퇴폐적인 취미를 통해[38] 현실의 고통을 잊게 하는 마취제 역할을 하고 있다. 따라서 프롤레타리아 문예는 독서 대중을 자신의 의식이나 취미로부터 격리시켜야 하는데, 그러기 위해서는 지금까지 존재했던 교양 있는 독자를 대상으로 한 원칙적인 프롤레타리아문학과는 별도로, 이들 대중이 읽을 수 있는 문예가 필요하다는 주장이다. 더불어 김기진은 그러한 진정한 대중소설을 만들어내는 동시에 교양 있는 독

35 　김기진, 「통속소설 소고」(1928.11); 『전집』 I , 62쪽.
36 　김기진, 「대중소설론」, 『동아일보』, 1929.4.14~20; 『전집』 I , 128쪽.
37 　김기진, 「통속소설 소고」(1928.11); 『전집』 I , 130쪽.
38 　김기진, 위의 글; 『전집』 I , 118쪽.

자를 대상으로 하는 문예가 존재해야 한다고 하며, 교양의 정도에 따라서 문예도 나뉘어야 한다고 주장하였다.[39]

그렇다면 그 구체적인 창작 지침은 어떠한 것인가? 김기진은 「대중소설론」과 그 직전에 발표한 「농민문예에 대한 초안」(1929.3)에서 매우 세부적인 지침을 제시했다. 「대중소설론」에서 그는 써야 할 내용과 형식의 조건을 제시한다. 내용에 있어서는 ① 노동자나 농민들의 일상에서 취재하고, ② 현실의 비극의 원인을 함께 인식시키고, ③ 숙명론적인 사상의 패배와 새로운 희망이나 용기의 승리를 묘사하고, ④ 신구 도덕관의 충돌에서는 신사상을 승리로 이끌고, ⑤ 빈부의 갈등은 정의에 의해 해결하고, ⑥ 연애관계를 받아들이면서도 중심으로 삼지 않아야 한다는 것이었다. 형식에 있어서는 ① 문장은 평이하게 쓰고, ② 문장 길이에도 유의하고, ③ 낭독을 견딜 수 있는 운문적인 문체를 사용하고, ④ 화려한 문체를 이용하고, ⑤ 묘사나 설명은 간결하게 하고, ⑥ 성격이나 심리 묘사보다도 인물의 처지나 사건의 기복을 선명하게 묘사하고, ⑦ 객관적·현실적인 리얼리즘의 태도로 쓸 것을 요구했다.[40] 그리고 「농민문예에 대한 초안」에서도 ① 봉건적·소시민적 인식으로부터 농민을 해방하여 서로 단결시키고, ② 귀로 들어도 이해할 수 있게 쓰고, ③ 제재는 농민의 생활상에서 취재하고, ④ 심리묘사와 성격묘사를 버리고 사건과 인물의 처지를 선명하게 보여주고, ⑤ 시에서는 재래의 민요조를 사용해서 친근감을 가질 수 있다면 서사시의 형식이라도 좋고, ⑥ 낭독이 편하고 듣기 쉬운 문

---

39 김기진, 「대중소설론」; 『전집』 I , 131~132쪽.
40 김기진, 앞의 글; 『전집』 I , 136~137쪽.

체로 써야 할 것을 주장했다.[41]

이상에서 보이는 바처럼 김기진은 어떻게 프롤레타리아문학 작품을 대중 속으로 가지고 들어갈 수 있는지 그 전술에 대해서 이야기 하고 있을 뿐, 그 '대중'의 내실에 대해서는 언급하지 않고 있다. 그러나 그는 대중의 취향을 찾아내는 방법으로서 조선문학의 전통양식에 착안한다. 그는 이광수의 작품이 어떻게 당시 조선인에게 막대한 영향력을 가질 수 있었는가를 지적하며, 「춘향전」이나 「심청전」 같은 '이야기책'이 놀라울 정도로 대중에게 전파·침투되고 있는 점에 주목한다. 그는 이 '이야기책'을 통해 이것들이 가지고 있는 숙명적 사상, 봉건적 취향을 재촉하는 작용을 배제하고 앞에서 거론한 대중소설의 형식과 내용의 조건을 제시하고자 한 것이다.

김기진의 대중화론에 대한 비판은 카프 도쿄지부 무산자사에 있었던 김두용으로부터 시작되었다. 무산자사는 조선총독부가 아니라 일본 내지의 법 제도를 이용하기 위해서, 즉 검열 제도와 거래하는 방법으로서 검열이 엄격한 경성을 피해 도쿄에서 설립되었다. 물론 이것은 조선공산당의 재건 문제와 관계가 있었다. 카프는 여기서 기관지 『예술운동』(1927.11)과 『무산자』(1929.5)를 창간했다.[42] 김두용은 논문 「우리는 어떻게 싸울 것인가?」(1929.7)에서 계급예술가의 임무는 혁명적 프롤레타리아트의 생활 감정을 예술로서 파악하고 그것을 계급적 내용인 당의 슬로건과 생생하게 결부시킬 것, 그리고 슬로건의 내용과 사상을 대중의 슬로

---

41 김기진, 「농민문예에 대한 초안」, 『농민문예』, 1929.3 ; 『전집』1, 74~75쪽.
42 高榮蘭, 『「戰後」というイデオロギー』, 藤原書店, 2010, pp.114~116.

건으로 새로이 만들기 위해 예술의 선전·선동의 힘을 충분히 발휘하는 데에 있다고 규정했다. 그는 김기진의 프롤레타리아 시가의 대중화란 프롤레타리아 예술에게 주어진 계급적 임무를 포기한 채 대중에게 영합하는 반동적인 문구에 지나지 않는 것이라고 비판했다.[43]

이어서 역시 도쿄의 무산자사에 있었던 임화가 「탁류에 항하여」(1929.8)를 발표함으로써 논쟁이 본격화된다. 우선 임화가 문제시한 것은 김기진의 문학 검열에 대한 생각이었다.

그러나 불행히도 우리는 언제나 주의하여오던 …… 원칙의 치명적 무장해제적 오류를 발견하게 된 것이다.

그것은 싸움에 임하는 우리들의 작품의 수준을 현행 검열제도 하로, 다시 말하면 합법성의 추수를 말한 것이다.

즉 중언을 요할 것이 없이 합법성의 ×취가 아니고 ………… 의식적인 퇴각을 말하는 것이다.

(…중략…)

결코 동지 팔봉이 말하는 바 재미없는 정세 즉 탄×이란 예술운동에 있어 형식 문제를 문제삼는 데서 해결되는 것은 아니다.

오직 그것은 ××적 원칙에 의한 실천적인 세력과의 싸움에서만 해결할 수 있는 문제인 것이다.[44]

---

43 김두용, 「우리는 어떻게 싸울 것인가?」, 『무산자』, 1929.7; 임규찬·한기형 편, 『제1차 방향전환과 대중화 논쟁 – 카프비평자료총서』 III, 태학사, 1989, 560~575쪽.

44 임화, 「탁류에 항하여」, 1929.8, [4] 140~141쪽. 인용문에서 '…'나 '×'은 원문에 있는 복자.

이렇게 임화는 김기진이 합법적인 범위 안에서의 작품 행동을 제기한 것에 대해 비판을 가하고 있다. 검열을 피해 내용을 위축시켜 작품 행동을 했다고 해서 형식의 문제가 해결되는 것은 아니다. 임화는 검열에 대한 대처와 대중의 취향이라는 원래 다른 차원의 이야기가 김기진의 논의에서 하나로 논의되고 있다는 점을 비판한다. 즉 대중문예에 대한 탐구의 이유로 검열 문제를 제기하는 것은 잘못이며, 검열에 대항하는 수단이 대중 문예밖에 없다고 생각하는 것 또한 옳지 않다는 것이다. 임화는 이 점에 관해서 합법성의 추구는 '의식적인 퇴각'이며, 대중성이나 통속성의 추구는 '마르크스적 원칙의 포기'가 된다고 비판한다. 이것에 대해서 김기진은 「예술운동에 대해서」(1929.9)에서 임화에게 다음과 같은 반박을 다시 시도한다.

우리들의 예술 운동은 전혀 마르크스주의적 ××적 원칙상에 입각하여 그 일반적 규정에 벗어나지 아니함을 계급적 임무로 한다. 그러나 우리의 예술 운동은 어디까지든지 그의 특수성을 벗어놓지 못한다.

예술 투쟁을 전혀 정치 투쟁과 동일한 물건으로 사료한다든지 혹은 무용한 물건으로 평가하는 사람은 한가지로 색맹이다.

우리들의 작품 행동은 현실에서 얻을 수 있는 조건하에서 취하는 합법적 행동이다. 그러므로 경우와 시기를 따라서 가능한 온갖 표현 방법을 선택, 안출할 수 있으며 또 하여야 한다.[45]

---

45   김기진, 「예술운동에 대하여」(1929.9.21), 『전집』 I , 349쪽. 'X'은 원문의 복자.

어떠한 상황에서도 결국 예술운동은 작품행동을 통해서 발현될 수 있다는 것이 이 시점에서 김기진이 내세운 대중화론의 핵심이었으며, 따라서 검열을 염두에 두는 것은 예술의 대중화를 위한 전제였다. 그러나 김기진의 반박에 대한 임화의 대응은 지극히 냉담했다. 임화는 다음처럼 김기진의 논리를 작품 만능, 소시민적 명예욕, 예술지상주의라고 규탄한다.

> 보라! 김군! 대중소설론. 뒤바꿔 꾸민 변증법만 떠들지 말고 모든 것은 모든 진리는 구체적인 데만 존재한다. 구체적인 데서만 해결된다.
>
> (…중략…)
>
> 김군이 춘향전 식으로 이 난국을 지내가며 호기 도래를 꿈꾸는 대신, 우리는 군이 한번 들기만 해도 기절을 할 ××××해결한다. (…중략…) 맹렬한 문구로(그러나 노동자 농민은 어떻게 좋아하는지) 가득 찼다. 그리하여 군이 언제나 타협해가며 나아가려는 ××× (…중략…)
>
> 우리가 과거에 가지고 있든 오견, 주로 부르 신문과 부르 잡지를 통하여서만 행하던 운동(주로 작품)하던 경향, 즉 우리들 자신의 기관의 강대화보다도 다른 기관의 이용을 과대평가한 그것을 단연히 극복하여야 한다는 것이다.[46]

임화는 김기진이 주장하는 상업신문이나 잡지를 통한 작품행동이 합법성으로의 추종이며, 자신들의 기관보다도 다른 기관을 과도하게 평가

---

46   임화, 「김기진 군에게 답함」, 1929.11, [4] 152~154쪽.

한다고 비판하고 어떠한 상황에서도 그 현실과 타협해 가는 방법을 모색해야 한다는 김기진의 논리에 반발한다. 즉 임화는 어떠한 상황에서도 합법이든 비합법이든 모든 방법을 다해서라도 예술의 대중화를 달성해야 한다고 한 것이다. 임화는 김기진의 주장이 개량주의적이고 대중편승적이라고 규탄하고 마르크스주의적인 혁명과 그 원칙을 포기한 무장해제적인 견해라고 비판하였다. 그는 어떤 창조력을 바탕으로 예술운동을 해야 하는지를 구체적으로 말하지는 않고 있으나, 정치운동의 이데올로기 투쟁으로서의 예술운동의 역할을 분명히 하였다.

여기까지 임화와 김기진의 논쟁을 보자면 김기진이 대중의 문예에 대한 취향을 분석하고 실제 검열을 염두에 둔 창작을 주장한 데에 비해서 임화는 그 전부를 무장해제적이고 후퇴적인 자세라고 부정한다고 하는 큰 구도가 보인다. 이 논의의 구도는 일본의 예술대중화논쟁에서의 구라하라와 나카노의 대립을 연상케 한다. 구라하라가 제시한 대중 취향의 분석과 이를 극복하기 위한 방안 제시에 대해 나카노는 예술의 프로그램을 안이하게 정치의 프로그램으로 종속시킴으로써 대중의 주체성을 경시하지 말아야 하며, 대중에게 진정으로 양질의 작품을 공급하기 위한 방도를 추구해야 한다고 비판하였다. 구라하라나 김기진이 예술대중화를 위해서 제시한 내용과 방법은 같은 시기 세계 프롤레타리아문학운동에서 제기된 논쟁들에서 각국의 운동가나 사상가들이 제시한 것과 거의 비슷하다. 세계 다른 지역의 예술대중화논쟁은 그 대중화의 내용과 방법에 대한 현실성이나 가능성에 관한 논의가 주를 이루었다. 소련과 독일의 노동자통신원운동의 구체적인 방법이나 중국, 대만에서 일어났던 사용문체에 관한 논의가 그러한데, 구라하라나 김기진의 논의도 여기에 포함되는 것이라고 할 수 있을 것이다. 한편 특이하다고 할 수 있는 것은 일본과 조선의 예술대중화논쟁에서 나카노와 임화가 맡은 역할이다. 이것을 앞에서 나카노의 논의 내용을 평가했을 때와 마찬가지로 후쿠모토주의, 혹은 루카치·레닌적인 것의 전경화라고 해도 좋을 것이다.

1927년의 목적의식논쟁 당시 아오노 스에키치青野季吉가 '외부'로부터 목적의식을 주입할 필요성과 레닌, 후쿠모토 가즈오福和本夫의 주장에 따라 전위당의 필요성을 주장했을 때, 이에 대립하여 나카노는 마르크스주의의 이론이나 사회주의적 의식보다도 모든 피억압 민중의 구체적인 현실을 파악하고 그것을 표현하는 것이 중요하다고 주장하였다. 그러나 위에서 살펴본 바처럼 나카노는 레닌의 전위당론 수용에 있어서 그 내실을 부여하는 논의를 하고 있다. 또 예술대중화논쟁에서 나카노가 사회주의의 설명보다도 우리 자신의 생활의 고통이나 견디기 어려운 고통을 끌어내는 예술이 필요하다고 한 태도는 그대로 임화의 주장과 부합된다. 임화의 주장, 즉 김기진의 현실주의, 현실의 대중의 취향을 파악하고 현실의 검열에 대한 대책을 생각하는 것에 대한 전면 비판은, 나카노가 영향을 받은 후쿠모토이즘, 즉 노동자의 계급적인 자기의식에 주목하는 사고방식과 같은 범주의 논의였다. 이러한 태도에서는 문학 작품이 선전의 수단이 될 수 있다는 강한 확신과 문학자가 혁명적 전위가 되어야 한다는 인식이 일원적으로 결부되어 있다. 대중조직화와 투쟁의 매개가 실제적인 선전·선동의 활동이 아니라 지극히 간접적인 문학 작품이었던 데에 문제의 어려움이 존재했다.[47] 그러나 그것을 강행하려고 한 것이 나카노나 임화의 대중화론이었다.

한편 식민지 조선의 예술대중화논쟁에서 대중화의 여러 방안을 제안했던 김기진은 그 양과 질에서 따를 자 없는 높은 수준의 논의를 전개하고 있었다. 그러나 도쿄의 무산자사에 있었던 김두용과 임화에 의한 몇 번에 걸친 비판으로 이 논의가 그대로 종식된 과정은 그 자체로 조선에서의 예술대중화논쟁의 특징을 보여주는 것이었다고 할 수 있다.[48] 이것은 논쟁의 내용이나 질과 관련있다기보다는 이 논쟁이 이루어졌던 경성과 도쿄라는 공간을 지배한 정치적 사정에 연유한 측면이 다분했다. 앞에서도 언급했듯이 1928년의 코민테른 제6회 대회에서 채택된 '일국 일공산당'의 원칙으로 조선공산당의 승인이 취소되고 당의 만주총국과 일본 총국이 해산, 중국공산당과 일본공산당으로 흡수되었다.[49] 그리고 당의 재건을 위해서 상해에서 활동하던 활동가들이 도쿄의 무산자사를 통해 경성에 대한 정치적 침투를 시도하고 있었고, 거기에 당시 카프 도쿄지부 무산자사에 있었던 김두용이나 임화가 관여하고 있었던 것도 서론에서 언급한 김삼규의 회고로 확인할 수 있다. 김삼규의 회고에서 볼 수

---

47 천정환, 『근대의 책읽기 - 독자의 탄생과 한국근대문학』, 푸른역사, 2003, 460~467쪽.
48 최원식도 그러한 관점에서 김기진의 대중화론의 내용을 평가하고 그것을 정치적인 이유로 중단시킨 임화들의 비평에 대해서 비판했다. 그는 카프의 주도권 투쟁에서 다른 가능성이 있을 수 있었던 점에 관해서 논하고 있다. 최원식, 「한국문학의 근대성을 다시 생각한다」, 민족문학사연구소 편, 『민족문학과 근대성』, 문학과지성사, 1995, 3. 「프롤레타리아문학의 위상」(52~63쪽).
49 マイケル・ワイナー, 「コミンテルンと東アジア」, K・マクダーマット&J・アグニュー, 앞의 책, pp.220~257.

있듯이 당시 김두용과 임화의 입장에는 차이가 있었으나, 그들을 중심으로 조선공산당의 재건운동이 진행되고 있었던 것은 분명한 사실이었다. 이를 통해 이후 임화가 카프 위원장에 취임하게 되었고, 카프 제1차 검거 사건이 일어났다. 무산자사가 식민지에서의 엄격한 검열을 피하기 위해서 도쿄에 설립된 사정을 고려한다면, 거기에 있었던 임화가 경성의 김기진에게 검열 코드를 고려해서는 안 되고 복자도 당당하게 공표해야 한다고 말한 것은 모순이 많은 발언으로 보일지도 모른다. 다만 임화가 그 주장을 게재한 것이 도쿄에서 발행된 『무산자』가 아니라 경성에서 발행된 『조선지광』이었다는 사실에 유의해야 한다. 말하자면 임화는 검열을 피하기 위해 도쿄에 설립된 무산자사에 있으면서도 조선 검열의 현상을 확인, 폭로한다는 의미에서 자신의 평론을 발표했다고 생각된다.

또한 식민지 조선에서의 예술대중화논쟁이 다른 지역의 논쟁과 비교해서 특징적이었던 것은, 임화의 이야기시, 이른바 '단편서사시'에 대한 평가가 초점화되었다는 점이다. 소련과 독일의 노동자통신원운동에서도 시의 창작방법이 논의된 적은 있으나, 특정한 개인의 이야기시가 이렇게 초점화된 일은 없었다. 일본의 경우를 보자면, 대중화논쟁의 당사자인 나카노 역시 시인이기도 했다는 점은 동일하지만 그의 작품이 논쟁에서 중점적으로 다뤄진 적은 없었다. 이와 비교해보자면 조선의 논쟁에서는 임화라는 특정한 개인의 이야기시가 크게 초점화된 점이 특징적이었다고 할 수 있다. 김두용이나 임화에게 비판받기 직전에 김기진은 「단편서사시의 길로」(1929.5)와 「프로 시가의 대중화」(1929.6)에서 임화의 이야기시를 비롯한 프롤레타리아 시에 대해 평가하며 「대중소설론」(1929.4)에서 주장한 내용과 비슷한 논의를 하고 있는데, 거기서 문제가 된 것이 임화의 이야기시 「우리 오빠와 화로」(1929.2)였다.

　사랑하는 우리 오빠 어저께 그만 그렇게 위하시든 오빠의 거북紋이 질화로가 깨여졌어요

　언제나 오빠가 우리들의 피오닐 조그만 기수라 부르는 永男이가

　지구에 해가 비친 하로의 모 - 든 시간을 담배의 독기 속에다

　어린 몸을 잠그고 사온 그 거북紋이 화로가 깨여졌어요

—「우리 오빠와 화로」(1929)에서[50]

　김기진은 임화의 이 이야기시에 대해서 『젊은 베르테르의 슬픔』을 읽고 눈물을 흘린 적이 있었는데, 그것과는 또 다른 종류의 눈물을 흘렸다고 평가한 후, 그러나 시의 완성도에 대해서는 몇 가지 난점이 있다고 하며 ① 화자인 여동생의 감정, 형제나 가족의 상황이나 화로가 깨진 것이 무엇을 암시하는지 명확하지 않고, ② 문장법이 철저하지 못해서 의사전달이 약하고, ③ 시구가 중복되고 설명도 잡다해서 기술이 미숙하다고 지적했다. 그러나 그럼에도 불구하고 이 작품이 독자를 감동시키는 것은, 연락이 되지 않는 형이나 동지를 잃어버려도 여동생이 씩씩하게 행동하는 모습 바로 그것이라고 하였다. '단편서사시'로서 보다 완성도 높은 것이 되기 위해서는 ① 소재가 사건을 취급하는 만큼 그 구성에 주의하고,

50　임화, 「우리 오빠와 화로」, 『조선지광』, 1929.2, [1] 55쪽.

될 수 있는 한 시적으로 필요한 부분만 추출해서 간결하게 쓰도록 하고, ② 너무 세련된 시어를 사용하지 말아야 하고 교양이 높지 않은 그들의 용어로 말하고 프롤레타리아의 리듬을 창조해야 한다고 주장했다.[51]

김기진은 다른 논고에서 임화의 작품과는 별도로 프롤레타리아 시 일반의 창작방법을 제시하면서, 모든 대중 속으로 들어가지 못하고 일부 지식 청년들에게만 받아들여졌던 프롤레타리아 시의 창작 태도를 변경하여 대중에게 받아들여지고, 대중이 이해하기 쉬운 말로 쓰고, 대중이 흥미를 가지고 기억할 수 있는 내용을 써야 한다고 주장했다. 그는 아울러서 대중이 좋아하는 「수심가」나 「춘향전」, 「심청전」을 보면 50년 전이나 100년 전의 취향과 변하지 않았는데, 이 지점에서 시작해야만 대중의 교양 수준을 올리고 그들의 주의를 끌 수 있다고 말하며 「대중소설론」(1929.4)에서 주장한 것과 같은 지적을 하고 있다.[52]

따라서 앞에서 지적했듯이 임화가 「김기진군에게 답함」(1929.11)에서 김기진의 논의에 대해 춘향전식의 극복이라고 야유하고 그것이 투쟁에서의 후퇴라고 비판한 것은, 자신의 시에 대한 김기진의 평가에 응답한 것이었다고 할 수 있다. 다만 임화는 여기서 시의 창작방법이나 이야기시의 장르적인 특성에 대해서는 한마디도 언급하지 않고 다만 김기진이 생각하는 '대중'의 취향에 대해서 반론을 펴고 있을 뿐이다. 또한 임화가 이 논의에서 자신의 이야기시를 '단편서사시'라고 말한 적은 한 번도 없다.

---

51 김기진, 「단편 서사시의 길로 - 우리의 시의 양식문제에 대하여」(1929.5), 『전집』I, 139~144쪽.
52 김기진, 「프로 시가의 대중화」(1929.6), 『전집』I, 145~148쪽.

임화는 김기진의 지적에 대해서 이야기시라는 장르의 특성이나 '단편서사시'라는 명칭은 물론 자신의 작품에 대해서도 아무런 언급도 하지 않았다. '단편서사시'란 논쟁 당시 김기진이 임화의 시를 가리켜 그 장르의 이념형으로서 명명한 것이었다. 임화는 이때뿐만 아니라 그의 전 생애 동안 이야기시를 썼는데, 그것이 어떤 장르적 특성을 띠고 있었는지에 대해서는 김기진의 '단편서사시'라는 명명의 의미도 포함해서 다음 장에서 자세히 검토하려고 한다.

여기서 하나 더 지적하고 싶은 것은, 이렇게 김기진이 지적한 지 몇 달 후 임화가 다음처럼 자기비판을 하고 있다는 점이다.

비가 와도 오월의 태양만 부르고 누이동생과 연인을 까닭 없이 ×××를 만들어서 자기중심의 욕망에 포화되어 나자빠졌다. 네거리에서 순이를 부르고 꽃구경 다니며 동지를 생각했다.

이러한 프롤레타리아가 사실로 있을 수 있는가? 이 조선의 급전하는 현실 속에.

(…중략…)

「우리 오빠와 화로」의 출현으로 명확해졌다고 말하여도 별 폐단이 없을 것이다. (…중략…) 그 후에 적지 않은 영향을 끼친 것으로, 필자의 엄정한 입장에서 자기비판을 요하게 된 직접적 동인이며 그에 대한 책임을 가지는 것이다. (…중략…) 즉 필자의 2, 3의 시의 소 부분의 사실성은 감상주의 비××적 현실의 예술화로 전화되고 만 것이다.[53]

임화는 스스로 이것을 '소시민적 대중화'였다고 자기비판하였다. 조금 후인 1934년에 이종구의 비판을 받고 발표한 평론 「33년을 통해서 본 현대 조선의 시문학」(1934.1)에서 임화는 이종구의 비판이 형식적이며 전혀 맞지 않다고 반론을 제기하면서, 그것은 그가 말하듯이 결코 '부르주아적 감상주의'는 아니나 「우리 오빠와 화로」나 「요코하마의 부두」 등에 나타난 시의 감정이 개인적인 한계에 국한되어 있고 가정적·신변적인 것에 대한 감정을 센티멘탈하게 과장하고 있으며, 이들 서사시가 나오기 전후의 시세계와 어떤 관련이 있는지에 대해서는 문제가 많다는 점을 인정하고 반성한다고 말하고 있다.[53] 임화의 이야기시를 '감상주의'로 보는 비판은, 그 이후에도 끊임없이 가해진 비판이었는데, 이점에 대해서는 임화의 시 작품의 특성을 분석하는 제2장에서 자세히 언급하고 싶다.

임화는 이 자기비판 후에 잠시 동안 시를 쓰지 않았다. 뿐만 아니라 이후에는 논쟁이 아니라 문단의 현황이나 정세 분석의 평론만 발표하게 된다.[54] 그는 카프 서기장으로서 프롤레타리아문학의 현상을 분석하는 평론을 몇 편 발표한다. 처음에는 프롤레타리아문학의 작가나 시인들의 동향을 논하는 데에서 한 걸음 더 나아가 점차 프롤레타리아문학 이외의 문단이나 문학자들의 동향, 예컨대 이광수, 김동환, 해외문학파 등의 동향도 회고적이고 역사적으로 정리·비판하기 시작한다.[55] 이것이 1930년

---

53 임화, 「33년을 통하여 본 현대 조선의 시문학」, 1934.1, [4] 360~363; 김신정, 「정치적 행동으로서의 시와 시의 형식 – 임화의 시론과 시작의 의미」, 문학과사상연구회 편, 『임화 문학의 재인식』, 소명출판, 2004, 184~191쪽.
54 임화, 「시인이여! 일보 전진하자」, 1930.6에 있는 신두원의 지적. [4] 172쪽의 각주 13.
55 임화, 「1931년간의 카프예술운동의 현황」, 1931.2; 「1932년을 당하여 조선문학운동의 신계단」(1932.1); 「당면 정세의 특질과 예술운동의 일반적 방향」(1932.1~2) 등.

대 후반에 그가 발표한 동시대의 문학사·신문학사와 관련된 일련의 논고에서 동시대 문학의 도식이나 구도를 만드는 토대가 되었음은 분명하다. 그 자세한 내용에 대해서는 다음의 제3, 4장에서 검토하도록 한다.

식민지 '청년' 주체의 정립과
식민지 풍경의 전경화

임화의 이야기시

1. 저작에서 차지하는 시 작품의 위치

임화 자신의 문학적 출발점이자 전 생애에 걸쳐 고수했던 시 창작은 늘 그의 문학 행위의 중심에 있었다. 임화의 모든 저작 중에서 시는 양적으로는 결코 많지 않을지 모르나 그의 문학세계, 그가 써서 남긴 모든 것을 규율하는 원리를 이해하는 핵심이다. 그리고 '근대'가 시라는 문학 장르에 어떠한 과제를 부과했는가를 이해하기 위해서도 임화의 시편들은 지극히 귀중한 흔적으로 간주되어야 한다. 이 장에서는 임화의 문학세계를 '서정성'의 구체적인 일면으로서 재해석함과 동시에 그 특질이 임화의 문학 행위를 어떻게 규율하고 있는지를 검토한다.

임화의 문학 작품, 특히 시에 대한 연구는 지금까지 주로 시의 내용이

나타내는 경향을 시대적인(혹은 사회주의운동사적인) 흐름 속에서 파악하고 그 변천을 시계열時系列적으로 정리하는 것이 많았다. 그것은 임화라는 문학자가 문단의 논쟁사 혹은 동시대 역사의 분기점에서 중요인물로서 한결같이 개입하고 있었던 사정과 관련이 있다. 그러한 점에서 임화 시 작품의 역사적인 변천은 다음처럼 정리될 것이고, 실제로 이러한 구분에 근거한 선행 연구가 임화의 작가론이나 작품론에서 상당한 비중을 차지하고 있는 것으로 보인다. ① 습작기. 단순히 감상적인 것으로부터 한때 다다이즘에 대한 관심을 보여준다. ② 프롤레타리아 시. 특히 1928년의 예술대중화논쟁에 합류한 이후부터 1935년의 카프 해산까지의 시기. ③ 카프 해산 후부터 해방 전까지. 이 시기에 또한 감상적인 시가 많이 나온다. ④ 1945년 8월 15일 해방부터 1947년 월북에 이르기까지의 시기. 식민지기의 시집을 다시 간행하는 한편 정치적 격문이나 혁명노래의 작사도 했다. ⑤ 월북 후 한국전쟁을 거쳐 사형판결을 받을 때까지. 많은 격문 시 중에 감상적인 시편들도 간혹 보인다.

지금까지의 선행연구가 임화의 문학세계와 시의 작풍을 이러한 시대 구분에 따라서 검토해 온 것은, 그가 남로당 계열의 숙청 와중에 '미제간첩'이라는 죄명으로 처형된 사실과 관계있을 것이다. 임화의 비극의 원인을 규명하기 위해 역사적으로 거슬러 올라간 어떤 연구는 그를 정치적으로 잘못을 저지른 문학자로 보고, 그 생애에 보인 행위 중에서 오류를 찾아내려고 했다. 또 어떤 연구는 그를 비극적으로 죽은 시인으로서 사회주의운동사에 어떻게 호응했는지를 역시 그의 생애나 그 문학 행위 중에서 찾아내려고 했다. 그러한 연구 태도는 임화의 '정치적 오류'나 그의 문학 행위의 '역사적 한계'를 지적하고 밝혔을지는 모르나, 그의 문학 세계 자체를 이해하는 시각을 지극히 협소하게 만들었다고 할 수 있다. 이 장에서는 그렇게 조감적으로 임화의 문학 행위를 재단하거나 심판하는 것이 아니라, 또 사후적인 입장에서 그의 문학 행위에 대한 가치 판단을 내리는 것을 피하면서, 평생 동안 시대의 분기점에서 그가 발표해 온 시의 특징을 발표순이나 전후관계와 상관없이 전체적으로 지적하고자 한다. 그리고 문학사 연구에서 밝혀진 작가의 행동과 사상으로부터 작품을 해석하는 것이 아니라, 일정한 흔들림이나 내용상의 폭을 보여주는 작품들을 결부시키고 통합하고 있는 '기호'로서 시인 임화의 작품세계를 검토하고자 한다.

2. 시 작품의 전반적인 특성

임화의 대표작이라고 하면 김기진과의 유명한 예술대중화논쟁을 벌이던 당시 발표한 「우리 오빠와 화로」(1929), 「우산 받은 요코하마의 부두」(1929), 「네거리의 순이」(1929) 등 이른바 '단편서사시'와 카프 해산 후에 발표하고 제1시집 『현해탄』(동광당서점, 1938)에 수록된 「다시 네거리에서)」(1935), 「해협의 로맨티시즘」(1936), 「눈물의 해협」(1938), 「현해탄」(1938) 등의 작품을 들 수 있을 것이다. 그는 그 외에도 서정시 계열의 작품을 많이 발표했으나 임화의 시 중에 문학사적으로 기억되는 것은 이들 이야기시인 것만은 틀림없다. 그의 시 전체를 보자면 임화의 시에는 소위 서정시 계열의 작품과 그것과 대조적으로 적개심을 고양시키는 시구가 나열된 정치적 격문과 같은 시, 정치운동의 진군나팔과 같은 시, 혹은 동지를 애도하는 추도시들도 상당히 많이 존재한다.

서정시 계열의 작품과 정치적 격문 계열의 작품 사이에 마치 그것들을 잇는 것처럼 위와 같은 이야기시 계열의 대표작들이 위치되어 있다. 작품에 대해서 본격적으로 검토하기 전에 임화의 서정시 계열의 시와 정치적 격문 계열의 시, 혹은 추도시의 성격을 잠시 살펴보자.

죽는게

살기보다도

쉽다면

누구가

벗도 없는

깊은 밤을……

참말 그대들은 얼마나 갔는가

발자욱을

눈이 덮는다

소리를 하면서

말소리를 듣재도

자꾸만

바람이 분다

오 밤길을 걷는 마음······

— 「밤길」(1937.6)에서[1]

돌아올 날을

기약코

길을 떠난

사람이

하나도 없는

車간은

한숨도 곤하여

누군가

싸우듯

북방의 희망을

언쟁하던

시끄런 음성은

엊저녁 꿈이다.

— 「車中─秋風嶺」(1938.10)에서[2]

---

1   임화, 「밤길」, 1937.6, [1] 212~213쪽.
2   임화, 「車中─秋風嶺」, 1938.10, [1] 218쪽.

침입자를 방어하라

저항하거든 대항하라

그래도 들어오거든

생명이 있는 한 싸우라

全線 노동자는 우리에게 이것을 요구하고

투쟁 사령부는 우리에게 이것을 명령한다

승리냐 그렇지 않으면 패배냐

　　　—「우리들의 戰區—勇敢한 機關區 警備隊의 英雄들에게 바치는 노래」(1946)에서[3]

아즉도

기억이 쓰라린

동무들의 무덤 앞을

묵묵히 지내는

나의 발길을 꾸짖느냐

별들을 헤여보다

따우를 돌보지 않은

슬픈 용기의 무덤은

3　임화,「우리들의 戰區－勇敢한 機關區 警備隊의 英雄들에게 바치는 노래」, 1946, [1] 272쪽.

오늘날 벌서

임자도 없는

전설의 古塚이냐

— 「별들이 合唱하는 밤 - 李相春君의 외로운 주검을 爲하여」(1937)에서[4]

「밤길」이나 「車中 - 秋風嶺」과 같은 서정시는 주로 화자가 대상에 친화해서 녹아드는 인상을 주는 것들이다. 임화의 경우 이러한 타입의 시는 「무엇 찾니」나 「서정소시」, 「향수」(1926)[5] 같은 습작기의 약간의 시편들 이외는 모두 1935년부터 10년 사이에 발표된 것이다. 즉 서기장으로서 카프를 해산시킨 이후에 임화는 이러한 서정시를 많이 발표하고 있다.

세 번째로 인용한 「우리들의 전구戰區 - 용감勇敢한 기관구경비대機關區警備隊의 영웅英雄들에게 바치는 노래」와 같은 격문조의 시는 「탱크의 출발」(1927)처럼[6] 해방 전에 발표된 것도 약간 있는데, 대부분은 해방 후에 창

---

4 임화, 「별들이 合唱하는 밤 - 李相春君의 외로운 주검을 爲하여」, 1937, [1] 227~278쪽.

5 임화, 「무엇 찾니」, 『매일신보』, 1926.4.16; 「서정소시」, 『매일신보』, 1926.10.10; 「향수」, 『매일신보』, 1926.12.19.

6 임화의 「탱크의 출발(タンクの出発)」은 일본의 『프롤레타리아예술(プロレタリア芸術)』 (1927.10)에 이북만의 번역으로 발표되었으며, 그 후 『프롤레타리아시집(プロレタリア詩集)』(마르크스서방(マルクス書房), 1927.11)에 재수록되었다. 조선어 원문은 알려져 있지 않다. 다만, 이북만이 『프롤레타리아예술』에 왕성히 글을 게재했던 필자였다는 사실을 미루어 짐작하건데, 임화가 한국어로 쓴 것을 이북만이 일본어로 번역한 것이라 추정된다. 일본어 전문은 다음과 같다. "数へ切れぬほど多数の 二十世紀の機械が / 止め度なく 紛失されつつある / 工場の中で 農場で 監房で / 一小作権は彼らを運転する機能を失つた / 一女工を買ふために 工場主の手段は旧式すぎる / 地球上の諸機械は 実に止め度もなく 紛失されつつある // 失はれた機械は 深夜 車庫の中で / 新しい機関車を築造しつつある / 一顔の黄い / 一顔の白い / 一顔の黒い / 等 / 等 / 等 / インタナショナルのタンクはある日車庫の戸を開き / 怪物のやうに / 非常な速力でもつてクレムリンを出た / 一世紀の中に散在した無数の機械を載せて // おお もはや機械は 世紀の機械は / 地球の中心を旋回し

작되어서 그의 시집들, 즉 제2시집 『회상시집』(건설출판사, 1946)과 제3시집 『찬가』(백양당, 1947), 그리고 제4시집 『너 어느 곳에 있느냐』(문화전선사, 1951)에 수록되었다. 이 계열의 시 중에는 「해방 조선의 노래」(1945)나 「인민의 소리」(1946), 「민애청가」(1947)처럼 노래 가사로 만들어진 것도 있다.[7] 네 번째인 「별들이 합창하는 밤」과 같은 추도시는 해방 전에도 후에도 마찬가지로 등장한다.

이 계열의 작품 중에는 「적」(1936), 「한잔 포도주를」(1938), 「초혼」(1946)처럼 '적'이나 '원수'에 대한 증오를 강조한 것, 반대로 「병감病監에서 죽은 녀석」(1929)이나 「만경벌」(1934)처럼 그 '적'에게 당한 '동지'에 대한 애석한 감정을 표현한 작품이 있다. 이 계열의 시는 식민지 근대를 살아가는 지식인 주체로서의 '청년'을 화자로 하여 때로는 '벗'과 '적'을 구별해서 쓰면서 자신들이 일종의 '죄수'로 붙잡혀 있는 것의 부당함을 고발하는 것이라고 할 수 있다. 또한, 다음에 분석하는 임화의 이야기시 계열의 작품 중에 '청년' 주체를 작품에서 전경화한 또 하나의 특수한 양식이라고 파악할 수도 있을 것이다.[8]

始めたのだ／―機械は紛失され／―地球の中心はつきとめられ／―インタナショナルの赤色タンクは動きつつある／徐々に 急速に―／徐々に 急速に―." 이 시는 『한길문학』 13호(1992.5), 200~201쪽에서 임화의 다른 시 작품과 함께 한국어로 처음 소개되었다. 한국어 번역자는 자료 해제를 쓴 이경훈으로 추측된다. 한국어 번역은 [1] 43~44쪽에 게재되어 있다.

7   박정선, 「해방가요의 이념과 형식」, 『임화문학과 식민지 근대』, 경북대 출판부, 2010, 340~368쪽에서는 〈인민항쟁 노래〉(1946, 임화 작사, 김순남 작곡)를 비롯한 해방 직후의 혁명가요의 특질을 검토하면서 '시'로부터 '노래'로 변모하는 말하는 자의 위상을 밝히고 있다.

8   유성호, 「'청년'과 '적'의 대위법 – 1930년대 중반 이후의 임화 시」, 임화문학연구회 편, 『임화문학연구』 1, 소명출판, 2009, 88~92쪽.

3. 이야기시 (1) – 혈연을 노래하는 것

임화의 시 작품 중에서 앞에서 언급한 서정시나 격문시, 추도시를 서로 결부시키는 위치에 있는 작품군이 「현해탄」 등 이야기시 계열의 작품이다. 이들 시의 특징은 '단편서사시'라는 명명에서도 알 수 있듯이 운문인 시 속에 서사, 즉 이야기가 존재하는 것이다. 앞에서 지적했듯이 임화의 일부 작품을 '단편서사시'라고 명명한 것은 임화 자신이 아니라 팔봉 김기진이다. 카프의 초기 논쟁 중에 내용과 형식논쟁과 함께 유명한 예술대중화논쟁에서 김기진은 「통속소설 소고」(1928.11), 「대중소설론」(1929.4) 등을 발표하면서 이야기책과 같은 전근대의 재래적 형식의 채용을 제창하는데, 임화들에게 '후퇴적'이라고 비판받은 후에 곧바로 「단편서사시의 길로」(1929.5)에서 임화의 「우리 오빠와 화로」를 예로 들며 그 양식으로서의 특성과 가능성을 논하고 앞으로의 예술대중화에서 다루어야 할 '단편서사시'의 이념형을 이야기했다. 김기진은 여기서 임화의 시에 나오는 인물군에 어떤 영웅성을 느꼈고, 그 특징을 정확하게 명명하고 있다고 할 수 있을 것이다. 실제로 1920년대 후반의 시점에서 프롤레타리아 시 중 이야기시의 체제를 취하는 것은 예술대중화논쟁의 당사자였던 김기진의 작품들(「한 개의 불빛」, 1923.9; 「화강석」, 1924.6)을 비롯해서, 이호(「행동의 시」, 1927.8), 적구(「여직공」, 1926.4; 「가두의 선언」, 1927.11), 김창술(「전개」, 1927.8)의 작품들이 있는데, 이것들은 임화의 「우리 오빠와 화로」(1929)보다 일찍 발표되었다. 그리고 임화 자신이 편찬한 『카프 시인집』(조선푸로레타리아예술동맹 문학부 편, 집단사, 1931)에도 임화의 작품(「네거리의 순이」 외)

이외에 김창술(「기차는 북으로 북으로」 외), 권환(「정지한 기계」 외), 박세영(「누나」), 안막의 작품(「삼만의 형제들」 외)이 실려 있다.[9]

보통 서정시에도 시간의 흐름이 있는 이상 서사성이나 이야기성을 찾아볼 수 있는데, 여기서 말하는 이야기성이란 화자가 대상을 쫓는 궤적을 텍스트에서 기술해 갈 뿐만 아니라 복수의 등장인물이 등장하여 만들어진다는 특징을 갖는다. 근대 이후 서정시의 경우, 리듬이나 운율은 많은 사람을 대상으로 삼는 것인데, 그러한 형식에 담겨지는 내용은 그러한 많은 사람을 기술의 대상으로 삼지 않는 개인적인 감정 표현일 경우가 많다. 이렇게 리듬이나 운율의 대중지향성과 감정표현의 개인지향성을 동시에 겸비하는 것이 서정시라고 한다면, 복수의 인물이 등장하는 시라는 것은 상당히 특이한 것이 된다. 임화의 작품의 경우, 거기에 등장하는 인물들이 거의 영웅적으로 다루어지고 있고 게다가 그 말로가 비극적이라는 점도 원래의 서사시적 성질과 부합된다. 다만 그 영웅이 보다 넓은 의미의 공동체의 창시자(예를 들면 국가라면 건국자) 등은 아니라는 점, 작품 자체가 짧다는 점 때문에 '서사시'라고 부르는 것을 피해 편의적으로 이 시들을 '이야기시'라고 부르기로 한다면, 거기서 영웅적으로 다루어지

---

9 정재찬, 「1920~30년대 한국프롤레타리아시의 전개과정」, 역사문제연구소 문학사연구모임, 『카프문학운동연구』, 역사비평사, 1989, 113~150쪽. 해방 후에도 이야기시 계열의 작품은 계속 존재했는데, 그 예로는 신동엽(「껍데기는 가라」, 1967; 장편서사시 「금강」, 1967), 김남주(「조국은 하나다」, 1980), 신경림(「농무」, 1973), 박노해(「노동의 새벽」, 1984)를 들 수 있다. 김지하(1941~) 또한 「오적」(1970) 등 자기의 대표작을 '담시'라고 부른 바 있었다. 김지하는 장편시 「남」(1984)을 '대설'이라고 부른 적도 있었는데, 이들도 '이야기시'의 일부로 해석해도 좋을 것이다. 이런 사정을 살펴볼 때, 여기서 '이야기시'라고 부르는 것이 역사적으로 한국 저항시의 한 조류를 이루고 있다고 볼 수 있다.

고 있는 등장인물로부터 임화 시의 또 하나의 특징을 찾아볼 수 있다. 그것은 화자와 다른 인물 사이의 관계가 많은 경우, 오빠(=화자)와 여동생이거나 아들(=화자)과 어머니 등 소위 혈연자라는 사실이다. 이렇게 시적 화자인 '나'(반드시 '나'라고 부르지 않아도 일인칭 화법으로 발화하고 있는 것까지 포함해서)가 '나' 이외의 인물과 어떤 관계에 있는지를 볼 때, 임화의 작품은 상당히 특징적이라고 할 수 있다. 보통 서정시가 유일자로서의 '나'를 말하고 독자가 그 독백이나 고백을 몰래 숨어서 듣는 구성을 취하는 데 비해, 임화 시에 등장하는 '나'는 그것으로 대표되는 '우리'라는 것을 전제하고 있다.

임화는 초기에 단편소설을 창작하면서 자신의 이야기시의 원형이 되는 이야기를 구상하고 있다. 「최후의 면회인」(1927.1)과 「젊은 희순이와 영철이」(1926.1)가 그것으로, 특히 전자는 「네거리의 순이」(1929), 「우리 오빠와 화로」(1929) 등과 상황설정이 유사하다.[10] 다만 이 경우 작품 내용으로부터 볼 때 장르의 문제라고 보기보다는 단편을 발표함으로써 이야기시의 소재를 구상했다고 보는 편이 타당하다고 할 수 있을 것이다.

1) 남매 관계

임화의 대표작이 소위 이야기성을 가진 시로, 게다가 화자도 포함해서 거기에 등장하는 인물은 서로 혈연자인 것이 많다는 사실은 앞에서 지적

---

10   박정선, 앞의 글, 83쪽.

했다. 여기서는 구체적으로 그의 작품을 보면서 그 특징에 대해서 검토해 보고자 한다.

눈바람 찬 불상한 都市 鍾路 복판의 順伊야

너와 나는 지내간 꽃 피는 봄에 사랑하는 한 어머니를

눈물 나는 가난 속에서 여의었지!

그리하여 너는 이 믿지 못할 얼굴 하얀 오빠를 염려하고,

오빠는 가날핀 너를 근심하는,

서글프고 가난한 그날 속에서도,

순이야, 너는 마음을 맡길 믿음성 있는 이곳 청년을 가졌었고,

내 사랑하는 동무는……

청년의 연인 근로하는 여자 너를 가졌었다.

— 「네거리의 순이」(1929.1)에서[11]

사랑하는 우리 오빠 어저께 그만 그렇게 위하시든 오빠의 거북紋이 질화로

가 깨여졌어요

언제나 오빠가 우리들의 피오닐 조그만 기수라 부르는 永男이가

지구에 해가 비친 하로의 모 – 든 시간을 담배의 독기 속에다

어린 몸을 잠그고 사온 그 거북紋이 화로가 깨여졌어요

(…중략…)

---

11   임화, 「네거리의 순이」, 1929.1, [1] 52쪽.

그리고 오빠……

저뿐이 사랑하는 오빠를 잃고 永男이뿐이 굳세인 형님을 보낸 것이겠습니까

슬지도 않고 외롭지도 않습니다

세상에 고마운 청년 오빠의 무수한 위대한 친구가 있고 오빠와 형님을 잃은

수없는 게집아희와 동생

저의들의 귀한 동무가 있습니다.

— 「우리 오빠와 화로」(1929.2)에서[12]

「네거리의 순이」는 화자인 오빠가 여동생 순이에게 호소하는 형식을 취하고 있다. 순이는 화자의 여동생인 동시에 다른 곳에서 몇 번이나 "근로하는 모든 청년의 연인"이라고도 불리고 있다. 화자와 여동생, 그리고 주위의 '근로하는 청년'이 가난한 가운데에서도 중노동을 견디어내고 노동운동을 계속해 가게 하는 힘이 '청춘'이라고 하는 내용의 시다. 「우리 오빠와 화로」는 반대로 여동생이 오빠에게 보낸 편지 형식을 취하고 있다.[13] 노동운동의 지도자로 생각되는 오빠가 어느 날 돌연 모습을 감추고 그 다음에 죽은 것이 알려지나 남겨진 여동생(=화자)과 남동생 영남이는 과감하고 씩씩하게 오빠·형의 투쟁을 계승해 나갈 것을 맹세하는 내용의 시다. 이들 시는 앞에서도 지적했듯이 예술대중화논쟁 당시 김기진이 '단편서사시'가 될 수 있다고 한 작품으로서 언급되기도 하였다. 앞에서

---

12 임화, 「우리 오빠와 화로」, 1929.2, [1] 55~57쪽.

13 같은 식으로 여동생이 오빠에게 보내는 편지의 형식을 취하고 있는 시로서 「젊은 巡邏의 片紙)」(『조선지광』, 1928.4)도 있다.

말했듯이 다른 프롤레타리아문학의 시 작품 중에서도 이러한 서사적 경향을 가지는 작품은 꽤 있었고, 또 프롤레타리아문학은 아니지만 김동환의 장시 『국경의 밤』(한성도서, 1925)과 같은 작품도 비슷한 경향의 시로서 당시 독자들에게는 인식되었을 것이다. 즉 시에 서사적 경향이 보이는 것 자체는 임화 시만의 특징은 아니었다. 임화가 김기진의 대중화론을 비판하고 반대로 김기진이 그 예로 거론한 것이 이들 시였다는 사실은 위에서 언급한 바 있다. 즉, 작품이 전하는 내용은 ― '대중적'인데 그만큼 ― 독특한 센티멘털리즘을 풍기고 있다.

노동운동에서도 동지로서 유지되던 남매관계는 「우리 오빠와 화로」의 마지막에서 비극적으로 갈라진다. 그리고 어느 시에서도 여동생은 오빠에게 운동이나 투쟁을 계속하는 데 불가결한 동지인 동시에 다른 청년들과는 '연인'이라는 사랑의 감정으로 연결되는 대상이기도 하다. 물론 조선의 문학 작품에서 남매관계의 묘사가 임화의 시에만 국한되어 있는 것은 아니다. 예를 들면 이광수의 『무정』(1917), 『개척자』(1917~18), 『재생』(1924~25) 등의 장편소설이나 다른 작가의 문학 작품에도 빈번히 보인다. 그러나 이렇게 다소 복잡한 인간관계의 구조 속에 '여동생'이 위치하고 있는 것은 임화의 작품에만 보이는 특징이라고 해도 좋을 것이다. 김윤식은 이것을 '누이 컴플렉스'라고 지적한 바 있다.[14] 이경훈 또한 임화 시를 비롯한 한국 근대문학에서 보이는 남매관계의 독특성에 대해 지적하였다. 임화의 시의 경우 「우리 오빠와 화로」에서는 운동을 위해서 행방불명

---

14 김윤식, 『임화연구』, 문학사상사, 1989, 176~192쪽.

이 된 오빠를 기다리는 여동생이 화자로서 등장하는데, 「네거리의 순이」에서는 화자인 오빠가 여동생을 부르고 있고 그 여동생은 청년의 연인이며 운동의 동지이기도 하다. 이광수의 『무정』(1917)이나 『선도자』(1923)와 같은 소설에서도 남매관계 내지는 그와 유사한 남녀관계는 작품상 중요한 설정인데, 거기서 오빠는 여동생을 이끌고 지도하는 입장이다. 그러나 임화의 이야기시 「네거리의 순이」에서는 그러한 '청년'의 존재나 개재에 의해 남매관계는 사회성을 가지게 된다.[15]

B. 앤더슨은 『상상의 공동체*Imagined Community*』(1983) 제4장 「공정 내셔널리즘과 제국주의」에서 19세기의 러시아 제국이나 대영제국하의 스코틀랜드, 메이지유신明治維新 이후의 일본이나 태국, 헝가리 등의 근대를 논하면서 자연발생적인 언어 내셔널리즘에 기반을 두는 민중적 내셔널리즘에 대처하면서 공동체가 국민적으로 상상되게 되고 예방적으로 제시되는 상상물을 '공정 내셔널리즘'이라고 명명하며 '민중적 내셔널리즘'과 구별하고 있다.[16] 일본의 사례를 분석하면서 식민지화된 조선에 대해서는 일본화와 주변화만 언급할 수 있었던 것은, 이 책이 19세기 중반의 오스트리아-헝가리 제국의 국가어 교체(라틴어 → 독일어)에 대해서 언급하고 있으면서도 동아시아의 중세보편어 문화권인 중국 혹은 중화문명권, 한자문화권의 중요성에 대한 언급이나 검토를 하고 있지 않은 것과 관련 있을 것이다. 그러나 여기서 앤더슨이 식민지 내셔널리즘에서의 지식인

---

15 이경훈, 『오빠의 탄생 – 식민지 시대 청년의 궤적사』, 문학과지성사, 2003, 43~44쪽.

16 B・アンダーソン, 白石 ほか訳, 『想像の共同体 – ナショナリズムの起源と流行(増補版)』, NTT出版, 1997, pp.144~185.(B. Anderson, *Imagined Communities : Reflections on the Origin and Spread of Nationalism*, 1983)

의 역할에 대해서 언급하고 있는 대목은 주목을 요한다. 앤더슨에 따르면 식민지 지식인은 같은 식민지의 지주, 상인, 기업가의 권리나 행동 범위가 한정적이었던 데 반해 자신의 이중언어 능력으로 상상의 공동체에서 균질화된 제국의 언어공간을 자유롭게 왕래할 수 있었으며, 바로 그렇기 때문에 나름의 전위적인 역할을 할 수 있었다.[17] 이 상상의 공동체 안에서 '원주민natives'은 자신들을 '동국인nationals'으로 간주하게 되었는데, 그들은 정치적 · 경제적 결정의 중심에서 제외되었다. 그러나 '국민nation', '국민이라는 것nationness', '국민주의nationalism'의 모델을 그 언어능력으로 잘 알고 있었던 그들은 크레올Creole 내셔널리즘, 속어 내셔널리즘, 공정 내셔널리즘을 여러 형태로 조합, 복사, 번안, 개량했다.[18]

식민지 조선의 사례를 생각하면, 앤더슨이 지적한 식민지 지식인의 역할이란 크게 두 가지로 나눌 수 있을지도 모른다. 하나는 개화기부터 식민지 초기에 걸쳐서 미완의 국민국가 프로젝트를 꿈꾼 식민지 청년들이다. 그 대표적인 사례로 한일합방 전후의 일본 유학기의 이광수를 들 수 있다.

---

17 위의 책, pp.191~196.
18 위의 책, pp.218~219. 한편 일본 근대사상사의 연구자인 K. M. 더크는 『상상의 공동체』의 앤더슨의 '공정 내셔널리즘'의 논의를 높게 평가하면서도 앤더슨 스스로가 근대국민국가 건설을 위해서 필요로 된 '공정 내셔널리즘'과는 달리 때로는 국민국가에 위협을 주는 '민중 내셔널리즘', '민족적 내셔널리즘'에 대해서는 '공정 내셔널리즘'이 환골탈태해야 할 무엇으로서만 지적하고 있고, 민중이나 민족이 고유한 경험을 쌓는 체계로서는 검토되지 않았다고 확인함으로써, 자신의 일본 낭만파 연구의 논의의 출발점으로 삼고 있다. 공정 내셔널리즘의 논자들은 민중 내셔널리즘이나 민족적 내셔널리즘을 실체적으로 파악하는 것을 피하는 경향이 있는데, 더크의 이 지적을 다시 음미함으로써 공정 내셔널리즘과 민중 · 민족 내셔널리즘의 다원적인 관계를 구상할 수 있을지도 모른다. K · M · ド ーク, 小林 訳, 『日本浪曼派とナショナリズム』, 柏書房, 1999, p.19 and footnote 14.(K. M. Doak, *Dreams of difference : the Japan Romantic School and the crisis of modernity*, 1994)

그는 일본 유학중에 중국의 양계초梁啓超와 마찬가지로 당시 유행하고 있었던 오자키 코요尾崎紅葉의 현우사硯友社 문인들의 논의가 아니라 도쿠토미 소호德富蘇峰의 민우사民友社의 청년론에 매료된 동아시아의 청년 지식인이었다. 그러나 도쿠토미 자신이 청일·러일전쟁을 거쳐서 사회운동가에서 국수주의자로 변모해 간 것처럼 그 '청년'이나 '국민'은 국민국가의 대외전쟁이나 혁명 상황에 직면해서 변질되어 갔다. 그리고 그러한 '청년'상의 변모는 같은 시기의 다른 지역, 즉 신해혁명 후 중국에서도 1차대전 후 유럽에서도 러시아혁명 후 소련에서도 마찬가지로 일어났다. 그러한 의미에서 당시 조선의 '청년'에게 가장 중요한 사건은 1910년의 한일합방과 1919년의 3·1운동이었다고 할 수 있다.[19] 합병 전후의 청년 이광수를 비롯한 일본 유학생들은 합방 전의 애국계몽 단체의 학회지나 합방 직후의 유학생회보 『학지광』, 혹은 최남선이 주재한 잡지 『소년』 등에서 일종의 기독교적인 자기수련론을 전개했다. 조선 최초의 근대소설이라고 이야기된 이광수의 장편 『무정』(1917)도 삼각관계로 대립·갈등하던 남녀가 자기실현을 위해서 이후의 인생을 걸겠다고 서로 맹세하는 장면에서 막을 내린다.

1919년의 3·1운동 후의 동인지에서 보이는 논의가 식민지 지식인의 두 번째 타입인데, 예를 들면 『백조』 동인들의 작품에서 보이듯이 그들은 각자 극단적인 부정 의식과 '참 자기'를 말하려고 했고, 그 '미적 청년'의 열망은 꿈이나 환상을 포함하는 소우주적인 내면세계를 형성하거나 '미적인 것'의 이름으로 불평등한 현실을 비판하는 양극단의 경향을 불러들였

---

19   황종연, 「노블, 청년, 제국」, 『탕아를 위한 비평』, 문학동네, 2012, 398~408쪽.

다. '청년'은 문학으로 자기, 자아를 해부하기 시작했지만 그들의 작업이 자기언급적인 것이 될수록 그것은 먼 나라의 과거의 이야기가 아니라 '지금, 여기'에 관한 이야기일 필요가 있었다. 그들 중에서 마르크스주의의 세례를 받는 사람들이 나타났다.[20] 임화도 이 타입의 청년 지식인이었으며 그는 그 청년을 스스로 대상화하듯이 이야기시의 화자로서 등장시킨 것이다. 지금까지 남매관계를 그린 그의 이야기시에 대해서 살펴보았는데, 화자인 남자와 직접 연애 관계에 있는 여자를 등장시키고 있는 다음과 같은 시도 여기서 검토하고 있는 작품군에 넣어도 무방할 것으로 보인다.

> 港口의 게집애야! 異國의 게집애야!
> 독크를 뛰어오지 말어라 독크는 비에 젖었고
> 내 가슴은 떠나가는 서러움과 내어쫓기는 분함에 불이 타는데
> 오오 사랑하는 항구 요꼬하마의 게집애야!
> 독크를 뛰어오지 말어라 란간은 비에 젖어 있다
> (…중략…)
> 그렇지만—
> 나는 너를 위하고 너는 나를 위하야
> 그리고 그 사람들은 너를 위하고 너는 그 사람들을 위하야
> 어째서 목숨을 맹서하였으며
> 어째서 눈오는 밤을 멧번이나 街里에 새었든가

---

20   소영현, 『문학 청년의 탄생』, 푸른역사, 2008, 247쪽.

거긔에는 아모 까닭도 없었으며

우리는 아모 인연도 없었다

더구나 너는 異國의 게집애 나는 殖民地의 산아희

그러나 —— 오즉 한가지 이유는

너와 나 — 우리들은 한낫 글로하는 兄弟이었든 때문이다

그리하야 우리는 다만 한 일을 위하야

두 개 다른 나라의 목숨이 한가지 밥을 먹었든 것이며

너와 나는 사랑에 살아왔든 것이다

— 「우산 받은 '요꼬하마'의 부두」(1929.9)에서[21]

이것은 나카노 시게하루의 시 「비 내리는 시나가와역雨の降る品川驛」(『改
造』, 1929.2)에 대한 응답으로 쓴 시 「우산 받은 '요꼬하마'의 부두」의 서두
및 중간 부분이다. 나카노의 시는 복잡한 경위를 가지고 있다. 일본에서
처음 발표된 당시 복자투성이었던 「비 내리는 시나가와역」은 일본 패전
후 나카노 본인도 복원하지 못하고 있었다. 그런데 나카노 시의 조선어
번역 텍스트가 발견되고, 그것의 일본어 번역을 참조하여 나카노 자신이
지금의 형태로 텍스트를 복원하게 된다.[22] 이 시의 내용은 쇼와昭和 천황

---

21 임화, 「우산 받은 '요꼬하마'의 부두」, 1929.9, [1] 70~71쪽. 다만 임화의 약력에 따르면
(김윤식, 『임화연구』, 문학사상사, 1988, 653~655쪽 등) 그가 도쿄에 간 것은 1930년부
터 1931년까지였기 때문에 이 시는 일본에 가기 전 경성에서 쓰여진 것으로 보여진다.
이 점을 지적해 주신 김재용 선생님에게 감사의 뜻을 표한다.

22 「비 내리는 시나가와역」 본문 복원에 이르는 경위에 대해서는 水野直樹, 『『雨の降る品川
驛』の事実しらべ』, 『季刊三千里』, 1980年 春号, pp.97~105. 김윤식, 「한일 근대문학 주고
받기의 한 가지 사례 – 임화와 나카노 시게하루의 경우, 문학적 과제로서의 〈민족 에고이
즘〉 – 「비내리는 品川驛」에 대해서」, 김윤식, 『한일 문학의 관련양상 신론』, 서울대 출판부,

의 즉위식(「御大典」) 때 해외추방 처분을 받은 조선인 혁명동지를 일본인 으로 생각되는 화자가 배웅하는 것인데, 조선의 혁명동지를 "일본 프롤 레타리아트의 앞잡이여 뒷꾼日本プロレタリアートのうしろ盾まえ盾"이라고 칭한 후반부의 표현에 나카노의 차별 의식이 반영되어 있다는 비판이 있었고 실제로 나카노는 생존 중에 그것을 인정해서 사죄하기도 하였다.[23] 이 시 에 대한 답시인 임화의 「우산 받은 '요코하마'의 부두」는 일본을 떠나는 조선인 운동가를 배웅하러 온 일본인 여성 동지에게 그 조선인 운동가가 호소하는 체제를 취하고 있다. 일본에서 추방되는 '식민지의 남자', 즉 조 선인 혁명가는 '이국의 딸'이며 '근로하는 형제'인 일본인 여성이 매달리 는 것을 뿌리치고 고국으로 돌아가려 한다. 즉 나카노의 시에서 보이듯이 조선인은 일본의 혁명운동이 실제로 움직이게 하는 부대라든가 하부조 직, 혹은 종속된 주체가 아니라 대등한 동지임을 호소하는 체제를 취하고 있는 것이다.

한 가지 지적해두고 싶은 것은 후년의 비판에도 불구하고 나카노가 집 필 당시 무자각적으로 "일본 프롤레타리아트의 앞잡이여 뒷꾼"이라고 쓴

2001, 141~158쪽·159~177쪽에는 원시와 개작시의 차이점과 문제점이 지적되었다.

23 中野重治, 「『雨の降る品川駅』とそのころ」, 『季刊三千里』, 1975年 夏号, pp.74~77 참조. 이 에 대한 한국측 연구자의 견해는 대표적으로 다음 두 가지를 들 수 있다. '민족 에고이즘' 으로 보는 김윤식의 견해와(김윤식, 앞의 책, 219~270쪽) 일본 운동가가 식민지 조선의 운동가에 보내는 최대한의 성원으로 보는 견해가 그것이다(유종호, 『다시 읽는 한국시 인』, 문학동네, 2002, 43~46쪽). 당시 조선인 지식인들이 일본인들이 무의식중에 보여 주는 민족 에고이즘에 늘상 노출되어 있을 수밖에 없었다는 점, 그리고 이를 당연시할 수 밖에 없었다는 점을 상기한다면 유종호의 견해처럼 나카노의 시는 그러한 에고이즘에 대한 약간의 극복 가능성을 보여준 것이었다고 해석할 수도 있을 것이다. 그러나 나카노 스스로가 인정하고 있듯이 이 시 자체는 민족 에고이즘의 발로로부터 자유롭지 못한 것 으로 보인다.

것처럼 임화가 자신의 시에서 일본 여성을 남성에게 매달리는 대상으로서 쓴 것 또한 본인에게는 그다지 중대한 문제로서 자각되지 않았을지도 모른다는 점이다. 나카노의 시에서 가장 중요했던 주제가 천황의 즉위식을 위해서 일본에서 추방당하는 조선인 동지에 대해 성원을 보내는 것이었다면[24] 임화 시의 주제는 물론 나카노에 대한 응답이라는 의미도 있으나 남녀관계 혹은 종주국민과 식민지 출신자라는 울타리를 넘어서 동지로서 함께 활동한 상대에 대한 애석의 정을 토로하는 것이었다. 나카노와 임화의 시는 어떤 의미에서는 대립·대결 관계로서 읽을 수 있을지도 모르는데, 적어도 시인 임화는 나카노의 시인으로서의 자세에 친근감을 느끼고 있었던 것이 아닐까 싶다.

예를 들면 임화는 후년 「나의 애송시」로서 나카노의 시를 번역한 적이 있는데[25] 이것을 보아도 임화가 나카노에 대해서 대결의식을 품고 있었다기보다는 나카노의 시를 빈번히 읽었고, 그의 문학세계를 긍정적으로 생각하고 있었던 것을 알 수 있다. 참고로 임화가 번역했다고 여겨지는 나카노의 「닥쳐오는 가을」은 번역시의 내용으로 보아 「야습의 추억夜刈りの思い出」(『無産者新聞』, 1928.9.5; 『戰旗』, 1928.10) 전 38줄 가운데 서두 부분인 것 같다. 혁명적인 동료들은 패배했으나, 위협을 주는 자세를 포기

---

24 그러나 조선인 문학자로서 나카노 시게하루와 실제로 본격적인 교류를 가진 것은 아마 임화가 아니라 이북만이었을 것이다. 이북만은 한국어로 일본 문단의 동향이나 프롤레타리아 문예를 소개하면서 나카노를 높게 평가했고 나카노의 논문을 한국어로 번역한 적도 있다(이북만, 「최근 일본문단 조감」, 『조선일보』, 1927.9.8~9.17; 中野重治, 「일본 프롤레타리아 예술연맹에 대해서」, 『예술운동』, 1927.11). 高榮蘭, 『「戰後」というイデオロギー』, 藤原書店, 2010, pp.124~125.

25 임화, 「나의 愛誦詩 – 中野重治의 「닥쳐오는 가을」」, 『조선일보』, 1933.8.29.

하지 않고 다른 경찰의 움직임에도 겁내지 않는 소작농들의 테러리스트적 행위를 여성 이야기꾼, 농촌, 방언의 어조로 읊은 이 작품은 나카노의 초기 대표작이기도 하다.[26] 당시 나카노는 시인으로서 창작을 하면서 일본 프롤레타리아문학 단체의 수많은 논쟁에 관여하였다. 마르크스주의 문예이론을 논하는 사람들은 많았으나 실제 작품의 창작자는 나카노가 처음이었다고 해도 좋을 것이다. 그때까지의 전투적인 시는 혁명적 상황을 묘사하는데 달성해야 할 임무나 혁명을 위한 구체적인 지침은 드러내지 않았다. 노동자가 자본가에게 대항하듯이 나카노는 예술과 시로써 정치적 활동에 종사하려고 한 것이다.[27] 나카노가 몇 가지 남긴 이야기시의 전범으로 하이네Heinrich Heine(1797~1856)의 작품들을 생각해도 좋을 것이다. 유대인 가정에 태어나 젊은 시절 마르크스와도 교류가 있었던 이 낭만파 시인은, 정치적 격동기를 경험하면서 많은 비평적 풍자시, 시사시, 이야기시를 남겼다. 도쿄제국대학 독문과를 졸업한 나카노는 『하이네 인생독본ハイネ人生読本』(1936) 같은 저작을 남기기도 했는데, 하이네의 '디아스포라'로서의 측면과 함께 그의 이야기시와 풍자시에서 빈번히 보여줬던 동지에게 호소하는 어조를 자신의 작품에 많이 받아들였다.[28]

나카노의 「야습의 추억」에서 농민반란의 정념을 노래하고 있는 것은 여성 화자이다. 남매관계지만 역시 여성 화자를 채용하고 있다는 점은 임

---

26 M・シルババーグ, 林淑美 ほか訳, 『中野重治とモダンマルクス主義』, 平凡社, 1998, pp.203~206.

27 위의 책, pp.102~103.

28 中野重治, 「あとがき」, 『ハイネ人生読本』(1936), 『中野重治全集』第20巻, 筑摩書房, 1996, 179~180, 196.

화의 「우리 오빠와 화로」(1929)와 같다.[29] 앞에서 인용한 「네거리의 순이」나 「우리 오빠와 화로」의 여동생에 관한 묘사에서 알 수 있는 바, 임화는 거의 반드시라고 해도 좋을 만큼 운동의 동지 관계에 이성관계, 젠더를 개재시키고 있다. 최종적으로 이러한 성차를 넘은 '동지'로의 귀결이 그려진다고 하더라도, 바로 그 동지의 결속을 단단한 것으로 인식시키는 도구로서 젠더가 동원되고 있는 것이다. 임화 시에서 남매관계 혹은 남녀관계란 단순히 작품의 소재를 넘어 그러한 장치로서 작용하고 있다.

2) 모자 / 부자 관계

임화의 시에서 혈연관계, 근친자와의 관계가 중요한 역할을 하고 있는 것을 앞에서 설명했는데, 그 혈연관계란 남매관계 뿐만 아니라 부모-자식 관계까지 포함한다. 예를 들어 다음과 같은 작품은 아들이 어머니에게 호소하는 내용이다.

> 어머니! 참 나는 빨리 가리다
> 어머니가 生前에 그렇게 귀여워하든 玉順이가
> 인제는 불상하게도 혼자서 울고만 있을 집으로 가겠우
> 그렇지만 어머니! 나는 그 대신
> 있는 집 게집애같이 고흔 옷 한벌 못 넙어본 그 불상한 玉順의 산아희를 죽이고

---

29 김응교, 「임화와 일본 나프의 시」, 임화문학연구회 편, 『임화문학연구』 2, 소명출판, 2011, 130~146쪽.

金이나 玉같이 여기는 젊은 귀한 아들 내 동모를 없앤

이 원통하고 분한 사실을 내 코에서 김이 날 때까지 잊지를 않겠어

어머니! 걱정말우 나는 안 잊어버릴테야!

그러구 어머니!

내일부터는 불상한 玉順이하구 내가

혼자 남은 순봉의 어머니의 아들과 딸이 되어 이 목숨을 ×××××××리

리다

어머니! 나는 가우 잘 있우.

— 「어머니」(1929.4)에서[30]

작품은 아들이 죽은 어머니를 향해서 말을 거는 방식을 취하고 있는데, 그 내용은 과거의 모자관계를 되돌아보면서 그리워하고 애석해하는 것이 아니라 계속해서 싸워 나가는 자신을 지켜봐 달라고 호소하는 것이다. 화자의 여동생인 옥순과 연애관계에 있었던 순봉이라는 남자는 어느 날 어떤 싸움 중에 병에 걸려 죽는다. 남겨진 순봉의 어머니와 옥순은 울면서 나날을 보낸다. 또 다른 동지도 싸움의 한 가운데에서 죽음을 당하지만, 남겨진 어머니는 씩씩하게 행동한다. 그러한 장면과 조우하면서 화자인 아들도 살아남은 동지를 떠받치며 싸워 나가겠다고 죽은 어머니에게 보고하는 내용이다. 여기서 어머니는 모든 것을 감싸는 상징적인 존재

---

30   임화, 「어머니」, 1929.4, [1] 61쪽.

라기보다는 어디까지나 계급투쟁에 대한 이해자나 협력자로서 설정되고 있다. 근친자끼리의 관계를 죽음으로 찢어 버리는 것에 대한 증오의 시선을 보내면서도 그것과 계속해서 투쟁하는 자신(화자, 아들)에 대해서 끊임없이 이해자로 있어 달라고 호소한다.

이렇게 육친에 대하여 투쟁의 이해자가 되어달라고 호소하는 시는 이외에도 「오늘밤 아버지는 퍼렁이불을 덮고」(1933)나 「고향을 지내며」(1938) 등이 있다. 전자는 가난하게 사는 아버지와 아들의 이야기로 아버지가 아들에게 호소하는 형태를 취하고 있다. 아버지는 운동에 전념하고 아들이 일을 해서 생계를 유지하는데, 그 아들은 아버지가 형무소에 간 후에도 일을 계속하며 옥중의 아버지에게 차입까지 가지고 온다. 시에서는 그러한 아들의 성품을 아버지로서 칭찬하고 있다. 후자는 혼자 사는 아버지에게 아들이 보내는 편지 형식을 취하고 있다. 아들(화자)은 어머니와 여동생이 죽은 후에 농작업에 부지런히 전념하는 아버지를 혼자 남기고 '내지'(일본)로 향한다. 그리고 어떤 결의를 품고, 임무를 띤 채 '내지'로부터 돌아온 아들은 그 일을 수행하기 위해 혼자 생활하는 아버지에게 갈 수 없다. "그러나 당신은 압니까, 아들의 길이 눈물보다도 영광이 어린 것을"이라고 아버지에게 호소하는 화자는 역시 여기서도 단순히 육친이라는 것을 넘어서 그 육친에게 투쟁의 이해자가 될 것을 요구하고 있다. 이렇게 임화 시에서 근친자의 존재는 운동의 대의를 더욱 크고 무겁게 하는 기능을 하고 있다.

그러나 하나의 예외가 있다. 그 우선순위, 즉 운동이나 혁명의 대의보다도 육친자의 정이 더 강하게 나타나는 유일한 시가 해방 후에 발표된 다음 작품이다.

아직도

이마를 가려

귀밑머리를 땋기

수줍어 얼굴을 붉히던

너는 지금 이

바람 찬 눈보라 속에

무엇을 생각하여

어느 곳에 있느냐

(…중략…)

사랑하는 나의 아이야

한 밤중 어느

먼 하늘에 바람이 울어

새도록 잦지 않거든

머리가 절반 흰 아버지와

가슴이 종이처럼 얇아

항상 마음 아프던

너의 엄마와

어린 동생이

너를 생각하여

잠 못 이루는 줄 알어라

사랑하는 나의 아이야

너 지금

어느 곳에 있느냐

—「너 어느 곳에 있느냐-사랑하는 딸 혜란에게」(1951)에서[31]

널리 알려져 있듯이 이 시는 해방 후 북으로 건너간 임화가 한국전쟁에 종군하면서 국토 여기저기서 이루어진 전투가 한창이었을 당시 써둔 시를 모아서 간행한 그의 제4시집 『너 어느 곳에 있느냐』(문화전선사, 1951)의 표제작이다. 작품에서 "사랑하는 나의 아이야"라는 말이 몇 번이나 반복되는데, 그 호소에 이어지는 아버지(화자)의 말은 딸의 소식과 소재를 확인하려고 노력하는 아버지의 심정과, 어디 있는지도 모르는 딸에게 북한의 입장에서 본 이 전쟁의 대의를 가르쳐 주는 말이 교착되고 있다. 예전 임화의 작품이라면 찢기는 근친관계는 오로지 투쟁의 대의를 확인하기 위한 도구에 지나지 않았다. 이 작품에서 그 우선순위가 바뀌고 육친에 대한 애정이 선행되어 있는 것처럼 보이는 것은 "사랑하는 딸 혜란에게"라는 부제에서도 알 수 있듯이 화자가 전쟁의 대의보다도 찢기는 아버지와 딸의 관계를 자신의 것으로서 한탄하고 슬퍼하고 있기 때문이다.

이 시에 보이는 이러한 감상적인 태도가 당시 북한 문단에서 비판받은

---

31   임화, 「너 어느 곳에 있느냐 – 사랑하는 딸 혜란에게」, 1951, [1] 323~329쪽.

것은 잘 알려져 있다. 비판의 선봉이었던 것이 엄호석과 한설야였다. 그들은 시집 『너 어느 곳에 있느냐』에 수록된 임화의 작품들이 안이한 센티멘털리즘을 유포하고 염전 사상을 고취하여 전선 병사의 전투 의욕을 저하시켰다고 임화의 작품을 혹평했다.[32] 이러한 비판이 임화의 숙청·처형과 관계가 있는지는 확실하지 않다. 다만 말할 수 있는 것은 임화의 작품을 비판한 엄호석과 한설야가 「너 어느 곳에 있느냐」의 센티멘털리즘을 정확하게 이해하고 있었다는 것이다. 그리고 이 논의와의 관계에서 더욱 중요한 것은, 작자가 전쟁의 대의로써 딸을 찾는 아버지의 심정을 제어하려고 한다는 점이다. 그 제어가 모호하게 끝나고 있기 때문에 임화는 엄호석과 한설야로부터 비판받은 것이다.

이렇게 근친자나 육친을 등장시킨 임화의 이야기시는 「너 어느 곳에 있느냐」와 같은 예외가 있기는 하나 기본적으로 그 근친·육친관계가 투쟁과 운동의 대의에 종속되어 있다. 찢긴 근친·육친관계에 대한 증오나 슬픔이 운동의 대의를 더욱 무겁게 하는 방향으로, 혹은 혈연관계가 동지관계나 운동에 대한 협력자로서의 위치로 나아가는 방향으로 이 '이야기'는 진행되는 것이다.

---

32 김윤식, 앞의 책, 627~628쪽; 김용직, 『임화문학연구』, 세계사, 1991, 232~241쪽; 박정선, 앞의 책, 173쪽 등에 이 일련의 논쟁에 관한 언급이 있다. 그리고 大村益夫, 「解放後の林和」, 『社会科学討究』 13-1, 1967.6, pp.99~125도 1953년의 임화의 숙청에 대해 전하면서 한국전쟁의 전장에서 감상적인 시를 쓴 것을 비판적으로 소개하고 있다.

4. 이야기시 (2) - 식민지 풍경의 전경화

임화의 시 가운데 이야기시라고 부를 수 있는 작품군에서 발견되는 또 하나의 현저한 특징은 보통 서정시처럼 단순한 자연풍경이 그 무대나 배경으로 선택되지 않는다는 점이다. 예를 들면 도시의 큰길이든, 지방의 바다나 산이든, 이 모두에서 선택되는 것은 식민성이 강조된 풍경이다. 임화의 이러한 지향성은 예를 들면 다음과 같은 앙케이트 결과를 보아도 알 수 있을 것이다. 파인 김동환이 주재하고 있었던 종합지 『삼천리』(1929.6)에는 「전조선 문사공천 신선 '반도팔경' 발표」가 게재되어 있는데, 이 앙케이트에 홍명희, 이광수, 문일평, 김기진, 염상섭, 김동인, 한설야 등 유명한 문학자들이 답을 보내고 있다. 금강산(1위)을 비롯해서 대동강, 부여, 경주, 명사십리(원산) 등이 명승지로 거론되고 있는 이 앙케이트 결과 한 쪽에 임화의 다음과 같은 답이 실려 있다.

釜山桟橋, 京城駅頭, 新義州税関, 鍾路네거리[33]

물론 임화의 이 회답은 전체 결과에 반영되지 않은 채, 오직 임화 개인의 회답으로서 게재되고 있을 뿐이다. 그러나 임화가 민족을 상상하는 풍경으로서의 '반도팔경'에 소위 명승지를 선택하지 않고 있다는 점, 오히려 그런 명승지를 통해 민족성의 순수성을 강조하는 행위가 환상이라

33　「全朝鮮文士公薦, 新選「半島八景」発表」, 『삼천리』, 1929.6, 40쪽.

고 생각하고 이를 폭로하는 풍경을 선택하고 있다는 사실은 주목할 가치가 있다. 즉 '식민지'라는 사실을 망각한 채 단순히 민족의 순수성을 고취하거나 '제국' 내부에서 그러한 민족주의가 순치되는 것에 가담하기보다 임화는 민족주의의 순수성이 침식되는 단면을 풍경으로서 선택하고 있으며, 이를 통해 '상상의 공동체'로서의 국민국가 혹은 제국에 끊임없이 의문을 던지려고 했다.[34] 임화가 식민지 풍경을 자신의 시에서 드러내려고 한 태도는 그보다 20년 후에 카리브해의 프랑스 식민지 마르티니크 출신의 사상가 프란츠 파농이 1950년대 알제리 독립투쟁이 한창일 때에 남긴 다음과 같은 말을 방불케 한다.

식민지화된 세계는 두 개로 찢어진 세계다. 그 분할선, 국경은 병영과 주재소로 드러난다. 식민지에서 원주민의 승인을 얻을 수 있는 제도적 대화자, 콜론(식민지인)과 억압 체제의 대변자는 헌병 또는 군인이다.

식민지의 세계는 분할된 세계다. (…중략…) 이 분할에 끼어 들어가려고 한다면 거기에 포함된 강제적인 경계 중 몇 가지를 지적하는 것도 헛된 작업은 아닐 것이다. 식민지 세계나 그 구조, 지리적인 배치 등에 접근함으로써 우리는 식민지 세계의 골격을 결정할 수 있다. 그 골격에서 출발해서 미래의 비식민화된 사회가 조직될 것이다.[35]

---

34 다만 임화의 시가 보여주는 방언, 지방성에의 부정 등을 생각할 때 민족주의에 대한 임화의 거리두기가 그렇게 단순하게 설명가능한 것으로 보이지는 않는다. 이에 대한 자세한 논의는 이 책의 제4장 4절과 제6장 2절을 참조.

35 F・ファノン, 鈴木ほか訳, 『地に呪われたる者』, みすず書房, 1969, pp.24~25.(F. Fanon, *Les damnés de la terre*, 1961)

임화는 바로 이 식민지 풍경의 단면을 자신의 이야기시에서 제시하려고 했다. 그것이 어떤 시도였는지는 다음과 같은 사례를 보아도 알 수 있을 것이다.

이 바다 물결은
예부터 높다.

그렇지만 우리 청년들은
두려움보다 용기가 앞섰다,
山불이
어린 사슴들을 거친 들로 내몰은 게다.
(…중략…)
아무러기로 靑年들이
평안이나 행복을 구하여,
이 바다 험한 물결 위에 올랐겠는가?

첫번 항로에 담배를 배우고,
둘잿번 항로에 연애를 배우고,
그 다음 항로에 돈맛을 익힌 것은,
하나도 우리 靑年이 아니었다.

— 「玄海灘」(1938)에서[36]

36   임화, 「玄海灘」, 1938, [1] 188~189쪽.

海峽의 七月해ㅅ살은

달빛 보담 시원타.

火筒옆 사닥다리에 나란히

済州島사투리 하는이와 아주 친했다.

수물 한살 적 첫 航路에

戀愛보담 담배를 먼저 배웠다.

— 정지용, 「다시 海峽」(1935.8)에서[37]

　　전자는 임화의 대표작 「현해탄」의 서두 부분이고 후자가 동시대의 대
표적인 서정시인 정지용(1903~?)의 시 「다시 해협」의 마지막 부분이다.
인용 순서와는 달리 발표 순서는 정지용의 작품이 앞선다. 이 두 시를 나
란히 놓고 보면 임화가 정지용의 작품을 자기의 작품에 인유allusion(암시적
인용)로서 인용해 오고 있음이 분명히 보인다. 그럼으로써 임화는 그것이
전하는 메시지의 가치전도를 시도하고 있다.[38] 임화가 정지용의 시를 인
유로서 인용한 사례는 이 작품뿐만이 아닌데, 특히 이 작품에 대해서 말
한다면 정지용이 경험하고 표현한 바다가 식민지적인 현실이 탈색된 비
정치적·비역사적이고 물리적인 바다인 데에 비해서 임화의 그것은 물리

37　정지용, 「다시 海峽」, 『조선문단』(1935.8), 『정지용 전집』 1 - 시, 민음사, 1988, 115쪽.

38　임화가 정지용의 시를 인유로서 인용하고 있는 사실은 유종호, 『시는 무엇인가』, 민음사,
　　1985, 129~133쪽; 『다시 읽는 한국시인』, 문학동네, 2002, 78~79쪽에 자세하게 지적되
　　고 있다.

적인 바다 이상의 한반도의 역사적·지정학적인 상황과 함께 '청년'이 나아가야 할 길에 관한 의미가 내포되어 있다고 할 수 있다. 임화의 이 인유가 어디까지나 인유이며 야유가 아닌 것은 임화가 이렇게 분명히 정지용의 시에서 인용했다는 사실이 독자에게 혹은 적어도 정지용 본인에게는 전달되도록 인용하면서 그 부분의 가치전도를 시도하려고 하는 점에서도 그렇게 말할 수 있을 것이다. 즉 임화는 당시 널리 읽혀지고 있었던 정지용의 시의 가치를 한편으로 인정한 후에 스스로가 호소하는 그 정반대의 가치를 제시하고 있는 것이다. 이렇게 해서 임화는 단순히 순수한 민족이나 민족성을 상상하게 하는 것이 아니라, 그렇게 순수할 리가 없는 현상을 나타내는 여러 풍경들을 시로서 제시함으로써 독자의 각성을 촉구한다.

현해탄이라는 바다에 대한 임화의 이러한 생각은 다음과 같은 부분에서도 확인할 수 있다.

그의 발 밑,

하늘보다도 푸른 바다,

태양이 기름처럼 풀려,

뱃전을 치고 뒤고 흘러가니,

옷깃이 머리칼처럼 바람에 흩날린다.

아마 그는

日本列島의 긴 그림자를 바라보는 게다.

흰 얼굴에는 분명히

가슴의 로맨티시즘이 물결치고 있다.

예술, 학문, 움직일 수 없는 진리……

그의 꿈꾸는 사상이 높다랗게 굽이치는 東京,

모든 것을 배워 모든 것을 익혀,

다시 이 바다 물결 위에 올랐을 때,

나는 슬픈 고향의 한 밤,

해보다도 밝게 타는 별이 되리라.

靑年의 가슴은 바다보다 더 설래었다.

— 「해협의 로맨티시즘」(1936.3)에서[39]

아기야, 네 젊은 어머니의 눈물 속엔,

무엇이 들어 있는 줄 아느냐?

한방울 눈물 속엔

일찌기 네가 알고 보지 못한 모든 것이 들어 있다.

이 속엔 그이들이 자라난 요람의 옛 노래가 들어 있다.

이 속엔 그이들이 뜯던 봄나물과 꽃의 맑은 향기가 들어 있다.

이 속엔 그이들이 꿈꾸던 청춘의 공상이 들어 있다.

39 　임화, 「해협의 로맨티시즘」, 1936.3, [1] 151~152쪽.

이 속엔 그이들이 갈아붙인 땅의 흙내가 들어 있다.

이 속엔 그이들이 어루만지던 푸른 보리밭이 있다.

이 속엔 그이들이 알아보던 누른 볏단이 있다.

이 속엔 그이들이 걸어가던 村 눈길이 있다.

이 속엔 그이들이 나무를 베던 산의 그윽한 냄새가 있다.

이 속엔 그이들이 죽이던 도야지의 비명이 있다.

이 속엔 그이들이 듣던 외방 욕설이 있다.

이 속엔 그이들이 받았던 집행 표지가 있다.

이 속엔 그이들이 작별한 멀리 간 동기의 추억이 있다.

이 속엔 그이들이 떠나온 고향의 매운 情景이 있다.

이 속엔 그이들이 이따금 생각했던 다툼의 뜨거운 불길도 있다.

참말로 한 방울 눈물 속은 이 모든 것이 들어 있기엔 너무나 좁다.

그러므로 눈물은 떨어지면 이내 물처럼 흘러가지 않느냐?

— 「눈물의 海峽」(1938)에서[40]

靑年들은 늘

희망을 안고 건너가,

결의를 가지고 돌아왔다.

그들은 느티나무 아래 傳說과,

---

40 임화, 「눈물의 海峽」, 1938, [1] 181~182쪽.

그윽한 시골 냇가 자장가 속에,

장다리 오르듯 자라났다.

(…중략…)

나는 이 바다 위

꽃잎처럼 흩어진

몇 사람의 가여운 이름을 안다.

어떤 사람은 건너간 채 돌아오지 않았다.

어떤 사람은 돌아오자 죽어갔다.

어떤 사람은 영영 生死도 모른다.

어떤 사람은 아픈 敗北에 울었다.

　―그중엔 희망과 결의와 자랑을 욕되게도 내어판 이가 있다면, 나는 그것을

지금 기억코 싶지는 않다.

― 「玄海灘」(1938)에서[41]

　첫 번째, 「해협의 로맨티시즘」은 처음에는 「현해탄」이라는 제목이었지
만 시집 『현해탄』에 수록될 때 제목이 이렇게 바뀌었다. 인용부에서는 부
산에서 일본으로 향하는 배 위에서 가슴이 떨리는 남자('그')를 묘사하면
서 그러나 일본에서 부산으로 돌아가는 배 위에서나 혹은 귀향해서 첫날
밤에 문득 다른 감회를 품는 것이라고 말하고 있다. 그리고 마지막에 "정

41　임화, 「玄海灘」, 1938, [1] 189~190쪽.

말로 무서운 것이…… / 불붙는 신념보다도 무서운 것이…… / 청년! 오오, 자랑스러운 이름아! / 적이 클수록 승리도 크구나"라고 그 감회가 투쟁에 대한 사명감임을 암시하고 있다.

두 번째, 「눈물의 해협」은 현해탄을 항해 중인 배 안에서 어머니에 의해 잠들은 한 갓난아기를 향해 말을 거는 형식을 취하고 있다. 아무 것도 모르는 갓난아기에게 아버지 눈물에 담긴 여러 생각을 하나씩 들어 본다. 그것들은 모두 고국의 사람들이거나 고향의 풍경이다. "이 중에는……"이라고 몇 번이나 반복되면서 나타나는 이들 풍경의 파노라마적인 제시 또한 임화의 시 작품에서 인상적인 수법이다. 여기서도 물론 현해탄이라는 바다는 단순한 바다 이상으로 눈물로 고향을 상기하지 않을 수 없는 장소다.

세 번째, 「현해탄」은 앞에서 정지용 시의 인유를 지적했을 때 인용한 부분의 후반부이다. 청년들은 부산에서 일본으로 향할 때 '희망'을 품었고 일본에서 부산으로 돌아올 때는 '결의'를 품는다. 그러한 드라마가 현해탄이라는 바다를 놓고 벌어진다. 그 바다를 건너갔으나 고국으로 돌아오지 않았던 자, 혹은 돌아오자마자 죽은 자도 있다. 그러나 단 한 사람도 그 "희망과 결의와 자랑"을 다 팔아 버린 적은 없었다고 단언한다. 인용 부분에 볼 수 있듯이 이 시에서도 역시 「눈물의 해협」과 마찬가지로 "어떤 사람은……"이라는 반복이 몇 번 들어가고 식민지 청년들의 각각의 모습이 지극히 구체적으로 파노라마처럼 떠오른다.[42] 이야기시에서 풍경

---

42 이러한 인물 파노라마는 임화의 시에서 매우 인상적인 부분인데, 임화는 자신의 시에서 이 수법을 자주 사용하지는 않는다. 그가 이러한 수법을 사용한 최초의 사례는 아마도

의 파노라마화가 가져오는 효과에 대해서 E. 슈타이거는 다음과 같이 지적하고 있다.

궁극적인 목표가 문제인 것이 아니다. 극작가가 다만 큰 결착을 제시하기 위해 인간과 사물에 사용할 수 있는 것이라면, 서사 시인에게 있어서 큰 결착이란 예전에 존재한 사건을 가능한 한 많이 이야기하기 위한 계기에 지나지 않는다. 그는 목표에 도달하기 위해서 전진하는 게 아니라 걸어가며 신중하게 관찰하기 위해서 하나의 목표를 설치하는 것이다.[43]

그러한 의미에서 이야기시의 진정한 서사적 구성 원리는 단순한 가산법이다. 세부 혹은 대국적으로도 독립적인 몇 개 부분이 연결된다. 가산법은 갈수록 진행된다. 그것이 끝나는 것은 전세계를 걸어서 현재 세계의 어딘가에 존재하는 것, 또는 과거에 존재한 모든 것을 떠올리고 현전시키는 데에 성공했을 때일 것이다.[44] 임화의 이야기시에서 '현해탄'이라는 장소는 단순히 방황과 유랑의 통과점이 아니다. 그런 의미에서 이 장소는 슈타이거가 지적하는 가산법을 성취시키는 곳 또한 아니다. 임화의 시에서 이 바다는 식민지와 종주국의 경계를 이루는 곳인 동시에 이곳을 왕래한 동포와 식민지 청년의 비애를 상기시키는 장소인 것이다.

「曇 - 1927」(『예술운동』 창간호, 1927.11)일 것이다. 1917년 러시아혁명 당시 전 세계에서 그에 호응한 여러 투쟁을 "제1의 동지는……", "제2의 동지는……" 등으로 제시하고 있다.

43   E · シュタイガー, 高橋英夫 訳, 『詩学の根本概念』, 法政大学出版局, 1969, p.145.(E. Staiger, *Grundbegriffe der Poetik*, 1946)

44   위의 책, pp.157~158.

한편 임화의 이야기시에는 「현해탄」과 같은 장소라도 약간 다른 정서를 빚어내는 작품도 있다. 일본에서 돌아와 부산의 변화한 풍경에 화자가 경악하는 내용을 노래한 「상륙」(1938)이나, 역시 일본에서 돌아와 부산에서 탄 경성행 기찻 안에서 고향 부모님에 대한 생각을 비롯한 여러 감회를 담은 「야행차 속」(1935), 「황무지」(1938), 「차 안-추풍령」(1938) 등은 모두 오랜만에 찾아간 고향에 대해 그리움을 품는 동시에 일종의 체념을 느끼는 화자의 심정을 자세히 그리고 있다.

임화의 시에서 바다=현해탄과 마찬가지로 중요한 장소, 식민지 풍경으로서 중요한 장소가 서울의 종로 네거리다. 앞에서 소개했듯이 임화가 '반도팔경'의 하나로서 든 이 장소는, 운동의 동지가 만나고 서로 격려하고 때로는 눈물을 흘리는 이야기를 구성하는 장소였는데, 임화는 그의 생애에 걸쳐 이 종로 네거리를 시의 무대로 삼은, 거의 연작이라고 할 수 있는 시들을 남겼다. 그 최초의 작품이라고 할 수 있는 「네거리의 순이」(1929)는 앞에서 인용한 바 있다. 그 외에도 다음과 같은 작품들이 있다.

오오, 그리운 내 고향의 거리여! 여기는 종로 네거리,
나는 왔다, 멀리 駱山 밑 오막사리를 나와 오직
네가 네가 보고싶은 마음에……
넓은 길이여, 단정한 집들이여!
높은 하늘 그 밑을 오고가는 허구한 내 행인들이여!
다 잘 있었는가?
오, 나는 이 가슴 그득 찬 반가움을 어찌 다 내토를 할가?

나는 손을 들어 몇 번을 인사했고 모든 것에게 웃어보였다.

번화로운 거리여! 내 고향의 종로여!

웬일인가? 너는 죽었는가, 모르는 사람에게 팔겠는가? 그렇지 않으면 다 잊었는가? 나를! 일찍이 뛰는 가슴으로 너를 노래하던 사내를,

그리고 네 가슴이 메어지도록 이 거리를 흘러간 청년들의 거센 물결을,

그때 내 불상한 順伊는 이곳에 엎더져 울었었다.

그리운 거리여! 그 뒤로는 누구 하나 네 위에서 청년을 빼앗긴 원한에 울지도 않고,

낯익은 행인은 하나도 지내지 않던가?

　　　　　　　　　　　　　　　　—「다시 네거리에서」(1935.7)에서[45]

조선 근로자의

위대한 수령의 首領이

유행가처럼 흘러나오는

'마이크'를 높이 달고

부끄러운

나의 생애의

쓰라린 기억이

鋪石마다 널린

45　임화, 「다시 네거리에서」, 1935.7, [1] 117~118쪽.

서울ㅅ 거리는

비에 젖어

아득한 산도

가차운 들窓도

眩氣로워 바라볼 수 없는

鍾路ㅅ 거리

저 사람의 이름을 부르며

위대한 수령의 만세 부르며

개아미 마냥 모여드는 千萬의 사람

—「9月12日 - 1945年, 또 다시 네거리에서」(1945)에서[46]

1950년

6월 28일

무적한 인민군대의

영예로운 탱크병이

오랫동안

사람들의 눈물과 피와

46　임화, 「9月12日 - 1945年, 또 다시 네거리에서」, 1945, [1] 247쪽.

한숨으로 어리웠던

종로 한 거리를

앞으로 앞으로 달려

원수들의

수치스러운 소굴이었던

경복궁 넓은 마당에

오각별 뚜렷한 깃발을 날리던

그 순간으로부터

서울은 영구히

우리 인민의 거리로 되었고

서울은 영구히

우리 조국의 움직이지 않는

수도로 되었다

— 「서울」(1951)에서[47]

　이 세 가지 인용을 보아도 알 수 있듯이 여기서 화자가 목격하고 있는
종로 네거리는 「네거리의 순이」 때의 그것과는 전혀 다르다. 특히 두 번
째와 세 번째 것은 둘 다 해방 후의, 특히 세 번째 시는 한국전쟁 중 임화
가 인민군에 종군하고 있었을 때의 것이다. 이 인상의 차이의 간격을 줄

47　임화, 「서울」, 1951, [1] 309쪽.

이기 위해서 각 시대의 임화의 동향이나 다른 역사와 대조해보고 이들 시에 그려진 종로나 서울을 생각하는 독자도 있을 것이다. 그러나 여기서 이 세 가지를 함께 인용한 것은 이 시들이 모두 종로나 서울의 길목을 그리고 있기 때문만은 아니다. 오히려 두 번째와 세 번째 것이 첫 번째 시와 현저하게 다른 풍경묘사라는 것을 보여주기 위해서다.

첫 번째 「다시 네거리에서」에서는 오래간만에 종로에 돌아온 화자를 환영하고 있는, 혹은 과거에서처럼 싸움의 장소로서의 분위기를 상실해가는 종로가 그려지고 있다. 그 전제로서 전작 「네거리의 순이」(1929)를 언급할 수 있다. 물론 화자의 이 상실감과 카프 해산을 결부시켜서 생각할 수도 있을 것이다. 이 작품은 바로 임화가 서기장을 맡고 있었던 카프가 해산된 직후에 발표된 시이기 때문이다. 그러나 그러한 역사적 사실이나 시인의 전기적 사실을 굳이 끌어들이지 않아도 생각할 수 있는 것은, 화자가―종로는 화자를 따뜻하게 맞이하고 있지는 않은데―그래도 아직 싸움의 결의를 버리지 않고 있다는 점이다. 그것은 동시에 풍경으로서의 종로나 서울이 식민지로서의 용모를 아직도 남기고 있는 것과 부합된다. 그에 비해서 두 번째와 세 번째 인용에서 묘사된 종로나 서울의 거리는 화자에 의한 그러한 결의가 아니라 영웅(김일성이나 인민군)에 의한 시혜의 결과로서 현재 길목의 분주함도 번영도 있다는 식으로 묘사되고 있다. 후자의 두 시가 발표된 시대에 이미 한국은 독립한 상태였다. 그러나 화자에서 책임 주체를 떼어버리는 식으로 쓰여 있는 후자의 두 작품은 이미 임화가 그 이전처럼 '상상의 공동체'에서 홀로 서는 개인을 각성하게 하는 시를 쓸 수 없게 된 것을 보여주고 있다. 후자의 두 시가 첫 번째 작품과도, 그리고 이것보다 전에 인용한 어떠한 작품과도 달라 보이는 것은 그때문이다.

1929년, '반도팔경'이 "부산부두, 경성역전, 신의주세관, 종로네거리"라고 대답한 임화는 전 생애에 걸쳐 그 풍경들을 받아들인 시를 써나갔다. 이 장소들은 그의 이야기시에서 '전형'으로 기능했을 뿐 아니라, 또한 임화 자신의 '서정'을 위한 근원적인 장소로 기능하는 것이기도 하였다. 단순한 반역의 감정을 화자를 통해서 토로하는 것이 아니라, 그 반역도 분노도 고유한 감정의 역사― 단순히 민족주의를 고취하는 것으로는 식민지라는 현실을 망각하게 된다는 생각에 이른 임화의 시, 그 심리적 변천에 매개되어 승화되고 있는 임화의 시는, 분명히 특유한 서정의 논리를 형성하고 있다. 다음에 그것을 좀 더 정리해서 생각하기로 한다.

5. 서정, 파토스, 감상주의

앞에서 '임화 자신의 서정'이라는 표현을 사용했다. 그러나 임화의 시 작품의 주류가 과연 전형적인 '서정시'인지, 시 작품에 도대체 어떤 '서정'이 보이는지에 대해서는 상당히 분분한 논의가 있다. 실제로 임화는 식민지 시대에 아마도 가장 많은 논자들로부터 서정시인으로서 긍정적인 평가를 받은 정지용의 시세계에 대해서 부정적으로 평가했고, 앞에서도 지적했듯이 그의 시를 인유하거나 혹은 평론이나 시론에서 직접적으로 그의 시를 혹평하면서 그 세계관에 대항하려고 했다.

그렇다면 서정시 혹은 서정적인 감동이란 과연 어떤 것인가? 앞에서 필자는 임화에게도 소위 '서정적'인 시 작품이 있다고 논했으며, 「밤길」 (1937)이나 「차 안 – 추풍령」(1938)과 같은 작품을 예로 들면서 그들 시에서 화자가 대상에 친화하여 녹아드는 듯한 인상을 받을 수 있다고 논의하여 그 성격을 규정했다. 그리고 서정시의 특징이 친화에 있다는 점 또한 이미 말한 바 있다. 그런데 이와 완전히 같은 평가를 정지용의 시에 대해서도 할 수 있을 것이다. 서정적인 감동이 독자의 마음을 부드럽게 하는 것은 자아와 세계가 분리되지 않고 따라서 대결도 하지 않은 채 조화의 감정을 기반으로 삼고 있기 때문이다.

그러나 이에 상반되는 감동이 있다. 파토스적인 감동이다. 이 파토스적인 감동의 기초에 있는 것은 조화적인 감정이 아니라 적대적인 감정이며 존재(실제로 존재하는 것)와 당위(있어야 할 것) 사이에 큰 갈등을 인식하는 감정이다.[48] 이것은 임화의 시세계를 생각하는 데에 지극히 유용하다. 즉 임화의 일부 시 작품이나 혹은 정지용의 시 작품이 이른바 서정적인 감동을 기초로 삼고 있다면 임화의 다른 작품, 특히 앞에서 검토한 '이야기시'의 대부분, 혹은 여기에(서두에서 인용한) 정치적 격문 계열의 시 작품도 포함해서, 이른바 임화의 대표작 혹은 임화다운 시라고 기억되고 있는 것의 대부분은 이 파토스적인 감정을 기반으로 삼고 있다고 생각되는 것이다. 자아와 세계가 대립하고 갈등하는 장면에서는 "있어야 할 것"=당위적인 세계가 아직 지금 여기에 출현하지 않고 있기 때문에 시적 자아

---

48 김준오, 『시론』, 심지원, 1982, 37~40쪽.

는 격정에 사로잡히고 방황하며 결국 세계에 대한 적대적인 감정으로 향하게 된다. 그래서 파토스적인 감정은 화자나 자아로 하여금 "무엇을 발견하려는 것인가?", "어디에 가는 것인가?"라고 묻는다. 이러한 대립이나 갈등은 극drama의 본령이긴 했어도 서정시에는 원래 어울리지 않는 요소이다. 그러나 파토스적인 것에 대해서 여기까지 생각할 때 한편으로 떠오르는 일군의 작품들이 있다. 1920년대 중반 시단에 등장한 김소월의 시집 『진달래꽃』(1925), 한용운의 『님의 침묵』(1926), 혹은 이상화의 「나의 침실로」(1923)와 같이 '님'이라는 초월자가 등장하는 시들이 그것이다. '님'은 자아에 대해서 초월자로서 존재할 뿐만 아니라 항상 자아로부터 떨어져 나가는 존재로서 시적으로 표상된다. 그것을 그립게 생각하고 혹은 합치되고 싶으나 잘 되지 않아 안타깝게 생각하는 마음이 '한'이라고 한다면 이를 파토스적인 것을 전제로 한 감정이라고 할 수 있을 것이다. 임화의 시세계를 『백조』파의 직계라고 지적할 수 있는 것도 같은 것을 의미하고 있다. — 실제로 임화는 식민지기 말기에 「『백조』의 문학사적 의의」(『춘추』, 1942.11)라는 논문도 썼다[49] — 다만 임화가 이들 시인과 다른 것은 파토스적인 것을 기반으로 삼아 세계와 대립, 갈등하는 자아를 그리기는 했지만, 기본적으로 『백조』파 시인들처럼 그러한 절대자나 초월자를 결코 시 속에 불러들이지 않은 점일 것이다.

그렇다면 서정적인 것과 파토스적인 것은 이렇게 이분법적으로 구분되고 서로가 서로에 대해서 근본적으로 다른 것일 수밖에 없는 것일까?

---

49   유종호, 『다시 읽는 한국시인』, 문학동네, 2002, 74쪽.

서정적인 정취에 빠지는 시적 자아와 마찬가지로 파토스로 가득 찬 자아도 때로는 시에서 단독자로서 존재하고 직관적인 말로 자신의 감동을 나타낼 때가 있다. 그리고 파토스적인 것과 서정적인 것이 서로의 경계를 넘어서 독자적인 긴장을 유지한 새로운 통일체를 형성할 때도 있다. 분명 파토스적인 말은 서정적인 말과는 정반대로 대립이나 갈등을 전제하고 있는데, 파토스적인 말(혹은 극)이 그것을 극복하려고 하는 데에 비해서 시의 체재를 취하고 있는 서사시는 이 대립이나 갈등을 확립·승인한다.[50] 파토스적인 것은 반드시 서정적인 것의 반대물이 아니다. 서사시에서 파토스적인 것은 서정적인 것이 특이하게 변질된 감정인 것이다. 대립이나 갈등을 승인하는 파토스—이러한 서정정신이 있다면 그것은 임화의 대표작의 성격을 규정하는 데도 적합한 개념이 될 수 있다. 그리고 이것이 임화의 대부분의 시 작품에서 계급문제나 식민지문제를 끊임없이 구체적으로 환기해 나가는 풍경으로서 묘사된 것이다.

다만 한 가지 지적해둘 것은 바로 이 점, 즉 임화의 이야기시에서 인정되는 대립이나 갈등을 승인하는 파토스가 때로는 감상주의라고 비판되었다는 사실이다. 첫 번째는 앞에서 다룬 것처럼 예술대중화논쟁 후에 있었던 일로, 이때 임화는 이것을 인정하고 자기비판을 했다. 두 번째는 앞에서 언급했듯이 해방 후에 쓴 「너 어느 곳에 있느냐」에 대한 북한 문단 내에서 비판이다. 그 비판의 의미를 여기서 조금 더 살펴보도록 하자.

감상적이라는 지적은 일시적인 감정에 좌우되어서 상황을 정확하게

---

50   E·シュタイガー, 高橋英夫 訳, 앞의 책, pp.186~203.

판단할 수 없는 것에 대한 부정적인 평가로서 사용되는데, 감상성의 문제 자체가 철학이나 도덕적 판단의 분석에서 정면으로 취급된 적은 그다지 많지 않다. 문학이나 미학에서 이 문제를 논하고 있는 사례는 이보다 더 적은데, 많은 정리에서는 I. A. 리처즈의 미학적 비판으로부터 논의를 시작한다. 리처즈에 따르면 감상적인 것이란 ① 있는 것에 과도한 감정을 가지는 것, ② 감정이 거친 것, ③ 현실 상황에 대응하지 못하는 부적절한 감정을 가짐으로써 감정을 의도적으로 증폭시킨 것을 의미한다. 그리고 그러한 감정에 빠짐으로써 슬픔에 잠기는 것은 기만적인 태도로 여겨지고 그렇게 해서 증폭된 감정은 획일적인 것에 빠지며 그 획일성을 통해서 인간을 이해하면 시니시즘에 빠진다. 따라서 그러한 태도는 '감상적'이라고 여겨지고 이를 통해 사람들은 성실한 감정을 위선적인 그것으로부터 보호하려고 한다.[51]

흥미로운 것은 임화와 동시대 문예평론가였던 최재서가 다음처럼 감상주의를 분석하고 있다는 점이다. 최재서에 따르면 감상주의란 양적인 의미와 질적인 의미 두 가지를 가지고 있는데, 전자는 자극에 대한 정서의 반응이 보통 이상으로 예민하거나 과다한 것을 뜻한다. 이것은 체질, 연령, 교양, 환경 등 개인의 힘으로 쉽게 조절할 수 없다. 그러나 후자처럼 작가나 작품 자체는 감상적이지 않으나, 작자의 불순한 동기나 기술의 미숙함으로 인해 독자에게 그러한 효과를 가져올 경우가 있다. 최재서에 따르면 이것은 낭만주의가 빠지기 쉬운 것으로, 그 첫 번째 고발자였던 리

---

51 伊勢田哲治,「感傷性の倫理学的位置づけ」, 伊勢田哲治, 『倫理学的に考える－倫理学の可能性をさぐる十の論考』, 勁草書房, 2012, pp.281~308. 이세다의 논의에서 참조되는 리처즈

얼리즘도 이 함정에 빠질 때가 있다. 특히 사회주의 리얼리즘을 표방한 작가나 평론가가 이데올로기로서의 그 공식이 유효한지 의문시되는 시대에 굳이 그것을 고수하려고 했을 때 그러한 태도를 보여준다.[52] 최재서의 감상주의 비판은 도그마 비판이자 동시에 임화의 이야기시의 성격을 수용의 측면에서 정확히 파악하고 있는 것으로 보인다. 그것은 임화의 시인으로서의 비극으로 귀결된 것임과 동시에 프롤레타리아 시 자체의 비극이고 또 한국의 '근대'를 둘러싼 비극이었다. 임화의 이야기시는 바로 이 비극성으로 인해 이후에도 계속 기억될 수 있었던 것이라고 할 수도 있을 것이다.

지금까지 임화가 남긴 시 작품의 전반에 대해서 그 성격이나 특징을 검토해 보았다. 특징적이었던 것은 이른바 그의 대표시로 뽑을 수 있는 시에 '이야기시'라고 할 수 있는 것들이 많고 그 이야기도 주로 근친자 관계의 파괴, 그리고 거기서 생기는 증오나 연민의 감정을 기초로 삼고 있다는 점, 현해탄과 종로 네거리와 같은 장소를 식민지적인 풍경으로서 묘사하고 '상상의 공동체'로서의 민족(주의)에 대해서 끊임없이 자각적이고자 했던 시가 많다는 점이다. 그러한 시는 자아가 세계에 대해서 친화해서 녹아드는 보통의 서정적인 감정을 기초로 하는 것보다도 자아가 현실세계와 이상세계 사이를 방황하고 현실세계에 대해서 적대적인 감정을 돌리는 파토스적인 것을 기초로 하는 것이 많다. 그러나 이 점은 이 시들

의 주장은 모두 다 I. A. Richards, *Practical Criticism: A Study of Literary Judgement*, 1929에 있는 견해이다.

52   최재서, 「쎈치멘탈론」(1937.10), 『문학과지성 – 최재서평론집』, 인문사, 1938, 206~222쪽.

이 결코 서정시가 아니라는 것을 의미하는 것이 아니다. 대립이나 갈등을 극복하는 일 없이 승인하고 있다는 점에서 독자적인 서정정신을 발휘하고 있다고 할 수 있다.

이상의 것을 전제로 임화라는 문학자 자신에 대해서 생각할 때, 자질의 비극이라는 생각을 하지 않을 수 없다. 임화는 한국 근대시의, 혹은 근대문학의 비극이기도 한 큰 무대에서 그 특이한 자질을 발휘한 것이다. 어떠한 자질도 시대적인 표현의 공동성이 강요하는 관계에서 자유로울 수 없다. 개인적인 자질을 드러냄으로써 위기에 직면하는 것은 끊임없이 그 관계를 의식화하는 것과 마찬가지다. 그러한 의미에서 시인으로서의 임화는 보통의 서정시인과는 달리 시와 독자 사이에 비평을 가져올 수밖에 없었는지도 모른다. 그는 그렇게 시와 독자의 관계를 새롭게 함으로써 무자각적인 집단성과 공동체의식을 파괴하고, 이를 끊임없이 환기하는 시편을 남겼다. 이러한 임화의 시인으로서의 특징은 시 창작 이외의 문학행위에도 드러나 있다.

분열 / 조화와 전체성의
리얼리즘론

소설비평의 원리

1. 낭만주의와 '주체' – '실천'의 강조와 관조주의 비판

임화는 1930년 무렵에 카프 내에서 이루어진 예술대중화논쟁과 자신의 이른바 '단편서사시'의 감상성에 대해서 자기비판을 한 후 잠시 동안 시 창작과 논쟁에서 멀어져 문단 현황이나 정세 분석 같은 글을 발표하게 된다.[1] 그는 카프 서기장으로서 프롤레타리아문학의 현상을 분석하는 평론을 몇 가지 발표했다. 이 시기에 그는 프롤레타리아문학의 작가, 시

---

1   임화, 「시인이여! 일보 전진하자!」, 1930.6에 있는 신두원의 지적. [4] 172쪽의 각주 13.

인들의 동향을 추적하는 데에서 더 나아가 점차로 프롤레타리아문학 이외의 문단이나 문학자들의 동향, 이광수, 김동환, 해외문학파들의 동향도 비판적인 관점에서 회고적·역사적으로 정리하기 시작한다.[2] 이러한 태도는 조선 신문학에 대한 상대적인 분석으로 발전한다.

임화의 「위대한 낭만정신」(1936.1)은 세계문학에서 낭만주의의 창조 정신이 만들어 낸 소설의 등장인물의 성격적 전형성을 논하면서 그것을 당시 조선의 소설을 분석하는 데 적용한 장대한 작품비평이다. 거기서 우선 거론된 것이 이광수의 『무정』(1917)과 조중환의 『장한몽』(1913)이었다. 임화는 『무정』에 등장하는 박영채, 이형식, 김선형을 『장한몽』에 나오는 수일과 순애와 대비해서 보고 있는데, 작품에서 삼각관계를 구성하는 각 등장인물이 사람들에게 기억될 이유가 있는 점은 인정하나 거기에는 인물의 전형성이 아니라 단순한 유형성만 있다고 하였다. 그리고 임화 스스로 조선 프롤레타리아문학의 최고 걸작이라고 절찬한 『고향』(이기영, 1933)의 김희준이나 안승학조차 진정한 의미의 전형성을 성공시키지 못하고 있다고 지적하면서, 조선의 신문학에 진정한 낭만정신이 확고히 뿌리내리지 못하고 있다고 논했다.[3]

임화가 낭만주의를 강조한 것에 대해 당시 사회주의 리얼리즘의 공식성에 대한 반발 혹은 그가 진정한 리얼리즘론을 재흥하기 위한 보완물로 호출한 것이라는 지적이 있다.[4] 이후 임화가 조선의 신문학 역사를 서술

---

2   임화, 「1931년간의 카프예술운동의 정황」(1931.2); 「1932년에 당하여 조선문학운동의 신계단」(1932.1); 「당면 정세의 특질과 예술운동의 일반적 방향」(1932.1~2) 등.
3   임화, 「위대한 낭만정신」, 1936.1, [3] 37~40쪽.
4   Theodore Hughes, *Literature and Films in Cold War South Korea*, Columbia U.P., 2012, p.231.

하면서 1920년대 초에 나온『백조』동인들(그 대부분은 그 후 카프에서 중요한 역할을 했다)의 낭만주의를 높게 평가한 것은 그러한 지적의 방증이라 할 수 있다.[5] 그러나 만약 그렇다면 당시 임화를 비롯한 사회주의 세례를 받은 문학자들이 리얼리즘론을 어떻게 다시 시작하려고 하고 있었는지, 그리고 그 목적은 무엇이었는지를 분명히 할 필요가 있다. 여기서 검토하고자 하는 것은 바로 그 부분, 식민지 조선에서 1930년대 중반부터 후반에 걸쳐서 논의된 리얼리즘론 논의의 내용과 목적, 그리고 그 동력과 모티프에 관해서이다. 그 중심에 있었던 임화의 논의를 보는 것은 이를 규명하는 데 유효할 것이다. 여기서는 우선 이 시기 임화의 논의를 좀 더 자세히 살펴보도록 한다.

먼저 임화가 지적하고 있는 것은 당시 조선의 소설작품의 등장인물과 창작자에 있어서 나타나는 '주체'의 부재 내지는 '주체'의 재건이다. 그는 여기서 지극히 구체적인 논의를 전개한다. 임화에 따르면 지금까지 창작자들은 소설을 통해서 자유주의, 행동주의, 낭만주의, 휴머니즘 등을 제창해 왔는데, 그것이 좀처럼 정착되지 않은 것은 일련의 개념들이 '누구의', '어떤' 것인가라는 구체성을 수반하지 못했기 때문이다. 이러한 주체가 우선 존재하지 않기 때문에 작품의 세계관이 부재하는 것이다. 엥겔스가 발자크론에서 전개했듯이 이를 극복하기 위해서는 생활의 실천을 통해 자기를 재건하는 것이 필요하다는 논의이다.[6] 더불어 임화는 예전에

---

5 한국의 근대문학사를 구상하며 임화가 어떻게 낭만주의를 강조해서 받아들였는지에 대해서는 본 논문 제6장, 특히 2절을 참조.
6 임화,「주체의 재건과 문학의 세계」, 1937.11, [3] 50~63쪽.

논쟁을 주고받은 상대였던 김남천의 고발문학론을 관조주의이자 사진기적인 리얼리즘이라고 비판하고 있다.

고발문학론이란 비슷한 시기에 김남천이 주장한 창작태도로, 추상적인 주관으로 객관적인 현실을 재단하는 것이 아니라 객관적인 현실 자체를 작가의 주관에 종속시킴으로써 창작방법과 세계관의 모순을 극복할 수 있다는 주장이다. 이를 위해서 김남천은 작가는 끊임없는 자기성찰을 하되 자기로 침잠하지 않고 사회와 일반대중 생활과의 관계 속에서 지속적인 '모랄' 의식을 가짐으로써 자기분열을 막아야 한다고 지적한다.[7] 임화와 김남천은 이미 몇 년 전에 역시 작가의 창작방법을 둘러싸고 논쟁을 벌인 바 있다. 당시 논쟁의 출발점은 김남천의 단편 「물」(1933)이었다. 평양 고무공장 총파업에 가담해서 체포, 투옥되었던 김남천이 자신의 체험을 기반으로 쓴 단편 「물」에 대해서 임화는 이야기가 그려지는 방법이 경험주의적이기 때문에 그것이 실천 제시로 이어지기 어렵다고 비판했다.[8]

임화의 김남천 작품에 대한 비판은 계속된다. 예를 들면 어머니와 대립하는 딸 계향과 그 남동생 봉근을 그린 김남천의 단편 「남매」(1937)에 대해서도 이 작품이 가족이 사회와의 관계에서 입는 비극을 묘사하고 있다고 평가하면서도 등장하는 것은 통속연애비극에 나오는 인물뿐이라고

---

7   김남천, 「고발의 정신과 작가」(1937.6); 「창작 방법의 신국면」(1937.7); 「유다적인 것과 문학」(1937.12); 「자기분열의 조각」(1938.1). 이상 정호웅·손정수 편, 『김남천전집』 I, 박이정, 2000, 220~244쪽·301~330쪽 참조. 고발문학론에 대한 정리는 김윤식, 『한국근대문예비평사연구』, 일지사, 1976, 272~273쪽을 참조했다.
8   임화, 「비평의 객관성의 문제」(1933.11); 「비평에 있어 작가와 그 실천의 문제」(1933.12), [4] 294~299쪽·319~328쪽.

혹평하고 있다.[9] 당시 임화가 토로한 동시대 소설에 대한 다음과 같은 불만도 결국 김남천 작품에 대한 평가로부터 나온 것이라고 생각해도 좋을 것이다.

생활적인 실천에서 유리하고 광범한 현실 파악에서 격원되어, 마치 관조주의적 소설이 일상 신변사에 구애되고 있듯이 인텔리의 마음의 노래로 퇴화한 것이다.[10]

임화에게 창작방법을 둘러싼 김남천과의 논쟁은 항상 '실천'을 결여한 관조주의적 태도에 대한 비판으로 시종되었다. 그리고 이 논의를 중심으로 임화의 동시대 소설에 대한 진단이 체계화된다. 「세태소설론」이 바로 그것이다.

2. 분열된 세계로서의 '세태' – 「세태소설론」(1938.4)

임화는 평론 「세태소설론」(1938.4)에서 동시대 소설의 경향으로서 내성적인 것과 세태적인 것이 동시에 출현하는 것의 의미를 물으며, 그 원인으로 말하려고 하는 것과 묘사하려고 하는 것의 분열을 들고 있다. 그가 비판해 마지않았던 김남천의 소설을 채만식의 작품과 비교하거나 혹

---

9   임화, 「작가의 '눈'과 문학의 세계」, 1937.6, [3] 226~246쪽.
10   임화, 「사실주의의 재인식」, 1937.10, [3] 81쪽.

은 이상과 박태원의 소설을 비교하면서 임화는, 스스로가 주장하려고 하는 바를 표현하려고 하면 묘사되는 세계와 그것이 부합되지 않고 묘사되는 세계를 충실하게 살리려고 하면 작가의 생각이 그것과 일치되지 않게 되기 때문에 '내성'적인 소설과 '세태'적인 소설이 동시에 출현한다고 지적한다. 임화는 그중에서도 특별한 중심인물을 설정하지 않고 서울의 청계천변에서 사는 서민들의 애환을 파노라마적으로 묘사한 박태원의 장편『천변풍경』(1936~37)을 분열된 세계를 그대로 드러낸 '세태소설'의 대표적인 사례라고 비판했다. 임화에 따르면『천변풍경』은 사사로운 현실을 독자에게 드러냈을 뿐이며, 주인공이 생사의 운명을 만들어 내는 장소로서 현실을 그리는 적이 없었다.[11]

흥미로운 것은 임화가 세태소설의 사례로서 홍명희의 대하소설『임꺽정』(1928~39)을 들고 있다는 점이다. 조선왕조 중기에 실재한 피차별 계급 출신의 민중반란 지도자를 그린 이 대하소설은 해방 후에는 '민족어의 보고'라고 평가되었으며, 어떤 작가는 자신의 말＝한국어를 '회복'시키기 위해서 탐독했다고 고백하는 작품이기도 하다. 그러나 식민지 당시 ﾐ던 이 소설의 연재 기간 동안 저자 자신의 투옥으로 몇 번의 집필 중단이 이어졌으며, 결국 미완성인 채로 연재가 끝나게 되었다.

임화는 이 대하소설에 대해 역사적인 현실이 현대의 문학의식과 유기적인 연관을 맺고 있지 않으며, 작가가 왜 그 역사적 현실을 빌려 작품을 구성한 것인지 의문이라고 밝히고 있다. 세련된 세부묘사가 활동사진처

11   임화,「세태소설론」, 1938.4, [3] 282쪽.

럼 전개되는 세속 생활의 재현은 평가할 수 있으나, 모든 현실이 그중요성을 떠나서 독자에게 던져지고 있다는 점에서 전형적 성격이 결여되어 있으며 따라서 필연적으로 플롯이 미약할 수밖에 없는데, 바로 이런 점에서 이 작품이 이른바 세태소설적 성격을 띠고 있다고 비판했다.[12] 분명 풍속묘사 속에 어떤 전형성이나 합리적 핵심이 있는가라고 묻는다면 그렇지는 않다. 그러나 여기에 대해서는 다음과 같은 주목할 만한 지적이 있다. 『임꺽정』에서 묘사되고 있는 것이 과연 임화가 말하는 '현실'이라고 할 수 있는지, 또 역사적 사실의 재구성을 리얼리즘 논의에 첨가할 때 어떤 문제가 발생하는가에 대해 임화가 그다지 유의해서 논하지는 않고 있다는 지적이 그것이다.[13]

그렇다면 세태소설에는 무엇이, 어떤 의미에서 결여되고 있는가? 임화는 부연 설명을 계속한다. 가장 정밀한 묘사가였던 염상섭이나 김동인도 따라할 수 없는 치밀한 세부묘사가 이 종류의 소설에는 갖추어져 있는데, 소설(리얼리즘)은 세부묘사만이 전부가 아니라 현실을 있는 그대로 파악하는 것을 목적으로 하는 것이다. 따라서 이것은 진정한 묘사의 기술과는 근본적으로 다르다. 그런 의미에서 세태소설이란 단편소설의 집합이다.[14] 이 결함이 극복되기 위해서는 성격과 환경, 그 사이에서 영위되는 생활과 생활의 연속이 만들어 내는 성격의 운명이라는 것을 소설 구조의 기축으로 삼아 그 구조를 통해 작가가 자기의 세계를 표현해야 한다. 그리고 환

---

12 위의 글, [3] 283~284쪽.
13 홍기삼, 「세태소설론」, 『한국문학대사전』, 고려출판사, 1992, 337~338쪽.
14 임화, 앞의 글, [3] 286~288쪽.

경 묘사와 자기표현이 조화를 이룸으로써 비로소 '본격소설'을 완성시킬 수 있다.[15]

임화의 이 세태소설 비판을 1930년대 일본문학의 사소설 비판과 비교해서 검토해보는 것은 꽤 유용해보인다.[16] 「본격소설론」(1938.5)에서 임화는 '비사회화된 개인'이 문제라고 하면서 조선의 문학자가 개성의 사회성을 이해하는 데 너무나 비사회적이고, 성장하기 전에 이미 깊은 분열에 빠진 상황에서 근대적으로 이해된 정열 없이는 근대적인 개성의 형성도 불가능했다고 주장한다.[17] 이 평론에서 임화가 말하는 문학자란 세태소설의 작가들이 아니라 조선의 작가들 전반이며 직접적으로는 이태준인데, 이때 동시대 소설의 변모를 작품의 토대가 되어야 할 사회와 개성의 문제, 소설의 근대성의 문제로서 논하고 있는 부분은 같은 1930년대 중반 일본에서 전개된 사소설을 둘러싼 논의와 상통한다.

고바야시 히데오小林秀雄는 「사소설론」(1935)에서 '사회화된 나'라는 용어를 사용하여 근대소설에서 '나'는 이미 사회에서 도피할 수 없는 것이라고 전제한다. 그는 바로 그런 의미에서 서양의 리얼리즘이 모범이라고 한다면 일본 사소설에서의 '나'는 완전히 사회화되지 않았다는 점에서 사소설을 비판했다. 고바야시가 비판한 당시 사소설이 이른바 사회주의자의 전향소설이었다는 점을 염두에 둘 때, 그가 말한 '사회화된 나'란 즉 있어야 할 것이 없다는 의미에서 반어적으로 사용되고 있는 것이다. 여기

15　임화, 「본격소설론」, 1938.5, [3] 291쪽.

16　Janet Poole, *When the Future Disappears: The Modernist Imagination in Late Colonial Korea*, Columbia U.P., 2014, pp.140~142, p.234, n45.

17　임화, 앞의 글, [3] 297쪽.

에는 사회화되지 않은 '나'라는 문제, 그리고 사소설작가(즉 전향소설 작가)들이 '사회'라고 한 것은 무엇이었느냐는 문제에 대한 비판이 포함되어 있다.[18]

지금까지 '사소설'이라고 불린 작품들은 모든 공상적·허구적 요소를 채용하지 않고 실제로 있었던 사실과 경험('실생활')을 제시하는 것이 진실이라고 하는 입장에서, 문단이나 좁은 독자층을 '사회'로 설정하고 있었던 점에서 본격적인 사실주의 소설과는 거리가 있었다. 흔히 사소설이라고 불려지는 작품들은 1920년 전후 다이쇼大正 시대의 단편소설, 1930년대 중반의 전향소설, 1945년 패전 직후의 소설을 일컫는다. 그런데 사소설이라는 장르가 어떻게 인식, 형성되었는지를 보면, 그것은 이들 실제 사소설 작품군의 일반적인 성격에서 도출되었다기보다는 '사소설'을 비판한 일련의 평론들에 의해 일종의 결과로서 형성되었다고 보는 편이 타당하다. 고바야시 히데오의 「사소설론」(1935), 이토 세이伊藤整의 「소설의 방법」(1948), 나카무라 미츠오中村光夫의 「풍속소설론」(1950), 히라노 켄平野謙의 「예술과 실생활」(1950)과 같은 비평들이 그것인데, 여기에서 핵심은 사소설이 진정한 근대가 아직 달성되지 않았기 때문에 생긴 미완의 근대의 문학적 표현으로서 생성되었다는 것이다. 사소설이란 실체로서의 작품군이 아니라 '사소설 담론'이라는 이 지적은 극히 중요하다.[19] 왜

---

18 イルメラ·日地谷=キルシュネライト, 三島 ほか訳, 『私小説-自己暴露の儀式』, 平凡社, 1992, pp.129~135.(Irmela Hijiya-Kirschnereit, *Selbstentblößungsrituale: zur Theorie und Geschichte der autobiographischen Gattung "Shishōsetsu" in der modernen japanischen Literatur*, 1981).

19 鈴木登美, 『語られた自己-日本近代の私小説言説』, 岩波書店, 2000, pp.1~19.(Tomi Suzuki, *Narrating the self: fictions of Japanese modernity*, 1996)

나하면 진정한 근대가 아직 달성되지 않았다는 의식이 계속해서 존재하는 한, 사소설론(사소설 비판)도 계속해서 생성된다는 이야기가 되기 때문이다.

다만 여기서의 논의를 위해서 부언한다면 임화의 '비사회화된 개인'이든 고바야시 히데오의 '사회화된 나'든 충분히 성숙되지 않은 사회와 거기에 관여하는 개인을 문제삼고 있는데, 그들의 논의는 둘 다 이 시점에서는 그 '사회'가 왜 성숙하지 않았는지를 설명하지는 않고 있다. 고바야시의 논의에서는 '서양의 리얼리즘'을 모범으로 한다는 조건을 제시함으로써 그 '사회'를 이념형으로서의 서구 부르주아 사회라고 가정했고, 이로써 그 논의는 가능했다. 그러나 임화는 그 미성숙한 '사회', 식민지 조선의 '사회'를 고바야시처럼 모범이 되는 서양과 관계짓는 것이 아니라 스스로 그 기원을 설명하려고 했다. 그 설명은 역사적인 경위에 관한 것이었는데, 이 점에 대해서는 4장의 문학사론을 다루는 데서 다시 언급하도록 한다.

한편 임화가 세태소설을 비판했을 때 사용했던 '내성'과 '세태'라는 개념을 선보였다. 즉 둘 다 환경 묘사와 자기 표현에서 분열적이라는 공통점을 가지면서 주인공의 내면에서 사회나 환경을 그리는 내성 소설, 조감적으로 등장인물을 배치시키는 것으로 환경이나 세계를 쓰는 세태 소설이 동시대에 출현한 상황을 지적하고 있다. 여기서 '내성'과 '세태' 문학의 출현이 이미 최재서의 리얼리즘론에서 검토되고 있었던 사실은 주의를 요한다. 최재서는 평론 「「천변풍경」과 「날개」에 관하야 ─ 리얼리즘의 확대와 심화」(1936.10)에서 도회의 일각에서 움직이는 세태나 인정을 그리는 박태원의 장편『천변풍경』(1936~37)과 수준 높게 지식화된 소피스트의 주관 세계를 그리는 이상의 단편「날개」(1936)에 대해 평하며, 전자가 객관적 태도로 객관을 그리고 있다면 후자는 객관적 태도로 주관을 그린 작품이라고 하였다. 그에 따르면 이것이야말로 리얼리즘의 확대와 심화이며, 이 작가들처럼 현대의 분열과 모순에 대해서 고민한 개성은 지금까지 없었다고 평가하고 있다. 그러나 다른 한편 최재서는 이들의 작품에 사회에 대한 태도가 유보되고 있고 모든 것이 단편적인 포즈에 지나지 않으며 일관된 인생관이 존재하지 않는다는 점, 또 상식을 모욕하고 현실을 모독하는 것이 작자의 습관, 윤리관, 지도원리, 비평원리가 되고 있다는 점을 들어 예술작품으로서의 모랄이 결여되고 있다고 지적한다.[20]

여기서 최재서가 말하는 '모랄'이란 작가의 창작태도를 의미한다. 그는 리얼리즘이 일정한 방법으로 사회기구를 관찰하고 묘사한다고 하더라도 자기개성의 인간적 변화나 인간 상호간의 인간적 관계를 통찰할 수 없다면 모랄의 세계와 배치되는 것이며, 모랄은 이성으로 추론해서 도달할 수 있는 게 아니라 다만 지성(직관적 이해력)으로 파악할 수 있을 뿐이라고 말한다.[21] 그리고 가치의식이 단순한 의식에 머무른다면 그것은 아직 모랄이라고 할 수 없는데, 가치의식이 모랄이 되기 위해서는 도그마로 합리화되어야 하며 그러한 의미에서 도그마는 신념의 결정이자 그 표백이라 하였다.[22] 즉 여기에서 최재서는 도그마로 합리화된 모랄을 제창한다. 여기

---

20 최재서,「『천변풍경』과「날개」에 관하야 – 리얼리즘의 확대와 심화」(1936.10),『문학과 지성 – 최재서평론집』, 인문사, 1938, 98~113쪽.
21 최재서,「작가와 모랄의 문제」(1938.1), 위의 책, 263~271쪽.
22 최재서,「비평과 모랄의 문제」(1938.8),『최재서평론집』, 청운출판사, 1961, 13쪽.

에서의 '모랄'이나 '도그마'는 이 시기 최재서가 자신의 평론에서 때로 명시적으로 인용·참조하고 있었던 배빗Irving Babbitt이나 리드Herbert Read 등의 비평 개념이다. 미하라 요시아키三原芳秋에 따르면 최재서는 이와 같은 모랄의 주장을 통해 외재적인 도그마의 유혹을 멀리하고 내재적으로 도그마를 생성하고 그것을 고정화시키지 않도록 '비평정신'으로 부단히 무너뜨리면서 이 동적인 도그마관을 가지고 문학의 방향성을 제시함으로써 자신의 비평 태도를 일관시켰다.[23] 김윤식이 정리했듯이 모랄이란 당시 김남천이 창작방법론으로서 제창하고 있었던 고발문학론의 핵심을 이루는 개념이다.[24] 김남천의 논의에서 모랄은 당초 프랑스 모랄리스트의 그것을 가리키고 있었으나 논의의 심화와 함께 최재서가 주장한 모랄과 가까운 개념이 되어갔다.

최재서는 자신이 창간한 『인문평론』 창간호(1939.10)에서 '모랄'이라는 비평용어의 해설을 김남천에게 맡겼는데, 이 해설에 따르면 모랄은 세계적인 규모의 혼란이나 불안 속에서 문학인이나 지식인이 스스로의 위치를 설정하여 사회에서의 자기의 문제를 성찰하고 그 태도나 윤리관을 규명하려고 하는 데서 나온다.[25] 이 설명은 최재서의 그것과 매우 유사한 것

---

23 三原芳秋, 「崔載瑞のOrder」, 『사이(SAI)』 4, 국제한국문학문화학회, 2008, 319~320쪽.
24 김윤식, 앞의 책, 269~280쪽.
25 김남천, 「모랄(모던 문예사전)」, 『인문평론』 창간호, 1939.10, 112~113쪽. 홍종욱은 최재서가 창간한 잡지 『인문평론』이 식민지 조선 지식인의 유일한 좌우 공동노선이었다고 하면서 그 특징과 한계를 지적하고 있다. 홍종욱이 그 근거로 들고 있는 것은 임화가 해방 후에 행한 「조선민족문학건설의 기본과제에 관한 일반보고」(1946.6)이다. 洪宗郁, 『戰時期朝鮮の転向者たち : 帝国 / 植民地の統合と亀裂』, 有志社, 2011, pp.233~234. 미하라 [三原]도 지적하듯이 최재서의 『인문평론』 창간에는 1차대전 후의 지식인의 협동을 주장한 T. S. 엘리엇의 잡지 The Criterion(1922.10~39.1)이 강한 영향을 주었다. 창간호의

이다. 이와 같은 모랄의 의미를 생각하면 임화가 "내성과 세태"라고 부르고 최재서가 "리얼리즘의 심화와 확대"라고 부른 것은, 일견 박태원과 이상 소설에 대한 상반된 평가처럼 보이나, 사실은 리얼리즘 문학론의 '주체' 분열을 둘러싸고 내려진 평가의 다른 표현이라고 생각할 수 있다.[26] 즉 반대로 생각하면 양자의 논의에는 둘 다 유기적으로 일치되어야 할 어떤 전체성에 대한 지향이 분명히 보이는 것이다.

그 '전체성'이 무엇인지를 검토하기 전에 임화 자신의 '내성과 세태'의 문학에 대한 진단을 좀 더 자세해 살펴보도록 하자. 임화는 '내성과 세태'의 문학이 등장하기 이전 조선의 신문학에 대해서 역사적인 자리매김을 한다. 그는 진정으로 개성적이기 위해서는 다분히 봉건적인 신문학, 또는 개성적이라기보다는 과도하게 집단적인 경향문학은 결국 조선에서 소설 양식을 완성시킬 수 없었다고 진단한다. 뿐만 아니라 시민적 개성의 문학을 집단적 개성으로 여과함으로써 그 독특한(19세기 소설과는 구별되는) 소

「모던문예사전」의 칼럼에서는 잡지 *The Criterion*의 설명을 최재서가 쓰고 있다. 이 「모던문예사전」이라는 칼럼은 최재서, 김남천 이외에 김기림, 서인식 등이 집필하고 있다. 나중에 임화도 이 칼럼 집필에 참여한다. 임화는 1939년 12월호의 이 「모던문예사전」 칼럼에 '갑신정변', '개화', '독립신문', '신문학', '한성순보' 등의 항목을, 1940년 4월호 칼럼에 '대한매일신보', '독립교회·만민공동회' 등 조선의 개화사에 관한 항목을 집필했다. 임화는 이 시기에 이 『인문평론』에서 「개설신문학사」를 연재하고 있었는데, 이때 그는 조선의 1910년 전후의 신소설, 특히 이해조의 작품에 대해서 쓰고 있었다(이 문학사 서술에 대해서는 이 책의 6장을 참조). 미하라는 1933년 10월에 일본에서 창간된 잡지 『문학계(文學界)』가 카와바타 야스나리[川端康成], 고바야시 히데오[小林秀雄], 하야시 후사오[林房雄], 다케다 린타로[武田麟太郎] 등을 동인으로 하면서 지식인 협동의 측면이 강했음을 지적하며 이로부터 영향받았음을 또한 시사하고 있다. 하야시와 다케다는 당시 일본 프롤레타리아 작가동맹의 멤버였다. 三原芳秋, 앞의 글, 322~324쪽.

26 Cristopher P. Hanscom, *The Real Modern : Literary Modernism and the Crisis of Representation in Colonial Korea*, Harvard University Asia Center, 2013, pp. 32~33.

설을 형성하는 경향문학이 아직까지 시민적 의미의 개성도 형성되지 않고 있는 이 땅에서 일을 시작하려고 하는 것은 무서운 모험이었다고 말하며, 조선의 프롤레타리아문학의 환경적 제약을 언급한다.[27]

임화는 하나의 무력한 실체로서 자기를 인식한다는 것, 자기에 대한 의식이 긍지가 아니라 견딜 수 없는 환멸과 고통이라는 사실이야말로 바로 20세기 서구소설을 만들어 낸 정신적 지반이라고 밝히며, 이른바 '내성과 세태' 문학을 만들어 낸 이상, 박태원 같은 신인들은 조선 소설을 오래된 전통과 관계 맺게 하기보다는 오히려 20세기 서구문학에 더 가까운 것으로 만들었다고 지적하였다. 물론 그럼에도 조선의 소설에 이식된 20세기 서구문학 정신은 조선적인 제약을 받는다. '개성의 무력화'가 서구처럼 사상적 성숙 다음에 찾아온 혼란이 아니라 아직 개성 완성에 대한 이상을 상실하지 않고 있는 데에 찾아온 부조화의 감정이라는 점이 바로 그것인데, 임화에 따르면 바로 이것이야말로 1930년대 후반 조선에서 '내성과 세태'의 문학이 성립한 근거이다.[28] 임화는 앞서 말한 것처럼 그 '내성과 세태'가 지양된 것으로서의 본격소설이 등장하기 위해서는 정치, 사상, 심리가 아니라 '생활' 수준으로 내려온 창작이 이루어져야 한다고 하며[29] 세태 묘사나 내성의 방황에 머물고 있는 문화의 정신을 '사실' 쪽으로 돌려서 그 '사실' 탐색 속에서 진정한 문화의 정신을 발견할 것을 제창했다.[30]

---

27 임화, 「본격소설론」, 1938.5, [3] 297~302쪽.
28 위의 글, [3] 297~302쪽.
29 임화, 「사실의 재인식」, 1938.8, [3] 107~108쪽.
30 위의 글, [3] 112~113쪽.

임화가 여기서 지적하고 있는 '사실'이라는 개념은 임화 자신이 말하고 있듯이 폴 발레리Paul Valéry(1871~1945)가 '정신의 위기' 이래 주장하고 있었던 위기담론의 주요한 개념이다.[31] 발레리는 1차대전으로 황폐화된 유럽에서 '유럽정신'의 위기를 감지했으며, 인간이 야만화된 20세기를 '사실의 세기'로 받아들이려 했다. 이 담론은 유럽뿐만 아니라 당시 동아시아 지식인에게도 지대한 영향을 미쳤다.[32]

임화는 여기서 발레리를 기본적으로 전세기의 인물이라고 전제하며 그의 논의를 참조하고 있다. 또 최재서도 같은 시기 19세기의 '지성'이 붕괴되고 '사실'의 세기가 왔다는 예로서 발레리의 논의를 인용해오고 있다. 최재서는 여기에서 '질서의 세기'였던 19세기가 붕괴되고 '사실의 세기'가 왔다고 지적했다.[33] 당시 조선 문단에서는 발레리가 말하는 '사실'

---

31 위의 글, [3] 108~110쪽.
32 국제연맹문학예술위원회의 지적협력국제위원회가 개최한 간담회 가운데, P.발레리가 사회를 맡은 제4회 파리회의와 제5회 니스 회의의 회의록은 각각 일본어로 번역, 소개되었다. 佐藤正彰 訳, 『精神の将来(欧羅巴精神の将来)』, 芝書店, 1936.6(1933.10의 제4회 파리회의, '유럽 정신의 장래'에 관한 회의록); 佐藤正彰 訳, 『現代人の建設』, 創元社, 1937.6(1935.4의 제5회 니스회의 '현대인의 형성'에 관한 회의록). 제5회 니스회의의 회의록에 관해서는 일본에서 번역서가 간행된 직후에 잡지 『文學界』가 이와 관련된 좌담회를 개최했다. 「(座談会)「現代人の建設」について」, 『文学界』, 1937.9(참석자는 가와카미 데츠타로[河上徹太郎], 아오노 스에키치, 고바야시 히데오, 아베 도모지, 시마키 겐사쿠, 하야시 후사오, 미키 키요시, 사토 마사아키, 요코미쓰 리치). 참석자의 반응은 각양각색인데, 전반적으로, 유럽(지식인)은 위기에 처해 있는데 그렇다면 일본(지식인)은 어떤가라는 소박한 명제를 각자 입장에서 묻는 참석자가 많았고 발레리가 당시 생각하고 있었던, 반-파시즘을 위한 지식인협력의 구축이라는 측면은 이 『문학계』 좌담회에서는 완전히 공유되지 못했다. 한편 이 시기의 『改造』나 『中央公論』의 좌담회는 중일전쟁 발발 직후라는 시대적 분위기 때문이었는지, 대부분 중일전쟁과 중국 정세에 집중되어 있었다. 일본에서 P. 발레리의 논의를 소개하는 작업은 잡지 『文學界』와 가와카미 데츠타로가 유일하게 열심이었던 것 같다.
33 최재서, 「사실의 세기와 지식인」, 『조선일보』, 1938.7.2.

의 수리를 역사적으로 큰 변화를 겪은 후에 현상을 긍정하는 담론으로 전용하고 1937년 발발한 중일전쟁 후의 문단 재편성이나 작가들의 종군 문제에 대해서 논의하는 논조에도 이용되었다.[34] 그만큼 발레리의 '사실' 개념은 동아시아 지식인들 사이에서 의식적·무의식적으로 이용되었다. '자기'의 확실성의 근거가 '주체'에서 '사실'의 세계로 옮겨간다는 이 전제는 식민지 조선에서 국가총동원이나 그 후의 내선일체, 국어상용 등에 대한 판단을 정지시키는 역할 또한 하게 하였다.[35]

여기서 중요한 것은 각 논자가 내걸고 있는 개념이나 호칭보다도 전세기의 유럽 시민문화, 유럽 '정신'의 성숙이 붕괴되고 새로운 국면을 맞이하고 있다는 위기의식이며, 그 속에서 과거를 성찰해서 반성하는 계기를 준비하려고 한 점이다. 이러한 문명/야만, 서양/동양, 진보/퇴보(정체), 미래/과거, 합리성/비합리성, 생산/소모, 주체/객체 등의 이분법에 의거한 위기담론은 그 이분법을 무효로 하는 것보다도 오히려 이분법을 살린 채 각각의 가치를 전도하고 위기 자체를 해소해 버리려는 측면이 강했다.[36] 임화가 '사실'을 강조하고 그것을 내성/세태의 분열, 주체의 분열

---

34 김윤식, 앞의 책, 396~402; 김윤식, 『백철연구』, 소명출판, 2008, 279~284쪽에 따르면 대표적으로 백철이 이러한 논의를 중일전쟁이나 국가총동원법, 대동아공동권론 논의에 유용하고 있었다. 백철, 「시대적 우연의 수리」(1938.12); 「신화 뒤에 오는 이상주의문학」(1939.1); 「일본문단의 동향」(1939.1) 등.

35 차승기, 「'사실의 세기', 우연성, 협력의 윤리」, 『민족문학사연구』 38, 민족문학사학회, 2008.12, 264~304쪽.

36 차승기, 『반근대적 상상력의 임계들 – 식민지 조선 담론장에서의 전통·세계·주체』, 푸른역사, 2009, 91~92쪽·313쪽 각주 34. 그리고 이 점을 부연하듯이 김철은 임영빈의 단편 「어느 성탄제」, 『문장』, 1941.2의 에피소드, 최재서, 김남천들의 평론 등, 당시 식민지의 담론 상황을 제시하면서 이미 대일본제국의 '지방'이 된 조선이 '동양'의 표상으로서 스스로를 적극적으로 주체화한 점을 지적하고 있다. 金哲, 「「朝鮮人」から「東洋人」へ –

을 극복하는 근거로 삼고자 한 것은 현실인식의 계기의 문제로서는 가능성을 보여주는 논의이나 근본적인 문제 해결을 제시하는 것은 아니었다. 그러나 역시 여기서도 '분열'을 극복해야 할 사태로서 파악하고 있다는 점, 그래서 그것을 통합·지양하려고 하는 논의의 틀은 그대로 유지되고 있다는 점을 주목하고자 한다. 이 '전체성'에 대한 지향은 어떤 비평전략에 근거해서 이루어지고 있었던 것일까? 다음으로는 임화가 당시 쓴 소설론과 문학·문화비평의 큰 테두리에서 그 동시대성과 상동성이 인정되는 루카치의 문예비평과 전체성론을 참조축으로 삼아 이 논의의 윤곽을 조망하기로 한다.

3. 루카치 문예비평과 전체성론

낭만주의를 재평가하면서 주체의 재건과 리얼리즘의 전체성을 주장한 임화의 1930년대 후반의 문학론, 소설론은 당시 G. 루카치가 펼치고 있었던 마르크스주의 문예비평의 논의와 상동성을 보여준다. 여기서는 임화문학론의 성격 전반에 걸쳐서 친근성을 보여주는 G. 루카치의 문예비평 전반을 조감함으로써 임화를 비롯한 당시 식민지 조선의 지식인이 어떤 담론 환경에 놓여 있었는지를 검토한다.

우선 주목하고 싶은 것은 1920년대 코민테른으로부터 비판받은 루카

植民地朝鮮における「近代の超克」論」, 金哲・田嶋 訳, 『抵抗と絶望 – 植民地朝鮮の記憶を問う』, 大月書店, 2015, pp.126~148.

치의 논의가 왜 1930년대에도 계속해서 서구의 마르크스주의 문예비평의 중심이 될 수 있었는가라는 점이다. 루카치의 활동에서 큰 전환점이 된 것은 1924년 6월부터 7월에 걸쳐서 열린 코민테른 제5회 대회다. 레닌이 서거한 후 처음으로 열린 이 대회에서 각양각색인 헤게모니투쟁이 벌어지는데, 논의의 중심이 된 것은 유럽 혁명운동이었다. 1917년 러시아혁명 후 유럽에서 진행된 혁명운동이 잇따라서 좌절될 수밖에 없었던 사정 및 그 전술을 둘러싸고 논쟁이 벌어진 것이다. 여기서 마르크스의 초기 저작을 평가하고 물상화와 주체화의 계기를 강조한 루카치의『역사와 계급의식』(1923)에 대한 비판이 부상하였다. 루카치의 물상화론과 주체화론이 수정주의라고 비판받은 것이다. 이는 같은 대회에서「당의 볼셰비키화」(전위당의 지도를 통한 폭력혁명)가 운동 방침으로 채택된 일과 관련되어 있다. 즉 내부를 향해서는 볼셰비키화를 요구하고 외부를 향해서는 통일 전선 정책을 강조한 것이다. 루카치는 바로 이 통일 전선을 혼란시키는 수정주의라는 이유로 비판 받았는데, 이때 그는 코민테른에서 제명되지는 않았으나 침묵을 지킬 수밖에 없었다.[37] 코민테른에서 비판받은 루카치의 물상화론과 주체화론, 전위당론이 후쿠모토 가즈오나 나카노 시게하루를 통해서 예술대중화논쟁 당시 임화의 주장에 영향을 끼쳤다는 점, 그것이 당시 일본이나 조선의 예술대중화논쟁을 세계 다른 지역의 논쟁과는 다른 성격을 띠게 한 하나의 요인이 되었다는 점은 1장에서 지적했다. 이때 임화와 나카노의 비평에서 확인할 수 있었던 것은 바로

37　池田浩士,「論争・歷史と階級意識－コミンテルンとルカーチ」, 池田浩士,『ルカーチとこの時代』, インパクト出版会, 2009, pp. 67~109.(平凡社, 1975)

'당파성'의 주체를 정립하려고 한 태도였다고 할 수 있을 것이다.[38]

이렇게 『역사와 계급의식』(1923)에서의 주장을 중심으로 한 현실적인 정치이론 제시나 전위적인 당 활동가로서의 활동이 1920년대 루카치의 초기 활동이었다면, 1930년대의 루카치는 『소설의 이론』(1920), 『역사소설론』(1937)의 주장을 통해서 마르크스=엥겔스 예술론의 주석자로서 주로 활동했다. 그리고 조화적 인간의 붕괴와 회복을 모티프로 한 이때의 논의는 프롤레타리아문학 운동의 해체기에 처한 당시의 일본에서도 좌익계 문예평론가들의 이론적 근거가 되었다. 즉, 사회적 토대 환원주의나 세계관과 창작방법을 혼동하는 문예비평의 경직된 경향을 비판하는 근거가 된 것이다. 1920~30년대를 통해 루카치의 저작은, 초역의 형태지만 일본에서 거의 모두 번역·간행되었다.[39]

1930년대 루카치 문예비평의 핵심을 파악하기 위해 중요한 것은 일본에도 부분적으로 그 내용이 전해진 표현주의 논쟁(1937~38)이다. 1930

---

38 손유경, 「임화의 유물론적 사유에 나타나는 주체의 '입장(position)'」, 『프로문학의 감성구조』, 소명출판, 2012, 163~166쪽.

39 西角純志, 「日本におけるルカーチの翻訳·受容史概観」, 『移動する理論－ルカーチの思想』, 御茶ノ水書房, 2011, pp.173~175. 참고로 루카치 저작의 일본어 번역은 1920년대 동시간대부터 시작되었고 그 집대성이 『ルカーチ著作集』(全13巻·別巻, 白水社, 1968~69)으로 출간되었다. 이후에도 부분적으로 신역이 나오고 있다. 1920~30년대에 나온 루카치 저작의 일본어 번역은 아래와 같다(西角純志, 앞의 글, pp.179~180 외 참조).
『小説の理論』(1920) : 熊沢復六 訳, 「小説の理論の問題(1)」, 『世界文化』 8月号, 1934, pp.33~42; 熊沢復六 訳, 「討論のための報告演説, 結語」, コム·アカデミー文学部 編, 『小説の本質(ロマンの理論)』, 清和書店, 1936, pp.7~28, pp.177~84; 熊沢復六 訳, 「ブルジョア叙事詩としての長編小説」, 『短編·長編小説』, 清和書店, 1937, pp.97~189.
『歴史と階級意識』(1923) : 水谷長三郎·米村正一 訳, 『階級意識とは何ぞや－「歴史と階級意識」階級意識論』, 同人社, 1927; 小林良正 訳, 『組織の方法論』, 白揚社, 1927.
『レーニン論』(1924) : 大井元 訳, 『レーニン』, 白揚社, 1927.
『歴史小説論』(1937) : 山村房次 訳, 『歴史文学論』, 三笠書房, 1938.

년대 후반 스페인 내전이 격화하고 2차대전의 징조가 보이기 시작하던 당시 소련에서 전개된 지식인 숙청이 현실 사회주의에 대한 의심으로서 표현되던 이때, 나치스 때문에 유럽이나 러시아 각지에서 망명생활을 하던 독일 문학자, 예술가들 사이에 1910년대부터 1920년대에 융성한 예술유파 '표현주의'를 어떻게 평가하느냐를 놓고 논쟁이 전개되었다. 표현주의의 대표적 시인인 고트플리트 벤Gottfried Benn이 히틀러와 나치즘을 공공연하게 지지하게 된 경위를 비판하는 것이 논쟁의 직접적인 계기가 되었는데, 같은 시기 소련에서 일어난 러시아 형식주의에 대한 비판, 1차 대전과 볼셰비키의 10월혁명을 지지한 미래주의, 이미지즘, 다다이즘 등의 전위적인 각종 예술유파에 대한 비판이 이 논쟁을 불러일으킨 일차적 요인이라고 할 수 있다. 또 1934년 8월의 소비에트작가동맹 제1회 대회에서 고리키를 중심으로 '사회주의 리얼리즘'이 창작방침으로서 채택된 것, 그리하여 보통 사람들이 아니라 노동 영웅을 묘사함으로써 사회주의 발전을 현실적인 것으로 만들고 노동자의 사상개조에 이바지하는 문학을 지향한다는 이 모토하에서 소련의 문예정책이 경직화되어 간 것도 논쟁의 배경으로서 작용했다.[40]

표현주의 논쟁은 실제는 당시 모스크바에서 간행되고 있었던 망명 지식인들의 독일어잡지 『다스 뷜트Das Wort』(말)나 프라하에서 간행된 독일어 잡지 『디 노이에 뷀르트부네Die Neue Weltbühne』(신세계무대)를 중심으로 이루어졌고, 또 1935년 6월 파리에서 개최된 제1회 문화옹호국제회의에 출석

---

40 池田浩士, 「表現主義論争と表現主義」, 池田浩士 編訳, 『表現主義論争』, れんが書房新社, 1988, pp.512~520.

한 앙드레 지드, 로망 롤랑, 앙리 발뷰스, 에른스트 블로흐, 베르톨트 브레히트 외 반-파시즘 작가나 문화활동가들의 발언도 논쟁의 일부가 되었다. 논의의 발단이 된 것은 루카치의 「표현주의의 '위대함과 퇴락'」(1933)이었다. 이 글에서 루카치는 표현주의 창작방법의 특질과 세계관을 고찰하고 있는데, 표현주의를 '소부르주아-지식인'의 '자연발생적'인 반항적 표현이라고 평가하며, 그 현실부정의 동력 자체는 높이 사나 '인간성', '공동체', '비폭력', '평화' 등의 슬로건이 반-파시즘의 대항력은 되지 못했다고 결론짓고 있다. 이에 대해서 E. 귄터나 블로흐는 반대로 마르크스주의가 부정하고 있었던 표현주의의 '무의식적' '자연발생적'인 현실부정의 요소를 평가했다. 이어 루카치는 「부르주아 미학에서의 조화적 인간의 이상」(1938), 「리얼리즘이 문제다」(1938) 등에서 조화를 혼란시키는 것은 자본주의의 반-예술적 성격이라는 점을 지적하였는데, 이에 대해 브레히트는 「표현주의 논쟁과 리얼리즘」(1938~40)에서 루카치가 부르주아 장편소설만을 소재로 해서 리얼리즘을 논하고 있다고 비판하였다. 또 E. 블로흐도 「표현주의에 관한 토론」(1938)에서 루카치가 말하는 객관적 현실의 '전체성'이란 어떻게 파악 가능한가라는 의문을 제기하였다.[41]

루카치의 문예비평에서 '전체성Totalitat,totality'이란 마르크스주의 문예비평이 늘 의거하는 '과학주의'에 대항하는 의미를 지니고 있었다. 그의 초기 저작인 『영혼과 형식』(1911), 『소설의 이론』(1920), 『역사와 계급의식』(1923)은 자연보다 역사에 중점을 두고 객관적 사태보다 주관적 의식

---

41 위의 글, pp.520~536.

을 강조하며 프롤레타리아트의 혁명성 형성을 신뢰하면서 부르주아문화의 이율배반을 해결하기 위해 프롤레타리아트와 전위가 바라볼 수 있는 '전체성'이라는 관점에 의거했다. 부르주아 문화의 이율배반이란 사실과 가치의 분리, 형식과 내용의 구별, 주체와 객체의 구별을 말하는데, 루카치는 그 이율배반을 삶의 과정이 죽은 것, 즉 소원한 「제2의 자연」으로 화석화되는 '물상화Versachlichung,reification'로 인해 생기는 것으로서 설명하고 이를 '전체성' 이론의 기초로 삼았다. 이들은 모두 1917년의 러시아혁명과 그 여파로부터 만들어진 고양된 사상적 조류를 반영하고 있다.

그 후 레닌의 죽음, 헝가리 노동자평의회의 좌절을 거쳐 자본주의가 '상대적 안정기'에 들어갔다는 코민테른의 판단, 스탈린 집권으로 인한 '영구혁명론'에서 '일국사회주의론'으로 이동, 루카치 이론이 수정주의라는 비판 등 루카치를 둘러싼 여러 환경에 변화가 있었다. 그럼에도 불구하고 루카치의 '전체성'에 대한 관심, 프롤레타리아트와 그 전위가 혁명적이고 지적인 입장에서 그것을 보장한다는 생각은 루카치 자신의 변화에도 불구하고 사상으로서의 생명을 계속해서 유지했다.[42]

그렇다면 루카치는 그 '전체성' 개념을 가지고 어떻게 문예비평을 한 것일까? 그의 방대한 저작을 요약·정리하는 것은 불가능하지만 영국의 문예이론가 T. 이글턴T.Eagleton이 그것에 대해서 조심스럽게 정리하고 있기 때문에 여기서도 이글턴의 『마르크스주의와 문예비평』(1976)의 루카

---

42 M·ジェイ, 荒川 ほか訳, 『マルクス主義と全体性 — ルカーチからハーバマスへの概念の冒険』, 国文社, 1993, pp.150~169.(Martin Jay, *Marxism and Totality : The adventures of concept from Lukács to Habermas*, 1984)

치에 대한 이해를 이하에 정리해서 제시하기로 한다.

마르크스주의 문예비평은 내용과 형식 중에서 내용, 이데올로기를 중시하는데 거기서 형식의 사회성을 다룬 것이 루카치였다. 그는 『소설의 이론』(1920)에서 소설을 부르주아의 서사시라고 규정하며, 고전적인 서사시와 달리 이 새로운 서사시-소설에는 근대사회의 인간의 소외 상황이 드러나 있다고 지적했다. 고대 그리스에서는 인간과 세계가 조화·통합하고 있었는데 그것이 붕괴되어서 소설이 발흥했다. 그럼으로 소설의 주인공은 항상 세계에서 소외될 수밖에 없는데, 바로 그런 이유로 소설은 언제나 '전체성'을 탐구한다. 소설은 "신에게 버림당한 세계의 서사시"인 것이다. 이러한 이론의 체계화는 헤겔의 것으로, 완결된 조화 밑에 있는 고대세계와 조화를 잃고 모순과 분열에 빠진 근대세계를 서사시와 소설의 대비로 설명함으로써 루카치는 급진적이고 파괴적인 유토피아를 대망하는 의욕을 이론화했다.[43]

그리고 그는 『역사소설론』(1937)이나 그 후속 작업이라고 할 수 있는 『유럽 리얼리즘의 연구』(1950)에서 위대한 예술가란 인간생활의 조화를 이룬 전체성을 되찾고 그것을 재현하는 사람이라고 하면서 일반적인 것/특수한 것, 개념적인 것/감각적인 것, 사회적인 것/개인적인 것 등, 자본주의의 소외로 인해 찢겨진 사회에서 위대한 작가는 이것을 전체적으로 통일시킨다고 했다. 문예에서 이 통일을 추구하는 것이 리얼리즘이며, 그 대표적인 작가로서 루카치가 들고 있는 것은 발자크, 톨스토이, 셰

43　T·イーグルトン, 有泉 ほか訳, 『マルクス主義と文芸批評』, 国書刊行会, 1987, pp.50~51. (T. Eagleton, *Marxism and Literary Criticism*, 1976)

익스피어이다. 루카치는 문학 작품의 '전형'을 사회의 내부구조와 원동력을 폭로하는 진보적인 것이며, 어떤 사회에도 편재하는 여러 힘들이라고 하였으며, 작가는 이 전형성을 바탕으로 작품을 쓰고, 실재감 있는 개인이나 행동을 묘사하며, 그 개인을 사회 전체와 결부시켜 사회생활의 구체적인 세부를 '세계사적'인 힘으로 고취하는 존재라고 규정하였다. 역사소설은 19세기 초기 혁명적 동란기의 정점에서 출현하였는데, 그때까지 작가는 과거의 역사를 '현재의 전사'라고 생각할 수 있었다.[44]

그러나 그 후의 작가에게(구체적으로는 발자크의 뒤를 이은 플로베르에게) 역사는 이미 생기 없는 것이고 인간의 활력의 산물로서 상상되는 것이 아니게 되었다. 즉 역사는 외부에서 주어진 사실이 되었다. 리얼리즘도 거기에 생명을 주는 역사적 조건을 빼앗기고 한편으로는 '자연주의'로, 다른 한편으로는 '형식주의'로 기울어졌다. 이것은 1848년 유럽 혁명의 실패의 결과로서 부르주아 이데올로기는 현실을 비-역사화하였다. 따라서 발자크가 타락하는 자본가에 대한 인간 마지막의 위대한 투쟁을 표현했다면, 추상적인 객관성을 묘사한 자연주의, 특히 에밀 졸라 같은 작가는

---

44 위의 책, pp.51~52. 이 점에 대해서는 김동식이 지적하듯이 루카치의 「마르크스·엥겔스의 미학 텍스트」(1945)의 논의, 즉 정확한 현실묘사를 통해서 잘못된 세계관을 바로잡거나 작가 자신이 그 시대에 대해서 정직성을 가지고 관찰할 것을 요구한 것과도 관련있어 보인다. 김동식, 「'리얼리즘의 승리'와 텍스트의 무의식 - 「의도와 작품의 낙차와 비평」에 대한 몇 개의 주석」,『민족문학사연구』38, 민족문학사학회, 2008.12, 94~130쪽. 또 이현식이 지적하듯이 루카치의 「예술과 객관적 진리」(1934)의 논의에도 보이는 것처럼 이때 작가의 주체성이란 단순히 전위로서의 정치주의나 당파성을 발휘하는 것이 아니라 오히려 객관을 조망하는 눈으로서의 역할이 기대되고 있다는 점도 여기서의 논의와 관계가 있을 것이라고 지적한다. 이현식, 「주체의 재건을 위한 도정과 실천으로서의 리얼리즘 - 1930년대 임화의 비평」,『일제 파시즘체제하의 한국 근대문학비평 - 1930년대 후반 한국 근대문학비평 연구』, 소명출판, 2006, 227~233쪽.

사회의 표면을 재현할 뿐이다. 심리학과 생리학이 역사를 쫓아내고 사적인 취미로 퇴행하고 내적세계와 외적세계의 통일이 파괴되고 개인과 사회 쌍방이 의미를 상실하고 추상적인 주관성을 묘사한 형식주의가 성행하게 되었다. 특히 카프카나 조이스, 카뮈 등의 작품에서 인간은 역사로부터 굴러 떨어지고 자아 이외에 본질을 가지지 않는 존재로서 그려졌다. 이 자연주의도 형식주의도 구체적인 것과 일반적인 것, 본질과 존재, 전형과 개체를 결부시키는 변증법적인 예술형식=리얼리즘으로부터 일탈해버린 것이다.[45]

이렇게 루카치의 '전체성'론은 다양한 수준으로 세계나 사회의 분열을 지적하고 그 분열을 반영하는 예술작품의 종합과 지양을 논의하는 예술론으로서 1930년대 동아시아, 특히 조선에서는 임화의 리얼리즘론에 큰 영향을 끼쳤다. 그러나 루카치의 이 '전체성'론은 1950년대 독일에서 아도르노[T.Adorno]에게 비판받는다. 역사 자체를, 그 목적으로서의 적극적인 결말을 겸비한 정합적인 전체라고 간주하는 점에 무리가 있다고 본 아도르노는 메타-주체가 역사의 주체이면서 객체이기도 하다는 견해는 문제적이라고 주장하였다. 즉, 『부정변증법』(1966)을 통해서 개념들의 외연과 내용을 정리한 그는 전체성은 이미 역사적인 것과 자연적인 것의 비-동일성을 무시할 수 없고 자연적인 것을 인간의 지배에 종속시킬 수도 없다는 것, 또 부르주아 사상의 이율배반에 대해 헤겔적인 전통인 전체화의 인식론을 근거로 삼을 수도 없게 되었다고 하였다.[46] 그러나 이러한 비판

45　T・イーグルトン, 有泉 ほか訳, 앞의 책, pp.53~55.
46　T・W・アドルノ, 木田 ほか訳, 『否定弁証法』, 作品社, 1996, 231~235, pp.429~435.(The-

제3장_ 분열/조화와 전체성의 리얼리즘론　151

때문에 오히려 일종의 역사철학으로서 많은 사상가나 문화이론가에게 참조된 1930년대 루카치 이론의 현실성과 그 성격이 보다 강조되었다고 할 수 있을 것이다. 루카치의 '전체성'론은 역사적 변동 속에 처한 주체의 자세를 규명한 마르크스주의와 그 글쓰기에 대한 비평으로서 마르크스주의 문예비평의 골자를 압축적으로 보여주었으며, 바로 그러한 담론의 장에서 임화도 자신의 리얼리즘 비평을 전개한 것이다.

4. 분열 / 조화의 소설론과 그 변질
─ 세태소설, 전향소설, 농민문학

그렇다면 임화가 당시 소설작품을 평가하며 어떻게 분열이나 조화를 논하고 있는가를 살펴보기로 한다. 예를 들면 그는 「세태문학론」보다 조금 뒤에 발표한 「통속소설론」(1938.11)에서 성격(인물)과 환경(상황)의 분열, 불일치, 부조화는 시보다도 소설이 더 효과적으로 보여줄 수 있다고 논하며 전체성 분열의 현장으로서 소설의 의의를 지적한다. 소설의 내성화나 세태화도 그러한 징후 또는 사례로서 생각해야 한다는 것이다.[47] 그

---

odor W. Adorno, *Negative dialektik*, 1966); M·ジェイ, 荒川ほか訳, 앞의 책, pp.418~419; 西角純志, 「アドルノとルカーチ－第二次表現主義論争」, 『移動する理論－ルカーチの思想』, 御茶ノ水書房, 2011,pp.161~171. 그리고 루카치의 발자크 이해에 대해서는 F. 제임슨에 의한 비판적인 논의가 있다. F·ジェイムソン, 大橋ほか訳, 『政治的無意識－社会的象徴行為としての物語』, 平凡社, 1989, pp.190~200, pp.230~231.(F. Jameson, *The Political Unconscious : Narrative as a Socially Symbolic Act*, 1981)

47 임화, 「통속소설론」, 1938.11, [3] 309쪽.

리고 그러한 분열을 통일시키려고 했지만 결국 전체 상황의 '전형화'에 실패하고 있는 통속소설의 사례로서 이태준의 『화관』(1937), 채만식의 『탁류』(1937~38), 박태원의 『우맹』(1938~39, 이후 『금은탑』으로 개제)을 예로 든다. 임화에 따르면 이들 작품은 이야기의 줄거리 단계에서 통속화되고 있고, 성격과 환경 즉 묘사와 작가의 주장이 정상적인 교섭을 못하고 있으며, 전체적인 고찰이 필요한 중요한 사건을 단순한 인간관계로 바꿔놓아 왜소화시키고 있다. 이것이 이른바 '전형화'의 실패이다. 이는 본격적인 리얼리즘 소설이 사건의 이면을 폭로하는 것이 아니라 그것을 '왜소화'함으로써 단순히 독자의 흥미를 충족시키고 있을 뿐이다.[48] 분석은 필연적으로 종합을 전제로 하고, 이 종합을 주관적으로 하느냐, 분석의 자연스러운 결과에 따르느냐에 따라서 이상주의나 리얼리즘이 발생하는데, 처음부터 묘사가 아니라 서술의 방법을 중시하는 것은 분석하지 않는 과학처럼 늘 상식으로부터 시작하고 상식으로 끝난다. 묘사란 묘사되는 대상을 그 형상 이상으로 이해하려고 하는 정신의 발현이며, 현상을 사실 그 자체로서 그대로 받아들이는 것과는 다르다.[49]

임화는 「현대소설의 주인공」(1939.9)에서 세태소설의 경우 이러한 분열이 주인공이 부재하기 때문에 일어난다고 논한다. 소설에서 환경은 인간에게 삶의 조건을 주고 그 인간은 삶의 실현에서 부단히 조건을 초월하고 그 구속을 타파해 나간다. 조건은 인간을 현실적인 것으로서 지배하는데, 인간의 삶이란 투쟁의 부단한 체험이고 그 주체적인 표현이며,

48 위의 글, [3] 315~317쪽.
49 위의 글, [3] 323쪽.

그 결과가 '운명'인데, 그 운명의 표현 때문에 소설은 주인공을 선택하는 것이다. 그러나 세태소설에는 그 주인공이 결여되어 있거나 분산되어 있다.[50] 임화가 홍명희의 대하소설『임꺽정』(1928~39)을 세태소설의 한 사례로 드는 이유는, 이 소설에 무수한 에피소드들이 출몰하고 있지만 거기에는 주인공의 운명적인 발전의 동력도 장애도 없고 그 주인공의 운명을 중심으로 소설이 구성되어 있지도 않기 때문이다.[51]

또 임화는 당시의 전향소설에서도 그 문제점을 찾아낸다. 전향소설은 과도하게 화려한 과거를 가진 인간의 고뇌로 일관된 작품으로, 이기영의 「적막」(1936)이나 「추도회」(1937)는 변천되는 세태에서 느끼는 적막감이나 양심의 고독을 묘사하고, 김남천의 「소년행」(1937)은 자기 속에서 새로운 시대가 초래하는 독소를 제거하려고 하는 방어의 세계를 묘사하는데, 이기영의 정적의 세계는 자신에 대한 과신으로부터 오고 있고 김남천의 광란의 세계는 자신에 대한 불신으로부터 오고 있다고 하였다.[52] 혹은 김남천의 「철령鐵嶺까지」(1938)에 이르러서는 이미 과거를 가진 인물이 등장하지 않고 한설야의 「이녕」(1939)에서도 떠들썩한 세상 속에서 생활

---

50 임화, 「현대소설의 주인공」, 1939.9, [3] 324~327쪽.
51 위의 글, [3] 327~328쪽. 이 점에 대해서 이현식은 임화의 이러한 논의가 주체와 객체, 분열과 통합이라는 두 가지 축으로 각각 내성소설, 세태소설, 통속소설, 본격소설로 나뉘지는 점을 지적하면서, 그러한 분류가 통합으로 향하는 계기를 제시하지 못하고 있는 점 또한 지적한다. 이현식, 앞의 책, 257~258쪽·257쪽 각주 43. 한편 류보선은 말하려고 하는 것과 텍스트에 씌어진 것과의 분열이라든지 그것을 통합해서 근대적 주체를 세우고자 하는 논의 자체가 임화가 이후에 제기한 이식문화론의 비판 대상 그 자체라고 지적한다. 임화가 어떤 경위로 이식문화론을 제기했는지를 역으로 시사하는 언급이라고 할 수 있다. 류보선, 「이식의 발명과 또 다른 근대 — 1930년대 후반기 임화 비평의 경우」, 『비교한국학』 19-2, 국제비교한국학회, 2011.12, 71~120쪽.
52 임화, 앞의 글, [3] 329~332쪽.

하는, 창밖으로 보이는 서민들의 풍경에 개입하지 못하는 주인공 지식인은 소설의 등장인물로서 활동하지 않는다. 어느 작품에서도 등장인물은 과거를 가지지 않는다. 설령 지식인의 모습을 한 인물이 등장했다고 하더라도 그것은 이미 시정인이나 농촌인이 된 젊은이며, 따라서 그들도 과거를 가지지 않는 것이다. 그들 전향소설의 작가들도 명확하게 세태소설에서 무엇인가를 배우고 있는데, 그 결과 인물보다도 묘사에 중점을 두고 있어서 등장인물은 행위하는 성격을 가지지 못하고 다만 생활하는 인물에 머무른다. 문학은 생활이 아니라 창조이며, 성격은 생활인이 아니라 창조자이며, 성격만이 실로 소설을 자기중심으로 구성할 수 있는 주인공이었는데, 현대소설에는 그러한 의미에서 주인공이 존재하지 않는다고 임화는 지적하고 있는 것이다.[53] 현대소설의 작가 가운데 어떤 사람은 세태와 풍속의 정교하고 치밀한 묘사로, 어떤 사람은 체험과 사색으로 현대정신의 어떤 일면을 표현하는 데 성공했다. 그러나 한 시대가 소설 안에 들어간다면 적어도 독특한 입체적 구성을 필요로 한다. 세태도 풍속도 아니고 체험도 고백도 아닌 그것들이 들어 있는 사회적 우주인 현실은 구성된 소설 속에만 수용될 수 있는데, 그러한 의미에서 세태적 경향과 내성적 경향의 통일을 해낸 작가는 없다.[54]

이렇게 임화는 당시 소설작품에 사상성이 결여되어 있고 등장인물의 전형성과 자아와 세계의 전체적 통일성이 쇠퇴되고 있다고 지적했다. 그러나 그러한 그도 평론 활동 초기에는 특정 작가나 작품에 대해서는 적

---

53   위의 글, [3] 332~336쪽.
54   임화, 「소설의 현상타개의 길」, 1940.5, [5] 208~209쪽.

극적으로 평가하고 있었다. 아마도 그 최초의 작가와 작품이 된 것이 이기영의 중편소설 「서화」(1933)와 장편소설 『고향』(1933~34)일 것이다. 피폐된 농촌에서 일어나는 사건과 그 해결을 위해 맞서는 농민과 청년들의 열정을 들불의 불꽃에 상징시켜서 묘사한 중편 「서화」에 대해서 임화는 한 시대의 계급투쟁의 역사적 경험의 전모를 묘사했으며 일정한 시대의 객관적 현상을 역사적으로 개괄한 기록적인 '낭만'의 형식을 겸비했다고 평가했다.[55] 또 후자의 『고향』에 대해서도 지주와 소작인 사이의 복잡한 갈등관계나 농촌에 공장자본이 진출하는 상황이 그 문제성을 증폭시키는 속에서 김희준이라는 청년 지식인이 고뇌하는 모습을 형상화함으로써 1930년대 식민지 조선의 농촌문제 형상화에 성공했다고 절찬했다.[56] 그러나 앞에서 보았듯이 과거에 그렇게 절찬했던 이기영에 대해서도 임화는 그의 전향소설을 비판하고 그의 정적의 세계를 자신에 대한 과신의 표현이라고 논하게 되었다. 즉 그의 전향소설은 인물보다도 묘사에 중점을 두고 등장인물은 행위하는 성격이 아니고 생활하는 인물에 머무르고 있다고 지적하기에 이른 것이다.

한편 이태준의 단편소설 「농군」(1939.7)은 1931년에 만주 만보산 지역에서 일어난 조선인 농민과 중국인 농민 사이의 충돌 사건인 '만보산 사건'을 그린 작품이다. 사건의 개요는 다음과 같다. 중국 동북부 장춘 교외의 만보산으로 이주를 계획한 300여 명의 조선인 농민이 수전 개척을

---

55 임화, 「6월중의 창작」, 1933.7, [4] 266~268. 권명아는 이기영의 작품을 둘러싼 임화의 평가가 혁명적 주체와 정동의 문제를 결부시켜서 논의하는 흥미로운 사례라고 평가하고 있다. 권명아, 『음란과 혁명 – 풍기문란의 계보와 정념의 정치학』, 책세상, 2013, 64~71쪽.
56 예를 들면 임화, 「역사적 반성에의 요망」, 1935.7, [2] 366쪽.

위해서 수로공사를 착수하는데, 수전 개척에 반대하는 중국인 농민 500여 명이 땅의 권리문제가 해결이 안 되어 있다는 이유로 이를 방해한 것을 계기로 충돌로 발전, 결국 장춘에 있는 일본 영사관 경찰이 중국인 농민들의 항의를 무력으로 진압한다. 이 사건에 대해 만주 침략의 기운을 고조시켜 가던 일본은 중국 측의 불법행위라고 대대적으로 선전한다. 이후 조선의 인천 등에서 대대적인 반중 폭동이 발생하는 등, 그 여파가 상당한 규모로 발생했고[57] 이는 결국 만주사변을 일으키는 계기로 이용되게 되었다. 당시 일본 측은 만주 지역에 거주하는 조선인 중에 농민은 '선량한 일본 신민'으로서 보호하는 한편 항일운동을 하는 자들에 대해서는 '불령선인'으로서 단속하고 있었다.[58]

이 사건에 관한 기억을 소설가 이태준이 사건 발생 6년 후에 「농군」이라는 단편으로 소설화해서 발표했다. 작품 서두에서 "이 소설의 배경 만주는 그 전 장작림張作霖의 정권시대임을 말해 둔다"라고 일부러 적어놓았듯이,[59] 상당히 이전에 일어난 사건을 밑그림으로 삼아 수 년 전의 기억을 되살리는 작품을 쓰고 있다는 것을 작가 자신도 자각하고 있었던 것 같다. 이 작품이 발표된 직후에 임화는 곧바로 이 작품에 대해 신문 시평에서 언급하고 있는데, 오랫동안 잊고 있었던 고향을 회상할 때에 피어오르는 향수처럼 소년 시절의 순수함으로 되돌려 주는 애수와 비애의 감정이 비장하게 가까워지고 비극의 장대함을 방불케 한다고 하며 한민족 수

57 山室信一, 『キメラ-満洲国の肖像』, (中央公論社(新書), 1993), pp.36~42; 李茂傑, 「万宝山 事件の経緯」, 日本社会文学会 編, 『近代日本と「偽満洲国」』, p.43.(不二出版, 1997)
58 山室信一, 앞의 책, p.38.
59 이태준, 「농군」, 『문장』, 1939.7, 217쪽.

난사의 운명, 큰 비극 속에 감춰진 서사시의 감정이 이 작품에 그려지고 있다고 평가했다.[60] 조선인의 민족으로서의 특수성을 찾아내고 있는 임화의 비평적인 태도에는 분명히 어떤 변화가 보인다.

이러한 담론을 통해서 알 수 있는 것은 만주라는 공간에 제국주의적인 주체에 흡수되는 회로가 강력하게 존재하였으며[61] 그곳이 식민지 조선인에게 '식민지적 무의식'과 '식민주의적 의식'이 함께 발현되는 장소가 되었다는 점이다.[62] 이태준이라는 작가는 원래 이 「농군」 이외에도 인격을 통해서 비애의 심경을 나타내는 단편 「토끼 이야기」(1941)와 같은 심경소설이나 심미적 주체의 상실감을 강조하는 단편 「석양」(1943) 같은 작품들을 썼는데, 장편 『왕자호동』(1943)에서는 조선적인 것의 소멸에 대한 위기감을 토로함으로써, 민족주의를 포섭하는 제국의 논리에 동조하기도 했다.[63] 물론 전면적으로 제국의 논리에 포섭되었다면 작가는 주인공 지식인에게 탄식하게 할 필요도 없었을 터이지만[64] 당시 신체제에 대

60　임화, 「현대소설의 귀추」, 1939.7, [3] 337~340쪽. 임화는 같은 평론에서 이전에 「세태소설론」(1938.4)에서 리얼리즘에 도달하지 못한 작품의 사례로서 지적한 박태원의 『천변풍경』(1936~37)에 대한 평가의 시점을 바꾸고 작자가 우수한 묘사력뿐만 아니라, 묘사된 세계가 어떤 감동을 환기할 수 있고, 없어져 가는 것의 아름다움, 이 순간을 다시 회고할 수 없는 운명이, 사람들의 마음에 야기하는 감동을 그리고 있다고 지적했다. 그리고 같은 박태원의 단편 「골목안」(1939)에 대해서도 등장인물인 아버지가 사람들의 진정한 비극을 한 몸으로 모으고 있고 세태소설의 영역을 넘을 가능성을 보여주었다고 평가하고 있다. 임화, 「현대소설의 귀추」, 1939.7, [3] 341~343쪽.
61　윤대석, 『식민지 국민문학론』, 역락, 2006, 206쪽.
62　김철, 「몰락하는 신생 - '만주'의 꿈과 『농군』의 오독」, 『'국민'이라는 노예 - 한국문학의 기억과 망각』, 삼인, 2005, 111쪽.
63　정종현, 「미적 주체 만들기와 심미화의 경로 - 이태준」, 『동양론과 식민지 조선문학 - 제국적 주체를 향한 욕망과 분열』, 창비, 2011, 161~204쪽.
64　한수영, 「이태준과 신체제 - 식민지배 담론의 수용과 저항」, 『한국소설과 식민주의』, 소명출판, 2005, 17~51쪽.

한 작가 이태준의 딜레마는 민족의 비애나 상실감을 표출함으로써 제국의 논리를 내면화했으며, 그 점은 식민지 조선의 문예비평가 임화도 결코 예외가 아니었다고 할 수 있다.

　임화는 해외의 농민문학이나 농촌을 무대로 한 문학 작품의 동향에 대해서도 주시하고 있었다. 예를 들면 미국의 여류작가 펄 벅Pearl Sydenstricker Buck(1892~1973)은 청나라 말기부터 중화민국기까지의 시대를 배경으로 중국인 대지주 왕 일가의 부자 삼대에 걸친 변천을 그린 가족소설『대지 The Good Earth』로 1932년에 퓰리처상을 수상하고 그 후에 중국 농촌에서 포교활동에 종사한 자신의 부모에 대해서 쓴 전기로 1938년에 노벨상을 수상하는데, 임화는 이 수상에 대해서도 민감하게 언급하면서, 분명히 중국의 농촌에 있는 중국인을 묘사하고 있는데도 그것이 세계문학의 전형성을 동시에 드러내고 있다는 점에 놀라움을 감추지 못한다. 중국은 '동양/서양', '개별/보편', '부분/전체' 등 그 시기의 사상 담론에서 해결이 모색되고 있었던 중요한 대립 개념이 실체성을 띠고 투쟁을 펼치는 실험장이었다.[65] 동양인이 중국을 볼 때에는 중국 안에서 언제나 자기 자신의 일부를 발견하는데, 서양인은 중국을 완전히 남으로 보고 있다고 논하는 임화는 동양인이 일상생활에서 서양적인 문화를 추구하는 나머지 아직 뒤돌아볼 수 없고 아직 알지 못하고 있는 자기 자신의 자태의 일부분을 이 작품에서 재발견했다고 평가한다.[66]

　또 임화는 일본 농민문학의 동향에 대해 언급한 글에서『대지』의 일본

65　차승기, 앞의 책, 203쪽.
66　임화,「『대지』의 세계성」, 1938.11, [3] 623~624쪽.

어 번역자인 니이 이타루新居格의 글을 인용하면서 농민문학이라는 것은 언제나 국민적 문학이 자각될 때에 문제화되며, 도시 / 농촌의 이분법을 뛰어 넘었을 때 진정으로 도회적인 혹은 농촌적인 것을 그릴 수 있다고 지적한다. 그리고 일본의 농민문학간담회의 결성(1938)과 그 간담회가『흙의 문학 작품연감土の文学作品年鑑』(1939)을 간행한 것을 소개하고 있다.[67]

같은 글에서 임화는 시마키 켄사쿠島木健作의『생활의 탐구生活の探求』(1937)에 대해 언급하며 시마키가 "청년의 시련의 장소"로 농촌을 선택했다고 지적한다. 시마키의 이 작품은 요양을 위해서 도쿄의 학생 생활을 접고 고향에 일시적으로 돌아온 남자가 농민생활을 경험하고 도쿄의 소비적 생활을 포기, 귀농해 농민과의 거리를 줄여 가는 작품이다. 작품은 직접적으로 전향의 문제를 다루고 있진 않지만, 자신의 과거를 적극적으로 청산하려고 하는 지식인의 내면을 크게 초점화했다는 점에서 당시 일종의 전향문학으로 간주되었다. 작품은 '관념'의 세계와 '생활'의 세계의 대립을 드러낸다. 이 '생활'이란 단순한 일상이 아니라 농민과 농민 생활 영위로 상징되는, 과거로부터 면면히 이어진 생활을 의미한다. 작품은 마르크스주의에 대해 일체 언급하지 않고 있지만, 그것이 융성했던 시대를 본래적이지 못한 시간으로 배제한다. 한편 면면한 역사를 떠맡는 '농민'이나 '민중'이라는 상을 만들어냄으로써 공백이라는 시간적 단절을 껴안는 '청년'들을 상대화한다. 즉, 이 소설은 '관념적' 생활을 과거의 것으로 청산하기 위해서 '민중'을 발견하는 '청년의 이야기'였다.[68]

---

67 임화,「일본 농민문학의 동향」, 1940.1, [3] 630~643쪽.
68 中谷いずみ,「「民族」の〈歴史性〉と「民衆」の〈普遍性〉 - 島木健作『生活の探求』, 火野葦平『麦

「세태소설론」에서 소설작품에 단순한 묘사만 있고 디테일 과잉으로
전형적인 캐릭터나 운명적인 것을 그려내지 못하고 있다고 지적한 임화
는 평론 「생활의 발견」(1940.1)에서 역사적으로 관찰되는 현실과 대항하
는 일상성의 세계로서 '생활'을 찾아내고 있다.[69] 이 글에서 임화는 현실
을 추구하는 열정 끝에 생활하는 능력을 상실한 시대에 리얼리즘은 아직
문단에서 사라지지 않았으며, 작가들은 예전에 신뢰하고 있었던 현실 대
신 새로운 현실을 발견하지 못한 채 오직 생활 면에 집착하고 있지만 현
실 대신 어쩔 수 없이 받아들이는 '생활'이 아니라 긍정해야 할 '생활'이
우리 눈앞에 나타났을 때 그것이야말로 작가가 그려야 할 '현실'이 될지
도 모른다고 하고 있다.[70] 이 점에서 귀농을 통해 삶의 태도를 몰래 살피
는 주인공 지식인의 내면적 갈등을 그린 시마키의 『생활의 탐구』는 스스
로의 리얼리즘론을 보완하는 작품이 되었다고 할 수 있다.[71] 그것은 이것

と兵隊」」,『その「民衆」とは誰なのか－ジェンダー・階級・アイデンティティ』, 青弓社, 2013,
pp.44~48. 한편 이 작품이 발표된 당시에 스스로도 『마을의 집』(村の家, 1935) 등 귀농
형 전향소설을 쓴 나카노 시게하루[中野重治]가 시마키의 작품에 대해 현실의 현상면만
보고 작가의 단편적 지식을 통해서 추출된 관념적인 농촌을 현실적인 농촌의 모습으로
서 독자에게 제시했다고 비판한 것도 흥미롭다. 中野重治, 「探求の不徹底－『生活の探求』
を読む」(1937.11),『中野重治全集·第11巻』, 筑摩書房, 1997, pp.188~191; 中野重治, 「島
木健作氏に答え」(1938.2), 위의 책, pp.219~246.

69 Janet Poole, op. cit., pp.44~45. 한편 이철호는 '생활'이라는 용어를 재전유하는 방식의 차
이로 1930년대 후반의 리얼리즘 소설론의 위치를 측정할 수 있다고 한다. 여기서 임화가
말하는 '생활'이란 말할 것도 없이 역사적 '사건'이나 '현실'과 대립되는 개념으로 그것을
적극적으로 포착한다는 것은 바뀌지 않는 무엇을 평가하는 작업에 다름 아니다. 이철호,
「카프 문학비평의 낭만주의적 기원－임화와 김남천 비평에 대한 소고」,『한국문학연구』
47, 동국대 한국문학연구소, 2014, 195~224쪽.

70 임화, 「생활의 발견」, 1940.1, [3] 266~268쪽.

71 임화는 경성에서 실제로 시마키와 대면한 적이 있다. 도쿄에서 문학자와 척무성(拓務省)
이 「대륙개척문예간담회」를 조직했을 때 시마키는 회원 중 한 사람으로 대륙시찰 여행

보다 조금 뒤에 쓰여진 농촌과 문화를 둘러싼 임화 자신의 다음과 같은 발언과도 부합된다.

이식된 문화는 주지와 같이 전통을 토대로 하여 비로소 창조적 과정에 오르는 것이다. 따라서 우리의 현대문화가 미처 이식성을 초탈하지 못하고 있다는 말은 결국 이식된 문화와 전통문화의 교섭이 정당히 수행되어 있지 못하다는 의미다.

(…중략…)

외래문화에 대하여 전통이라고 평가하는 문화는 농촌에만 있는 것이 아니라 오히려 과거의 궁정 속에 혹은 서민 속에 보다 더 유력한 재산이 되어 축적되어 있을지도 모른다. 그러나 농촌이 또한 그러한 문화전통 중에 중요한 자리를 가지고 있을 뿐만 아니라 우리의 농촌의 가운데는 궁정문화나 서민문화 가운데서도 이미 소멸되어가고 있던 고유문화의 오리지널리티가 함유되어 있다는 중요한 사실을 무시해서는 안 된다. 그것은 고대인 문화다.[72]

을 갔는데, 도중에 경성에 들렀을 때 간담회가 개최되었다. 이때 화제가 조선어의 존폐문제에 미쳤는데, 시마키는 조선어를 없앨 일은 없지만 국어(일본어)의 보급이 필요하다고 강조하며 작가들에게도 국어(일본어)로 쓸 것을 장려하였다. —記者, 「島木健作氏招待会印象記」(일본어), 『東洋之光』(1939.5), 80~82쪽(간담회의 참석자는 島木健作, 藤田榮(総督府学務局), 林和, 金龍済, 毛允淑, 崔貞熙, 金子平, 印貞植). 임화는 이 간담회와는 별도로 시마키에게 보내는 공개서한을 신문에 일어로 발표하였는데, 시마키의 작품이 밝고 객관적이며, 인간 마음의 내부가 아니라 외부나 행위의 세계에서 자신의 신념을 시험하려고 한 것 같다고 평가하면서, 시마키가 이제부터 중국 시찰여행으로 "새로운 문학의 신"을 만나고 일종의 서사시적 감정에 언급하게 된다면 조선에서 민족어가 이룩하는 역할도 절실히 이해할 수 있을 것이라고 하고 있다. 林和, 「孤独への愛 – 島木健作君へ(内地文壇人への公開状)」(日本語), 『国民新報』, 1939.4.30, 12면.
72   임화, 「농촌과 문화」, 1941.4, [5] 324쪽.

임화가 소개한 농민문학간담회란 당시 아리마有馬 농림대신의 주도로 조직된 단체인데, 이러한 곳에서 와다 덴和田傳(1900~85)의 국책문학인 『오히나타촌大日向村』(1939)과 같은 대작이 나오게 된다. 일본 나가노長野의 깊은 산속의 농촌에서 만주로 집단이민 가는 농민들의 비애를 그린 장편소설이다. 또한 이 간담회에 이어서 1939년에는 대륙개척문예간담회가 조직되고 역시 작품집 『개척지대-대륙개척 소설집開拓地帯-大陸開拓小説集』(1939)을 간행하고 있다. 여기서 활약한 후쿠다 기요토福田清人(1904~95)는 패전 후에 아동문학회와 일본 근대문학관의 설립 멤버가 되는데, 이 시기에 간행한 평론집 『대륙개척과 문학大陸開拓と文学』(만주이주협회満洲移住協会, 1942)에서 그는 일본의 저명한 시인이자 동화작가인 미야자와 켄지宮沢賢治(1896~1933)의 농민예술론을 인용하면서 농민을 잊고, 지방을 잊고, 국민을 잊은 일본 근대문학을 비판하고 만주에서 극기의 정신을 기르는 문학이 쓰여야 할 것을 강조하고 있다.[73] 또한 일본 내지뿐만 아니라 만주현지에서도 1941년에 여러 단체들이 통합되어 '만주예문연맹満洲藝文聯盟'이 발족되는데, 야마다 세이자부로山田清三郎를 비롯해 프롤레타리아문학자로서 활약한 사람들이 그 조직 구성에 가담하고 있다.[74] 이것들은 한결같이 일본이나 만주의 농촌을 무대로 한 개척문학, 스토이시즘의 문학을 강조한 문학 제도이다. 이러한 환경하에서 인간과 농업, 자연

---

73 川村湊, 『異郷の昭和文学-「満州」と近代日本』, 岩波書店(新書), 1980, pp.40~45.

74 尾崎秀樹, 「「満洲国」における文学の種々相」, 『旧植民地文学の研究』, 勁草書房, 1971, pp.111~116.

과의 관계나 맥락을 찾는 작업은 단순한 농촌의 전원풍경이나 인간 간의 갈등을 그리는 것 이상의 행위가 되지 않을 수 없다.[75]

임화는 자신의 이야기시에서 도시의 풍경, 식민성의 단면을 즐겨 그렸다. 그러나 스스로 적극적으로 평가하는 소설 작품에 이렇게 농민문학의 작품이 많이 포함되어 있는 것은 어떤 이유에서일까? 그것은 이 시기의 그의 문학관의 변화와도 관계있는 것 같다. 그 변화를 확인할 수 있는 것이 임화의 평론 「생산소설론」(1940.4)이다. 그는 여기서 당시 조선의 소설가에 대해서 "시정소설에서 작가들은 완전히 세계관이라는 것과 결별하였다. 그들은 작가의 눈으로 시정을 보고 시정을 그린 것이 아니라, 시정인이 되어 그것을 보고 그것을 그렸다"고 비판하면서 소설의 취재를 생산에 국한시킴으로써 소설이 상실하고 있는 제재에 대한 지배력이나 세계관을 되찾아야 할 것을 강조한다.[76] 그 대안이 임화의 경우 '흙의 문학'이며 '생활문학'인 것이다.

---

75 이와 관련해서 다음과 같은 사항에 대해서도 검토되어야 할 것이다. ① 青木洪, 『耕す人々の群』(1941)이나 장혁주, 『開墾』(1943)처럼 조선인 작가가 일본어로 소설을 써 일본 내지에서 발표해 화제를 모은 일련의 작품군이 있다. 아오키[青木]의 작품은 1942년의 제4회 아리마[有馬]상(구 농민문학상)을 수상했다. '아리마'란 물론 농민문학간담회 결성을 주도한 농림대신의 이름이다. ② 조선인 작가의 일본어창작을 장려하기 위해서 1939년에 마련된 '조선문예상'은 제1회(1940)에 이광수가 단편집 『무명』으로, 제2회(1941)에 이태준이 단편집 『복덕방』으로 수상하는데, 이들은 모두 작가가 일본어로 창작한 것이 아니라 번역자가 따로 존재했다. 제3회에 관해서는 자세한 사정을 알 수 없는데, 제4회(1943)는 이무영의 장편 『靑瓦の家』(1943)으로, 이것은 이무영이 직접 일본어로 쓴 것이다. 그는 이 이전에도 조선의 농민이나 농촌을 즐겨 썼는데, 예술상 수상 후에도 일본어 단편집 『情熱の書』(1944)에서 역시 농촌을 주제로 삼았다. 참고로 이무영은 해방 후 한국에서도 농민문학 작가로서 활약했다.

76 임화, 「생산소설론」, 1940.4, [5] 192쪽.

시정이란 주로 소비하는 세계이고, 이 세계 가운데 침닉하면 자기들이 소비하는 물건이 어떻게 생산되고, 어떠한 과정을 통하여 우리의 수중에 들어와서 소비되는지를 도저히 모른다. (…중략…)

현실이란 생산과 소비의 통일물이다. (…중략…) 그러나 생산이란 단순히 소비와 대비되는 개념은 아니다. 생산은 소비의 원천이다.[77]

농촌이나 어장, 광산, 공장 등의 생산 현장을 찾아내어 거기서 각 개인의 사회적 관계를 발견하고 노동의 과정을 파악함으로써 인간의 전체성을 회복하려고 하는 것이 이 시기 임화가 도달하고 있었던 비평적인 지평이었다. 그때까지의 소설은 인간이 소비하는 장면(이것이 출현하는 공간을 임화는 '시정'이라고 불렀다)에 집착한 나머지 세계관과 통일된 세계상을 놓치고 있었는데, 생산소설을 통해서 이러한 세계관이나 세계상을 회복할 수 있을 것이라고 보았다. 임화의 이러한 주장은 1930년대 후반 내성화된 식민지 조선 소설의 자폐적 성격을 어떻게든 극복하기 위한 것이었다. 이러한 논의에서는 과거의 프롤레타리아문학의 비평가답게 계급적인 세계관과 시각을 되찾으려고 하는 의도마저 보인다. 그러나 지금까지 검토한 내용에서 알 수 있듯이 임화가 주장하는 '생산의 현장' 자체가 제국의 총동원 체제 안에 포섭된 것이고, 거기서 널리 선전된 스토이시즘 또한 제국이 요구하는 이상적인 인간상이라는 것을 염두에 둔다면 임화가 회복해야 한다고 한 세계관이나 세계상도 제국의 총동원 체제 외부로

---

77 위의 글, [5] 193~194쪽.

나가는 성격의 것은 아니었다고 할 수 있다.[78]

또한 농민문학에 관한 임화의 논의에는 이미 당시 조선의 농민문학 또는 문학론 자체의 변질이 반영되고 있다. 즉 지주와 농민의 갈등을 그리거나 때로는 일본 자본을 배경으로 한 공장이 조선의 농촌에 진출함으로써 농촌이 피폐되는 문제를 제시하는 시점에서 그것을 재현하는 문학 작품은 계급대립의 문제나 민족문제를 구체적으로 제시함으로써 그 부당성을 호소하는 도구일 수 있었다. 그러나 이 시기에 이르러 식민지 조선의 농민문학은 이기영의 장편 『고향』에서 그려진 문제뿐만 아니라, 예를 들면 이태준의 단편 「농군」에서 그려지고 있듯이 만주를 유랑하는 조선

---

78 김재용, 「친일문학의 성격」, 『협력과 저항』, 소명출판, 2004, 60~65쪽에서는 당시 구프롤레타리아문학의 작가들 사이에서 유행된 생산문학론에 대해서 그것이 물질적 이해관계라는 인간 이해의 세계관을 극복하고 서양근대를 극복하려고 한, 프롤레타리아문학의 연장선상에 있는 이념이자 문학론이었다고 평가하고, 거기에 위험성이 있었다면 대동아공영권의 전쟁수행이나 동원에 결부될 때라고 해서, 생산문학론 자체를 옹호하고 있다. 또한 그러한 시점에서 쓰여진 이기영의 중편 「생명선」(1941년 『半島之光』에 연재)도 그러한 의미에서 친일문학이 아니라고 평가하고 있다. 그러나 여기서 지적했듯이 생산문학론 자체가 당시 파시즘 체제에 포섭되는, 혹은 경우에 따라서는 그것을 적극적으로 유지하는 문학론이었던 것을 생각한다면, 문학이나 문학론에 대해서 단순히 친일문학이냐의 여부만 논하는 것은 분명히 일방적인 평가라고 할 수 있다. 신두원은 이 시기 임화의 전체주의론이나 시민문화종언론, 파시즘론이 전향의 표현이 아니라, 분열과 갈등 상태를 냉정히 분석하고 통일을 위한 방법을 찾아내려고 한 임화의 '변증법적 사유'의 표현이라고 한다. 신두원, 「변증법적 사유와 실천의 한 절정 – 1940년을 전후한 시기의 임화」, 『민족문학사연구』 38, 민족문학사학회, 2008.12, 20~46쪽. 한편 하정일은 생산문학론의 그러한 긍정적인 측면이 파시즘 체제에 포섭되는 근거였다고 평가하고 있다. 하정일, 「일제 말기 임화의 생산문학론과 근대극복론」, 연세대 근대한국학연구소 편, 『한국문학의 근대와 근대성』, 소명출판, 2006, 110~112쪽. 하정일은 당시 좌익적인 담론이 그러한 형태로 '포섭'되어 가는 과정을 지적하는데, 단순히 이렇게 '포섭'이라고 표현하면 포섭하는 주체와 객체가 있고 주체가 별도로 존재하는 인상을 준다. 파시즘기의 전쟁동원 담론에 중심과 주변, 주체와 객체를 설정하기는 너무나 어려운 작업이라고 할 수 있지 않을까 싶다.

인도 묘사의 대상으로 삼았다. 그때 그 작품에서 묘사되는 농민은 지주와의 대립을 통해 스스로 계급적으로 자각해 가는 존재도, 단순히 전원 풍경에 안주하는 사람들도 아니다. 임화가 시마키 켄사쿠의『생활의 탐구』의 주인공의 성격을 정확히 파악하고 있는 것처럼 지식인은 귀농을 통해서 삶의 태도를 모색하는 존재이며 거기에 등장하는 농민은 항상 고생하고 개척하는 존재이다. 이것을 '농민문학'으로부터 '개척문학'으로의 변화라고 표현한다면, 임화의 '개척문학' 역시 당시 일본의 논의와 비슷한 형식으로 정신주의를 고취하고 등장인물의 스토이시즘을 강조하는 문학이다. 다만 이 경우에도 식민지 조선의 개척문학, 특히 만주를 배경으로 한 작품의 경우, 민족의 문제가 여전히 남아 있는 것은 「농군」을 보아도 명확하다. 그들은 거기에서 '비애'와 '비참함'을 찾아낸다. 그러나 그것은 이미 '비애'나 '비참함' 그 자체가 아니다. 그 '식민지적 의식'은 두만강을 건너면서 이미 '식민주의적 무의식'의 발로로서의 역할을 충분히 해내고 있었던 것이다.

게다가 제국 일본의 식민지였던 조선과 인접 지역이었던 '만주'에서는[79] 그 제국의 총동원 체제의 논리가 노골적인 형태로, 그때까지 없었던 사회 공학적이고 개량적인 형태로, 혹은 '좌익적'인 형태로 마치 계급이나 민

---

[79] 앙드레 슈미드(Andre Schmid)의 지적처럼 조선에서 압록강-두만강 국경의 '저편'을 상상하는 방법은 역사적으로 다양한 변천을 거쳐 왔다. 그것은 근대에 들어선 이후의 조선의 국민의식 형성에도 미묘하게 영향을 주었고, 당시 지식인들도 여기에 다양한 의견을 제출했다. 그러한 '정신적 지도'는 1910년 한일합방을 통한 조선의 대일본제국으로의 편입과 1933년의 만주국의 성립에도 큰 영향을 받았다. 이 점에 대해서는 Andre Schmid, *Korea Between Empires 1895-1919*, Columbia U.P., 2002 중에 특히 6. 「Peninsular Boundaries」 및 7. 「Beyond the Peninsula」를 참조할 것.

족을 초월할 사상으로서 제시되면서 실제 정책과 더불어 문화표상을 형성해 가는 담론으로서도 널리 유포되었다. 특히 식민지 조선과 농민, 그리고 만주를 결부시키는 것은 역사적 현실의 문제로서도 이야기의 문제로서도 지극히 해결하기 어려운 과제를 당시 지식인들에게 제공했다. 그러한 상황을 작품화한 구-프롤레타리아문학의 작가들도 그들이 어느 정도 자각하고 있었느냐의 여부와 상관없이 새로운 사태의 발생에 직면하고 있었던 것이다. 그들이 만주의 농촌 현실을 통해서 발견하고 있는 것은, 자본주의적인 생산관계하에 있는 농민과 그 생산관계를 철폐한다는 사회주의적인 세계관 밑에 있는 농민이, 사실은 함께 흙의 노예였다는 것이고, 그 흙의 주인이 되는 농민상이 만주의 제국 이데올로기에서 찬양되고 있었다는 것이다.[80]

게다가 그들은 내용에 있어서 이전의 프롤레타리아 농민문학과 비슷한 형태로, 그러나 무대만큼은 조선에서 만주로 옮기면서 만주 내 조선인 농민이나 지식인의 어려운 처지를 일상적인 것으로서 묘사하고 이를 등장인물로 하여금 극복시키려 했으며, 행복한 형태든 불행한 형태든 그것을 실제로 극복시키는 데에 성공했다. 계급관계, 생산관계의 이러한 극복은 과거 프롤레타리아문학의 작품과 비평이 거의 전문적으로 다루던 분야였는데, 이렇게 그 극복이 제국을 통해서 칭찬되는 사태를 맞이해 그들은 어느 정도 그 통합의 논리를 자각하고 있었을까? 이 점을 분명히 해명하기는 힘드나, 적어도 여기서 말할 수 있는 것은 계급이나 민족의 차이

80　정종현, 「근대문학에 나타난 '만주' 표상 - '만주국' 건국 이후의 소설을 중심으로」, 『한국문학연구』 28, 동국대 한국문학연구소, 2005.6, 241쪽의 각주 22.

가 국가주의를 통해서 위장적으로 무화되어 가는 현실에 직면하여 그들이 취한 태도가 소극적이기는커녕 오히려 적극적으로 변해 갔다는 사실이다. 이 적극성을 떠받친 것이 민족이나 농민에 대한 '비애'의 시선이자 감정이었다고 할 수 있다.

제4장

조선어의 위기와 민족어론

1. 문제의 소재

한국 최초의 본격적 근대문학사 서술이라고 할 수 있는 「개설 신문학사」(1939.9~41.4)를 구상하고 그것을 실제로 서술해 가는 과정에서, 임화가 한국 한문학의 역사를 신문학의 '전사前史'로 설정하고, 그것을 보다 넓은 의미의 '일반 조선문학사'의 일부로 편입시킨 것은 잘 알려진 사실이다. 이 입장은 예를 들어 한문으로 쓰인 것은 아무리 조선인이 쓴 것이라 하더라도 조선문학이 아니라고 한 춘원 이광수의 입장과는 정반대의 것이다. 실제로 임화는 「개설 신문학사」를 집필하는 사이에 발표한 「신문학사의 방법」(1940.1)에서 이광수의 이러한 입장에 반박하듯이 한문학의 역사를 편입해서 문학사를 구성하는 원리를 설명했다. 여기서 임화와 이광수가 사용하고 있는 '조선문학Korean Literature'이라는 용어 속의 '조선Korean'이란, 서구의 속어 문학사의 개념에서 보면 '조선인'인 동시에 '조선어'여야 한다. 그러한 용법을 답습하고 있는 이광수의 이 같은 견해는 구세대=한문교양층이 유지하려고 애쓴 사회의 구성원리 를 제거하고 척결하는 담론으로서 어느 시기 식민지 조선 사회에서 계 몽적인 역할을 했다.

그러나 해방-분단 후의 남북한의 문학사 서술에서 '한국문학'이나 '조 선문학'은 임화가 주장한 것처럼 한문학의 역사를 편입시켰다. 물론 그것 을 어떻게 편입시키느냐에 관해서는 남북한 사이에서, 그리고 한국 국내 에서 출간된 문학사라도 저자에 따라 각각 차이가 있을 터이나[1] 한문학 을 편입시키는 것 자체에는 모두 동의하고 있다. 이것은 임화가 「개설 신 문학사」를 서술할 때 보여준 조선문학의 개념 규정과 그 골격 제시의 연

1   예를 들면 조윤제의 『국문학사』(1949)는 국문문학을 '순-국문학', 한문문학을 '큰 국문 학의 일부'로 하면서 설화나 소설은 한문으로 된 작품이라도 '순-국문학'에 포함시켰다. 한편 이병기 · 백철의 『국문학전사』(1957)는 한문학을 아예 부록으로 다루면서 그 작품 의 내용적 특성에 따라 취사선택해서 국문학사의 보충자료로 이용할 것을 권장했다. 장 덕순의 『국문학통론』(1960)은 훈민정음 창제(1446) 이전은 향찰로 된 향가도, 한문학 도 다 '국문학'으로 처리하고, 창제 이후는 국문문학을 중심으로 하면서 한문학은 '국문 학적 가치'가 있는 것만을 '보다 더 큰 국문학'으로 포함시켰다. 조윤제의 문학사는 설화 와 소설은 한문이라도 국문문학으로 무조건 편입시키면서 19세기까지의 국문시가가 사대 부들의 한문학의 교양이나 한시의 세계와 밀접하게 관련되어 있다는 점을 문제삼지 않 았다. 장덕순의 문학사에서는 박지원의 한문단편만이 의의가 있다고 인정하면서도 『열 하일기』에 대해서는 일체 언급하지 않았다. 해방 후 한국의 문학사 집필자들, 특히 경성 제대 출신의 국문학자들이 주장하는 '국문학의 가치'란 이렇게 문학사의 전체 서술의 균 형을 잃게 할 정도로 모호한 것이었다. 그것을 시정하고 국문문학과 한문문학의 다양한 관계망을 제시한 성과가 조동일의 『한국문학통사』(전 5권, 초판은 1982~88)였다고 할 수 있다. 그리고 여기서의 취지에서 보면 조동일의 이러한 성과도 임화가 펼친 논의의 연 장선상에 놓여 있다고 할 수 있다.

장선상에 있는 것으로 여겨진다.[2] 당시 임화에게 조선문학의 전제로서 민족의 언어인 '조선어'를 문학사상 어떤 것으로 파악하느냐는 문제는 지극히 중요한 대목이었다.

임화는 1930년대 중반, 즉 「개설 신문학사」를 서술하기 전, 「조선신문학사 서설」(1935.10) 집필 전후에 언어와 관련된 몇 가지 글을 발표했다. 그중의 몇 편은 1940년에 간행된 그의 유일한 평론집인 『문학의 논리』에도 수록되었는데, 그 이외에도 참고할 만한 중요한 언어론이 몇 가지 있다. 이것들이 전체적으로 임화의 조선문학사에 대한 견해나 발상의 큰 전제가 되었다. 이 시기 그의 언어론은 단지 임화 자신의 문학사 서술의 전제인 것만은 아니었다. 이것은 식민지 조선의 사회 상황에 직접 호응하고 있는 견해이기도 했다.[3] 여기서는 임화가 이 시기에 발표한 언어론의 주장을 개관·정리하고, 그것들이 그의 「개설 신문학사」 서술과 어떤 관계가 있는지, 그리고 임화의 문학론 전체에서 어떤 위치를 차지하고 있는지를 살펴보고자 한다.

---

2 「개설 신문학사」나 「신문학사의 방법」 이외에 임화가 생각한 '조선문학'에 관한 개념은 임화, 「객관적 사정에 의하여 규정된다」(『삼천리』, 1936. 8)나 「조선문학의 개념규정에 반하는 소감」(『조선문학』, 1936. 9)에서 자세히 다루어지고 있다.
3 임화에게 있어서 1930년대 중반이라는 시기는 1935년 5월에 카프의 해산을 서기장으로서 맞이하는 등 정치적·사상적으로 큰 어려움을 겪은 시기였다. 그가 문학을 역사적으로 파악하고자 하려는 태도도 이때 최초로 등장했는데, 처음에는 프롤레타리아문학의 발자취를 서술하려고 했던 시점에서 시작되었다. 임화가 보여준 이러한 일종의 '역사주의적'인 입장으로의 전환에 대해서는 여기서 다루는 테마의 범위를 훨씬 넘는 문제이기 때문에 자세히 논하지 않기로 한다.

2. 『한글 맞춤법 통일안』(1933.10)의
발표와 찬반 논쟁 – 문학자들의 경우

임화가 1930년대 중반에 왜 갑자기 언어 관계의 논문을 쓰기 시작했는지에 대해서는 여러 추측이 가능하다. 물론 위에서 언급했듯이 이때 전개한 언어론은 나중에 그가 신문학사를 서술하는 데 있어서 그 구성 원리를 생각했을 때도 적지 않은 영향을 미쳤다. 그런데 임화가 언어론을 전개하기 시작한 데에는 보다 구체적인 계기가 있었다. '조선어학회'에 의한 『한글 맞춤법 통일안』(이하 '통일안')의 발표와 공포(한성도서, 1933.10)가 바로 그것이다. 이 통일안의 발표와 공포에 대해서 여러 인사들이 자신들의 견해를 밝히고 있다. 흥미로운 것은 통일안이 가지고 있는 문제점을 논의하는 과정에서 찬성과 반대의 뜻을 밝히는 성명서가 각각 발표되는데, 여기 서명한 인사들 중에 상당히 많은 문학자들이 포함되어 있었다는 사실이다. 임화 자신은 통일안에 찬성하는 성명서에 서명했다. 그러나 찬성하는 사람들 사이에서도 반대하는 사람들 사이에서도 그 이유에 대해서는 서로 다른 입장에서 유래하는 여러 근거가 있었다. 여기서는 통일안에 대한 반응 중에서 특히 문학자들의 그것을 중심으로 그들의 논리를 살펴보기로 한다.

잘 알려져 있듯이 조선어학회란 1921년 12월에 임경재, 최두선, 이승규, 장지영, 권덕규, 이규방, 신명균 등에 의해서 창설된 '조선어연구회'를 그 모태로 한다. 학회지인 『한글』은 1927년 2월에 창간호가 발간되었다. 나중에 이 모임에 반대하는 입장을 취하는 박승빈 등을 중심으로 한 '조선어학연구회'와의 명칭상의 혼동을 피하기 위해서 1931년 1월에 조선어학회로 명칭을 변경했다(이것이 '한글학회'가 된 것은 1949년 9월의 정기총회 결의에 의해서이다). 이 조선어학회가 발표한 『한글 맞춤법 통일안』은 1930년 12월의 총회 결의 때부터 권덕규, 김윤경, 박현식, 신명균, 이극로, 이병기, 이윤재, 이희승, 장지연, 정열모, 정인섭, 최현배, 김선기, 이갑, 이만규, 이상춘, 이세정, 이탁 등 18명의 위원들(그중에 김선기 이후의 6명은 추가로 선발된 위원)이 3년에 걸쳐서 125회, 433시간을 투입해서 토의한 끝에 간행된 성과이다.[4] 그 총론 부분에 "한글 맞춤법綴字法은 표준말을 그 순서대로 적되, 어법語法에 맞도록 함으로써 원칙原則을 삼는다", "표준말은 대체大體로 현재現在 중류中流 사회社會에서 쓰는 서울말로 한다", "문장文章의 각各 단어單語는 띄어쓰되, 토는 그 웃 말에 붙여 쓴다"라는 삼대 원칙을 내세운 이 통일안은 그 후에도 개정판을 거듭 출간하면서 현재 대한민국의 정서법이 되었다. 조선어학회의 기타 활동으로서는 『조선어 표준말 모음』(1936.10)의 발표·간행, 『조선말 큰사전』의 원고 정리(간행은 해방 후인 1947.10)를 들 수 있다.

이 통일안에서 제시된 정서법이 현시점에서 어떤 문제점을 가지고 있는지를 검토하는 것은 상당히 복잡하고 어려운 일인데, 통일안 자체의 특징으로는 문자체계에서 'ㆍ'를 없애고, 또 'ㅺ, ㅼ, ㅽ, ㅆ' 등의 표기를 'ㄲ, ㄸ, ㅃ, ㅉ'처럼 변경한 점, 그리고 표기 원리로서 15세기 정서법이 전제로 삼고 있던 음절적인 표기를 채용하지 않고 주시경이 주장한 형태음소론

---

4   한글학회 50돌 기념사업회, 『한글 학회 50년사』, 한글학회, 1971, 164~171쪽.

을 채용한 점 등을 지적할 수 있다.[5]

조선어학회가 발표한 이 통일안에 이의를 제기하고 그 보급운동에 대항하려고 한 것이 박승빈을 중심으로 하는 조선어학연구회이다. 이 단체는 1931년에 계명구락부에서 열린 조선어학강습에서 시작되어 같은 해 12월에 창립된 단체로, 창립 당시의 간사장으로서 이긍종이, 나머지 간사로서 백남규, 신남철, 문시혁, 정규창 등이 취임했다. 기관지 『정음』의 창간은 1934년 2월의 일이다. 조선어학회의 통일안에 대한 이 단체의 견해는 전면 부정적인 것으로, 1936년 10월에 간행된 박승빈의 저서 『조선어학회 사정 「한글 맞춤법 통일안」에 대한 비판』[6]에는 총 30항목에 이르는 반대 의견이 제시되어 있다. 그 개요는 '한글'은 조선어朝鮮語의 뜻이 아니라는 점, '된소리'는 역사적으로 '된ㅅ'이 옳다는 점, '나타'나 '많코'와 같은 표기는 인정할 수 없다는 점, 기타 받침 표기에 대한 세부적인 지적 등으로 구성되어 있다. 박승빈의 이 비판은 1912년 조선총독부가 발표한 보통학교용 언문철자법과 유사한 것이었으며, 조선어학회의 한글 운동을 그저 교란시켰다는 인상을 주었다. 한편 이 단체는 조선광문회에서 주시경, 권덕규, 이규영 등이 집필하기 시작한 『조선어사전』의 원고를 계명구락부에서 인수해서 그 연구를 계속하는 등의 업적을 남기기도 했다.[7]

통일안에 관해서 위의 박승빈의 비판만으로 끝났다면 여기서 일부러

5　이기문, 『국어사개설』(개정판), 탑출판사, 1972, 225~226쪽.
6　박승빈, 『조선어학회 사정 「한글 맞춤법 통일안」에 대한 비판』은 원래 『정음』 10호(1935.9) 부터 13호(1936.4)까지 4회에 걸쳐서 연재되었고, 『정음』 16호(1936.10)의 별책 부록 으로서 간행되었다. 김민수 외 편, 『역대한국문법대계』 제3부, 제9책(탑출판사, 1983)에 그 영인이 실려 있다.
7　박병채, 「일제하의 국어운동연구」, 『일제하의 문화운동사』, 민중서관, 1970, 455~459쪽.

다룰 필요도 없을 것이다. 주목할 것은 박승빈의 비판이 나오기 전에 조선어학연구회에서 1934년 6월 '조선문 기사 정리 기성회'라는 단체를 만들고 이듬해 7월에 유지들이 통일안에 반대 성명서를 발표했다는 사실이다. 이것은 『한글식 신 철자법 반대 성명서』라는 제목으로 1934년 7월에 조선창문사朝鮮彰文社에서 책자 형태로 간행되었다(편집 겸 발행인은 윤치호였다).[8] 이 책자는 서두에서 주시경의 학설과 공로에 경의를 표하면서도 그것을 배운 사람들이 그 학설을 바탕으로 조선어의 기사법을 개악하고 "불안정한 학설의 기사記寫가 그대로 존치되면서 일면으로는 그 학설과 전연 모순되는 기사가 다대량으로 혼합되아서 결국 발음 불능 기사 복잡 조리 혼란 등 통제없는 설명과 기사 예例가 한 책자에 열기列記되얏다"고 하면서 박승빈을 비롯해서 총 112명이 서명했다. 그중에는 이 잡지의 발행인인 윤치호를 비롯해서 문일평, 지석영, 최남선, 이병도, 그리고 유치진의 이름까지 보인다.

이 반대 성명서가 나온 같은 1934년 7월에 이번에는 통일안에 찬성하는 유지들이 「한글 철자법 시비에 대한 성명서」(『조선일보』, 1934.7.10)를 발표하였다. 이 성명서는 서두에서 통일안 공포 이후에도 계속되는 반대 운동을 간과할 수 없다고 하고, 통일안에 대한 비판을 받아들여서 조선어학회 측에서도 더욱 연구에 투신해야 한다고 하면서 이에 찬성, 내지 조건부로 찬성하는 문학자들이 서명했다. 여기에는 임화를 비롯한 강경애, 김기진, 박팔양, 윤기정, 송영, 이북명, 이기영, 박영희, 백철, 이상화 등의

---

8   이 『한글式 新綴字法 反対 声明書』(朝鮮彰文社, 1934.7)는 하동호 편, 『한글 논쟁집』(하) (역대한국문법대계 제3부 제11책, 탑출판사, 1986)에 영인으로 실려 있다.

좌익 계통 문학자부터 김동인, 전영택, 양주동, 박월탄, 이태준, 김기림, 오상순, 박태원, 피천득, 정지용, 모윤숙, 최정희, 장혁주, 현진건, 채만식, 노자영, 엄상섭, 김동환, 최독견, 김억, 이광수, 이은상 등 좌익 계통이 아닌 문학자까지 망라되어 있다.

한편 찬성 서명을 한 문학자들 중 몇 명이 별도로 그 찬성 이유를 발표했다. 예를 들어 김동인은 「한글의 지지와 수정」이라는 글[9]에서 우선은 정서법이 통일된 것 자체에 커다란 의미가 있다는 점에서 조건부 찬성이라고 하면서, 세부적으로는 다른 의견이 있고, 그리고 어학회 측에도 사실에 대한 오인이 있다고 하면서 이에 대해 자세히 지적하고 있다. 장혁주는 「어문운동과 문학」이라는 글[10]에서 어학회의 노력에 대해 찬사를 보내고, 다만 통일안은 '영구불변의 공식'은 아닐 것이라고 하면서 앞으로 더 개정해 나가기를 요구했다. 그는 또 『동아일보』는 이 통일안을 부분적으로 채용했지만 다른 신문들이 채용하지 않고 있다는 점, '고급 독자'를 상대로 하는 출판업자는 이것을 채용했지만, '십전오전十錢五錢의 고담서적古談書籍'은 전혀 개의치 않고 있다는 점 등을 지적하기도 했다. 주요한도 이 성명서가 나오기 전, 통일안이 발표된 직후에 「철자법 통일안에 대한 잡감」이라는 글[11]에서 조건부로 찬성하는 뜻을 밝혔으며, 문제점은 앞으로 수정해 가면 좋다고 하면서 이것을 받아들일 수 없다는 단체는 그렇다면 어떤 기준을 따르는지, 용비어천가 식이냐, 최세진(『사성

9   김동인, 「한글의 지지와 수정 – 조선어학회의 한글 맞춤법 통일안에 대하야」, 『조선중앙일보』, 1934.8.14~24.
10   장혁주, 「어문운동과 문학」, 『동아일보』, 1935.1.2
11   주요한, 「철자법 통일안에 대한 잡감」, 『학등』, 1933.12.

통해』나 『훈몽자회』의 저자) 식이냐, 성경 식이냐, 교과서 식이냐를 제시해야 한다고 말했다. 또 이 통일안을 보급시키기 위해서 많은 국문 독자를 갖고 있는 성경의 철자법에 이 통일안을 채용할 것도 제안했다.

대체로 이들 비-좌익 계통의 문학자들의 견해에는 조건부 찬성이 많았고, 세부적으로는 통일안이 가지는 문제점을 지적한 것이 많았다. 한편에서 이 통일안에 감상적이라고 할 수 있을 정도로 찬성의 뜻을 표명한 것이 박영희다. 그는 「조선어와 조선문학」이라는 글[12]에서 같은 말이라도 표현자에 따라서 각양각색으로 표현되는 분산 상태가 오래 지속된 점, 그리고 그러한 상태에 겨우 종지부가 찍힌 점을 환영하면서, "한 민족의 언어를 폐멸의 구렁덩이에서 구출할 수 있는 것은 그 민족의 문학과 문화에서만 가능하다. 위대한 문학은 그 민족의 언어를 미려하게 만들 뿐만이 아니라, 등한히 여기던 자기의 모어에 대하야 흥미를 갖게 하며, 사랑하게 할 수 있도록 만드는 것이다"라고 쓰고 있다. 투르게네프가 1880년 6월에 쓴 「러시아말」이라는 시를 언급하면서 박영희는 조국의 말에 대한 애정을 강조했다. 좌익 문학자들 중에는 박승극처럼 통일되었다고 해서 무조건 따르는 것은 아니라는 의견도 있었다. "우리가 조선어 철자법 통일안을 지지하게 되는 것은 '세종 성주의 조선민족에 끼친 이 지대지귀한 보물'이라거나 '주시경 선생의 혈성으로 시종한 필생의 연구'라거나 '사계斯界의 권위들로써 조직된 조선어학회'라거나 때문이 아니다"라고 통일안에 대한 무비판적인 찬성이 민족주의에 관여하게 되는 것을 경계

---

12   박영희, 「조선어와 조선문학 – 한글 통일 운동과 나의 약간의 감상」, 『신조선』, 1934.10.

하는 견해가 그것인데,[13] 그럼에도 대체로 좌익 계통 문학자들은 통일안의 구체적인 내용보다도 정서법이 통일된 것 자체를 환영하는 논조로 반응하고 있다.

임화에 관해서 말한다면, 1934년 7월의 찬성 성명서에 서명한 이후이 통일안에 대해서 간접적으로나마 언급한 것은 그보다도 2년쯤 후인 1936년 3월의 「조선어와 위기하의 조선문학」(1936.3)에서이다. 그러나 그때까지 임화가 언어에 관한 여러 글들을 발표했다는 사실을 볼 때 통일안의 발표·공포를 계기로 그가 얼마나 언어에 대해서 관심을 가지게 되었는지를 알 수 있다. 카프의 해산(1935.5)도 그에게는 커다란 사건이었지만, 그로써 막을 내리게 된 프롤레타리아문학을 포함해 조선 신문학의 역사적인 생성 과정을 밝히기 위해 그에게는 당시 조선어가 놓여 있는 상황을 명확히 파악할 필요가 있었던 것이다.

3. '민족어'로서의 조선어가 놓인 위치

임화가 이 시기에 발표한 본격적인 언어 관련 논문은 다음과 같다.[14]

---

13 박승극, 「한글 철자법 시비에 대한 문예가의 성명서에 대하야」, 『신인문학』, 1934.11.
14 여기서 가장 먼저 임화, 「집단과 개성의 문제―다시 형상의 성질에 관하야」(『조선중앙일보』, 1934.3.13~20)를 거론해야 할지도 모른다. 그런데 이 글에서는 마르크스의 『독일 이데올로기』를 바탕으로 한 지극히 일반적인 언어관에 대한 몇 마디 언급만 보일 뿐이기에 여기서는 제외했다. 그리고 이 리스트 마지막에 「言葉を意識する」(『京城日報』, 1939.8.16~20)라는 글을 올려야 할지 모르지만, 이것은 평소 글을 쓸 때의 기본적인 태

① 「언어와 문학 – 특히 민족어와의 관계에 대하야」, 『문학창조』, 1934.6

② 「언어와 문학 – 특히 민족어와의 관계에 대하야」, 『예술』, 1935.1

③ 「언어의 마술성」, 『비판』, 1936.3

④ 「조선어와 위기하의 조선문학」, 『조선중앙일보』, 1936.3.8~24

⑤ 「언어의 현실성 – 문학에 있어서의 언어」, 『조선문학』, 1936.5

⑥ 「예술적 인식 표현의 수단으로서의 언어」, 『조선문학』, 1936.6

⑦ 「문예의 융성과 어문정리」, 『사해공론』, 1938.7

⑧ 「문학어로서의 조선어 – 일편의 조잡한 각서」, 『한글』, 1939.3

위의 글들에 대해서 몇 가지 유의해야 할 점을 말한다면, 우선 ①과 ②는 제목과 부제목까지 완전히 마찬가지지만, 내용은 전혀 다른 글이다. ①의 마지막 부분에 '계속'이라고 표시되어 있는 것에서 볼 때, ②는 ①의 속편으로 볼 수도 있다. 그리고 ③과 ⑤, ⑥은 나중에 임화의 평론집 『문학의 논리』(학예사, 1940)에 수록되었다. 이들 언어론이 발표된 시기의 사건으로서 기억해야 할 것은 카프의 해산이 1935년 5월 20일이었다는 점, 그리고 임화가 쓴 첫 번째 본격적인 근대 문학사 서술이 된 「조선신문학사소설 – 이인직으로부터 최서해까지」가 『조선중앙일보』에서 1935년 10월 9일부터 11월 13일에 걸쳐서 연재된 것이라는 점이다.

우선 임화의 최초의 본격적 언어론이 된 「언어와 문학 – 특히 민족어

도를 밝힌 에세이 성격의 글이고, 일본어로 쓰여 있어서 문제가 될 글이기는 하지만 여기서의 주제를 벗어나기 때문에 제외했다. 참고로 일본어로 된 임화의 이 글의 한국어 번역은 김윤식, 『일제말기 한국 작가의 일본어 글쓰기론』(서울대 출판부, 2003)에 실려 있다.

와의 관계에 대하야」(『문학창조』, 1934.6)는 부제목에 보이는 '민족어'라는 용어가 암시하듯이, 당시 소비에트연방에서 이루어진 언어론과 언어정책을 적극적으로 참조하면서 쓰여 있다. 카프 서기장이자 프롤레타리아 문예이론의 평론가로서 조선어가 놓여 있는 상황을 검토하기 위해 당시 소련에서 이루어진 논의를 참조한 것은 언뜻 보기에 자연스러운 일인 것처럼 여겨질지 모른다. 그러나 사실은 당시 소련에서 이루어지고 있던 '민족어'를 둘러싼 논의는 상당히 특수하고도 흥미로운 것으로, 그것을 참조하면서 당시 조선어나 조선문학의 상황을 파악하려고 한 임화의 잠정적 결론에도 당연히 그 나름의 견해가 여실히 드러나게 되었다.

마르크스주의에서 민족의 해방은 어디까지나 이차적인 것으로, 계급해방에 종속되는 것이지 결코 그 반대는 아니었다. 유럽의 마르크스주의에서는 그럴 수 있었다. 마르크스나 엥겔스는, 엥겔스의 '역사 없는 민족'이라는 용어법에서 볼 수 있듯이, 이른바 '약소민족'에 대해서 기본적으로 민족해소론의 입장이었다. 그러나 혁명의 무대가 러시아로 옮겨졌을 때 사정은 달라졌다. 기본적으로 서구 마르크스주의의 정통적인 입장을 고수했던 레닌은 민족자결권을 보장하나 그것은 '제민족의 접근과 융합'이라는 슬로건으로 제시되었다. 그러나 1917년 러시아혁명 이후, 레닌의 지시로 재빨리 소련의 민족 · 언어 정책의 책임자 역할을 맡게 된 스탈린은 「민족문제에 부쳐서」(1921)를 비롯해서 당의 노선으로 민족을 보호하는 입장을 취했다. 그 후 1920년대 중반에는 민족문화의 존재 방식에 관해서 "내용에 있어서는 프롤레타리아트적, 형식에 있어서는 민족적"이라는 유명한 슬로건을 내세우기에 이르렀다.[15] 예를 들어 임화의 글에 인용된 다음과 같은 부분은 당시 소련의 언어론이나 언어정책에서는 통설로 통하는 것이었다.

다시 말하면 프로문학이 프롤레타리아트의 문학인 한에서 일 계급의 문학이라는 것, 즉 사회가 계급적으로 생활하고 있는 시대의 예술적 산물이라는 한 개의 역사적 특성을 이해해야 한다.

이것은 무엇을 의미하느냐 하면 계급사회라는 것은 더욱이 자본가적 사회의 시대라는 것은 민족이 비로소 통일적으로 자체를 완성한 시대이며, 동시에 인류가 관세벽, 국경 등의 제조건으로 말미암아 분열된 민족적 차이가 완성한 시대인 만큼, 그것의 부정적 요소인 국제정신은 이것에 비하야 몹시 어리다는 그것이다.

다시 말하면 계급사회가 그 정치생활에 있어 집약하는 국가라는 것이 계급적 대립의 존재와 함께 존재한다는 사실은 계급사회에 있어서의 생활양식이 실로 불가분의 것이라는 것이다.

즉 **계급적인 문학으로서의 프롤레타리아문학의 민족적 형식은 고유의 것이란** 말이다.

그러므로 어떠한 의미에서이고 민족적이 아닌 국제주의적 문화는 오늘날에 있어서는 추상계에 있어서만 존재할 수가 있다.

더욱 이것은 언어를 그 유일의 표현수단으로 하는 문학에 있어 언어의 민족적 특

---

15   田中克彦, 『『スターリン言語学』精読』, 岩波書店, 2000. pp.8~44.

성을 부정하거나 조홀히 하는 것은 훌륭한 넌센스이다.

더욱이 이것은 다음과 같은 역사적 견지에 의하야 또 한 번 구체적으로 확인되는 것이다.

우리들 — 장래 민족문화의 한 개의 공통어를 가진 한 개의 공통적 문화(내용이나 형식이나)에의 능분의 변호자가 동시에 현재의 순간에 있어 즉 프롤레타리아××의 시기에 있어 민족문화 번영의 가담자라면 기이하게 들릴지도 모른다. 그러나 이 가운데는 기이한 아무 것도 없다.

민족문화는 각자의 모든 것의 잠재적 특성을 똑똑히 하기 위하여 발전되고 반영되어야 한다.

이리하여 한 개의 공통의 언어를 사용하는 공통 문화로 발전하는 조건이 형성되는 것이다.(강조 – 인용자)[16]

임화는 인용문의 필자를 '이리잇치'라고 했는데, 이것은 '브라디밀 이릿치 레닌Vladimir Ilich Lenin'(1870~1924)을 말하는 것이다. 레닌이라고 써야 할 것을 이렇게 쓴 것은 아마도 검열을 의식한 결과이겠지만, 어쨌든 계급문학으로서의 프롤레타리아문학의 민족적 형식=민족어가 불가결이라고 레닌이 생각하고 있었던 것만큼은 사실이다.[17] 레닌은 원래 '국가어' 개념

---

16 임화, 「언어와 문학 – 특히 민족어와의 관계에 대하야」, 1934.6 / 1935.1, [4] 469~471쪽.
17 임화가 무엇으로 레닌을 비롯한 당시 소련의 문헌을 읽고 있었는지 분명하지 않지만, 가령 일본에서는 1926년에 처음으로 본격적인 『레닌 저작집』(白楊社)이 간행되었고, 그 이후에 共生閣에서도 『레니즘 총서』가 간행되었다. 기타 여러 잡지나 기관지 등에서 소련권 문헌의 번역이 이루어졌기 때문에, 어디까지나 추측이지만 임화도 이런 번역물을 통해서 이들 논의를 수용했을지도 모른다. 그리고 石坂浩一, 『近代日本の社会主義と朝鮮』

을 부정하고 특히 러시아어가 '국가어'로서 소수민족에게 강요되는 것을 강하게 비판하고 있었기 때문에, 소비에트 정권 초기에는 각 민족의 언어를 발굴하고 그 진흥을 도모했다. 그러나 레닌 자신은 소수민족에게 민족자결권을 부여하는 한편에서 러시아어를 법적으로 강제하지 않으면 오히려 러시아어가 저절로 보급되고 공통어가 될 것이라고 생각하고 있었다.[18]

　"내용에 있어서 프롤레타리아트적, 형식에 있어서 민족적"이라는 슬로건을 레닌이 죽은 이듬해인 1925년 동방인민대학에서의 강연에서 제시함으로써 그런 레닌의 의도에 제동을 건 것은 스탈린이다. 또 스탈린은 1930년에 열린 제16회 당 대회 보고에서 위의 '프롤레타리아트적'이라는 부분을 '사회주의적'이라고 바꿔 말함으로써 당의 방침으로서 그 철저화를 도모했다. 1920년대 말부터 1930년대 초반에 걸쳐서 소련 국내에서 이루어진 '위로부터의 혁명' 당시는 스탈린에 의한 정치적 통제와 중앙집권화가 강화되고 중앙의 개입으로 인한 각지의 지도부 및 '부르조아 전문가'들에 대한 대대적인 비판과 경질이 이어졌는데, 그때의 중앙집권화는 꼭 러시아화를 의미하는 것은 아니었다. 이때는 러시아의 전통문

(社会評論社, 1993), p.149에 따르면, 일본의 사회주의는 레닌의 민족자결권을 1945년 전후에 이르기까지 민족문제의 원칙으로 삼았다고 하니 여기서 임화가 레닌을 인용하고 있는 것도 무리가 없을 것이다. 다만 필자가 위의 인용문의 전거를 일역판 레닌 전집(ソ同盟共産党中央委員会付属マルクス゠レーニン主義研究所 編, マルクス゠レーニン主義研究所 訳, 『レーニン全集』 전 45권・별권 2권, 大月書店, 1953~69)의 색인 등으로 알아봤으나, 이 내용에 해당되는 레닌의 글은 찾을 수 없었다. 어쩌면 임화는 레닌의 말을 인용한 다른 사람의 글을 다시 인용했거나, 아니면 아예 다른 사람의 글을 이렇게 인용했을지도 모른다.

18　塩川伸明, 「ソ連言語政策史再考」, 『スラブ研究』 第40号, 北海道大学スラブ研究センター, 1999, pp.162~163. 여기서 근거가 되는 레닌의 글은 「사회주의 혁명과 민족 자결권」(1916)과 「언어문제에서 자유주의자와 민주주의자」(1913)이다.

화도 같이 부정적으로 생각되고 있었고, 반-종교투쟁에서는 이슬람교와 함께 러시아 정교도 탄압되었다. 소련 국내에서 선전되고 있었던 각종의 사멸론(법, 학교, 가족 등)과 호응하여 일부 언어학자나 민족학자들이 레닌의 슬로건을 밑받침하듯이 언어-민족의 단일 융합화(그 차이의 소멸)를 제창했다. 1930년대 소비에트 언어 정책 최고의 담당자였던 N. Ya. 말Nikorai Ya.Marr(1864~1934)의 언어=상부구조론도 그 일부를 이루었는데, 성급한 융합-사멸론은 힘을 얻지 못했고, 민족의 언어도 바로 소멸되지 않고 오랫동안 지속될 것이라는 입장이 공식적인 견해가 되었다. 먼 장래의 전망으로서는 전 세계의 언어는 하나가 되겠지만, 그것은 가까운 미래가 아니고, 또 하나가 된다고 하더라도 러시아어가 아닌 다른 새로운 언어가 된다고 생각되었다. 소련에서 에스페란토어 운동이 적극적으로 전개된 것도 이 시기의 일이다.[19]

물론 스탈린의 여러 정책들, 특히 민족문화의 보호정책에 대한 평가는 양분되어 있다. 구-소련의 문헌이나 공식 정보에서는 개별 민족문화가 급속히 발전되었다고 선전되는 한편, 구-서구 지역이나 소련의 반체제 작가들, 혹은 망명자들의 정보에서는 마르크스-레닌주의하에서 특히 종교와 언어에 관한 민족문화가 억압되었고, 경우에 따라서는 소멸의 위기에 처해 있다고 평가되기도 했다. 이들 견해는 둘 다 맞는 부분도 있지만 둘 다 부분적인 견해로 전면적으로 옳다고 할 수는 없다. 예를 들어 소련의 어느 공화국에서 다수민족의 민족어가 '표준어'로서의 지위를 확보할

---

19 위의 글, pp.167~168. 여기서의 전거는 스탈린이 1930년의 제16회 당대회에서 보고했을 때의 결어이다.

수 있었다 하더라도 그 공화국 안에 사는 소수민족에게 그 정책은 억압적으로 작용된다. 이론상의 투쟁과 실제 정책, 그리고 그 정책이 실시된 후의 상황과의 사이에서 어떤 차이가 있는지에 대해서는 항상 검토되어야 할 부분이다.[20]

본론으로 돌아가서 임화가 위와 같은 '이리잇치'의 글을 인용하면서 '민족어'에 관해서 논하려고 했을 때, 프롤레타리아문학을 가지고 국제주의를 지향할 때에 사용되는 사용언어, 즉 조선어를 생각하고 있었음은 명백하다. 이 글이 아직 카프 해산 이전에 발표된 것을 생각하면 더욱 그렇다. 그러면 그는 이 '민족어=조선어'를 구체적으로 어떻게 생각하고 있었을까?

우리는 진실한 의미의 민족문학의 건설을 위하야 생애를 바칠 용기를 가지고 붓을 잡을 수가 있는 것이다.

더구나 한 번도 문학예술 위에 자기의 심미한 자태를 표현해보지 못한 고향의 제 현실, 그 언어를 모든 역경 가운데 방치되게 한 후진국인 조선에 있어 이것은 지극

---

20 예를 들어 塩川伸明, 「ソ連言語政策史の若干の問題」(『重点領域報告輯』 no.42, 北海道大学スラブ研究センター, 1997)에 따르면 소련에서 러시아어 교육의 의무화가 결정된 것은 1938년 3월(같은 해 9월에 실시)이고, 그때 이중언어 사용의 촉진이 공식정책이 되었는데, 이것은 비-러시아인이 러시아어를 구사할 수 있게 하기 위한 것이지 결코 비-러시아 지역에 거주하는 러시아인이 그 지역의 민족어를 습득하는 것을 의미하는 것은 아니었다. 러시아어 학습을 권장하는 이유로서는, 그 지역의 경제적·문화적 성장을 촉진한다는 점, 과학기술 분야의 인력을 더 원활하게 양성할 수 있다는 점, 군복무에 필수 조건으로 삼아야 한다는 점 등이 논의되었다고 한다. 참고로 이때 러시아어 학습은 한 교과목으로서 가르쳐지는 것이었는데, 이것이 한 과목이 아니라 수업에서 사용하는 언어가 된 것은 플시쳐프의 교육개혁 때(1958~59)였다고 한다.

히 타당한 것이어야 한다.(강조는 인용자)[21]

민족어로서의 조선어가 이렇게 열악한 환경에 놓여 있음을 임화가 강조할 때, 그가 동시에 생각하고 있었다는 것은 '모든 역경'을 형성하고 있었던 '조선어'가 아닌 다른 언어에 대한 인식이 있었기 때문일 것이다. 이것은 임화가 같은 글에서 "태초의 인간의 '운동언어', '동작언어' 그리고 '발성언어'의 발생과 함께 언어의 종족적 지리적 차별의 단초가 생기며, 대체로 종족 형성, 고대국가의 형성 등으로 말미암아 '어족'의 차이를 거쳐 확연한 차이가 발전했다는 것이다. (…중략…) 언어의 여러 가지의 구별, 세분화의 결과인 현재의 각국어는 조상祖上의 순수한 계통을 받아 온 것이 아니라 각 시대, 각개의 다른 언어로 말미암아 '다수의 언어의 교배의 결과'로 생겼다"[22]라고 '민족어'의 생성과정을 논하고 있는 점에서도 알 수 있다.

이러한 언어관은 레닌의 '제민족의 접근과 융합'을 말해주는 대목이기도 한데, 보다 구체적으로는 앞에서도 약간 언급한 N. Ya. 말의 언어관을 그대로 반영한 것이기도 하다.[23] 말이 서구언어학의 핵심인 인도-유럽어

---

21 임화, 앞의 글, [4] 468쪽.
22 위의 글, [4] 463~464쪽.
23 塩川伸明,「ソ連言語政策再考」(『スラブ研究』第40号, 北海道大学スラブ研究センター, 1999), pp.167~168에 따르면 N. Ya. 말은 스코틀랜드인인 아버지와 그루지아인 어머니 사이에서 태어났고, 1901년에 페테르브르크대학 교수로 재직하면서 언어학을 강의했으며, 1912년에는 제국아카데미 회원이 되었다. 그 후에 스탈린과 마찬가지로 그루지아인 어머니를 가진 인연도 있어서 스탈린과 교류를 가지게 되었고, 1930년 66세 때에 소비에트공산당에 입당, 1934년 서거했을 때는 스탈린상을 수상하기도 했다.

비교 연구를 토대로 한 계보적 발생론을 부정하고 일원적이고도 보편적인 언어기원론을 제기한 것은, 한편에서 유태인의 일소를 생각하면서 게르만 인종의 피의 순결이라는 실증 불가능한 관념을 근거로 하는 히틀러의 자연과학적인 신비주의에 대한 대항 의미도 있었다. 그것을 전제로 그는 각 언어에서 볼 수 있는 구조적인 차이는 모두 다 사회의 발전 단계에 의해서 조건지어진 것(언어=상부구조론)이라고 생각했고, 다른 언어간의 접촉(스크레시체녜=교차)이 언어의 변화와 발전의 원동력이라고 생각했다. 말의 이론은 1930년대에 스탈린의 지지 속에서 소비에트 언어학을 지배했지만, 1950년에 스탈린 자신의 논문(문답집)인 「마르크스주의와 언어학의 제문제」에 의해서 그 언어=상부구조론은 파산선고를 받았다. 말의 이론 또한 이론을 세운 다음에 실증 단계에 들어섰을 때 신비주의에 빠졌다. 그러나 모든 언어는 그 속에 다양한 변종을 포함하면서 언어마다 겪어야 할 끊임없는 접촉 속에 놓여져 있다는 인식에서 출발한 사회언어학이나 크리올creole에 관한 연구에도 말이 주장한 것과 유사한 발상이 확인된다고 할 수 있다.[24]

---

24 田中克彦, 『ことばと国家』, 岩波書店, 1981, pp.154~156. 참고로 田中克彦는 『『スターリン言語学』精読』 중에서 1950년에 스탈린이 "언어는 상부구조가 아니다"라고 한 것을 '보수적'이라고 평가한 적이 있는데, 이것은 언어의 변화나 역동적인 구조를 파악하고 분석하려는 입장을 스탈린 자신이 포기했다는 뜻이었다. 신두원, 「계급문학, 민족문학, 세계문학」, 『민족문학사연구』 21, 민족문학사학회, 2002, 46쪽에서는 임화가 N. Ya. 말의 언어=상부구조론을 받아들였는데, 말 자신이 1950년에 스탈린에 의해서 비판받았다는 사실이 지적되어 있다. 신두원은 그것을 임화의 한계라고 평가했지만, 위의 맥락에서 볼 때 과연 그 '한계'가 한계일 수밖에 없느냐에 대해서는 다시 한 번 검토할 여지가 있을 것이다. 참고로 신두원의 논문에서는 임화가 말의 상부구조론을 받아들인 증거로서 임화의 「조선어와 위기하의 조선문학」(1936.3)을 거론하고 있는데, 그것은 어디까지나 논문 집필자의 판단이고, 임화가 이 글에서 직접적으로 말의 이름까지 거론한 것은 아니다.

그러나 그렇다면 임화는 여기서 말의 논의를 그대로 받아들여서 민족어로서의 조선어의 사멸을 생각하고 있었던 것일까? 위에 인용부분에서 유추하자면 그렇게 해석할 수도 있을 것이다. 그러나 같은 글에서 임화가 "자국민, 자민족의 항구성, 자국어의 고귀성을 불변의 법칙으로 하고 있는 애국주의적 언어학이 이것을 긍정하지 않는 것은 그리 괴이한 일이 아니다. / 더구나 전국민 전민족의 언어의 신분적 계급적 차이와 그 발전을 시인하지 않는 것은 오히려 당연한 것이다"[25]라며 하나의 민족어를 단일하고 순수한 무엇으로 간주하려고 하는 민족주의적인 언어관에 대해서 비판하고 있는 점을 감안할 때, 그의 생각에는 '민족어=조선어'가 놓여 있는 현실의 상태, 역경 내지는 결코 낙관적으로 생각할 수 없는 환경을 직시한 다음에 그러한 상황을 극복하는 방도를 추구해야 한다는 자세가 존재했던 것이다.

4. 민족어=조선어의 완성과 문학자의 역할

그렇다면 민족어로서의 조선어는 과연 어떤 위상을 가지고 있다고 임화는 판단했을까? 이를 입증이라도 하는 것처럼 임화는 「언어와 문학 – 특히 민족어와의 관계에 대하야」(『예술』, 1935.1)에서 프리체Vladimir M. Friche(1870~1929)의 『예술 사회사 개설』이나 『유럽 문학 발달사』에서 언

---

25 임화, 앞의 글, [4] 464쪽.

급된 단테의 「속어론」(1304)에 대한 논의 등을 인용한다. 그는 유럽에서의 속어의 등장과 조선의 개화기 이후의 국문의 복권을 겹쳐 생각하며 민족어=조선어의 내용과 생성과정에 대해 더욱 구체적으로 검토했다. 말할 것도 없이 단테의 「속어론」은 민족마다 형성되는 서기 언어 생성의 이유를 신학적으로 위치 부여한 것이다. 같은 단테의 『신곡』이 속어인 이탈리아어로 쓰인 데 비해, 이 「속어론」은 라틴어 교양층에게 속어의 가치를 알리기 위해 라틴어로 쓰였다.

낡고 귀족적-관료적 언어인 라틴어에 비해서 아름다운 희랍어, 로마인적인 속어의 부활을 요구하면서 시적 언어의 근대적 요구를 내세운 단테의 논의를 부연하여 임화는 구한말의 신문 등을 통해서 국한문이 시작되었고 성경의 국역 등이 이루어지는 등의 성과가 있었으면서도 "이러한 민족적 어문의 완성이 진행되려 하는 편에 이것을 저해하는 유력한 힘이 작용하고 있었던 것이다. 조선의 근대적 세대는 유교적 정신과 한문과의 투쟁에서 충분히 승리할 만한 민족의 처근적處近的인 근대적 발전이 저지되고 — 그것으로부터 자유롭지 못한 것이다"라고 하면서 중세 보편어로서의 한문의 위상을 확인한다. 그리고 "그 전부터 있던 한문의 유물 또 구라파 등지로부터 들어오는 외래어로 조선어는 상실로 혼돈"되어 있으며, "문체가 전체로 언어의 구체적 표현의 방향으로 접근했다는 것은 불발(不拔)의 사실이나 이 접근이라는 것은 속어, 민중어의 진실한 접근이라기보다는 그렇게 귀족적, 관료적, 지주적 언어의 구체적 표현의 성질로 접근"한 당시 조선어의 상황을 지적했다. 그리고 1900년대부터 1910년 전반에 걸친 신소설의 시기를 겪고, 1920년대에는 재능 있는 많은 작가들이 존경할 만한 노력을 했음에도 불구하고 "언문의 일치의 문체적 이상 또 문어, 문학상의 민주주의 개혁을 달성치 못한 채로 근대 노동계급의 문학의 세대로 유전"[26] 했다고 하면서 다음과 같이 말한다.

이것은 예술적 천재도 어찌 할 수 없는 역사의 비극인 것이다. 그러므로 조선의 근대 언어사, 문학사는 조선의 계급의 비상(非常)히 특성적인 구성 부분이다. 그러므로 조선의 프로문학은 그 절정에 있어서도 완성하지 못한 문학, 언어사의 민주적 개혁의 임무까지 그 어깨에 짊어져야 하는 것이다.[27]

임화는 「언어의 마술성」(1936.3)에서 언어 일반의 속성을 논한 다음 조선어의 특성을 논하기 위해서 개화기 이후 조선어를 둘러싼 경위와 환경에 관한 역사적인 검토를 수행한다. 임화는 여기서 일상언어와 문학어를 구별하는 가장 현저한 영역이 시에 있다는 시각을 견지한다. 그에 따르면 시에 있어서 각 언어는 독특한 음향 배합을 거쳐서 결합하고, 시의 고유한 의미 내용, 어감, 음향, 구성의 정도의 배려 속에서 어법 또한 분해, 재결합되고 있다. 그 결과 시 언어는 일상의 언어와 전혀 다른 양상을 보여준다.[28] 표준어의 확립이자 봉건적 격리의 유물로서의 방언의 소멸을 뜻하는 민족어의 통일은 시민 자신의 계급적인 언어를 일반 국민의 형식으로 일반화시킨 것을 의미한다. 이때 시민 사회에 통용되지 않는 언어는

---

26 위의 글, [4] 478~482쪽.
27 위의 글, [4] 482쪽.
28 임화, 「언어의 마술성」, 1936.3, [3] 455쪽.

시민적 언어에 의해서 억압되고 동화되고 은어화隱語化된다.[29]

다음으로 임화는 조선어의 역사를 소급하여 국문이 놓인 환경에 대해 언급한다. 국문은 오랫동안 한문에 문화적으로 종속되어 있었다. 갑오경장 이후에 국문이 공용문이 되었고 국문 기록과 출판이 가능하게 되었다. 최남선의 『소년』, 『청춘』 등의 간행과 이광수, 김동인의 신문학은 조선어의 표현을 발견하는 데 수많은 노력을 기울였다. 1920년대에도 언어상의 무질서 상태를 계속 확인할 수 있는데, 조선어학회가 정서법을 제정했다고 해서 일반인들의 언어생활을 바꿀 수 있었던 것은 아니었다.[30] 김동인과 윤백남은 야담 창작으로 넘어갔고, 최남선, 이병기, 정인보 같은 작가들은 고어를 독자들에게 강제라도 하듯이 시조를 창작했다. 시에 있어서 소리의 결합의 절묘함(정지용, 이태준)과 은유의 훌륭한 구사(김기림, 이상, 박태원)는 예술지상주의 및 기교주의 등으로 유행되었으나, 조선의 문학어를 창출하기에 이르지는 못하였다. 또, 민족 언어나 방언을 마구잡이로 사용한다고 조선어 문학어의 창출이 이루어지는 것은 아니다.[31]

여기서 임화는 계급문학이 당시 조선문학 안에서 수행해야 할 임무에 대해서 말하고자 하는 것처럼 보인다. 또한 1910년대나 1920년대의 문학이 이룩하지 못했던, 조선어의 민족어로서의 완성이 계급문학의 시대에 이르러서 비로소 그 실현 가능성을 보였다고 말하고자 하는 것처럼 보이기도 한다. 당시 임화에게 그런 자부심은 어떤 의미에서 당연한 것이었

---

29 위의 글, [3] 457~458쪽.
30 위의 글, [3] 460~461쪽.
31 위의 글, [3] 463~466쪽.

을지도 모른다. 그러나 카프 해산 후에 발표한「조선어와 위기하의 조선문학」(『조선중앙일보』, 1936.3.8~24)[32]에서도 여전히 "민족어의 발굴이란 전혀 그 나라의 자본주의적 발전의 성질에 의존하는 것으로서 고도의 자본주의적 발전을 수(遂)한 국민일수록 방언의 차이가 적고, 언어가 통일, 정비되었으며, 후진국일수록 방언의 차이, 신분적 차이가 심하며, 언어가 민족어라고 부르기는 너무나 우심(尤甚)하게 불통일적이고 혼돈되어 있는 것이다"[33] 라고 지적해야 했었던 임화에게 있어 민족어로서의 조선어의 완성은 계급문학만이 아닌 모든 문학자의 과제였다. 그것은 임화가 투르게네프가 만년에 쓴 짧은 시「노서아어(露西亞語)」(예전에 박영희가 통일안에 대한 감상을 진술했을 때 언급한 바로 그 시)를 전문 인용하면서, 투르게네프가 분명히 귀족 계급의 인물이고 서구적인 교양을 배운 지식 계급이면서도 "문학상에 있어 무의미한 고어(고대 슬라브어)의 남용의 반대자였으며, 서구적 언어의 천박한 사용의 지극히 가혹한 거부자"였다고 높이 평가하고 있는 점에서도 알수 있다.[34] 여기서 임화는 "러시아어의 순수성을 보전하라!"라는 투르게네

---

32 이 글은 임화 자신의 진술에 따르면 1935년 후반기에 논란이 되었던 학교의 공학제(조선인과 일본인) 문제를 논의하는 과정에서 집필한 글이라고 한다. 임화는 이 글 마지막에 몇 년 전 본인이 조선어학회가 펴낸 맞춤법 통일안에 대한 찬성 성명서에 서명한 사실을 밝히면서, 조선어학회 임원을 비롯해서 그때 그 성명서에 서명한 인사들이 공학제 문제를 전혀 중요시하지 않는 데에 대해서 불만을 표시하며, 이 글의 내용을 잘 이해해 달라고 요구하고 있다. 다만 필자는 그 '공학제 문제'가 구체적으로 어떤 문제였는지에 대해서는 아직까지 자세한 사정을 알아내지 못했다.

33 임화,「조선어와 위기하의 조선문학」, 1936.3, [4] 587쪽.

34 위의 글, [4] 583쪽. 참고로 임화의 이 글에 실려 있는 투르게네프의 시「露西亞語」의 전문을 제시하면 다음과 같다. "깊은 의혹 가운데 조국의 운명을 생각하고 근심하는 괴로운 그 날에도 / 나의 집팡이가 되고 기둥이 되어 주는 것은 오직 너 뿐이다. / 오오 위대하고 힘찬, 진실하고도 자유스러운 로서아말이여! / 만일 네라는 것이 없었던들 어찌 고향에서 일어나는 모든 것을 보고 낙망치 않고 견디겠는가? / 그러나 이러한 말을 가질 수 있는

프의 비통한 절규에 응답하기 위해서는 민족어로서의 조선어가 어떻게 사용되고 있는지를 직시해야 한다고 하며 다음과 같이 말한다.

우선 신지식을 가지고 언어의 예술인 문학에 종사한다는 필자 자신의 문장을 보고, 또 필자를 대해서 교담을 해 보라! 또 나보다도 몇 개 더 많이 구라파 말을 알고 광범한 학문을 아는 '대학자'들의 논문을 보고 그들과 담화를 바꿔 보라!

저 아래로 가서는 제형들이 동경이나 외국 유학을 갈 때 배를 타는 부산부두에서 왕래하는 조선 노동자의 회화, 또 손에는 '튜렁크'(그들은 '도랑구'라고 한다!)를 달라는 어린 소년들의 언어를 들었는가!

또는 농촌에 가서 농사짓는 농군들이 그 농구의 이름을 몇 개나 우리말로 부르며, 그들의 순박한 어린 자제들이 어떤 형태의 언어를 쓰는가를 들어보아도 좋고, 가까이는 우리들의 사랑하는 자녀가 어떠한 말로 두 세 살 되는 어린 애에게 말을 가르치는지 관심해 본 일이 있는가? 또 학교를 갔다 온 아이들이 그 어머니, 아버지인 우리들에게 무슨 구조(口調)로 인사하며, 그들이 제 귀여운 동무들과 장난하며 즐기고 놀 때 무슨 말을 하던가?

작가여! 시인이여! 비평가여! 그때 그대들은 가슴에 물결을 잔잔한 채로 유지하지는 못하리라!35

국민이 이렇게 위대하지 않다고 믿겠는가?" 이 시는 임화의 이 글의 세 번째 연재분(『조선중앙일보』, 1936.3.11)의 서두에 게재되었는데, 이 글의 첫 번째 연재분의 서두 내용을 볼 때, 이 첫 번째 연재분의 서두에 게재되어야 할 인용이었을 것이다. 아마도 처음에 편집상 누락되었다가 나중에 추가한 것으로 보인다.

35 임화, 「조선어와 위기하의 조선문학」, 1936.3, [4] 594쪽. 임화가 조선어의 현장을 이 인용과 같은 장면에서 찾은 점은 그가 식민성을 여실히 드러낸 도시 풍경을 적극적으로 응

임화로서는 이광수나 김동인, 현진건, 염상섭 등의 작품에서는 보편적인 조선어의 양상이나 그 문학어로서의 정확한 달성도를 찾기가 어려웠다. 그중에서도 "예술적 표현의 영역에서 최고의 수준에 도달"했다고 여겨지는 염상섭의 작품도 임화에게는 "소시민적 중류인민의 가정적 협애성"만을 느낄 수밖에 없었다. 그에 비해 조선어 고유의 아름다움을 소설의 문체로 체현했다고 임화가 평가한 것은 이기영의 장편소설『고향』(1933.11~34.9)이다. 이것을 프롤레타리아문학의 문학자끼리의 자화자찬이라고 볼 수도 있을 것이다. 그러나 여기에서 임화가 특히 강조했던 것, 즉 자신이 속하는 계급의 말밖에 표현할 수 없는데, 그것으로써 민족어를 쉽게 자임해서는 안 된다는 기준을 이기영의『고향』만은 극복했다는 그의 주장은 현재 시점에서도 유효해 보인다. 같은 글에서 임화는 다음과 같이 단언함으로써 민족어=조선어의 완성을 위해 문학자들이 매진하기를 제언하고 있다.

최량의 언어의 획득은 그의 최량의 세계관에 곧 의존하는 것으로 이곳에는 높은 의식만이 높은 문화적 언어를 소유할 수 있다는 고유의 법칙이 작용한다.
그러므로 모든 성실한 문학자는 조선문학의 사명(死命)을 제(制)하는 언어

시하려고 한 사실과도 부합된다. 「네거리의 순이」(1935.3), 「다시 네거리에서」(1935.7), 「현해탄」(1936.3), 「바다의 찬가」(1937.6) 등 그의 대표적인 시 작품에서도 알 수 있고, 또한『삼천리』(1929.6)의 「전 조선 문사 공천, 신선 '반도 팔경' 발표」에서도 홍명희나 이광수, 문일평, 김기진, 염상섭, 김동인, 한설야 등의 답변을 모은 결과가 금강산(1위), 대동강, 부여, 경주, 명사십리 등었던데 반해, 임화만이 다음과 같이 아무도 대답하지 않았던 네 가지 장소를 지정한 사실에서도 확인된다. 즉, "釜山棧橋, 京城驛頭, 新義州稅關, 鍾路네거리"가 바로 그것인데, 이 모두가 잡지에서 발표된 '팔경' 중에 하나도 들어가지 않았던 것은 말할 것도 없다.

의 운명의 최대의 관심자이고 그 옹호자이어야 한다.[36]

임화는 이렇게 언어의 계급성과 민족어=조선어 속에서 그것이 어떤 상황에 놓여져 있는지를 직시하고, 조선어를 사용하는 사람들이 다 그 감정을 담을 수 있는 언어의 구축을 지향해야 한다고 말한 것이다. 이것은 언어만을 지키면 된다고 하는 언어지상주의와는 다르다. "우리들은 순수한 경험에 의해서도 언어상의 곤란이 언어 자체에 원인하지 않고 사회적 정법政法 생활상의 조건으로 말미암음을 본능적으로 알 수 있음에도 불구하고, 근자에 이는 순전한 문화상의 노력만을 가지고 언어의 옹호라든가 발양이라든가를 성숙할려는 허망한 경향이 유행"하고 있다[37]고 임화 자신이 지적했듯이 언어를 둘러싼 문제의식도 등한시해서는 안 된다. 그러나 "언어는 문학에 있어 표현의 수단, 형식일 뿐더러 인식하는 데도 역시 유일의 수단인 것으로 그것은 문학 제작의 과정 가운데서 단순히 양식적 일면만을 체현하고 있는 것이 아니라, 작자의 현실에 대한 태도, 사상의 방향까지도 그 가운데 체현하게 되는 것이다. 그러므로 동시대에서는 문학의 민족적 계급적 차이에 의하야, 역사적으로는 시대의 구별에 위하야 각각 상이한 언어적 특장特長을 구유하게 되는 것이다"[38]라는 언어의 기능을 생각했을 때, 민족어=조선어의 완성이라는 과제를 받은 문학자는 형식으로서의 언어의 역할도 충분히 배려하면서 스스로의 창작에 노력

---

36 임화, 「조선어와 위기하의 조선문학」, 1936.3, [4] 605쪽.
37 임화, 「언어의 마술성」, 1936.3, [3] 460~461쪽의 각주 88.
38 임화, 「예술적 인식 표현의 수단으로서의 언어」, 1936.6, [3] 480쪽.

해야 한다고 주장한 것이다.

임화의 언어에 대한 이러한 의식과 문학자에게 거는 기대는 "문학어는 '랭'이고 언어 동태의 모태는 '파롤'"[39]이라고 한 그의 독특한 언어관 내지는 '문학어'에 대한 자부심에 바탕을 두고 있다. 여기서 다시 지적할 필요도 없지만 '랭'이나 '파롤'은 F. 소쉬르의 강의록 『일반 언어학 강의』(1916)에서 제시된 언어를 구성하는 요소를 가리키는 개념으로, 전자가 각 국어의 언어체계 내지는 거기서 추출되는 보편적·추상적 언어를 말한다면, 후자는 개인의 발화나 문장의 서술 등 구체적으로 사용되고 있는 언어를 말한다. 실제로는 파롤이 여러 가지로 사용됨으로써 외연denotation, 즉 표시적인 의미에다가 내포connotation, 즉 함축적인 의미가 생기고, 그 과정이 반복되면서 나아가서는 랭 자체의 변화에도 이어지는 것이고, 문학자들이 일상적으로 사용하고 있는 언어도 소쉬르의 용어법에 따르면 파롤이다. 아니, "언어 동태의 모태는 '파롤'"이라고 말하고 있는 임화 자신도 그 점은 잘 알고 있었을 것이다. 따라서 실제로 파롤로서 존재하는 '문학어'가 랭(각 국어에 볼 수 있는 보편적인 언어 체계)이어야 한다고 한 임화의 견해는, 현실 인식으로서가 아니라 문학어 혹은 시어가 지향해야 할 방향을 제시한 것이라고 해야 할지 모른다. 파롤과 랭의 상호 작용으로 변화하는 언어 중에 추상적인 체계인 랭을 지향하는 언어-문학어를 향한 임화의 '보편' 지향은 여기에 이르러 「개설 신문학사」 서술에서 예전에는 배격해 마지 많았던 한문 내지 한문학을 일반 조선문학사의 일

---

39   임화, 「문학어로서의 조선어 – 일편의 조잡한 각서」, 1939.3, [5] 99쪽.

부로서 편입한 태도로 연결된다. "문학어는 랭이다." 즉 문학은 실제로 사용되는 언어 이상의 것이라고 말했을 때, 임화는 단순히 표현자를 넘어선 자리에서 문학에 대해서 논하고 있었던 것이다. 다만 이때 임화는 '각 국어'일 수도 있는 랭의 독립성을 유지하는 힘에 대해서는 아무런 언급도 하지 않고 있다. 임화에게 조선어-조선의 근대화는 제국어와의 관계에서 끊임없이 문제가 되었다.[40] 그러나 임화는 이 점에 대해서 정면으로 논의하는 것보다도 우선 '신문학'을 성립시키는 장소나 환경의 탐구에 보다 더 많이 힘을 기울였다. 이 점에 대해서는 다음 장에서 자세히 다루도록 한다.

---

40 김예림은 1935년 전후에 발표된 임화의 언어론이 언어학적인 언어론으로 근대어로서의 조선어, 결여태로서의 조선어를 분석적으로 검토한 데에 비해서, 1940년 전후에 발표된 것은 대부분이 언어정책론이고 끊임없이 제국어인 일본어의 위협으로 조선어를 어떻게 지킬 것인지에 시종했다고 지적하고 있다. 김예림, 「초월과 중력, 한 근대주의자의 초상-일제말기 임화의 인식과 언어론」, 『한국근대문학연구』 5-1, 한국근대문학회, 2004, 52~54쪽.

제2부

문학사론과 영화사론

제5장 「신문학사의 방법」과 '조선적인 것'

제6장 문학사 서술과 '민족' 개념의 재편 ─ 「개설 신문학사」(1939~41)

제7장 테느와 식민지문학 ─ 조선과 대만에서의 수용 비교

제8장 영화사와 서사시적인 것

「신문학사의 방법」과 '조선적인 것'

1. 임화의 문학사론과 '이식문학론'

민족문학은 한 민족을 통일된 민족으로 형성하는 민주주의적 개혁과 그것
을 토대로 한 근대 국가의 건설 없이는 수립되지 아니할 뿐 아니라 조선과 같
이 모어의 문학이 외국어 – 한문 – 문학에 대하여 특수한 열등지위에 있었던
나라에서는 정신에 있어 민족에 대한 자각과 용어에 있어 모어로 돌아가는
'르네상스' 없이 민족문학은 건설되지 아니하는 것이다.[1]

'민족문학' — 식민지기 조선의 시인 평론가이며 무엇보다도 식민지기
의 조선 프롤레타리아문학의 견인역인 카프의 이론적 지주였던 임화가 이

---

1   임화, 「조선 민족문학 건설의 기본과제에 관한 일반보고」, 1946.6, [5] 412~413쪽.

말을 사용하고 그 수립에 적극적인 의미를 둔 것은 조선이 식민지에서 해방된 1945년의 다음해인 이 1946년이 거의 처음이 아니었을까? 그때까지 예를 들면 이광수나 전통지향적인 문학에 대해서 '부르주아 문학'이라는 명칭을 사용한 적은 있어도 거기에서 '민족'의 고유성을 찾아내는 발언은 거의 없었다. 나중에 남북한의 분단과 기타의 사정으로 성취되지 않았지만 임화는 이 시점에서 분명히 그 자신도 예전에는 적극적으로 그 한편에 가담하고 있었던 양분된 문학 진영을 '민족문학'이라는 통일 전선으로 구성하려 생각하고 있었다. 그러나 임화가 '민족문학'에 대해서 논하고 있는 내용은 이때 처음으로 언급된 것은 아니다. 그 이전의 식민지기 카프 해산(1935)으로부터 1940년 전후에 걸쳐서 발표된 「개설 신문학사」 (1939~41)를 대표로 하는 일련의 문학사 기술이나 문학사론, 혹은 이와 관련된 평론을 통해서 위의 인용과 같은 '문학' 또는 '신문학'(근대문학)의 있어야 할 모습이 이미 언급되고 있다. 여기서는 임화가 위와 같이 생각하기에 이른 과정을 이해하기 위해서 식민지 시대에 발표된 그의 일련의 문학사론의 문제점을 검토하고자 한다.

먼저 이 문제를 전반적으로 검토하기에 앞서 임화의 일련의 문학사론에 대해 한국에서 지금까지 이루어진 논의의 경향을 미리 지적해 두는 게 좋을 것이다. 즉, '이식문학론'이라는 이름으로 거론된 임화의 문학사론에 대한 부정적인 시각이다. 임화의 문학사론에는 동시대 일본문학과 조선문학과의 상관관계에 관한 기술보다 조선의 신문학이 일본을 통해서 서구문학을 이식하고 모방한 결과 성립되었다는 지적이 도처에 보인다. 그러한 기술이 무엇보다도 '민족'의 주체적인 발전을 염원하고, 과거의 역사에서도 주체적인 발전의 길을 찾아내려고 한 해방 후 한국의 연구자들의 '주체적'인 감정이나 의식을 자극했으리라 상상하기는 어렵지 않다. 구체적으로는 1960년대 후반부터 1970년대 초에 일어난 근대사의 기점을 재검토하는 논의, 혹은 그 조류를 이어받는 형태로 이루어진 문학사론에서 임화의 문학사 혹은 문학사론은 민족적인 주체성의 결여를 조장하는 역사기술이라는 이유로 부정적으로 받아들여졌고, 그러한 경향은 1990년 전후에 집중적으로 나타난 임화연구에서도 충분히 확인할 수 있다.[2] 이들 비판에 보이듯이 분명히 임화의 문학사관에는 일본 식민지 시대의 식민지사관(아시아정체론)을 통한 타율적인 역사 과정을 인정하는 부분이 있다. 다만 임화 자신도 그렇게 부르고 있는 조선문학의 '이식'성을 타율사관에 완전히 입각한 논리라고 간주하는 것은 임화의 문학사론에 대한 자의적인 오해 또는 곡해일 것이다. 이러한 경향은 한국의 아카데미즘과 내셔널리즘의 문제이고 문학이론 일반의 문제로서는 해결할 수 없는 면이 많이 있는데, 임화의 문학사론에 대한 이러한 견해는 지금까지도 상당히 뿌리 깊게 이어지고 있는 점 또한 사실이다.

그럼에도 불구하고 임화의 문학사와 문학사론에 대해서 여기서 다시 주목하는 이유는 후대의 문학 연구자들이 그것을 비판하면서도 다른 한

2　구츠와다 류조[轡田竜蔵]의 제3세계론에 따르면 이 점은 다음과 같이 표현할 수도 있다. 즉 아시아 국가들, 제3세계에서는 냉전구조의 최전선에서 독재 정권의 지배나 내전상태를 오랫동안 경험했는데, 그것으로 탈-식민지사상으로서의 내셔널리즘이 공식화되고 그 상상력이 내부에서 문제화되었다. 또한 1980년대 이후에는 탈-식민지화를 목표로 하는 내셔널리즘이 글로벌 자본주의와 결부되고 제국의 욕망을 복제하고 있다는 이유로 내부에서 논쟁을 불렀다. 轡田竜蔵, 「ナショナリズム論 / 国民国家論 – 隔離される「第三世界ナショナリズム」」, 姜尚中 編, 『ポストコロニアリズム』, 作品社, 2001, pp.68~69.

편으로는 한국 근대문학사의 세부평가나 구체적인 작품에 대한 분석에
서 임화의 문학사론의 세부 평가에 상당히 의존하고 있다고 생각되기 때
문이다. 또한 임화의 문학사나 문학사론은 해방 후에 씌어진 몇 가지 근
대문학사, 그중에서도 해방 직후에 쓰여 한국 근대문학사 연구틀의 바탕
이 된 백철의 『조선신문학사조사』(수선사, 1948)와 『조선신문학사조사 현
대편』(백양당, 1949)의 서술에 큰 영향을 끼쳤다.[3] 임화의 일련의 문학사와
문학사론이 그렇게 후대에 영향을 미친 첫번째 이유로 들 수 있는 것은
이 문학사 기술이 미완의 형태로 끝나고 있거나 방법론상에서 체계성이
없다는, 즉 후대 한국의 문학연구자가 임화의 한계로서 지적한 그 미체계
성이다. 이 미체계성으로 인해 임화의 문학사론은 거꾸로 여러 문제점들
을 후대에 제시할 수 있었던 것이다. 그리고 그것이 구체적으로 어떻게
전개되고 있는지를 밝히는 것이 여기서의 목적이다. 북한에서는 1953
년의 남조선노동당 관계자의 숙청 때 박헌영들과 함께 숙청되었고 이후
에 문학사와 문학연구의 모든 면에서 그 이름이 지워졌으며, 또 한국에
서는 북으로 건너간 이른바 '월북작가'라는 이유로 적어도 공식적으로는
1980년대 중반까지 공개적인 언급·연구를 할 수 없었던 시인·평론가
의 문학사·문학사론의 문제성을 이하에서 해명하고자 한다.

---

3   전용호, 「백철 문학사의 판본 연구」, 『민족문화연구』 41, 고려대 민족문화연구원, 2004,
     279~311쪽; Sunyoung Park, *The Proletarian Wave: Literature and Leftist Culture in Colonial
     Korea 1910-1945*, Harvard University Asia Center, 2015, pp.11~12 n21 · p.84 n88.

2. 「신문학사의 방법」 비판에 대한 재검토

임화의 문학사·문학사론은 현재까지 한국의 문학연구에서 상당한 비판에 노출되었다. 그러나 그 비판은 그의 문학사에 관한 비평 전체에 대해서라기보다도 임화 비평의 지극히 일부분에 대해서만 이루어졌다. 그 비평이란 임화가 1940년에 쓴 평론 「신문학사의 방법」이다.[4] 이 평론에 대해서 비판하는 것이 임화의 문학사론 전체를 비판하는 형태로 이루어졌고, 또한 극단적일 경우에는 이 평론을 비판하는 것만으로 임화의 문학사론에 대한 비판이 끝나는 것처럼 생각하는 연구가 지금까지 많이 이루어졌다. 「신문학사의 방법」 자체는 조선의 신문학사를 서술하기 위한 원칙을 '대상', '토대', '환경', '전통', '양식', '정신' 등 여섯 가지 항목으로 나눠서 그 배후에 있는 체계를 읽어 내려고 하는 것인데, 지금까지 논자들이 임화의 이 평론에 가하고 있는 비판은 이 여섯 가지 항목 중 '환경' 부분에 집중하여 그것을 이식문학론이라고 해서 재단하는 경향이 강했다. 예를 들면 임화의 다음과 같은 기술은 이 비판자들을 통해서 일찍부터 인용되어 온 부분이다.

신문학이 서구적인 문학 장르(구체적으로는 자유시나 현대소설)를 채용하면서부터 형성되고, 문학사의 모든 시대가 외국문학의 자극과 영향과 모방으

---

4   이 평론은 처음에 「조선 문학연구의 1과제 – 신문학사의 방법론」이라는 제목으로 『동아일보』(1940.1.13~20)에서 연재되고 이후 「신문학사의 방법」이라고 제목을 바꿔서 임화의 평론집 『문학의 논리』(학예사, 1940)에 수록되었다. 여기서는 이 평론의 제목을 「신문학사의 방법」으로 한다.

로 일관되었다 해도 과언이 아닐 만큼 신문학이란 이식문화의 역사다. 그런 만치 신문학의 생성과 발전의 각 시대를 통하여 영향받은 제 외국문학의 연구는 어느 나라의 문학사 상의 그러한 연구보다도 중요성을 띠는 것으로, 그 길의 치밀한 연구는 곧 신문학의 태반의 내용을 밝히게 된다.[5]

비판은 주로 두 가지로 나눌 수 있다. 하나는 김윤식·김현의 『한국문학사』(민음사, 1973)에서 수행된 것으로, 이는 이식문학론 자체의 타당성을 비판한다. 이 책은 그 당시 역사학계에서 이루어진 조선 근대의 '영정조 기점설'에 기반을 두고[6] 18세기 말부터의 실학의 발흥이나 서민문학의 대두를 근거로 임화의 문학사에 보이는 '전통단절'적인 요소를 절처하게 비판했다. 이 책의 제1장 제1절 '시대구분론' 부분의 집필을 담당한 김현은 임화의 주장에 대한 반대 사례를 제시하듯이 근대기 외국문물의 유입 이전에 조선문학 내부에서 근대를 지향하는 자생적인 움직임이 있었다고 지적한다.[7] 김현은 임화의 이 평론을 다루면서 당시 조선의 신문학이 '내지'(일본)의 영향 하에서 혹은 내지로부터의 문화 이식을 통해서 생성됐다고 평가한 임화의 견해를 맹렬하게 비판했다. 예를 들면 김현은 앞에서 인용한 부분, 즉 "신문학이 서구적인 문학 장르(구체적으로는 자유시

5   임화, 「신문학사의 방법」, 1940.1, [3] 653~654쪽.
6   당시 논의 중 대표적인 것으로서는 한국 경제사학회 편, 『한국사 시대구분론』, 을유문화사, 1970 등 참조.
7   단지, 이하와 같은 비판을 하고 있는 것은 집필을 담당한 김현이며, 공저자인 김윤식은 임화 비판을 직접 하고 있지 않다. 김윤식의 임화론은 주요 저서 『한국 근대문예비평사 연구』(일지사, 1976)의 부록에 게재된 「임화연구」에서 맹아적인 것이 보여지며 이후 『임화연구』(문학사상사, 1989)로 집대성되었다.

와 현대소설)를 채용하면서부터 형성되고 문학사의 모든 시대가 외국문학의 자극과 영향과 모방으로 일관되었다고 하야 과언이 아닐 만큼 신문학사란 이식문화의 역사다"[8]라는 「신문학사의 방법」에서 보이는 임화의 진술에 대해서 다음과 같이 비판했다.

林和의 移植文化論은 경제학계의 아시아적 生産樣式 — 停滯性과 크게 어울리는 개념이다. 그것은 向普遍 콤플렉스의 직솔한 발로이며, 동시에 한국문학의 가능성에 대한 긍정적 발언이다. 그는 移植文化論을 통해 한국문학이 近代精神에 투철해 줄 것을 바란 것이었기 때문이다.[9]

그리고 김현은 일본을 통해 서구 근대를 수용하기 이전부터 한국문학에는 근대의 맹아기가 있었다고 하며 18세기말부터 이른바 '영정조 시대'를 한국문학사에서 근대적 기점으로 삼았다. 김윤식·김현의 『한국문학사』가 그 후 널리 알려지게 되는 이유는 이 '영정조 기점설'이 한국문학의 시대구분으로서 크게 평가받았기 때문이라고 해도 과언이 아닐 것이다. 그 후 한국문학의 근대 기점의 문제는 여러 논자들에 의해 여러 견해들이 제출되었는데,[10] 이 '영정조 기점설'은 여러 문제들을 품으면서도 일

---

8   임화, 「신문학사의 방법」, 『문학의 논리』, 학예사, 1940, 827쪽
9   김윤식·김현, 『한국문학사』, 민음사, 1973, 17쪽.
10 예를 들면 조동일은 『한국문학통사』 전 5권(지식산업사, 제1판은 1984년·제4판은 2005년)에서 문학에서 중세적 보편주의가 완전히 물러서고 근대적인 민족주의가 그 후의 문학을 이끌어갔다는 판단하에 3·1독립운동이 일어난 1919년을 근대문학의 기점으로 삼았다. 다만 조동일의 경우 그 이전 시기, 즉 16세기 말 임진왜란부터 1919년까지를 '중세문학으로부터 근대문학으로의 이행기'로 설정하고 있는데, 중세와 근대의 문학사를 명확하

정한 설득력이 있는 학설로서 통용되고 있다고 할 수 있을 것이다.

그러나 김현이 지적하는 이 '영정조 기점설'은 학설 자체가 제시하는 내용의 타당성 여부보다도 이 학설을 유지하는 여러 담론들의 영향력에 의해 지금까지 지지되어 왔다. 그러한 담론 가운데 가장 큰 것이 임화의 주장을 식민지 근대화 긍정론과 결부시키는 것이다. 즉 그 담론에 의해 임화의 주장은 한국의 근대문학사가 일본에 의한 식민지화에 의해 시작되었다고 주장하고 있는 것처럼 받아들여졌다. 이러한 해석이 오독이나 오해인 것은 김현이 '시대구분론'에서 사실은 임화의 소론에 대해서 실로 신중히 취급하고 있는 점을 생각해 보면, 그리고 임화 자신의 다른 평론·문학사론을 정독하면 알 수 있다. 또한 무엇보다도 임화가 실제로 쓴 미완의 근대문학사인 「개설 신문학사」(1939~41)가 신문학의 '정신적 준비'를 18세기의 실학파의 저술에 대한 언급으로부터 시작하는 것을 보아도 이러한 해석이 오독임을 명확히 알 수 있다. 1970년대 한국의 국문학계는 당시 역사학계와 마찬가지로 한국의 자율적인 근대를 모색하는 과정에서 영정조 시대=실학파의 등장에서 근대의 맹아를 발견했다. 김윤식·김현의 『한국문학사』는 자생적 근대의 예증으로서 18세기 후반부터의 이른바 '실학파' 문학을 지적하는데, 이것은 임화 자신도 문학사 기술

게 구분하고 있는 것은 아니다. 최원식은 「한국문학의 근대성을 다시 생각한다」(『창작과
비평』86, 1994.겨울) 등에서 위와 같은 조동일의 시대구분론이 있기는 하나 여전히 한국
국문학계에서는 갑오경장(1894)을 문학사상의 근대의 기점으로 생각하는 시대구분론
이 지배적이라고 언급하며 정치사상의 시대구분이 문학 작품에 보이는 여러 성질상의 변
화나 변천과 일치하지 않는 것을 근거로, 신소설이 융성했고 '학회' 활동이 활발했던 1905
년부터 1910년까지의 이른바 '애국계몽기'를 근대문학의 기점으로 평가하는 새로운 학
설을 제시했다.

에서 이미 지적한 것이다.[11] 다만 임화는 1960년대나 1970년대 한국의 역사가들이 지적하듯이 실증적인 형태로 실학파를 근대의 시작으로 삼고 있는 것은 아니다. 특히 임화는 여기서 신무라 이즈루新村出가 『일본문화체계』에서 집필한 '양학'의 항목을 참조하면서 에도江戶 시대의 난학蘭學(네덜란드에서 온 서양학문)을 배경으로 한 서양학문의 흡수가 일본의 근대화의 기반이 된 것을 지적하고 전-근대 조선에도 전면적으로 시작된 것은 아니었지만 '실학파'의 학문·문학 등 비슷한 역할을 한 학문이나 학자가 있었다는 점을 지적하고, 그 본격적인 연구는 후대의 역사가에게 맡겨야 한다고 하고 있다.

요컨대 임화는 조선의 신문학(근대문학)이 식민지시대에 일본에서의 문화이식과 함께 시작되었다고 한 것은 결코 아니다. 그러나 그럼에도 불구하고 임화는 「신문학사의 방법」의 '환경' 부분, 즉 일본과의 관계로부터 신문학이 생성된 것을 논한 부분에서 위의 인용에 이어 다음과 같이 지적한다.

신문학이 서구문학을 배운 것은 내지문학을 통해서 배웠기 때문이다. (…중략…)

소화(昭和) 초년까지 성서를 제외하고는 대부분의 번역이 화역(和譯=일본어 번역)으로부터의 중역이었고, (…중략…) 번안 소설도 모두 내지문학 혹은 화역으로부터의 중역이다. 그리고 창작의 영역에 있어서 맨 먼저 조선인에게

---

11   임화, 「개설 신문학사」, 1939.9~1941.4, [2] 47~54쪽.

서구 근대문학의 양식을 가르쳐 준 것이 내지의 창작이나 번역이다.

(…중략…)

이뿐 아니라 우리가 특히 유의할 것은 신문학의 생성기에서 가장 중요한 문제였던 언문일치의 문장 창조에 있어 조선문학은 전혀 명치문학의 문장을 이식해왔다.[12]

여기서 임화는 근대기의 조선이 일본을 통해서 서구문학을 받아들인 사실과 근대기의 문체 생성에서 일본어가 했던 역할을 지적하고 있다. 위에서 논한 김현의 임화 비판은 이 부분을 언급하지 않았고, 그 이후의 임화 비판 역시 마찬가지였다. 그것은 오히려 해방 후 한국에서 일어난 국어순화운동이나 한글전용론에 이어지는 큰 문제인데, 조선의 근대문학의 기점을 소급시키는 김현의 논의에는 임화가 말한 식민지 근대성에 관한 지극히 무거운 지적에 대한 반동도 작용했을 것이다.[13]

---

12 임화, 「신문학사의 방법」, 1940.1, [3] 654~655쪽.

13 Heekyoung Cho는 식민지 조선이 서구문학을 수용하는 데에 이러한 임화의 지적을 전제로 하면서 한국에서의 러시아문학 수용에 대한 논의를 진행시킨다. Cho에 따르면 임화가 말하는 의미에서의 mediator로서의 일본 혹은 일본에서의 서구문학 수용·연구의 역할은 해방 직후는 물론 1980년대 중반까지 계속되었다고 한다. 그것은 주로 일본어 번역의 재번역을 중심으로 이뤄졌는데, Cho에 따르면 해방 이후 시간이 상당히 지나서 한국어 번역자의 언어능력이 일본어보다도 러시아어가 더 압도적으로 높아진 이후에도 일본어 번역을 계속 참조했다. 그것은 작품에서 나오는 러시아인 등장인물의 이름이 일본식 발음으로 표기되고 있는 것으로 알 수 있다고 한다(Heekyoung Cho, *Translation's Forgotten History: Russian Literature, Japanese Mediation and the Formation of Modern Korean Literature*, Harvard University Asia Center, 2016, pp. 33~34). Cho 자신도 참조하고 있듯이, 한국에서의 문학번역·수용의 연구는 김병철에 의한 방대한 자료 정리에 의거한 바가 크다. 전 6권으로 된 그의 『서양문학이입사 연구』(을유문화사, 1975~98) 중에 제5권과 제6권은 해방 후편인데, 이 두 권에서는 이전의 네 권에 없었던 중국문학과 일본문학의 번역사 연표가 추가되고 있고, 또한 Cho의 저서 전체적인 주제가 나타내고 있듯이 일본 유학과

임화의 이식문학론에 대한 또 하나의 비판은 1990년 전후에 주로 이루어졌는데 사적유물론적인 역사 인식으로서 전개되는 임화의 방법론에 대해 사적유물론의 내부에서 그 결함을 지적하는 경우다.[14] 임화의 주장에서 어디가 틀렸는지를 지적한다는 관점에서 본다면 전자는 단순히 반대 사례를 제시하고 있을 뿐인 데에 비해서 후자는 임화의 주장에 전면적으로 도전하고 있다는 인상을 준다.

후자의 비판, 즉 사적유물론 혹은 상부구조로서의 문학사 인식으로서, 임화의 논의에는 논리적인 결함이 있다고 본 1990년 전후의 한국 연구자들의 견해에 대해서 조금 언급하기로 한다. 『한국문학사』의 또 한 사람의 공저자인 김윤식은 이 문학사를 집필한 지 10여 년 후인 1987년에 「이식문학론 비판」이라는 글을 발표하는데, 여기에서 그는 김현의 비판과는 달리 임화의 유물변증법적인 방법론이 그 자체로서 한계를 가지고 있음을 지적하고 있다.[15] 또한 같은 시기인 1988년에 전승주 역시 물질적 토대와 문학사 사이의 매개항에 대해서 깊이 고려하지 않은 채 안이하게 '환경'이라는 항목을 설정했으며, 환경과 토대의 관계에 언급하지

작가들이 러시아문학 전집의 편집 위원이 되고 있는 등, 해방 후에도 한참 동안 일본어 사용이 한국의 서양문학 수용에 영향을 미치고 있었다는 점을 도처에서 확인할 수 있다.

14 대표적인 것으로서 김윤식, 「이식문학론 비판」, 『한국문학의 근대성과 이데올로기 비판』, 서울대 출판부, 1987; 전승주, 『임화의 신문학사방법론에 관한 연구』, 서울대 석사논문, 1988; 신승엽, 「이식과 창조의 변증법 – 임화의 「이식 문학론」의 정당한 이해를 위해서」, 『창작과비평』 73, 1991.가을 (이후에 평론집 『민족문학을 넘어서』, 소명출판, 2000 수록); 임규찬, 「임화 '신문학사'의 올바른 이해를 위하여」, 임규찬 · 한진일 편, 『임화 신문학사』, 한길사, 1993, 429~469쪽 등.

15 김윤식, 「이식문학론 비판」, 『한국문학의 근대성과 이데올로기 비판』, 서울대 출판부, 1987, 83~92쪽.

않음으로써 그의 문학사 방법론은 궁극적으로 사적유물론을 크게 일탈했다고 비판한 바 있다.[16]

이러한 임화 비판이 1980년대 후반의 한국사회에서 이루어졌다는 사정을 같이 고려해야 할지도 모른다. 1986년에 월북작가(1945년 해방 후에 북한으로 건너간 작가)의 작품이 대부분 해금되고 연구를 공개적으로 할 수 있게 되면서 한국의 국문학연구, 특히 젊은 세대 연구자의 학위논문은 월북작가에 집중되는 경향을 보여줬다. 임화에 관해서 말하자면 1970년대에 김윤식 · 김현의 『한국문학사』 이후, 이에 대한 본격적 · 내재적 연구는 1980년대 후반이 되어서야 비로소 이루어지기 시작했다고 해도 과언이 아니다. 월북작가 작품의 해금은 즉 공산주의 사상에 대한 연구의 실질적인 해금과도 동등한 의미를 가지기 때문에 이 시기에 임화의 평론에 대해서 그것이 사적유물론적인 방법으로 어떻게 한계가 있었는지를 지적하는 연구가 드디어 나타난 것도 수긍할 수 있는 현상이라고 할 수 있다.

그러나 임화의 「신문학사의 방법」에 대한 이러한 비판은 사적유물론적인 방법론의 이론적인 모델이 마치 어딘가에 존재하고, 그것의 변종인 임화의 평론에 문제가 있는 것처럼 지적하고 있다는 점에서 내재적인 비판처럼 보이나 사실은 지극히 외재적인 것이다. 이론 갱신을 위해서 필요한 사례가 식민지 조선에 나타났을 가능성은 완전히 배제하고 수입된 이론적 잣대로서 현실을 재단하는 경향은 그 자체로서 특수한 것이 아니라 비-서양의 아카데미즘(물론 일본도 거기에 포함된다)에 일반적으로 보이는

16　전승주, 「임화의 신문학사 방법론에 관한 연구」, 서울대 석사논문, 1988, 20~30쪽.

현상이다. 또한 이러한 태도는 임화 자신이 살았던 시대의 문학운동에도 있었을지도 모르고, 그 점에서는 비-서양의 아카데미즘뿐만 아니라 비-서양의 공산주의(사실은 이것이 이른바 '서양'의 공산주의보다도 훨씬 많은 '인민'을 가지고 있었던 것은 말할 필요도 없지만)에 대해서도 같은 말을 할 수 있을지도 모른다. 그러나 임화에 대해서 이루어진 이러한 비판에는 그러한 측면보다도 「신문학사의 방법」이라는 텍스트에 대한 자의적인 오독이 있었던 것 같다. 이들 비판자에게 공통적으로 보이는 지적, 즉 「신문학사의 방법」에서 '환경'이라는 항목을 설정하는 것은 그들이 지적하듯이 정말로 자의적이고 어중간한 것이었을까?

우선 임화는 처음부터 조선 신문학의 '토대'를 단순한 물질적 토대(하부구조)로서만 파악하지 않고 다른 정신문화와 교섭하는 기반으로서 파악하고 있다. 그러한 교섭을 통해서 정신문화의 전 영역을 관류하는 '시대정신'을 밝히는 데에 임화의 신문학사 기술의 방법론이 있다.[17] 그 토대의 교섭 상대의 하나로 거론된 것이 이른바 '환경'이라는 항목으로 임화가 설명하고 있는 것이다. 이 '환경'이란 임화의 실제 기술에서 부분적으로 보이는 일본문학과 같이 한 실체로서 거론된 것보다도 끊임없이 어떤 것과의 관계에서 발견된 것이다. 그것은 임화가 '환경'의 대립항으로서 '전통'을 설정하고 있다는 점에 주목하면 알 수 있다. 그리고 무엇보다도 이 '전통'이 이른바 '유산'과 별개의 것이라고 하는 부분은 조선의 신문학의 성격을 밝히기 위해서 임화가 지적한 독자적인 부분이고, 또 신문학의

---

17   임화, 「신문학사의 방법」, 1940.1, [3] 650~653쪽.

근대성을 합리적으로 설명할 수 있는 부분이라고 할 수 있다. 예를 들면 그것은 '전통'에 대한 다음과 같은 임화의 설명을 통해서도 충분히 이해할 수 있을 것이다.

외래문화의 수입이 우리 조선과 같이 이식문화, 모방문화의 길을 걷는 역사의 지방에서는 유산은 부정될 객체로 화하고 오히려 외래문화가 주체적인 의미를 띠지 않는가? (…중략…) 동양 제국과 서양의 문화 교섭은 일견 그것이 순연한 이식문화사를 형성함으로 종결되는 것 같으나, 내재적으로는 또한 이식문화사 자체를 해체하려는 과정이 진행하는 것이다. 즉 문화 이식이 고도화되면 될수록 반대로 문화 창조가 내부로부터 성숙한다.
이것은 이식된 문화가 고유의 문화와 심각히 교섭하는 과정이요, 또한 고유의 문화가 이식된 문화를 섭취하는 과정이다. 동시에 이식문화를 섭취하면서 고유문화는 또한 자기의 구래의 자태를 변화해 나아간다.[18]

위 인용문의 다음 부분에서 임화는 그 고유의 문화를 '유산'이라고 부르고 새롭게 내부에서 창조되고 고유문화가 스스로 모습을 바꾼 것을 '전통'이라고 불러서 구별하고 있다. 즉 '환경'이 있기 때문에 '전통'이 발견된다는 주장이다. 물론 여기서 임화의 주장을 단순히 전통단절의 위기가 강조되면 새로운 문화전통의 발견이 자동적으로 이루어진다고 하는 인과론적인 법칙으로서 파악할 수는 없다. 임화의 어법을 빌린다면 문화

---

18 위의 글, [3] 656~657쪽.

전통의 단절이 어떠한 질과 내용을 갖느냐에 따라서 재래의 '유산'과 '환경'의 교섭은 다양한 형태로 가능하고, 따라서 '전통'의 발견이나 창조도 그것을 통해서 지극히 임의적인 형태로 이루어지기 때문이다.(여기에는 '유산'의 완전한 소멸도 포함된다) 그러나 임화의 논의가 적어도 전통 단절을 일방적으로 주장한 것이 아니라 조선 신문학 생성의 역학, 거기에 보이는 근대성의 역학을 합리적으로 설명한 것이었음은 이러한 지적에서도 명확할 것이다.[19]

3. '조선문학'이란 무엇인가
―「신문학사의 방법」(1940)에서의 또 하나의 쟁점

이식문학론을 전개한 평론으로서 유명한 임화의 「신문학사의 방법」이 사실은 한국문학에서의 전통의 단절을 주장하고 있었던 것은 아니라는 또 하나의 증거로서 그가 '조선문학'에 대해 독자적인 시각으로 연속적인 견해를 밝히고 있었던 점을 들 수 있을 것이다. 다음은 「신문학사의 방법」에서 너무나 유명한 부분인데 여기서의 논의를 위해서 인용해 두기로 한다.

---

19 참고로 임화 자신은 「신문학사의 방법」에서 신문학사의 '유산'과 '전통'의 구체적인 위상을 진술하고 있는 것은 아니고 또 같은 시기에 씌어진 문학사 기술에서도 명확하게 서술되어 있지 않다.

(…상략…) 이두문학과 언문문학만을 연결하여 조선문학사를 생각한다면 우리는 약 천년에 긍하여 조선인이 영위한 문학적 작품을 자기의 역사로부터 포기해야 한다. 이 결과 문학사는 거의 중단되다시피 한다. 이 사실은 곧 한문에 의한 조선인의 문학 생활이 조선인의 정신사상 불가결의 중요성을 가짐을 의미한다. (…중략…) 문학은 언어 이상의 것, 하나의 정신문화인 점을 생각할 때, 한문으로 된 문학은 조선인의 문화사의 일 영역인 문학사 가운데 당연히 좌석을 점령치 아니 할 수가 없다. (…중략…) 일본문학사에 비하여서도 더 다른 이와 같은 조건이 조선문학사에 용인됨은, 조선에서 고유문자의 발명이 극히 뒤늦은 점과 거기에 따라 한문에 의한 문화 표현이 어느 곳보다도 압도적이었던 특수성 때문이다.[20]

여기서 임화가 '조선문학'의 범주로서 한문으로 된 문학을 넣어야 한다고 주장하고 있는 것은 이러한 견해에 동의하지 않는 주장이 있었기 때문이다. 즉, '조선문학'이란 조선인이 조선어로 쓴 것이고, 한문으로 씌어진 것은 비록 조선인이 쓴 것이라 하더라도 조선문학은 아니라는 강경한 견해가 존재했기 때문에, 임화는 스스로의 시각에서 여기에 대한 반론을 시도한 것이었다. 그래서 그는 '조선한문학'을 하위범주로 하는 '조선문학'을 상정해서 스스로의 「개설 신문학사」를 서술해 나가면서 그 전의 역사, 즉 '정신적 준비'로서 한문으로 서술된 실학파의 저작물에 대해서 언급한 것이다.

---

20   임화, 앞의 글, [3] 648~649쪽.

임화의 「신문학사의 방법」이라는 이 짧은 글은 김윤식·김현의 『한국문학사』가 대표적으로 보여주고 있는 바처럼 '이식문화론', '전통단절론'을 고취한 글인 것처럼 생각되어 왔지만, 이는 임화의 견해에 대한 오해에서 기인한 것으로, 실제로는 김현의 문학사 시대구분과 임화의 그것 사이에는 별로 변별점이 보이지 않는다. 어쩌면 이것은 김현이 임화에 대해 오해했다기보다도 김현의 주장을 받아들인 문학연구자들이 김현의 시대구분론을 통해서 임화를 오독한 것이라고도 할 수 있다(김현의 시대구분론을 통해서 임화의 「신문학사의 방법」을 접한 독자들은 임화의 문학사 기술인 「개설 신문학사」를 그 당시 정독하지 못했을 가능성이 높다. 왜냐하면 월북작가 임화의 글은 1970년 당시에 자유로운 독서가 어려웠기 때문이다). 그리고 이러한 오해로 인해 지금까지 별로 문제시되지 못했던 것들 중 하나가 앞에서 지적한 '조선문학' 개념의 문제이다. 임화에게 있어 이것은 조선한문학을 문학사에 편입시키는가, 아닌가라는 단순한 문제일 수가 없었다. 다음으로 여기에 대해 자세히 살펴보기로 한다.

'조선문학'의 범주에 한문학을 넣지 말아야 한다는 의견에 대한 반박으로 임화가 '조선문학'에 대한 견해를 전개해 나갔다는 사실은 앞에서도 언급했다. 그 비판의 대상이 된 인물, 비록 조선인이 쓴 것이라도 한문으로 된 것이라면 그것은 조선문학은 아니라고 밝히고 있었던 자는 다름아닌 춘원 이광수였다. 「신문학사의 방법」에서 임화는 다음과 같이 언급하고 있다.

주지와 같이 훈민정음이 생긴 이후 비로소 조선인은 자기의 문학을 자기의 문자로 표현할 수 있었다. 그 전에는 음 혹은 훈을 좇아 한자로 조선어를 기록한 이두나 그렇지 않으면 순 한문으로 선대인은 공사의 용무를 변처하고 사상 감정을 표현해왔다. 순전한 유학이 아니라 한시라든가 기행이라든가 감상이라든가 소설이라든가 모두 한문으로 씌어졌으니, 그것은 한자를 문자만 따서 조선어를 기록한 이두와는 전연 다르다. 그러면 이두도 문제가 아니요, 오직 한문으로 된 문학적 작물만이 문제가 될 따름이다. 이것을 조선문학의 범주 안에서 축출하라고 한 사람은 춘원이다.[21]

이광수가 조선문학의 개념에 대해서 검토한 글은 여럿 있는데,[22] 가장 대표적인 것으로 잡지 『삼천리』의 설문에 대답하는 형식으로 씌어진 「'조선문학'의 개념」(1936.8)을 들 수 있을 것이다. 그는 이 짧은 글에서 "박연암의 『열하일기』, 일연선사의 『삼국유사』 등은 말할 것도 없이 지나支那문학"이라면서 "『구운몽』, 『사씨남정기』 등은 어느 나라의 문학인가? 그 취재取材가 지나에서라 하야 지나문학이 아니라 그 文이 지나문이기 때문에 지나문학"이며, "그와 반대로 조선'글'로 번역된 『삼국지』, 『수호지』, 『해왕성』, 『부활』 같은 것은 도리어 '조선문학'이다. 조선'글'로 쓰여진 것이여야 할 것이다" 등으로 문학의 '국적'이 '속지'도 '속인'도 아니라 '속문'으로 결정된다고 주장했다.[23] 이광수의 이 견해는 지금 세계 각국의 문학, 근대 이후에 생성된 유럽의 속어문학을 생각할 때 상당히 특이한

---

21   위의 글, [3] 648쪽.
22   이광수, 「조선문학의 개념」, 『신생』, 1929.1; 「조선의 문학」, 『삼천리』, 1933.3; 「조선소설사」, 『사해공론』, 1935.5 등.
23   이광수, 「'조선문학'의 개념」, 『삼천리』, 1936.8.

것이다. 그러나 이광수가 이렇게 말한 의의와 의미를 생각한다면 이것을 그저 진부한 것으로서만 넘길 수 없게 만든다.

이광수는 이보다 조금 전인 1929년 1월 『신생』지에 역시 「조선문학의 개념」이라는 논문을 기고하면서 경성제대의 조선문학과의 수업 교과서로서 『격몽요결』이 사용되고 있는 것에 강한 불만을 표명하고 있다. 불만의 요지는 두 가지이다. 첫 번째, 『격몽요결』이 시가나 소설, 희곡으로 되는 이른바 '문학' 작품이 아니라 수신서나 처세술에 관한 문헌이라는 점. 두 번째 조선어가 아닌 한문으로 쓰여 있다는 점. 특히 이광수는 이 후자의 문제를 들어 강하게 이의를 제기하고 있다. 경성제대 조선문학과가 이후 교과서를 『구운몽』으로 변경했어도 이광수의 불만은 바뀌지 않았다. 콘라드의 작품은 영어로 쓰이면 영문학이고 폴란드어(J. 콘라드는 영국에 귀화한 폴란드인이었다)로 씌어지면 폴란드문학이 되며, 타고르가 영어로 쓰면 영문학, 인도 모국어로 쓰면 인도문학이 된다고 말하는 그는 문학 작품의 국적은 씌어진 언어에 속한다고 명시하였다. 덧붙여 이광수는 일본의 라이 산요賴山陽나 후지타 도코藤田東湖의 한시문 등을 일본문학의 진수라고 할 일본 문학자는 결코 없을 것이라고 거듭 확인하고 있다.[24] 이광수에게 보이는 조선어에 대한 이 절대적 신앙은 구-한문교양층에 대한 근대 계몽주의자로서의 맹렬한 반발 의식으로도 생각된다. 그리고 다른 한편으로는 1910년대 후반부터 근대소설의 효시라고 불리는 장편 『무정』(1917)을 비롯해서 실제 창작자로서 조선어로 된 수많은 소설을 발표해

---

24 이광수, 「조선문학의 개념」, 『신생』, 1929.1.

당시 청년독자로부터 상당한 지지를 받아 온 선구자로서의 자부심과 책임감으로부터 오는 것이라고도 생각된다. 그러한 의미에서 이광수의 이같은 견해는 같은 『삼천리』의 설문에 대답한 소설가 이태준의 견해, 즉 『열하일기』나 『구운몽』 등의 문제는 문학사가가 연구해야 할 일인데, 조선어가 유일한 우리말로 인정된 이 시대부터는 과거에 어떤 예외가 있었다 하더라도 우선 조선어로 된 것을 조선문학이라고 해야 한다는 주장과 동일한 것이라고 생각된다.[25]

이렇게 문학 작품의 국적을 '속문'주의로 생각하는 주장에 대해서 그것을 침착하고 객관적으로 생각하려고 한 문학자가 없었던 것은 아니다.

---

25 이태준, 「한글 문학만이 「조선문학」」, 『삼천리』, 1936.8. 참고로 이광수와 이태준이 완전히 같은 방식으로 『열하일기』나 『구운몽』을 사례로 거론하고 있는 것은 결코 우연이 아니다. 이광수와 이태준이 기고한 설문과 함께 『삼천리』(1936.8)에는 다른 문학자들의 의견도 일괄 게재되어 있는데, 그 서두에 「「조선문학」의 정의 — 이와 같이 규정한다」라는 제목 다음에 『삼천리』지의 편집부(주간이었던 김동환일까?)가 각 문학자에게 보낸 질문이 게재되어 있다. 거기에는 '조선문학이라고 하면 조선어로, 조선인이, 조선인에게 읽혀지기 위해서 씌어진 문학을 말하는데, 예를 들면 다음과 같은 현상은 어떻게 해석해야 하느냐'고 질문하고 있다. "(A) 朴燕岩의 「熱河日記」 一然禅師의 「三国遺事」 等等은 그 씨운 文字가 漢文이니까 朝鮮文学이 아닐까요? 印度 타-골은 「新月, 끼탄자리」 등을 英文으로 発表했고, 씽그, 그레고리, 이에츠도 그 作品을 英文으로 発表했건만 타—골의 文学은 印度文学으로, 이에츠의 문학은 愛蘭文学으로 보는 듯합니다. 이러한 境遇에 文学과 文字의 規定을 어떻게 지어야 옳겠습니까? (B) 作家가 朝鮮사람에게 꼭 限해야 한다면 中西伊之助의 朝鮮人의 思想感情을 基調로 하여 쓴 「汝等의 背後로부터」라든지 그 밖에 이러한 類의 文学은 더 一顧할 것 없이 朝鮮文学에서 除去해야 옳겠습니까? (C) 朝鮮사람에게 읽히기 위하야 써야한다면 張赫宙氏가 東京文壇에 屢屢発表하는 그 作品과 英米人에게 읽히기를 主眼삼고 쓴 姜용홀氏의 「草家집」 등은 모두 朝鮮文学이 아닙니까? 그렇다면 또 朝鮮사람에게 읽히기 위하야 朝鮮글로 훌륭히 씨워진 저 「九雲夢」 「謝氏南征記」 등은 朝鮮文学이라고 볼 것입니까?" 이런 일들을 생각하면서 씌어진 것이 위의 이광수나 이태준의 글이었기 때문에 거기에 같은 서적이 언급되고 있는 것은 당연한 일일 것이다. 또한 이 『삼천리』 편집부의 질문을 염두에 두면서 이광수들의 글을 해석하면 그 주장의 방향성도 어느 정도 이해 가능한 범위 안에 있다고 생각된다.

예를 들면 이광수의 이러한 주장에 대해 유럽의 사례를 참조하면서 '문학사'적인 견해가 어떠한 담론을 통해서 이루어지는지를 이미 지적하고 있었던 문학자도 있었다. 1940년, 시인이자 영문학자인 김기림은 다음과 같이 지적하고 있다.

中世紀에는 거의 全歐羅巴가 라틴을 썼습니다. 法廷에서까지 그랬습니다. 그러나 그 後 그들이 文學史를 꾸밀 때에 元來 文學史란 用語가 나온 것은 科學思想이 發達된 後의 일인데, 何如間 文學史를 쓸 때에 그때가 한창 내슈낼리즘이 發達되었을 때이라 네이슌에 注力했고, 言語를 尊重해서 라틴으로 씌인 것은 될 수 있는 대로 排除했습니다.[26]

이러한 김기림의 견해보다도 더 구체적으로 민족이나 국민의 역사성을 지적한 것이 임화이다. 이광수가 「'조선문학'의 개념」이라는 소문을 기고한 같은 『삼천리』(1936.8) 설문에서 그는 조선문학이란 조선인이 하나의 공통된 사회적 역사적 운명 밑에 결부되어 있는 사이에 존재하는 것이고 그 관계가 폐기될 때에는 스스로 폐기되는 개념이라고 하며[27] 민족이나 국민이 역사적 존재임을 전제한 뒤에 그 국적을 가진 문학도 이와 같은 존재인 것을 지적하고 있다. '조선인'이나 '조선문학'이 처해 있었던 1930년대 중반의 역사적 상황을 생각했을 때 ― 즉 그 옆에 늘 식민지 조선의 종주국으로서 일본이나 '국문학'(=일본문학)이 존재하고 있었

---

26   (신춘좌담회)「문학의 제문제」(『문장』, 1940.1)에서의 김기림의 발언.
27   임화, 「객관적 사정에 의하야 규정된다」, 『삼천리』, 1936.8, 94쪽.

턴 상황을 생각했을 때 이 임화의 견해는 상당히 대담하게 보인다. 그러나 카프 해산 후에도 아직 계급문학에 대한 신뢰를 버리지 않고 있었던 임화의 입장에서 볼 때 이 견해는 지극히 자연스러운 것이었다. 또한 '조선문학'을 아프리오리ᵃ priori 한 존재로서 생각하지 않고 있는 점은 이 설문에 회답한 문학자들 중에서 유일하게 임화만 보여주고 있는 특징이다. 그는 '조선문학'의 민족성이나 역사성에 대해 계속해서 다음과 같이 설명하고 있다.

韓末부터 大正十年(1921) 前後까지, 朝鮮文學이 文學上의 階級的 分裂을 아직 經驗치 않았던 至極히 짧은 동안이 일부러라도 우리 朝鮮에 있어 르네상스라고 이름할 수 있을 것입니다. 그러나 周知와 같이 全民族的 傾向은, 그 形式에 있어도 또 內容에 있어도, 明確히 階級的이고 國際主義的인 프롤레타리아 文學의 擡頭로 終熄되고 만 것입니다.[28]

임화의 이 발언이 프롤레타리아문학운동의 무장해제, 즉 카프의 해산(1935.5) 직후의 일이었다는 점을 우선 주목하고 싶다. 즉, 현재적으로 융성하고 있는 프롤레타리아문학을 평가하고 있는 것이 아니라 프롤레타리아문학운동의 패배 이후에 그 역사적 의의에 대해서 평가하고 있는 것이다. 이것을 정리한다면 한편에서 한국문학의 '르네상스'라고 할 수도 있는 '전 민족적 경향'을 체현했던 시기가 1919년의 3·1독립운동의 시

---

28   위의 글.

기까지라고 한다면, 그것을 '종식'시킨 프롤레타리아문학이 1920년대 중반부터 1930년대 중반까지 존재했고, 다시 이를 역사적으로 평가하려고 하는 '현재'가 있다는 상황을 임화가 설정하고 있는 것이다. 이 '현재'가 임화에게 있어서 어떠한 판단을 보장하는 시기였는지는 안타깝게도 이 짧은 글에서는 찾아볼 수 없다. 다만 이 글에서 그는 언어가 사상의 체현자로서의 의의를 가진다고 하면서 한문학은 조선문학사의 선사적인 부분이라고 평가하고 있다.[29] 이것은 나중에 그가 「신문학사의 방법」에서 조선의 한문학을 "언어 이상의 것, 정신문화"라는 개념으로 조선문학의 범주에 넣으려고 했던 비평 행위의 가장 초기적인 형태라고 볼 수 있다. 프롤레타리아문학을 역사적으로 평가하려고 하는 '현재'로부터 한문학을 '정신문화'라는 개념을 바탕으로 조선문학의 범주에 편입하기에 이르렀던 시기까지의 기간 사이에 임화에게 어떠한 이론적 견해가 형성된 것일까? 그리고 그 이론적 견해를 '정신문화'라는 개념으로까지 승화시키는 매개항에는 어떠한 것이 있었던 것인가? 그것은 이 글을 발표한 1936년 전후에 임화가 '민족'이나 '네이션'이라는 것을 어떻게 생각하고 있었는지를 보다 자세히 검토함으로써 밝혀질 것이라고 생각한다.

---

29   위의 글.

4. 문학사에서의 '조선적인 것'

이광수나 이태준, 임화 등이 기고한 『삼천리』지의 설문 「'조선문학'의
정의」가 발표된 다음 달인 1936년 9월에 임화는 『조선문학』지에 「조선
문학의 개념규정에 반하는 소감」이라는 제목의 글을 기고하면서 『삼천
리』지에서 공개된 각 문학자들의 견해에 대한 비판과 스스로의 견해를
부연하는 글을 게재했다.

이 글에서 임화는 "조선문학이란 무엇인가?"라는 설문 자체가 어떤 의
도를 지니고 있으며, "민족적·국민적 공통성보다 계급적·경제적·정치
적 이해를 같이 한 공통성이 훨씬 우위인 것을……. 이러한 구체성이 사
상捨象되고 형식적으로 민족문학의 개념을 분류하게 되면 『삼천리』 8월
호가 제가諸家에게 의견을 구한 것 같은 방법이 등장하는 것이다"라고 하
면서[30] 『삼천리』지의 설문기획 자체가 "원인 종속적인 것을 가지고 원천
을, 형식적인 것을 가지고 내용을 율律할랴는 역도逆倒된 방법"이며, "나쁘
게 해석한다면 해답자로 하여금 조선문학의 역사적·현실적 본질을 망각
케 하고 어문語文에만 궁극 요인을 설정케 할 형식주의적인 회답을 유도
하기 위함이라 볼 수도 있다"고 비난하고 있다.[31] 즉, 『삼천리』지가 각 문
학자들에게 질문한 것처럼 문학 작품의 작가나 사용언어, 독자라는 조건
을 설정해서 거기에 '조선'이라는 수식어를 씌워 보았자 문제는 전혀 해

---

30   임화, 「조선문학의 개념규정에 반하는 소감」, 『조선문학』, 1936.9.
31   위의 글.

결되지 않는 것이고[32] 그렇게 함으로써 무엇이 '조선적인 것'인지가 밝혀질 것이라고는 생각되지 않는다는 것이다.

여기에 대해 약간 부연해서 말한다면 이해관계나 주제를 중심으로 생각하면 조선의 현대문학은 조선의 고대문학과의 관계보다 일본이나 그외 다른 나라의 현대문학과(사용언어는 다르긴 하지만) 보다 밀접한 역사적 공통성을 가지는 것임에도 불구하고, 거기에 '민족'이나 '네이션'이라는 범주개념을 도입함으로써 원래 거리가 있었던 조선의 현대문학과 고대문학이 결부되면서 '민족문학'이 역사적으로 소급되는 사실의 허위성을 지적한 것이라고 할 수 있다. 사람/사용언어/독자라는 세 가지는 다 '민족'이나 '국민'을 전제로 한 개념인데, 거기서 '조선인'이나 '조선어'가 현재 그렇듯이 과거로부터 계속 같은 상태를 유지해 왔다고 생각함으로써 역사적으로 일어난 사건들이 종적으로 연결되어 버린다는 것이 여기서의 임화의 주장이다.

그러나 임화는 여기서 문학의 역사를 전망하면서 과거를 역사적으로 소급하는 것 자체를 잘못이라고 말하고 있는 것은 아니다. 그는 보다 구체적으로 민족문학사의 실제 상태로부터 논의를 출발시켜야 한다고 논의하고 있는 것이다. 그러면 '조선의 문학사의 실태'란 임화에게 있어서 어떠한 것이었는가. 임화는 다음과 같이 말하고 있다.

一然의 『三国遺事』나 그 中의 郷歌를 齲로 한다면 우리의 固有한 言語를 表

---

32 『삼천리』지의 설문에 대해서는 이 장의 각주 25를 참조할 것.

現할 固有의 文字로 씌워 있지 않다고 그것이 朝鮮文学史에서 除外될 何等의 理由가 없다.

　그때 朝鮮人이 漢文이나 漢字를 表音記号化한 吏讀로 自己意思를 表現했음은 하나의 自然스러운 状態였다.

　遺憾이나 우리 民族의 文化的 未発達이 他国의 文字를 가지고 自己가 言語意思를 表現케 한 것으로 後人의 主観이 歷史의 事実을 除去할 수는 到底히 없는 일이다.

　(…중략…)

　鄕歌나 伝説 같은 口傳文学도 漢文이나 吏讀의 形式을 비는 外 記録 保存할 何等의 可能性이 缺如되었다는 것을 忘却해서는 아니된다.[33]

　향가나 전설 등의 보존 형태에서도 볼 수 있듯이 근대 이전의 조선문학은 그것을 기록하는 고유문자가 없었을 뿐이고 그 사실을 가지고 '조선어' 자체가 존재하지 않았다고 판단하는 것은 잘못이라는 것이다. 그리고 중세 한문학에 대해서도 그것이 주로 조선인이 저술해서 조선인이 읽고 있었던 것이기 때문에 한문학을 쓰고 읽었던 계급이 문장어로서 한문을 채용하고 있었다는 역사성이 인정될 뿐이다. 조선인의 언어생활이란 역사적으로 그러한 과정을 겪어온 것이고 한글이나 고유문자를 사용하지 않았다고 해서 조선인의 언어생활이나 문학 활동의 역사 자체가 존재하지 않았던 것은 아니라는 것이다. 그렇게 보면 이러한 논의는 '조선적

33　임화, 앞의 글, 161쪽.

인 한문학'이라는 범주화도 역사를 모호하게 파악하는 표현이고, 과거에 조선인이 한문을 문서의 기록·보존이나 문학 활동의 수단으로서 사용하고 있었던 사실을 왜곡하는 역사인식이라는 이야기가 된다. 임화의 이러한 인식을 확인한 다음에 앞에서 거론한 『삼천리』지의 설문에 대답한 그의 문장 중에 있는 다음 부분을 보면, 그가 생각한 '조선적인 것'의 실태가 또 다른 각도에서 명확해질 것이다.

> 各國의 國民文學의 成立이란, 事實, 歷史上에 있어 民族 及 民族國家의 形成期인 近代市民社會와 더불어 確立된 것이며, 一方 中國에 對한 近代的 諸條件을 通한 全國民的 結合이라는 것이 破壞되면서부터, 國民文學의 槪念이란 本質的으로 動搖되고, 事實上 無力한 것이 되었다.[34]

즉, 임화에 따르면 조선문학의 역사에서 중세 한문학의 존재는 "중국에 대한 근대적 제조건을 통한 전국민적 결합이라는 것이 파괴"된 결과인데, 이를 역사적 사실로서 인정하자는 것이다. 문학에 있어서의 '조선적인 것'의 실태를 이렇게 파악하는 것은 통일되어야 할 '민족공동체'의 이미지에서 볼 때 분명히 파괴된 결과라고 할 수 있으나, 그러한 역사를 외면함으로써 '민족'을 먼 과거로 소급해 나가는 것은 분명 이데올로기적인 조작이다. 이런 인식을 바탕으로 임화는 "이광수 씨 이하의 제가諸家

---

34 임화, 「객관적 사정에 의하야 규정된다」, 『삼천리』, 1936.8, 94쪽. 인용문 마지막 부분은 원문에서 "事實한 無力한 것이다"라고 되어 있는데, 오기이므로 인용문처럼 수정, 보완했다.

의 의견은 문학이 계급사회에 있어서 일정한 계급적 기초 위에 성장하고 일정계급의 사회적 기능을 실현하는 사회의식의 일—형태라는 구체성을 은폐할려는 의의로부터 출발한 것이다"라고 지적했는데,[35] 그 바탕에 있는 것은 계급사관에 따른 역사인식이긴 하지만 바로 '민족'이나 '네이션'이 형성될 때의 특징을 날카롭게 파악한 것이라고 할 수 있을 것이다. 이것은 복잡한 민족의 역사에 대한 인식을 모호한 것으로 남긴 채로 새로운 '민족공동체'의 단결을 호소해 봐도 그것은 허망에 지나지 않는다는 지적이기도 하다. 또한 이것은 임화가 '네이션'보다 훨씬 견고한 공동체를 구상하고 있었던 것의 증거라고 할 수도 있을 것이다. 그 공동체는 임화가 이 발언을 하기 직전까지는 국가나 민족의 경계를 넘어선 '계급'이었던 것은 분명하지만, 이미 그것은 위와 같이 발언한 시점의 임화에게 있어서 역사적 의의를 평가하는 대상 이외의 아무것도 아니게 되어 있었다. 그렇다면 그 대체물은 대체 어떤 것일까?

그 후 당분간은 임화의 평론활동에서 그러한 대체적 주장이 제기될 일은 없었다. 굳이 말한다면 1945년의 해방 직후—'조선'이 정치적 주권을 회복한 후에 임화 자신이 중심이 되어 제창한 '민족문학'의 '민족' 정도라고 할 수 있을까? 이때의 '민족'이란 과거로 소급되는 거대서사로서의 '네이션'이 아니라 새로 건설되어야 할 이념형으로서의 공동체의 이미지였다. 그러나 '조선문학이란 무엇인가'라는 물음에 대해서 고뇌하고 있었던 1930년대의 중반부터 해방에 이를 때까지 임화에게는 기나긴 도

---

35   임화, 「조선문학의 개념규정에 반하는 소감」, 『조선문학』, 1936.9.

정이 가로놓여 있었다. 그 해방을 맞이할 때까지, 아니 그 해방이 찾아올 지 아무도 예상할 수 없었던 상황이 계속되는 가운데, 그는 '조선문학'의 역사적 실태의 검토를 집요하게 계속한 것이다. 그 한 결과가 그의 문학 사 서술인 「개설 신문학사」(1940~41)였다는 것은 말할 나위 없을 것이다.

5. '민족'을 상상하는 두 가지 형태

문학사에서의 '조선적인 것'을 놓고 1930년대 중·후반 식민지하 조 선의 문학자들이 어떠한 견해를 제시하고 있었는지 지금까지의 논의로 어느 정도 정리가 됐을 것이다. 소설가이기도 한 이광수는 철저한 '속문 주의', 즉 조선어로 씌어졌던 것만이 조선문학이라고 주장했다. 이러한 이광수의 견해는 1920년대 후반부터 제시되어 있었던 것인데, 그 후에 도 그는 일관해서 이 견해를 견지했다. 이것은 한편으로 이광수가 1910 년대 후반부터 발표하고 있었던 수많은 소설이나 평론 등에서 주장하고 있었던 '민족'을 둘러싼 담론과 부합되는 부분이다. 그는 '민족'의 '개조' 를 생각하는 데에 있어서 유교적인 옛 관습을 폐기할 것을 근본적 취지 로 삼았다. 장편 『무정』(1917)에서 자유연애를 제시했던 것도, 평론 「민족 개조론」(1922)에서 도덕주의적인 정신론을 주장했던 것도 근본적으로는 유교적 관습을 폐기해야 한다는 입장에서 나온 것이었다. 이것은 1910 년의 한일합방이라는 결정적인 패배를 입은 전 세대에 대한 이광수 나름 의 견해이기도 했을 것이다. 즉, 한문교양층 = 유학자 = 양반 세력을 축출하는 것이 그의 정치·문화 운동에 있어서의 최대 목표였던 것이다.

이러한 이광수의 견해에 대해 중세의 이중언어 상태, 즉 생활언어와 서기언어가 다르다는 점, 고유 문자를 가지지 못하고 한자를 차용하거나 혹은 완전한 한문으로 문학 행위를 수행하고 있었던 사실 자체를 '조선적인 것'으로 인식해야 한다고 지적했던 것이 임화였다. 이광수와 임화로 대표되는 이 두 가지 견해, 즉 언어와 민족의 완전한 일치를 전제로 하는 국민문학관과 한 민족 내부에 다른 언어를 사용하는 계층·계급이 존재하고 있었던 것을 인식하려고 한 국민문학관은 과연 서로 어떠한 관계에 있다고 볼 수 있을까? 이것을 당시의 이광수와 임화가 서로 취하고 있었던 정치적 입장처럼 견해상의 근본적인 '대립'으로 생각해도 되는 것일까?

예를 들면 앞에서 거론한 김기림의 발언에서도 알 수 있듯이 그의 문학관은 오늘날 유럽의 속어문학에 대해서 일반적으로 인정되는 견해와 같은 것이다. 그리고 이광수의 '조선문학'관도 김기림이 지적한 이 속어문학관과 같은 종류의 것이라고 해도 좋을 것이다. 즉 '조선문학Korean Literature'에 있어서의 '조선Korean'이란, '조선어'와 동시에 '조선인'도 가리킨다. 이 민족과 언어를 동시에 표현하는 형용사는 유럽의 경우 보편언어인 라틴어에 대항하는 민족이자 민족언어(속어)였는데, 조선에서도 그것은 예외가 아니라고 한 것이 이광수의 견해였다. 그리고 위의 김기림의 지적은 유럽에서 그러한 형태로 속어문학사가 쓰인 경위를 지적하고 있다는 점에서, 그리고 조선에서도 그러한 가능성이 있다는 것을 지적하고 있는 점에서, 문학사가 민족과 언어를 역사적으로 소급해 나가는 것의 의미를 지극히 자각적으로 지적한 견해였다고 할 수 있다.

이러한 견해는 속어와 그것을 소유하는 민족을 직접적으로 연결시키고, 그 민족공동체 내부에 균질적인 문화적·언어적 공간이 이루어져 있다고 보는 생각을 전제로 한다. 그리고 그러한 민족공동체에 있어서 세계는 특수언어의 상대적 배치의 집적으로서 이해된다. 그러나 이것은 조선의 경우 중세에 이르러서도 고유문자를 가지지 못하고 지배층이 한문을 서기언어로 사용해 온 사실의 의미를 은폐한다. 이광수에게 있어서 문학사에서의 '조선적인 것'이란 이와 같이 역사적 사실을 객관적으로 인식하는 것으로 발견된 것이 아니라, 전 세대를 부정하여 역사적 현재로서의 '민족'을 옹호하는 문화운동으로서 제시된 슬로건이기도 한 것이다. 그러나 그러한 옹호＝은폐로 민족을 상상하더라도 근본적인 민족적 모순을 해결하는 데에는 이르지 못한다고 지적한 것이 임화였다. 다시 말해 두 사람 다 '민족'을 역사적으로 소급하면서 상상하고 있다는 점에서는 공통적인데, 이중언어 사용에 대한 견해나 자세의 차이 때문에 서로의 견해가 마치 대립되는 것처럼 보이는 것이다.

이것이 대립처럼 보여지는 최대 원인은 인간의 서기행위에 대한 가치관의 '전환'을 이광수와 임화가 다른 방식으로 제시하고 있는 점에 있다. 이 '전환'은 민족에 따라서 시대는 다르지만 모두 그 민족이 '근대'를 자각한 시점에서 초래된 것이었다. 즉 읽기-쓰기 능력의 첫 번째 기능은 '모어'를 통해서 제시되는 것을 쓰는 것이어야 한다는 강력한 속어중심주의가 근대 이후에 보급됨으로써 서기능력이나 읽기-쓰기 능력이 그 이전의 다언어사용으로부터 분리되는 상황이 출현된 것이다.[36] 그러한

---

36 참고로 사카이 나오키[酒井直樹]는 각 민족어에서의 이러한 속어중심주의의 역사를

상황, 즉 읽기-쓰기 능력에서의 속어중심주의를 강렬하게 내면화했던 것이 이광수의 견해였다면, 그러한 내면화가 일종의 허구이고, 오히려 읽기-쓰기 능력과 서기행위에서의 다언어사용의 실제적 상황을 언급함으로써 민족의 역사를 소급해 나가려고 했던 것이 임화였던 것이다. 이것을 두 가지 낭만주의의 차이라고 생각해도 좋을 것이다. 즉 속어중심주의를 강렬하게 내세우는 '소리'의 낭만주의를 전제로 상상되는 민족이 있는 한편에서, 그러한 속어중심주의를 떠난 지점에서 민족적인 것, 민족이 안고 있는 문제가 존재한다는 방식으로 상상되는 민족이 존재하는 것이다.

따라서 문학에 있어서의 '조선적인 것'을 상상하는 이 두 가지 견해는 대립처럼 보이지만 사실은 대립이 아니다. 그것은 오늘날 '조선문학사'나 '한국문학사'라는 민족문학사가 어떻게 구성·집필되었는가를 보면 충분히 알 수 있다. 현재 한반도에서 한문학을 민족문학사로부터 배제하는 견해는 존재하지 않는다. 그렇다면 이광수의 견해는 잘못된 것이고 임화의 견해가 정당한 것인가? 꼭 그렇지는 않다. 임화와 같은 방식으로 확정되고 상상되는 민족 내부에 이광수 식의 속어중심주의는 상당히 뿌리깊게 자리를 잡고 있다. 그리고 민족이나 민족어를 보편언어(=한문)와의 관계에서 역사적으로 소급할 수 있게 된 현시점에서는, 한문조차도 고유어와

언급하면서, 다언어사용이 역사적으로도 지리적으로도 일반화를 거절하는 불균질성을 가지고 있다고 지적하고 있다(酒井直樹, 『日本思想という問題』, 岩波書店, 1997, pp.213~214). 즉, 이것은 각 민족어가 중세보편어에 대해서(그러한 존재가 어느 정도로 존재했는지, 하지 않았는지까지 포함해서) 어떠한 관계를 취할 수 있는지의 문제와 평행적인 관계에 있다고 할 수 있을 것이다.

차이를 가지는 '소리'로서 인식될 수도 있다. 그것이 객관적인 역사적 사실로서 인식된다기보다 모순이나 문제로서 제출됐다는 점에 1930년대 중·후반에 제시된 조선문학의 개념규정의 문제 상황이 있었던 것이고, 이광수와 임화의 견해 차이가 존재했던 것이다.

지금까지 1930년대의 중반부터 후반에 걸쳐서 한국의 문학자들이 펼친 '조선문학'의 개념에 대한 논의, 그중에서도 거의 유일하게 분석적인 언급·비판을 했다고 할 수 있는 임화의 논의에 대해서 검토해 보았다. 이광수와 같은 문학자가 창작자로서의 자각으로부터 '조선문학'이란 조선어(한글)로 씌어진 문학이며 한문으로 쓰인 것은 가령 그것이 조선인이 쓴 것이라도 조선문학이 아니라고 주장한 데 대해 임화는 그렇게 '네이션'을 상상해도 조선에서 일어난 문학 행위의 역사적인 실태에 대해서 밝혀지는 것은 하나도 없다고 반박했다. 그리고 그는 고유의 문자를 가지지 못한 상태라도 향가처럼 한자를 차용해서 이루어진 문학 행위가 존재했음을 지적하고 특히 중세의 조선문학에서 한문학이 주류였던 것도 조선의 문학에서의 역사적 사실의 하나로서 인정함으로써 '국민적 통일'이 좀처럼 이루어지지 않았던 역사의 실태를 직시해야 한다고 주장했다. 이것이 바로 '조선적인 것'이라고 임화는 주장한 것이다.

임화가 생각한 문학의 역사에서의 '조선적인 것'이란 이렇게 민족과 사용 언어가 괴리된 상황을 직시한 것이었다. 그러므로 임화의 이 주장은 조선에서의 언어의 존재 양상 자체에 대한 역사적·현재적 검토로 이어지지 않을 수 없다. 실제로 임화는 이렇게 '조선문학'의 개념을 검토하던 시기에 몇 가지 언어론을 발표하고 있다. '민족어'나 '문학어'로서의 '조선어'가

— 그 사용자의 문제도 포함해서 — 어떠한 양상을 보여줬고 어떠한 가능성을 가지고 있는지에 대해서 다음 장에서 검토해 보도록 한다.

제6장

문학사 서술과 '민족' 개념의 재편

「개설 신문학사」(1939~41)

1. 「개설 신문학사」와 학예사, 경성제대 아카데미즘

임화의 「신문학사의 방법」(1940.1)은 해방 후 한국의 문학사나 근대성을 둘러싼 논의에서 몇 번이나 비판과 검토의 대상이 되었다. 그 논의는 단적으로 말해서 조선 근대문학의 생성이 일본에 의한 식민지화와 어떤 관계가 있느냐는 식민지화를 둘러싼 문화전파나 이식에 관한 것이었다. 그러나 한편에서 임화는 이 「신문학사의 방법」을 집필한 시기에 동시에 「개설 신문학사」(이하 「개설 신문학사」)를 연재하고 있고 조선의 신문학사의 내용과 방법에 관련되는 다른 논고도 발표하고 있다. 여기서는 조선에서 처음으로 등장한 근대문학사 기술이라고 할 수 있는 임화의 이 「개설 신문학사」의 서술 방법의 특징을 보면서 그가 그때까지 해온 문학론과 이 문학사 서술의 원리 사이에 어떤 관계가 있는지, 그리고 특히 해방 후 한국 학계에서 비판적으로 검토된 바 많았던 임화의 「신문학사의 방법」의 내용이 이 「개설 신문학사」의 서술과 어떤 관계를 가지고 있는지를 중심으로 검토하고자 한다.

〈표 1〉 「개설 신문학사」의 목차 및 연재기간

번호	「개설 신문학사」 목차
①	소서 - 본 논문의 한계 제1장 서론 - 1. 신문학의 어의와 내용 / 2. 우리 신문학사의 특수성 / 3. 일반 조선문학사와 신문학사 제2장 신문학의 태반 　제1절 물질적배경 - 1. 자주적 근대화 조건의 결여 / 2. 조선의 개국 지연 / 3. 근대화의 제1과정 / 4. 근대화의 제2과정 / 5. 근대화의 제3과정 / 6. 개국의 영향과 갑오개혁 　제2절 정신적 준비 - 1. 금압하의 '실학' / 2. 자주의 정신과 개화 사상 / 3. 신문화의 이식과 발전 (a) 신교육의 발흥과 그 공헌 (b) 저널리즘의 발생과 성장 (c) 성서번역과 언문운동
②	제3장 신문학의 태생 　제1절 과도기의 문학 　제2절 정치소설과 번역문학 　제3절 신시의 선구로서의 창가
③	제4절 신소설의 출현과 유행 - 1. 신소설의 의의와 가치 / 2. 작가와 작품의 연구 (a) 이인직과 그 작품 (b) 이해조와 그 작품
④	(c) 속 이해조와 그 작품

「개설 신문학사」의 연재기간 및 출전
(1) 「개설 신문학사」라는 제목으로
　『조선일보』에 1939년 9월 2일부터 11월 25일까지 연재(전 43회).
(2) 「개설 신문학사」라는 제목으로
　『조선일보』에 1939년 12월 5일부터 12월 27일까지 연재(전 11회).
(3) 「속 신문학사」라는 제목으로
　『조선일보』에 1940년 2월 2일부터 5월 10일까지 연재(전 48회).
(4) 「개설 조선신문학사」라는 제목으로
　『인문평론』에 1940년 11월부터 1941년 4월까지 연재(전 4회).

〈표 2〉임화의 문학사 관련 논저 집필기간 및 「개설 신문학사」 연재기간 비교

번호	문학사관련논저집필기간	「개설신문학사」 연재기간
⑤	「조선신문학사론서설 – 이인직에서 최서해까지」, 『조선중앙일보』, 1935.10. 9~11. 13(전 25회)	「개설 신문학사」 (1)·(2) 부분 연재 (1939.9~1939.12)
⑥	「조선문학연구의 일과제 – 신문학사의 방법론」, 『동아일보』, 1940.1.13~20(전 6회) 그 후 「신문학사의 방법」이라는 제목으로 평론집 『문학의 논리』(학예사, 1940)에 수록	「개설 신문학사」 (3) 부분 연재 (1940.2~1940.5)
⑦	「소설문학의 20년」, 『동아일보』, 1940.4. 12~4.20(전 6회) 김동인을 비롯한 『창조』파 동인의 낭만주의와 박영희나 나도향 등 『백조』파 동인의 자연주의, 한설야나 조명희, 김기진의 초기작(이른바 '신경향파'의 초기 프로문학)에 대한 언급.	「개설 신문학사」 (4) 부분 연재 (1940.11~1941.4)
⑧	「『백조』의 문학사적 의의 – 일 전형기의 문학」, 『춘추』, 1942.11 박영희나 박종화, 나도향 등 『백조』파 동인의 자연주의에 대한 재평가.	

우선 「개설 신문학사」와 다른 문학사 관련 논문의 집필 순서와 각 내용을 간단하게 살펴보도록 한다. 「개설 신문학사」 전체의 목차 및 연재 기간을 제시하면 〈표 1〉과 같다. 이 목차에서도 알 수 있듯이 ①의 부분은 신문학사의 전사에 해당하는 부분에 대한 개설로 구체적인 문학 작품에 대해서 논하고 있는 것은 ②부터 ④까지이다. 다만 실제로는 ① 부분이 분량적으로 전체의 절반 가까이를 점하고 있고, 여기에서 문학의 구체적 위상을 논하고 있다. ②부터 ④의 부분에서도 실제 언급은 제4절의 신소

설 부분이 그 대부분을 차지하고 있다. 즉 「개설 신문학사」의 구성은 분량상으로 본다면 전반이 개설이고 후반이 신소설론이라는 이야기가 된다. 여기서 조심하고 싶은 것은 ①과 ② 부분까지는 거의 중단없이 연재가 계속된 데 비해 ②가 끝나고 ③의 신소설론이 시작될 때까지 한 달 정도 공백이, ③이 끝나고 나서 ④의 이해조론 속편이 시작될 때까지는 거의 6개월 가까운 공백이 있었다는 점이다. 다시 말해 ③과 ④의 기술, 이인직과 이해조의 작품을 논하는 부분의 준비에 상당한 시간이 걸렸음을 알 수 있다. 이와 관련해서 임화가 발표한 문학사 관련의 다른 논고의 집필 시기를 위의 「개설 신문학사」의 집필 시기와 합쳐서 살펴보면 〈표 2〉와 같다.

이들 논문 중에서 ⑤는 카프 해산 시기의 총괄적인 논문으로 「개설 신문학사」 연재보다 훨씬 이전에 발표되었다. 문제는 ⑥, ⑦, ⑧의 논문이다. ⑥은 「신문학사의 방법」이라는 제목으로 임화의 평론집 『문학의 논리』(1940)에 수록된 논문으로 「개설 신문학사」와 관련지어 말한다면 ③의 신소설론이 시작되기 전, ①과 ②의 개설 부분이 끝난 후에 연재되었다. 즉 「신문학사의 방법」은 「개설 신문학사」 전반부인 개설부분을 마무리하듯이 그 방법론을 정리해서 쓴 것이다. ⑦의 논문에서 흥미로운 점은 이인직과 이해조에 이어서 언급할 작가에 대한 소묘를 ③과 ④ 사이, 즉 이해조론을 연재하던 와중에 하고 있다는 점이다. ③과 ④에서 이인직과 이해조의 신소설을 다루고 있다면, ⑦에서는 김동인이 등장한 1920년 이후 소설사를 다루고 있다. 흥미로운 점은 그 사이에 언급되어야 할 이광수의 이름이 보이지 않는다는 것이다. 이것보다 몇 년 전에 씌어졌던

⑤에서는 "춘원 문학의 역사적 의의"라는 장을 별도로 준비한 임화인데, 이 「개설 신문학사」 관련 논문에서 언급하지 않은 이유에 대해서는 나중에 다시 검토한다. ⑧은 「개설 신문학사」의 연재가 끝나고 나서(혹은 미완성으로 중단된 상태에서) 조금 시기를 두고 발표된 것으로 내용적으로는 박영희 등 조선의 프롤레타리아문학의 중심적인 문학자들을 배출했던 동인지 『백조』의 성격을 설명하고 있고 ⑦의 소설사나 혹은 상당히 이전에 씌어졌던 ⑤의 문학사를 보완하는 부분으로 되어 있다. 이렇게 「개설 신문학사」나 「신문학사의 방법」뿐 아니라 관련 문학사론과 소설론을 함께 검토해보면 임화가 일상적으로 하고 있었던 문예비평가로서의 실천 속에서 이들 문학사론을 계속해서 생각하고 고민하고 있었음을 알 수 있다. 특히 이 글들을 같이 생각하면, 예를 들면 신소설을 '과도기'의 형태로서 파악하는 등 임화의 '양식'에 대한 관심의 강한 지속성과 그 견해의 변화를 알 수 있어서 흥미롭다.[1] 이 점에 대해서는 나중에 자세히 검토하도록 한다.

임화가 그때까지 써 온 글들 중에서 「개설 신문학사」는 처음으로 체계적인 동시에 장대한 평론이 되었는데, 형식·체제적인 점에서 볼 때 「개설 신문학사」가 그의 다른 평론 등과 비교해서 크게 다른 것은 자신의 문학사 서술 도처에 참조 서지를 밝히고 조선 내외의 수많은 문학론과 문

---

1 1990년대 한국에서 임화의 「개설 신문학사」를 처음으로 정리해서 간행한 임규찬이 책 간행 당시부터 최근에 이르기까지 임화의 '양식'에 관한 견해에 관심을 유지하고 있는 점은 매우 인상적이다. 임규찬, 「임화 '신문학사'의 올바른 이해를 위하여」, 임규찬·한진일 편, 『임화 신문학사』, 한길사, 1993, 453~460쪽; 임규찬, 「임화문학사를 둘러싼 몇 가지 쟁점」, 임화문학연구회 편, 『임화문학연구』 1, 소명출판, 2009, 125~138쪽.

학사론 혹은 조선학에 관한 저술과 접촉한 사실을 스스로 밝히고 있는 점이다.[2] 물론 부분적으로는 문단 전체를 논저의 인용 또는 요약으로만 제시하고 있는 것들을 볼 때, 당시 아카데미즘의 수준이나 인용·참조의 관습을 참조하더라도 이것을 '학술적' 글쓰기라고 할 수 있을지는 의문이다. 그러나 어쨌든 임화가 이 문학사 서술에서 서지사항을 밝힘으로써 드러내고 있는 것은 문학사 서술을 구성하는 방대한 분량의 자료의 존재, 혹은 그 자료를 관리·정리, 체계화하는 지식의 제도로서의 아카데미즘과 고등교육, 연구기관의 존재이고, 임화 스스로 이에 의거하고 있음을 보여주고 있다는 사실이다.

당시 출판사 학예사에서 편집을 담당하고 있던 임화는 그 스스로 많은 학술적인 저술의 출판과 편집에 관여하고 있었다. 특히 여기서 출판한 '조선문고' 시리즈는 문고판의 작은 판형으로 당시 경성제국대학의 인문학과 조선학의 성과를 정리, 간행한 획기적인 시리즈였다. 임화도 자신의 평론집 『문학의 논리』(1940)를 이 '조선문고' 시리즈 중 하나로 간행했는데, 그의 「개설 신문학사」 서술과의 관련에서 말한다면, 김태준 『증보 조선소설사』(1933·1939)의 편집과 간행을 임화가 편집자로서 도와준 것이 그의 「개설 신문학사」의 학술적인 체재에도 크게 작용했다고 볼 수 있다.

---

2 장문석, 「임화의 참고문헌 -「개설 신문학사」에 나타난 임화의 '학술적 글쓰기'의 성격 규명을 위한 관견」, 임화문학연구회 편, 『임화문학연구』 2, 소명출판, 2011, 297~299쪽에서는 '참고문헌으로 본 「개설 신문학사」'라는 표로 이 글에서 언급된 참고문헌을 정리했다. 이 표 덕분에 우리가 확인할 수 있는 것은, 「개설 신문학사」가 상당히 많은 연구서적을 인용한 흔적을 남기고 있는데도 그 대부분은 제1장과 제2장, 즉 문학사의 개론을 논한 부분으로, 제3장과 제4장, 즉 실제 문학 작품을 다룬 부분에서는 김태준이나 조윤제의 연구서만 참조하고 있다는 점이다.

출판사 학예사는 탄광산업으로 성공한 최남주가 1938년 10월에 설립했다. 이미 최남주는 1937년 7월에 조선영화주식회사를 설립했고 임화는 이 영화사의 작업에도 관여하고 있었다. 경성제국대학에서 중국문학을 전공한 김태준이 졸업 후 간행했다고 생각되는 것이 이 『조선소설사』인데, 김태준은 1930년대 후반에 설립된 출판사 학예사의 운영에 깊이 관여했으므로 관계자들 중에는 김태준을 이 회사의 중역으로 오해하는 사람들도 있었다. 여기서 중요한 것은 김태준과 임화의 관계다. 김태준에게 임화는 조선 문단의 유일한 친구였고 임화에게 김태준은 『조선소설사』의 저자이자 스스로도 이러한 학문적인 영역에서 일을 하고 싶다고 생각하게 된 계기를 준 아카데미즘을 대표하는 인물 중 한 사람이었다. 역시 학예사에서 간행된 김태준의 『원문 춘향전』(1939)은 자료 정리부터 원고 집필까지 김태준과 임화가 공동작업을 했다고 전해진다. 한편 학예사의 '조선문고' 시리즈 중에는 김태준이 중심이 되어 기획된 것이 상당수를 차지하는 것으로 보인다.[3]

그러나 임화와 경성제국대학의 아카데미즘과의 접점은 이것이 처음이 아니었다. 김윤식에 따르면 임화는 1935년 카프 해산기에 「조선신문학사론서설」(1935.10~11)을 집필했을 때에 이 문학사 서술을 둘러싸고 논쟁을 펼친 경성제국대학 철학과 신남철과의 논의를 통해서 '높은 교양', '풍부한 문헌', '과학'의 상징이자 또 대결해야 할 식민지 종주국=대일본제국의 최고학부였던 경성제국대학의 아카데미즘을 만났다. 이때

3   방민호, 「임화와 학예사」, 『상허학보』 26, 상허학회, 2009, 272~277쪽.

임화는 신남철과의 논의를 통해서 단순한 문단 회고가 아닌 문학사의 서술 방법에 대한 인식을 깊게 하게 되었고, 특히 신남철이 비판을 가한 이광수의 계몽주의 문학과 카프의 전신이 된 신경향파 문학을 자신의 신문학사에서 어떻게 위치지을 것인가에 대해 생각하는 계기를 마련하였다.[4] 방법론을 둘러싼 신남철과의 대결과 자료수집·정리를 한 김태준과의 공동작업 등을 염두에 둘 때, 경성제국대학 아카데미즘은 임화의 「개설 신문학사」 집필에 그 논리와 체제를 제공했다고 해도 좋을 것이다.

임화의 문학사론에 대한 경성제대 아카데미즘의 영향은 다만 자료의 집적이라는 측면뿐만 아니라 그의 문학사나 문학사론에 큰 영향을 주었다. 그것은 말할 것도 없이 앞에서 언급한 김태준의 영향이다.[5] 김태준은 경성제국대학 지나支那문학과를 졸업하고 그 전후로 『조선한문학사』(한성도서, 1931)나 『조선소설사』(청진서관, 1933; 학예사, 1939), 『원문 춘향전』(학예사, 1939) 등을 간행했다. 김태준은 『조선소설사』에 대해 실증주의와 계급사관에 기반을 두고 집필했다고 밝히고 있다. 그러나 이 언급은 전면적으로 타당한 것은 아니며, 개별 작품에 대한 평가도 소극적이었고 또 유물변증법적인 방법으로 역사를 서술하고 있는 것도 아니었다. 또 『조선한문학사』에 이르러는 『조선소설사』보다도 학술적인 방법이 확실하지 않았던 것으로 보여진다. 이 책은 왕조별·시대순으로 작가나 작

---

4 김윤식, 『임화와 신남철 – 경성제대와 신문학사의 관련양상』, 역락, 2011, 43~47·249~258쪽. 문제가 된 심남철의 글은 신남철, 「최근 조선문학사조의 변천 – 신경향파의 대두와 그 내면적 관련에 대한 한 개의 소묘」(『신동아』, 1935.9)로 임화는 『조선신문학사론서설』에서 신남철에게 응답하듯이 논의를 펼쳐 나갔다.
5 이하에서 김태준의 문학사에 관해서는 박희병, 「天台山人의 국문학연구 – 그 경로와 방법(상)」, 『민족문학사연구』 3, 민족문학사학회, 1993.4, 252~264쪽을 참조.

품을 나열해서 논하고 있다. 여기에 대해서 김태준은 조선의 한문학이 지배계급의 것이며 중국문학의 모방적 측면이 많고 앞으로 재생산될 일도 없기 때문에 방법론은 필요없다고 생각했다고 밝히고 있다.[6] 한편 『조선소설사』는 기본적으로 훈민정음 성립 후의 한글로 된 소설작품을 다뤘는데, 예외적으로 연암 박지원의 한문단편소설을 비중있게 다루고 있다. 게다가 『조선한문학사』에서 마지막 2페이지만 할애했던, 연암 박지원을 비롯한 실학파에 대한 기술이 『조선소설사』에서는 14페이지나 할애되어 자세히 설명되고 있다. 또 『조선소설사』는 마지막 제7장을 "신문예운동의 40년간의 소설"이라 하여 1894년의 갑오경장, 즉 한문으로부터 한글로의 사용 언어의 교체를 신문학의 기점으로 삼고 있으며, 학교, 저널리즘, 기독교, 정치소설에 관한 논의로부터 이인직과 이해조 등의 신소설에 대한 언급에 이어 이광수, 1919년 3·1운동 후의 동인지 김동인, 염상섭, 현진건, 나도향 등 1920년대 전반의 자연주의문학, 조명희, 최서해 등 1920년대 중반의 신경향파 문학의 작가나 작품까지 언급했다.

『조선소설사』 제7장의 기술 중 신소설 부분까지는 임화가 「개설 신문학사」에서 언급한 것과 대체로 일치한다. 임화가 김태준의 『조선소설사』의 각 서술을 부연 설명하는 것으로 자신의 「개설 신문학사」를 서술해갔다고 생각해도 큰 문제가 없어 보인다. 김태준의 『조선소설사』가 임화에게 끼친 가장 큰 영향은 근대문학의 기점을 언제로 잡는가 하는 점일 것이다. 최원식이 지적하듯이 식민지 시대 이후 지금까지 집필된 한국·조

---

6   김태준, 「『조선한문학사』, 방법론」, 『학등』 6, 1934.5, 67쪽.

x

x

x

선 문학사는 다음과 같이 근대문학의 기점을 설정하고 있다. ① 1894년의 갑오경장, 즉 정부 공문서가 한문에서 국한문(한자·한글 혼용문)으로 이동한 것, ② 18세기 실학파, ③ 북한의 1866년설(이 해에 제너럴셔먼호 사건을 계기로 반외세운동이 전개되었다), ④ 애국계몽기설(1905년부터 1910년까지 전개된 학회지운동에서 태동된 문학운동) 등 네 가지가 그것인데, 이 중 임화는 김태준이 『조선소설사』에서 채용했던 ① 갑오경장설을 그대로 계승하여 자신의 「개설 신문학사」에서 여기에 대해 부연해 나감으로써 근대문학의 기점을 갑오경장으로 삼는 설을 강화했다.[7] 임화가 채용한 '구문학'/'신문학'이라는 용어 또한 김태준이 처음으로 사용한 것으로, 문학사 전체의 배경으로서 근대적 생산양식의 성장과 봉건사회의 붕괴, 개화사상의 선구로서 실학파의 존재를 강조하고 있는 것 또한 두 문학사 사이에 공통된 점이다. 다만 두 문학사 사이에서 한 가지 뉘앙스가 다른 것은 '근대소설'이라는 용어의 적용 문제이다. 김태준의 『조선소설사』는 제6편이 '근대소설일반'이라는 제목으로 영정조 시대의 소설, 박지원, 장화홍련전, 춘향전에 대해 언급하고, 제7편이 '문예운동 후 40년간의 소설관'이라는 제목하에 소위 갑오경장 이후의 문학·어문운동과 신소설, 그리고 이광수나 이기영의 소설까지 다루고 있다. 시대구분 자체는 변함이

---

7   최원식, 「민족문학의 근대적 전환」, 민족문학사연구소 편, 『민족문학사 강좌』 (하), 창작과비평사, 1995, 13~17쪽. 참고로 최원식은 이 논문에서 1894년의 갑오경장의 의의를 인정하면서도 괄목할 만한 소설이나 시가가 나오기 시작하는 것은 1905~10년 사이의 시기라는 이유로 자신은 근대문학의 기점을 ④ 애국계몽기로 둔다고 밝히고 있다. 그리고 백철의 문학사가 임화의 문학사에서 농후했던 맑스주의적 요소를 지우면서 임화의 영향의 흔적을 되도록 줄이려고 개작해 나간 점에 대해서는, 전용호, 「백철 문학사의 판본 연구」, 『민족문화연구』 41, 고려대 민족문화연구원, 2004, 279~310쪽 참조.

없지만 근대소설을 영정조 시대부터 보고 있는 점은 용어상의 문제라고는 하되 임화의 「개설 신문학사」보다 근대의 기점을 다소 과거에 두고 있는 것으로 생각된다.[8] 다만 각 장에서 언급되어 있는 내용을 보건데 임화의 「개설 신문학사」가 김태준 『조선소설사』에서 영향을 받은 사실은 도처에서 확인된다. 임화의 문학사는 1945년 해방 후 백철의 문학사 기술로 이어지면서, 근대문학의 기점 또한 갑오경장설로 확정된다.

이렇게 임화의 「개설 신문학사」에서 김태준 『조선소설사』의 영향은 절대적인 것이었다. 임화가 참조, 인용한 조선 내외의 수많은 문학사론이나 조선사에 관한 학술성과 중에서도 그의 문학사기술의 큰 밑그림이 되고 있는 것은 김태준의 문학사였다. 다음으로는 임화가 김태준의 『조선소설사』 등에서 제시한 큰 테두리를 밑그림으로 해서 그 각론으로서 자신의 근대문학사를 서술해 나간 양상을 살펴보도록 한다.

2. 문학사론 전체의 특성 – 낭만주의, 향토성, 반-복고

여기서는 임화의 「개설 신문학사」와 관련된 문학사론에서 공통적으로 보이는 특징에 대해서 살펴보도록 한다. 그것은 식민지 조선의 동시대 문학사＝근대문학사에서 낭만주의의 사조를 찾아내려고 하는 것(구체적으로는 신경향파 문학이나 『백조』파 문학자들에 대한 평가로서 나타났다), 그러한 낭

---

8   김용직, 『김태준 평전 – 지성과 역사적 상황』, 일지사, 2007, 135~139쪽.

만주의가 지방성이나 향토성에 대한 관심에서 생긴다고 평가한 것, 그리고 특히 조선문학의 고전에 대한 평가에서 반-복고와 평민 문학에 대한 언급을 강조하는 것이었다.

먼저 신경향파 문학과 『백조』파 문학자에 대한 평가와 지방성이나 향토성에 대한 강조이다. 임화는 「개설 신문학사」 보다 이전인 카프 해산 직후에 카프 모태가 된 신경향파 문학에 대해 평가하기 위해서 『조선신문학사론서설』(1935.10~11)을 집필했다. 다양한 특성을 가진 카프 내외의 문학자들과의 논의 끝에 카프의 위원장에 취임한 임화였는데, 그는 그 과정에서 카프와 거리를 두게 된 신경향파의 문학자들, 잡지 『개벽』을 근거로 한 박영희의 소설, 잡지 『백조』에 근거한 이상화나 나도향의 시와 단편, 혹은 그 후의 최서해의 소설 등에서 자연주의에서 나온 일종의 낭만주의적 특성을 찾아내고 그 자각성이나 목적성을 평가했다. 또 한편에서 경향파 문학의 문학자들이 각각의 방식으로 대항하고 있었던 이광수의 문학 작품에 대해서도 그 부르주아 문학의 역사적 의의를 동시에 평가했다. 거기서 임화는 역시 사적 변증법적인 시각으로 이광수의 문학 작품 내부에 있는 모순이나 이데올로기성을 극복하려고 한 신경향파 문학의 의의를 인정하고 그러한 형태로 문학사의 동력을 생각하려고 하였다. 그것은 임화가 창작이론으로서의 낭만주의에 대한 다음과 같은 인식을 문학사 서술의 원리로서 응용한 증거라고 할 수도 있다.

그리하여 나는 문학상에서 주관적인 것으로 표현되는 모든 것을 낭만적인 것이라고 부르며, 그것이 사실적인 것의 객관성에 대하여 주관적인 것으로 현

현하는 의미에서 '낭만적 정신'이라고 부르고 싶다.[9]

그러한 의미에서 임화에게 낭만주의란 어떤 특정한 문예시조를 가리키는 게 아니라 하나의 원리적 범주이며 리얼리즘의 대체물이 아니라 전제라고 할 수 있다. 그는 낭만주의가 각 나라별로 나타나는 이유로서 각국 문학의 전통과 사회·정치적 조건이 다를 뿐만 아니라 고전주의가 세계주의나 초-민족적인 인류애를 염두에 둔 기독교적 세계관의 기초 위에 서는 데에 비해서, 낭만주의가 국민주의-신흥 부르주아지의 민족통일이나 국민적 국가형성의 세계관 위에 서 있기 때문이라고 지적한다.[10] 임화는 프리체의 『유럽문학발달사』에 있는 낭만주의의 성격에 대해 언급하면서 낭만주의는 회고적이고 환상적이고 관념적인데 그만큼 그것은 생활의 현대성을 구가하는 것이 아니라 과거를, 현실이 아니라 상상을, 물질세계가 아니라 관념 세계를 보다 현실적이고, 보다 주요한 것으로 파악하고 있으며, 동시에 자본주의 이전의 사회적 제계급과 상당히 결부되어 있고 그런 만큼 농촌이나 영지와 관련되어 있는 것이라고 지적했다.[11] 또한 낭만주의는 고전주의에서 근대 사실주의에 이르는 문학사상의 하나의 과도적 경향이자 무질서한 혼돈으로 특징지어지는데, 이 과정을 형

---

9 임화, 「낭만적 정신의 현실적 구조 – 신창작이론의 정당한 이해를 위하여」, 1934.4, [3] 17~18쪽.

10 위의 글, [3] 20쪽.

11 임화, 「33년을 통하여 본 현대 조선의 시문학」, 1934.1, [4] 370쪽. 신두원은 [4] 370쪽의 각주 8에서 인용 표시가 되지 않은 이 부분을 프리체의 『유럽문학발달사』 기술과 같다고 하는데 그것은 사실이다. 제6장 「낭만주의에서 사실주의로」 도입부를 요약한 서술인 것 같다. フリーチェ, 外村 訳, 『欧州文学発達史』, 鉄塔書院, 1930, pp.201~208.

식으로서만이 아니라 역사과정에 따른 필연적인 내적 과정이라고 보는 한, 낭만주의 문학이 강조한 '지방색, 시대색'은 근대정신의 개성적 자각에 이르는 하나의 진화적 과정이라고 하였다.[12] 따라서 개별 작가의 작품 세계를 평가할 때는 일정한 유보를 두면서도[13] 이것을 지방이나 농촌과 결부시켜서 생각해야 한다고 보았다. 프리체의 논의를 참조하면서 임화는 민족성과 민족주의 극복의 수단으로서 향토성을 높게 평가한다. 그것은 성격 묘사에서의 전형성에 대한 지향과도 연결되고 새롭고 견고한 리얼리즘을 정착시키는 계기 또한 되기 때문이다.[14]

임화의 「개설 신문학사」를 비롯한 몇몇 문학사론에는 이 프리체의 『유럽문학발달사』(초판은 1908년·제3판은 1927년)가 몇 번씩이나 인용되고 있다. 사적유물론적인 시각으로 유럽의 문예사조를 설명한 이 책은 당시 일본이나 조선에서 많이 읽혔는데, 임화가 프리체의 이 저서를 인용할 때는 반드시 낭만주의를 고전주의의 대립항으로서, 또 리얼리즘의 전제로서 설명할 때에 국한되어 있었다. 즉 당시 조선의 문학사에 대해서 말한다면 신경향파 문학이나 『백조』파의 문학자들(양쪽에 속하는 문인도 있었지만)을

---

12 임화, 「문학상의 지방주의 문제」, 1936.10, [4] 706쪽. 역시 [4] 706쪽의 각주 7에서 신두원이 지적하고 있듯이 이것 또한 프리체의 『유럽문학발달사』의 인용으로 제5장 「부르주아 사회의 문학」 도입부를 요약한 기술이다. 일역에서는 フリーチェ, 外村 訳, 앞의 책, pp.127~137.

13 임화는 백석의 시집 『사슴』(1936)을 향토적 서정시로서 방언을 시적으로 구사한 점을 높이 평가했으나, 한편으로 그것이 생생한 생활의 노래가 되지 못하고 소멸하는 과거적인 것에 대한 애수가 된 점을 비판했다. 또, 김동리의 단편 「무녀도」(1936)에 대해서도 멸망해 가는 민속으로서의 무녀 생활에 대해 유미적으로 접근했을 뿐이라고 비판했다. 임화에게는 백석도 김동리도 조선적인 것을 생활 현실의 높이에서 파악하지 못한 작가로 보인 듯하다. 임화, 「문학상의 지방주의 문제」, 1936.10, [4] 719~721쪽.

14 임화, 「위대한 낭만적 정신 - 이로써 자기를 관철하라!」, 1936.1, [3] 42~45쪽.

평가할 때에 참조되고 있는 것이다. 임화는 프리체의 인용에서 시작되는 이러한 일반론으로부터 조선의 신문학과 신경향파 문학의 성질이나 내용, 발생사에 관한 구체적인 논의를 해 나간다.[15]

---

15 시라카와 유타카[白川豊]도 임화가 문학사론을 발표하고 있었던 당시의 일본의 문학사 서술의 논의를 참조하면서 프리체의 『구주(유럽)문학발달사』가 임화의 「개설 신문학사」 이외의 다른 문학사론에 준 영향이 그다지 크지 않았다고 지적한다. 시라카와 유타카, 「韓国近代文学史의 서술(-1945)—日本의 文学史 등과 關聯하여」, 『한국학논집』 7, 한양대 한국학연구소), 1985.2, 305~329쪽. 다만 시라카와는 그 근거로서 프리체의 이 책이 한국에서는 해방 후인 1949년에 송완순의 번역으로 개척사(開拓社)에서 간행되었고 (번역자 스스로 한국어 번역이 일본어로부터의 중역임을 밝히고 있다) 일본어역도 야마오카 아라타[山岡新]의 번역으로 1939년 다이토[大東]출판사에서 나온 초역밖에 존재하지 않았다는 점을 들고 있다. 그런데 일본에서는 그것보다도 먼저 소토무라 시로우[外村史郎]의 번역으로 1930년에 철탑서원(鐵塔書院)에서, 1937년에는 개조사(改造社)(문고(文庫))에서 간행되었고, 임화가 이들 일본어 번역을 참조했을 가능성은 충분히 있다. 한편 이진지(李建志)는 임화가 문학사론을 전개했을 때의 참고서로서, ゲオルグ·ブランデス, 『独逸浪漫派』를 들 수 있다고 한다. 이 문학사는 그가 간행한 『19세기 문학주조사』 전 6권(1872~90) 중 제2권으로, 일본어 번역은 春秋社에서 1929~33년에 간행되고 있다. 李建志, 「「民族文学史」に対する覚書－林和, 白鉄, 安含光をめぐって」, 『朝鮮近代文学とナショナリズム－「抵抗のナショナリズム」批判』, 作品社, 2007, pp.173~186. 그 근거로 이진지는 어떤 재일조선인의 회고록에 나온 에피소드를 소개하면서 그가 1934년 가을에 건강이 조금 회복된 임화를 평양으로 초대해서 「독일낭만주의」라는 제목으로 좌담회 형식의 강의가 이루어졌을 때 참석자 질문에 대해서 임화 본인이 이 책을 참고문헌으로 예시했다는 것을 근거로 하고 있다. 참고로 이진지는 백철의 『신문학사조사』(신구문화사, 1968)에도 이 브란데스(ブランデス)의 저서에 대해서 과거에 열심히 읽었다고 하는 기술을 소개하고 있는데(같은 백철의 『조선신문학사조사』(수선사, 1948)에는 그와 같은 언급이 없다) 각 문학사 서술의 특징에 대해서는 구체적인 언급과 검토를 하지 않고 있다. 그러나 1934년 봄에 임화가 평양에 갔다는 증언은 이 회상 이외에 밝혀진 적이 없다. 1934년 6월에 신건설사사건이 일어나고 카프 구성원 23명이 검거되었는데, 이때 임화가 검거되지 않았고 마산에서 요양생활을 보내고 있던 것은 김윤식(『임화연구』, 문학사상사, 1989)을 비롯해서 많은 연구자가 지적하고 있는 바이다. 그러나 이 전후에 평양에 가 있었다는 증언은 확인되지 않았다. 임화의 평양에서의 이 강의를 여름방학으로 일본 유학에서 일시 귀성중이던 사가[佐賀]고등학교 2학년생 김사량이 들으러 왔다는 증언도 흥미롭다. 이진지는 이 글에서 이 에피소드의 출처로서 李根培, 「金史良君のおもいで」, 『大同江』 第16号를 들고 있는데, 그 이상의 자세한 서지는 명확하지 않다. 『大同江』이라는 잡지는 아마도 1950년대에 잡지 『ヂンダレ(진달래)』 등 같은 시기에 간행된 재일조

1920년대 중반 김기진, 박영희, 조명희, 최서해, 이기영 등이 도쿄 유학으로부터 귀국해서 『개벽』과 『조선지광』을 중심으로 창작활동을 시작하였다. 이들은 문학단체 '파스큘라'를 조직하고 그 후 도쿄 유학에서 돌아온 '염군사'의 송영, 이호와 함께 문학단체 카프를 결성했다.[16] 그들은 인간적인 요구를 제출하는 당사자인 시민이자 개인으로서는 근대적이라하더라도 사회는 반봉건적이었기 때문에 고투에 시달릴 수밖에 없었다. 따라서 대상에 대한 부정적인 의식은 대상의 철저한 묘사로 작가를 인도했다. 최서해나 이기영은 관념적으로 시대와 교섭하지 않고 농촌이라는 현실을 통해서 페시미즘의 심연에서 싸움을 생각했다. 또한 김기진이나 박영희에게 있어서 막연하게 방황하고 있었던 반항의식을 구체화시키는 현실은 도시였고 거기에 사는 빈민이나 근로자층이었다.[17] 자연주의는 부정된 현실에 대해서 그것을 폭로함으로써 현실에 보복하려고 했다.[18] 신경향파의 문학자나 잡지 『백조』를 근거로 한 문인들에 대한 이러한 임화의 평가가 보여주는 것은, 첫째 신문학 초창기나 프롤레타리아문학의 시대가 공통적인 신념을 가지고 있었던 시대인 데에 비해, 신경향파나 『백조』파의 문학자가 활약한 1920년대 전반부터 중반에 걸친 시대는 공통적인 신념을 가질 수 없고 오로지 자신의 문학적인 신조로 활동하고 있었던 시대였다는 진단이다. 실제로 당시 조선문학은 다양한 문학사조나 작가의 연령과 상관없이 넓은 사상 생활의 부분적인 표현이라기보다

선인의 써클지(노동현장 동인지)가 아닐까 추측된다.

16 임화, 「송영론」, 1936.5, [3] 418~421쪽.

17 임화, 「소설문학의 20년」, 1940.4, [2] 444~453쪽.

18 임화, 「『백조』의 문학사적 의의」, 1942.11, [2] 473쪽.

는 시대정신, 조선 청년의 정신의 동향을 보여주는 정확한 바로미터라고 할 수 있었는데, 그것은 임화가 이러한 문학론이나 문학사론을 전개하고 있었던 1930년대 후반의 불안과 혼돈, 통일적인 방향을 상실한 감각과 겹치는 부분이 있었다.[19]

두 번째는 조선문학의 고전에 대한 인식의 변화와 반-복고성, 평민성의 강조이다. 처음에 임화는 조선문학의 고전에 대한 관심을 그다지 보여주지 않았다. 그는 「역사적 반성에의 요망」(1935.7)에서 시조에 대한 관심, 「춘향전」의 재평가, 문학고전의 발굴 등이 각처에서 이루어지고 있는 점에 대해서 과연 이러한 것의 재건이나 부흥이 필요한가, 그러한 행동이 "문학고전의 재인식" 혹은 "조선문학의 특수성", "문학에서의 조선적인 것의 고양" 등으로 과학적으로 위장되어 유행하고 있는 것은 아닌가라고 언급하며, 지금 필요한 것은 단순한 감상적 회고가 아니라 과학적인 문학사 · 예술학을 가지고 일절의 복고주의적 유령과 그 환상을 파괴하고 20년에 가까운 '신문학'의 예술적 발전과 그 도달 수준을 밝히는 일, 즉 감상적인 회고로부터 문학사 연구로 향하는 일이라고 주장하고 있다.[20]

물론 임화는 여기서 노동 민중의 문학인 전설이나 민요를 민속학으로부터 문학의 영역으로 끌어들여 거기에 유용한 평가를 내림으로써 미래의 문학적 창조 위에 문화적인 재산을 남기는 것을 인정하고 있다. 그런데 민족문학 · 국민문학의 개념이 인간 생활의 자연적 · 지리적 · 혈족적 · 생물적, 그리고 생산적인 제 조건에 의해서 시작되는 것이라면 시조, 고

---

19   임화, 「방황하는 문학정신」, 1938.12, [3] 195~198쪽.
20   임화, 「역사적 반성에로 요망」, 1935.7, [2] 360~364쪽.

소설, 잡가 등을 당당한 국민문학이라고 할 수 있는 용기는 없을 것이라고 하였다. 또한 「춘향전」과 같은 대표적인 문학 작품도 엄밀한 의미에서보면 근대 조선소설의 하나의 단서에 불과할 뿐이며, 시조는 그 감정, 사상, 언어적인 모든 점에서 항간의 민요나 동요에 비해서 훨씬 조선적인독자성이 없는 것임은 부정할 수 없다고 하며 다음과 같이 강조한다.[21]

조선문학(근대적 시민적)의 개념은 다른 나라와 달라, 그것이 자기의 시대를 기념할 때 예술적 기념물을 하나도 생산치 못한 채 문학사 상의 과도적 존재로 서 진실한 의미의 조선문학의 건설 도정에서는 한 개 형식으로 남아 있어, 장래 의 문학사의 보다 더한 개화의 먼 미래에는 드디어 소멸될 성질의 것이다.[22]

그렇다면 어떤 과학적 태도가 문학 역사의 검토를 가능하게 하는 것인가? 임화는 여기서 이른바 "이식된 문화" 또는 "문화를 이식하는" 행위를 일종의 문화접촉의 역동성의 문제로서 제시한다. 그는 문화의 이식성이나 모방성은 '강개지사'의 말처럼 사대심리나 모방의식의 소산이 아니라 이른바 사대심리나 모방의식까지를 설정하는 사회적 지반의 특수성의 산물이며, 문화를 모방하고 이식하는 것은 인간의 자의나 기질에서 오는, 모방하려고 하는 심리나 이식하려고 하는 정신 때문이 아니라 모방하고 이식하지 않을 수 없는 사회적 필요성의 조치라고 논의의 전제를 제

---

21   임화, 「조선문학의 신정세와 현대적 제상」, 1936.1~2, [4] 543~544쪽.
22   위의 글, [4] 544쪽.

시한다.[23] 다음으로 이식문화의 역사에 대해서 지적하면서 문화이식의 행위는 이미 일정한 한도에서 축적된 자신의 문화유산을 토대로 하고 있고 그러한 문화이식이 고도화되면 될수록 반대로 문화창조가 내부에서 성숙된다고 하였다. 문화접촉과 창조는 인간을 통해서 이루어지는데, 그것은 그 인간의 문화적 지향뿐만 아니라 계층적 성질이나 그들의 실질적인 기초가 제약적으로 작용되고 있는 것이기 때문에, 문화교섭의 결과로서 발생하는 것은 그때의 문화담당자의 물질적 의욕의 방향에 따른다. 그점에서 조선문학의 고전 중 특히 한글로 쓰여진 것은 단순히 언어로서의 '언문문화'에서 끝나는 것이 아니라 정신으로서의 '언문문화'가 생겨나는 것으로 보아야 하며, 이때문에 신문학사가 전통을 간과할 수 없는 것이라고 임화는 평가하고 있다.[24]

그리고 임화는 최종적으로 자신의 「개설 신문학사」에서 조선왕조 시대에 한글로 창작된 시조, 가사, 창가, 소설 등을 "이조의 언문문학, 생생한 조선어의 보옥寶玉"이라고 평가하기에 이른다. 시조에 대해서는 조윤제의 『조선시가사강』(동광당서점, 1937) 제7장의 견해를 언급하면서 경정산가단敬亭山歌壇의 시조 대중화에 대한 공헌은 인정하지만 그 귀족적인 내용 때문에 역할은 한정적이었다. 그러나 큰 틀에서 평민 정신이 역사의 동력으로서 드러나는 이들 작품에 대해 신문학의 역사적 전제로서 높이 평가해야 한다는 입장을 취했다.[25] 이러한 임화의 변화는 앞에서 언급

---

23   임화, 「복고현상의 재흥」, 1937.7, [4] 776~777쪽.
24   임화, 「신문학사의 방법」, 1940.1, [3] 656~658쪽.
25   임화, 「개설 신문학사」, 1939~41, [2] 138~139쪽.

했듯이 경성제대 아카데미즘, 특히 김태준의『조선한문학사』,『조선소설사』를 접한 경험, 그리고 임화 스스로 김태준의『조선소설사』의 보급판을 학예사의 '조선문고'의 한 권으로서 편집·간행하거나 또 저자인 김태준과 함께『원본 춘향전』(1939)의 편집에 참여함으로써 얻을 수 있었던 생각의 변화가 작용한 결과라고 할 수 있다. 임화 자신도 자신의 이러한 변화에 대해서 아래와 같이 말하고 있다.

> 당시 평가들이 이론 이외에 작품을 알려 하지 않고 작가들은 객관성 이외의 주체성이란 것을 체득하고 있지 못했던 경향문학 말기의 상황으로 보아 너무나 지식적인 데 대한 하나의 반성으로 교양문제가 제기되지 아니했는가 한다.
> (…중략…)
> 자기 지방의 고유한 문화고전과 전통에 대한 관심도 역시 이 교양논의 속엔 포함된 것이 전체로 이식성과 국제주의에 대한 반성이 이 시기의 한 성격이 된 때문이다.[26]

임화는 자신의「개설 신문학사」와 문학사 관련 논의에서「춘향전」에 대해 직접적으로 언급하고 있지 않으나, 결과적으로 김태준의「춘향전」에 대한 평가, 즉 종래의 봉건적 형식을 전수하고 다음 시대로 향하는 과도기적 역할을 했다는 견해를 강화함으로써 당시 고소설에 대한 인식을 바꾸었다고 할 수 있을 것이다.[27] 임화의 이 태도는 일본 문학자도 참석했

---

26 임화,「교양과 조선문단」, 1939.12, [5] 183~185쪽.
27 임형택,「임화의 문학사 인식 논리」,『창작과비평』159, 2013.봄, 403~422쪽. 여기서는

던 경성에서 열린 유명한 좌담회 「조선문화의 장래」(1939.11)에서의 그의 반응에도 나타나 있다. 이 좌담회에서 일본의 극작가 무라야마 도모요시 村山知義가 조선의 전통예술의 보존을 주장하자 임화는 "그런 박물관적인 것이 아니라 そういふやうな博物館的なものでなく……"라고 한마디로 일축했다. 이 논의에 대해서 권나영 Nayoung Aimee Kwon은 무라야마가 식민지 문화의 보존을 강조함으로써 제국주의적 향수를 드러내고 있는 데에 비해서 임화는 어디까지나 현시점에서의 문화생산의 논의나 식민지 작가의 수많은 문학적 시도, 조선어 창작의 노고를 간과해서는 안 된다고 강조한 것으로 보고 있다.[28] 그러나 지금까지 살펴봤듯이 임화 자신이 조선문학의

임화와 김태준의 관계에서 「춘향전」의 평가 문제를 다루고 있는데, 보다 넓은 시점에서 이전까지 그다지 평가를 받지 못했던 이 고소설이 임화가 논의를 하고 있었던 1930년 대 중반쯤에 민족의 고전으로서 재평가받게 된 경위를 확인하면서 다시 한 번 임화 자신의 견해의 변화를 검토하는 것도 의의있는 작업일 것이다. 예를 들면 강신자(姜信子)는 1906년에 협률사에서 열린 〈춘향전〉 공연은 상당히 많은 관객을 동원했는데, 당시 신문이나 잡지에 나온 지식인의 반응은 이러한 '지속' 문화에 흥분하고 있기 때문에 망국을 초래했다고 하는 비판 일색이었던 것을 소개하고 있다. 姜信子, 『日韓音楽ノート』, 岩波書店(新書), 1998, pp.75~78. 또한 일본의 극작가 무라야마 도모요시[村山知義]나 아직 당시 조선에서 활동하고 있었던 작가 장혁주를 중심으로 추진된 일본 신협극단(新協劇團)에 의한 〈춘향전〉 조선순회공연(1938.10.25)은 조선의 문학자들에게 지극히 좋지 않은 평을 받았으며, 이것은 그 후 장혁주의 작가 인생에 큰 영향을 끼쳤다. 장혁주는 이 일이 계기가 되어 조선에서의 문학 활동을 포기하고 활동의 근거지를 도쿄[東京]로 옮겼다. 그 경위에 대해서는 白川豊, 「張赫宙作戯曲〈春香伝〉とその上演(1938年)」, 『植民地期朝鮮の作家と日本』, 大学教育出版, 1995, pp.191~222 참조.

28 Nayoung Aimee Kwon, *Intimate Empire : Collaborations & Colonial Modernity in Korea & Japan*, Duke U.P., 2015, p.166 · 171. Kwon은 여기에서 무라야마[村山]의 태도를 '제국주의적 노스탤지어(nostalgia)'라고 평가하는 데에 Susan Stewart의 '수집 서사(Collection Narrative)' 논의를 인용하고 있다. Susan Stewart, *On longing: Narrative of Miniature, the Gigantic, the Souvenir, the Collection*, Duke U.P., 1993. 여기서 언급된 좌담회는 무라야마 토모요시[村山知義], 하야시 후사오[林房雄], 아키타 우자쿠[秋田雨雀], 장혁주, 정지용, 임화, 유진오, 김문집, 이태준, 유치진, 가라시마 다케시[辛島驍], 후루카와 가네히데[古川兼秀], 데라다 에이[寺田瑛] 등이 참석해서 1939년 10월 24일에 경성일보사 주최로 경성 ·

고전, 특히 고소설에 대한 견해를 긍정적인 것으로 바꾸고 역사의 동력으로서의 평민성을 강조하고 있었던 것과 함께 생각한다면 권나영이 말하는 "현시점에서의 문화생산의 논의"란 조선문학의 고전을 재평가하고 조선문학의 역사를 평민성을 바탕으로 동적으로 파악하는 작업도 포함하고 있었다고 생각해야 할 것이다.

3. 한문학과 국문문학의 '지양'의 결과로서의 '신문학'

단테, 보카치오에서 기산한다면 7세기 600년이요, 17세기 고전주의 시대로부터 기산한다면 3세기 200여 년, 실로 우리 신문학의 30년에 비한다면 장구하고 거창한 시간이다. (…중략…) 명치(明治), 대정(大正), 소화(昭和) 3대에 긍하여 근대 일본문학이 자기형성에 요한 시일은 전후 100년, 세기에서는 두 세기다. (…중략…) 역사적 시간의 단축은 이식문화사의 한 특징이거니와 동시에 그 문화 내용의 조잡과 혼란은 필수의 결과로 연구자에게 막대한 곤란을 맛보게 하는 것이다. (…중략…)

명월관에서 개최된 것이다.(같은 시기에 일본 신협극단에 의한 〈춘향전〉 순회공연이 있었다) 좌담회의 기록은『경성일보』에 1938년 11월 29일, 30일, 12월 2일, 6일, 7일, 8일 등 6일에 걸쳐서「조선문화의 장래와 현재(朝鮮文化の将来と現在)」라는 제목으로 연재되었다. 이 좌담회는 그 후 일본의 문예지『文學界』(1939.1)에도「조선문화의 장래(朝鮮文化の将来)」라는 제목으로 게재되었다. 같은 좌담회 기록이 두 가지 버전이 있다는 사실과 그 차이에 대해서 기노시타 다카오[木下隆男] 씨의 사신을 통한 가르침에 따르면『文學界』판에는『경성일보』판에 없는 가필이 다수 보인다고 한다. 이 좌담회는 한국어로도 번역되었다. 내용으로 보아서『文學界』판을 저본으로 한 것 같다.「조선문화의 장래」, 이경훈 편역,『한국근대 일본어 평론, 좌담회 선집』, 역락, 2009, 273~292쪽.

더욱이 이 복잡성을 구하기 어려울 만한 상태로 인도하는 또 하나의 사실로 우리는 정치사정의 중대 변화를 특기하지 아니할 수 없다. 즉 30년간의 단시일을 두 개의 전연 상이한 정치 상태가 갈라놓고 있는 것이다.[29]

임화는 「개설 신문학사」의 서두 「소서 – 본 논문의 한계」에서 이렇게 말하면서 이제부터 서술할 조선의 신문학의 역사가 여러 사정으로 서양이나 일본의 근대문학, 속어문학의 역사와는 다르다는 점을 역설하고 이것을 스스로 '한계'라고 설정한 다음 이 조선 최초의 본격적인 근대문학사의 서술을 시작한다. 여기서 기간을 비교해서 제시하고 있는 것은 조선의 신문학이 속어문학의 난숙기를 맞이해서 고작해야 30년 정도밖에 지나지 않았다는 뜻이고 후반의 "두 개의 전연 상이한 정치 상태가 갈라놓고" 있다는 것은 그 불과 30년의 신문학의 역사에 일본에 의한 식민지화라는 정치적 문화사적 사정이 크게 작용했다는 것을 뜻하고 있다.

처음에 임화는 '문학'이라는 개념이 개화기 조선에서 어떻게 사용되고 있었는지를 소개한다. 그는 『황성신문』 광무 3년(1899) 10월 30일의 논설에서 '문학'은 서구어 'literature'의 번역어가 아니라 '학문 일반'의 뜻으로 사용되고 있었다고 지적한다. 그리고 사대부가 읽는 경서는 모두 한문으로 된 것이고 시조와 같은 귀족의 시가도 '영언'이나 '가요'라고 말해서 '문학'이라 하지 않았고 중국의 명청소설이나 연의류도 이른바 '문장지사'가 읽는 것이 아니라고 했다. 즉 '예술문학'에 대한 이러한 멸시가 있

---

29   임화, 「개설 신문학사」, 1939.9~1941.4, [2] 9~10쪽.

었기에 『황성신문』이 간행된 신시대에도 '문학'을 '학문'의 의미로 이해한 것이었다.[30] 이렇게 '문학'의 정의나 내력 혹은 문학 자체의 효용이나 공과를 논의하는 것은 김태준의 『조선소설사』의 서두 부분과 마찬가지이다.

다음으로 임화는 '문학'을 심미적인 문장으로서 생각한 조선 작가들의 논의를 인용한다. 이광수의 「문학이란 하오」(1916.11)와 최남선의 「현상소설 고선여언」(1922.11)이 바로 그것이다. 최남선의 논의를 자세히 인용해오며 임화는 최남선의 문학의 정의 다섯 가지 가운데 세 번째 "예술성-전습적·교훈적이 아니라 순수자율적"이라는 점에 주목했다. 한문/국문의 구별뿐만 아니라 한글로 씌어진 것 중에서도 순수자율적이고 심미적인 글이냐 아니냐의 구별이 문학을 정의하는 데에 있어 지극히 중요하다는 것이다.

여기서는 논문의 제목만 제시될 뿐 그 내용까지는 언급되지 않고 있으나 이광수의 「문학이란 하오」 또한 최남선의 논의처럼 '문학'을 서구어 'literature'의 번역어로 소설, 시, 희곡 등으로 이루어지는 창작물이라고 정의했다. 이광수의 이 정의도 문학의 심미화, 미적인 것의 이데올로기와 관련된 담론이며, 또 특정 개인이 창작한 것이라는 점에서 서구 낭만주의 담론에 영향을 받은 논의이다.[31] 엄밀히 말하자면 서구어 'literature'를 창작물로 생각하는 개념 자체도 당시 유럽에서 발생한 문학 장르의 역사적 변용의 영향을 받은 것으로, 그 변용의 과정까지 포함해서 일본이 서양문물을

---

30 위의 글, [2] 12~14쪽.
31 황종연, 「문학이라는 역어 - 「문학이란 하오」 혹은 한국 근대문학론의 성립에 관한 고찰」, 『탕아를 위한 비평』, 문학동네, 2012, 450~480쪽.

수용할 때 받아들인 개념이었다.[32] 그 이전에 서구어 'literature'는 'letters'와 마찬가지로 '씌어진 것'이라는 의미였으며, 이 흔적은 근대 일본에서 설립된 대학의 '문학부'라는 명칭에 '씌어진 것'을 교육하고 연구하는 곳이라는 의미로 남게 되었다. 그러나 19세기 유럽에서 생성되고 전개된 낭만주의 문학운동의 결과로서 'literature'라는 용어 자체에 '개인'의 각성, '창조적', '독창적', '천재'가 쓴 '허구'라는 의미가 들어갔다.[33] 그 후 중국의 루쉰魯迅도 '문학'이라는 용어에 대해서 그것이 일본에서 영어 'literature'에 대한 번역어로 만들어진 것이며, 예전에는 '문'이라고 한 것으로 이러한 문을 쓰는 자(현재는 백화문으로 써도 좋은데)를 '문학자', '작가'라고 한다고 하였다.[34]

임화는 '문학'에 관한 이러한 개념규정이 이른바 서구문학의 것이고 따라서 조선의 신문학의 역사는 조선의 서구문학 '이식'에서 비롯된 것이라고 하였다. 그러나 임화는 여기서 한번 반전하고자 한다. 조선문학의 역사가 이 신문학으로 시작되는 게 아니며, 이른바 '문장지사'가 읽고 쓴 것은 물론 그들이 멸시한 시조나 가사, 구소설 혹은 이두 문헌이나 한문 전적 또한 서구적 의미에서의 문학 즉 예술문학적인 성격을 가진 유산의 총체로서 받아들여야 한다고 본 그는 최남선이 제시한 조건에 대해 다시 검토하기를 제안한다. '서구문학'의 범주에서 신문학 이전의 역사까지 거슬러 올라가서 '쓰인 것' 총체로서의 구래적인 개념의 '문학'과 미적 자율성을 가진 창작물을 의미하는 근대적인 개념으로서의 '문학'이라는 두

---

32 磯田光一,「訳語「文学」の誕生」,『鹿鳴館の系譜』, 講談社(文芸文庫), 1991, p.17(初版は 1983).

33 鈴木貞美,『日本の「文学」概念』, 作品社, 1998, pp.50~57 · 179~190.

34 魯迅,「門外文談」(1935), 松枝茂夫 訳,『魯迅選集 · 第11巻』, 岩波書店, 1956, p.65.

가지 대립하는 범주를 어떤 조건하에서 접합하려고 한 것이다.[35]

　동양의 근대문학사는 분명 서구문학의 수입과 이식의 역사이다. 임화는 근대문학이 단순히 근대에 쓰인 문학을 가리키는 것이 아니라 근대적 정신과 근대적 형식을 갖춘 질적으로 새로운 문학, 시민정신을 내용으로 하고 자유로운 산문을 형식으로 하는 문학, 또는 현재 서구문학에서 볼 수 있는 유형적으로 분류된 장르 중에서 창작된 문학을 말하는 것이라면, 이러한 개혁과 자각이 자율적으로 이루어지지 않았던 곳에서 독자적으로 생성시켜야 했던 근대문학사를 이식문학으로써 대신하는 것은 당연한 것이라고 지적한다. 조선에서는 많은 글이 한문으로 씌어졌다. 중국의 백화운동은 서구 제국의 근대문학사처럼 문어체로부터의 구어의 해방, 혹은 산문의 운문으로부터의 해방과 비교되어야 할 것이다. 그것은 낡은 자국어로부터 새로운 자국어를 수립하는 과정이다. 한문으로부터의 해방의 결과, 조선의 신문학은 언어와 형식, 내용 모두에 있어 재래의 문학으로부터 비약하게 되었다.[36]

　임화의 여기까지의 논의는 한문으로부터의 해방이 즉 신문학과 근대문학의 기점이라고 주장하는 듯하며, 따라서 이해하기 쉽다. 그러나 그는 이어서 『삼국유사』(13세기 말), 『금오신화』(15세기 후반), 『연암외사』(18세기 말) 등은 한문으로 쓰였음에도 불구하고 사상과 정취, 감정이 조선의 것이니 조선문학의 일부로 보아야 한다고 언급하고 있다.[37] 이는 분명 5

35　임화, 앞의 글, [2] 14~16쪽.
36　위의 글, [2] 17~19쪽.
37　위의 글, [2] 20쪽.

장의 언어론에서 언급한 이광수의 견해와 대립되는 것으로 보인다. 이광수는 한문학은 조선문학이 아니며 조선어(국문/한글)로 쓰인 것만이 조선문학이고 그 조건만 충족시킨다면 번역물이라도 조선문학이라고 보았다.[38] 임화와 이광수의 문학 혹은 문학사에 대한 이 생각의 차이를 어떻게 보아야 할까? 간단히 말한다면 두 사람의 문학사관의 다름은 속어주의屬語主義와 속인주의屬人主義의 차이이다. 서구 근대문학의 역사는 라틴어로 된 중세문학으로부터 해방된 각국의 속어문학의 역사로, 그러한 의미에서 이광수의 문학사관은 한문으로 씌어진 긴 중세의 역사로부터 해방된 시대에 국문(한글)로 씌어진 문학, '말'과 '글'이 일치된 문학이야말로 조선인의, 조선인에 의한, 조선인을 위한 문학이라는, 현대의 시점부터 생각하면 지극히 이해하기 쉬운 서구형, 세계문학형의 근대문학사에 대한 사고방식이다. 'Korean Literature'라고 할 때의 'Korean'이란 단어는 민족과 국민을 동시에 가리킨다. 「혼인에 대한 관견」(1917.4), 「자녀중심론」(1918.9), 「민족개조론」(1922.5) 등에서 조선의 젊은 세대에게 구습으로부터 벗어나 집이나 가족을 위해서가 아니라 자립한 개인을 위한 세계관을 구축하기를 호소했으며, 중국 문명에 심취한 구-지배세력의 일소를 주장하고 있었던 계몽주의자 이광수에게 있어서, '속어주의'로서의 문학사관은 지극히 일관된 것이었다고 할 수 있다. 그렇다면 임화의 속인주의는 어떤 생각의 결과인가? 임화 또한 근대에서의 언어적 해방, 다시 말해 한문으로부터 국문(한글)으로 사용언어의 교체를 평가하지 않은 것은 아니

---

38 이광수, 「조선문학의 개념」, 『신생』, 1929.1

었다. 그는 아래와 같이 지적한다.

신문학사는 신문학의 선행하는 두 가지 표현 형식을 가진 조선인의 문학 생
활의 역사의 종합이요 지양이다.[39]

즉 그는 한문으로부터 국문(한글)으로 사용언어가 교체되는 것을 단순
히 시대의 전환에 의해 사용언어가 바뀐 것으로 생각하거나 혹은 중세에
한문/국문이라는 이중의 언어생활을 했던, 즉 두 가지 '글'을 가졌던 조
선인이 근대에 들어와서 국문(한글)만을 사용하게 된 것으로 생각했던 것
은 아니다. 중세의 한문/국문이라는 이중의 언어생활, 즉 두 가지의 '글'
을 가진 상태를 '정'과 '반'의 대립과 모순 상태로 파악하고, 근대 이후의
신문학이 그 상태를 지양하는 '합'의 상태라는 것을 보여주려고 했던 것
이다. 한편 이것은 김태준이 조선문학의 역사를『조선한문학사』와『조선
소설사』라는 두 권의 문학사에서 별도로 논하고 있었던 것과 달리 이 둘
을 하나의「개설 신문학사」로 서술함으로써 두 가지 것이 대립·모순하
는 상태를 하나로 지양하려 한 것이었다고도 볼 수 있다.

이렇게 문학사에서 중세를 포기하는 대신 포섭하려고 하는 사고방식
은 임화보다 몇 년 후 독일에서 간행된 E. R. 쿠르티우스E.R.Curtius의『유럽
문학과 라틴 중세』(1948)에서 보이는 중세문학에 대한 사고방식과 겹치
는 부분이 있다. 쿠르티우스에게 유럽이란 단순히 지리적인 명칭이 아니

---

39   임화, 앞의 글, [2] 21쪽.

라 고유의 전통을 소유하는 '의미 공동체'였다. 거기서 중세 교양어인 라 틴어의 세계와 그리스-로마의 고전 시대부터 중세에 이르는 유럽문학을 가교하기 위해서는 '국민'이 아니라 이해 가능한 영역으로서의 '사회'를 상정할 필요가 있었다. 쿠르티우스에게 유럽의 각 지역에서 다양한 속어 가 병존하고 있는 것은 큰 문제가 아니었다. 문학은 사상도 담당하기 때 문에 번역 가능한 것이고 문학에서 모든 과거는 현재이자 현재가 될 수 있는 비-시간적인 현재라는 것이 쿠르티우스의 주장이다. 근대문헌학은 게르만과 로만으로 분열되고 '시대정신'에 흐르기 쉽다고 본 그는 그 대 신에 고대 그리스나 중세 라틴에 대한 문헌학을 구축함으로써 유럽의 중 세문학에서 공통요소를 추출하려고 했다.[40] 이 관점을 동아시아 문학으 로 옮겨 생각한다면 임화가 구상한 조선의 일반문학사는 조선인이 한문 과 국문이라는 두 가지 '글'을 가진 이중 글쓰기의 중세적 상태를 단순히 그 자체로서 모순된 것이라고 생각하는 게 아니라 그 모순과 대립을 극 복함으로써 '신문학'이 생성된다고 하는 구도를 취하고 있었던 것으로 보인다. 그 통합이나 지양의 역학을 규명하기 위해서 결과로서의 '신문 학'뿐만 아니라 조선에서의 한문학의 역사와 중세의 국문으로 된 문학의 역사 모두 검토 대상으로 삼은 것이다.

임화의 「개설 신문학사」는 이상과 같은 서론에 이어서 '신문학의 태반' 으로서 조선의 근대성을 둘러싼 다양한 '물질적 배경'과 '정신적 준비'를

---

40 南大路振一, 「訳者あとがき-「解題」をかねて」, E·R·クルツィウス, 南大路 ほか訳, 『ヨー ロッパ文学とラテン中世』, みすず書房, 1971, pp.854~869.(E. R. Curtius, *Europäische Literatur und lateinisches Mittelalter*, 1948)

설명한다. '물질적 배경'에서는 자주적 근대화 조건의 결여, 조선의 개국 지연, 근대화의 제과정, 개국의 영향과 갑오개혁 등에 대해서, 그리고 '정신적 준비'에서는 금압하의 '실학', 자주정신과 개화사상, 신문화의 이식과 발전(신교육, 저널리즘, 성서번역과 언문운동) 등이 설명된다. 이것들 가운데 몇 가지, 즉 실학파나 개화사상, 신교육, 저널리즘, 성서운동 등은 김태준이 『조선소설사』의 제6편 「근대소설일반」과 제7편 「신문예운동 40년간의 소설」의 부분에서 약간의 페이지를 할애해서 설명한 것이다. 그러나 임화는 이것들을 각양각색의 문헌을 이용해서 자세히 부연한다. 그 부연은 분량적으로도 이 「개설 신문학사」 서술의 균형을 잃게 할 정도이다. 특히 '정신적 준비'에 대해서는 「개설 신문학사」 전체 서술의 약 4분의 1에 해당되는 페이지를 할애하고 있다.

문학사의 배경을 설명하는 데 이만큼 많은 페이지가 할애된 것은 수많은 관련 문헌의 정보가 요약되어 인용, 게재되고 있기 때문이다. '물질적 배경'에서 참조되는 것은 백남운, 이청원, 김광진, 김태준, 하야카와 지로早川二郎, 모리타미 가쓰미森谷克己, 이우진, 하야시다 아사토林田朝人, 오쿠히라 다케히코奧平武彦, 시카타 히로시四方博 등으로 근대사회의 모태인 봉건사회 자체가 충분히 성숙되어 있지 않다고 논하거나 동양 국가들은 공통적으로 서구 근대사회의 촉발과 수용과 이식으로 근대화되는 운명에 있었는데, 내지(일본)의 봉건제는 기능성을 가장 많이 가졌다고 지적하는 등, 근대화에서의 일본특수론도 확인할 수 있다.[41] 이것들은 주로 당시 경성

---

41 임화, 앞의 글, [2] 22~26쪽.

제대 연구자들의 연구 성과로 여기에는 일본인의 저작도 조선인의 저작도 있는데, 조선을 포함한 동양의 정체를 논하는 부분은 아시아적 생산양식의 후진성을 마르크스주의적으로 논하고 있는 것이 많다. 특히 도처에서 인용·참조되는 것이 오쿠히라 다케히코의『조선개국교섭시말朝鮮開国交渉始末』(경성제국대학법학회총간 제1, 刀江書院, 1935)과 이능화李能和의『조선기독교급외교사朝鮮基督教及外交史』(조선기독교창문사, 1928)이다. 여기에서는 조선의 지리적 특수성과 정치적 특수성이 설명되는데, 이외에도 조선사편수회의『조선사』, 클로드 샤를 달레의『조선교회사』, 하멜의『하멜표류기』(이병도 역주)도 몇 번씩 참조, 인용되어 있다. 전체적으로 보았을 때, 임화 자신의 서술이나 분석이라기보다는 이들 연구서와 번역서를 요약해서 보여주고 있다는 인상이 강하다. 다만 그러한 가운데서도 임화는 봉건제의 순수화 과정과 함께 대두하기 시작한 상인常人, 서민들의 세력과 그것을 반영한 양반층의 급진 분자를 사회적 모순의 제일선상으로 호출하고 그들을 실사구시의 정신으로 교육하기 시작한 점이라든가 새로운 세력의 성장과 봉건적 상층기구의 부패, 농업생산력의 퇴화, 그에 따른 농민생활의 파괴와 함께 그것이 초래한 조선말 봉건사회의 절망적인 위기 등, 정체성 때문에 붕괴되어 가는 구-시대에 대해 분석, 설명하고 있다.[42]

　'정신적 준비'에 대해서는 앞에서도 언급했듯이 「개설 신문학사」의 전체서술의 약 4분의 1에 해당되는 페이지 수를 할애하고 있다. 실학파에 대해서는 김태준의『조선소설사』, 백남운白南雲의『조선경제사』, 조윤제趙

潤濟의『조선시가사강朝鮮詩歌史綱』, 다카하시 고이치高橋硬一의『양학론洋学論』, 이능화의『조선기독교급외교사』 등을 참조하면서, 조선에서는 서양과학이 일본의 도쿠가와德川 시대처럼 단독으로 수입된 것이 아니라 가톨릭과 함께 유입되었으며, 정치적으로 소외된 남인南人이 이 개혁사상에 접근하였고 동인東人과 서인西人이 그들을 가톨릭이라고 해서 궁지에 몰아넣었다는, 주로 실학파 대두의 배경에 관해 설명하는 부분이 많다.[43] 신교육에 대해서는 다카하시 하마키치高橋浜吉의『조선교육사고朝鮮教育史考』와 유게 고타로弓削幸太郎의『조선의 교육朝鮮の教育』을 많이 참조하고 있으며, 유학생의 해외파견에 대해서는 박영효의『사화기략使話記略』의 원전을 참조하면서 자료를 소개하고 있다.[44]

다만 저널리즘 부분에 대해서는 유학생 파견과 마찬가지로 참조·인용되는 2차 문헌이 전혀 없고 수많은 원전 자료를 참조하면서 다양한 사항에 대해 지적, 정리하고 있다. 신문에서는 이노우에 가쿠고로井上角五郎의『한성순보』와 독립협회의『독립신문』에 대해서 언급하면서 대다수의 인민을 위한 문체로서 신문이나 잡지가 국한문 혼용문체를 사용한 것을 지적하고 특히『독립신문』의 민권과 자유평등의 이상, 입헌 군주제 등을 소개하며 계급타파와 사민평등을 설득한 것을 높게 평가했다.[45] 또한 아다치 겐조安達謙蔵의『한성신보』나 하리우 주로蟻生十郎의『대한일보』, 기쿠치 겐조菊池謙讓의『대동신보』 등 일본인이 경영한 군소신문사

---

43   위의 글, [2] 49~53쪽.
44   위의 글, [2] 69~74쪽.
45   위의 글, [2] 75~81쪽.

가 최종적으로 통감부에 매수되어 1906년에 『경성일보』가 된 사실을 언급하는 한편, 대한자강회와 『대한매일신보』, 천도교와 『만세보』의 관계를 제시하면서 합방까지 조선인이 경영하는 신문들이 과감하게 논진을 편 사실을 지적하고 있다.[46] 한편 박은식과 서우학회에 대한 언급과 더불어 애국계몽기에 결성된 많은 '학회'가 발행한 학회지에 대해서 상당히 페이지를 할애해서 그 개별적인 자료를 소개하고 있다. 최남선이 사재를 투입해서 간행한 잡지 『소년』에 대해서도 언급하고 백부인 최창선과 함께 신식인쇄기와 활자를 도입한 사실, 신문관과 조선광문회 등의 단체를 결성하고 40종 이상의 조선사 관련의 문헌을 중간하거나 한적 고전의 국문 번역, 그리고 고소설이나 가요를 '육전소설'(염가보급판 책자)의 형태로 간행한 것 등, 이 시기에 최남선이 한 역할을 "하나의 문예부흥적인 의의"가 있다고 평가했다.[47]

성서 번역과 국문운동에 대해서는 김윤경의 『조선문자급어학사』, 오구라 신페이小倉進平의 『조선어학사』, 최현배의 『우리글의 바른 길』 등의 연구서를 참조하면서 각 사항에 대해서 정리하고 있다. 천주교의 『천주실의天主實義』 등이 중국의 베이징이나 상해, 천진에서 한문으로 들어온 것에 비해 기독교 쪽에서는 영국 성공회나 이수정 등이 성서를 국문(한글)으로 번역한 것을 언급하며 이를 "조선어 보존과 정리에 바친 노력"이라고 평가하고 있다.[48] 또한 국문운동에 대해서는 김윤경이 『조선문학급

---

46 위의 글, [2] 84~85쪽.
47 위의 글, [2] 108쪽.
48 위의 글, [2] 116쪽.

어학사』와『국문정리』에서 조선어문의 문법을 본격적으로 연구한 사실과 조선 정부의 학부 내에 설치된 국문연구소에서 지석영 등이 일본의 우에무라 마사미上村正己 등과 함께 국문을 정리한 것을 소개하는 한편 최광옥, 유길준, 주시경 등의 업적에 대해서도 언급하고 있다.[49]

「개설 신문학사」 제2장 「신문학의 태반」에서 '물질적 배경'과 '정신적 준비'를 설명하기 위해 언급된 사항들은 모두 지극히 흥미로운 역사적 사실이다. 그것은 우선 참고문헌이 다양하다는 점과 임화가 거기서 나오는 역사적 사건에 대해서 자세히 정리하고 소개한 결과라고 할 수 있을 것이다. 물론 참고문헌에 관한 기술이 너무나 자세하고, 그것을 일일이 소개하려고 한 나머지, 이 「개설 신문학사」 서술의 전체적인 균형이 상실된 감이 없지 않아 있다. 그러나 앞에서 언급했듯 큰 틀에서는 이 부분도 김태준이 『조선한문학사』와 『조선소설사』에서 마련한 토대 위에서 서술되고 있다고 할 수 있을 것이다.

4. 신소설의 오락성과 정론성

「개설 신문학사」는 제3장 「신문학의 태생」에 이르러 드디어 구체적인 작품에 대해서 언급하게 된다. 임화는 신시대의 탄생과 구시대의 사멸이 동시에 진행되는 시대를 '과도기'라고 하였는데, 이 「개설 신문학사」에서

---

49   위의 글, [2] 117~127쪽.

는 최남선의 신시와 이광수의 소설이 나오기 이전 시기, 즉 한문학과 구시대의 국문 문학이 지배권을 상실한 시기를 협의의 '과도기'라고 하고 있다. 조선의 '과도기' 문학은 일본에서는 개화기문학, 중국에서는 문학혁명 시대의 문학에 해당되는데, 이것들은 모두 외래문화의 영향하에 근대시민적 문화의식이 성장되면서 재래의 형식을 빌려서 새로운 사상을 표현하는 절충적인 데서 출발하고 있다.[50]

임화는 우선 정치소설과 번역문학에 대해서 언급한다. 사례로 들고 있는 작가와 작품은 김태준의 『조선소설사』와 유사한데, 작품에 따라서는 임화 나름의 평가도 보인다. 대한제국 말기 자주독립이 호소되고 있었던 시기인 만큼 이 무렵의 정치소설이나 번역문학에서는 대체로 건국과 독립에 관련된 역사가 번역 · 소개되었다. 『서사건국지瑞士建国誌』(1907)는 김태준도 소개하고 있듯이 독일의 실러가 썼고 중국의 정철관鄭哲貫이 번역한 것을 한국에서 박은식이 중역하고 서문을 달았다. 임화에 따르면 이것은 형식은 구소설이고 정신은 유교라는 점에서 당시의 문학 관념을 잘 보여준다. 또한 안국선의 『금수회의록』(1908)에 대해 임화는 이것이 우화형식의 창작물로서 외국의 역사나 영웅의 전기를 소개하면서도 노골적으로 정치적 목적을 고취하지 않고 있다는 점에서 절찬하고 작가인 안국선을 조선의 양계초라고 높게 평가한다. 그 이외에도 임화는 야노 류케이矢野龍溪의 『경국미담』의 조선어 번역이 이 무렵에 이루어진 사실이나 유길준이 『서유견문』(1895)의 서문으로 국한문, 즉 한문 / 국문 혼용문체의

---

50   위의 글, [2] 132~133쪽.

사용을 선언하고 있는 것을 소개했다.[51] 또한 창가에 대해서는 조윤제의 『조선시가사강』 마지막 장에 있는 창가에 관한 기술에 의거하면서 창가는 서양음악의 유입과 함께 들어온 것으로 『독립신문』에 게재된 것이 최초인데(1896) 다만 4·4조가 되었다는 점 이외에 나머지는 가사나 민요와 비슷한 구투를 벗어나지 못하고 있다고 논한다.[52]

신소설에 관한 기술은 「개설 신문학사」 전체 기술의 반 정도를 차지하고 있는데, 작품의 줄거리를 길게 소개하는 부분이 눈에 띄고 분량적으로도 전체 서술의 균형을 잃고 있다. 임화의 신소설 설명은 김태준의 『조선소설사』가 간략하게만 다룬 것을 그 나름대로 부연한 것으로, 이로써 자신의 「개설 신문학사」 서술의 중심을 삼고 있다.

임화는 우선 김태준의 『조선소설사』에 나오는 신구소설의 차이를 예시하고 그때까지의 소설에는 보이지 않았던 언문일치나 소재와 제재의 현대성, 인물이나 사건의 실제성이 신소설에 보인다고 한다. 또한 이상협, 민우보, 조일제 등의 신소설에서는 구래의 고소설의 어미가 그대로 남아 있는 것, 내용적으로는 일종의 역사소설이고, 전설, 신화, 고군담을 옛날 이야기처럼 서술하고 있다는 점을 지적한다. 임화의 지적에 따르면 신소설에는 구세계인 봉건 조선의 몰락이라는 비극이 묘사되고 있다기보다는, 강대한 구세계의 세력 밑에서 무참하게 유린당하는 개화세계의 수난의 역사가 서술되어 있으며, 그만큼 신세력의 주관적인 이상주의가 농후하게 나타나 있는 대신, 고소설과 마찬가지로 권선징악적인 면이 유

---

51 위의 글, [2] 143~154쪽.
52 위의 글, [2] 158~163쪽.

지되고 있다.[53] 주목할 만한 것은 신소설이 신연극과 거의 시대를 같이해서 출발했다는 지적이다. 임화는 이「개설 신문학사」에서 "신연극과 활동사진의 수입"에 대해서도 집필할 예정이었던 것 같은데, 실제로 서술되지는 않았다. 신문학 중에서 과도기적인 형태로서 신소설을 파악하고 있는데, 신연극과 관련해서 이것을 다시 파악하는 시점이 있었다면 「개설 신문학사」도 좀 더 다른 체재를 취하게 되었을지도 모른다.[54]

「개설 신문학사」에서 비중을 두고 거론되는 것은 이인직(1862~1916)과 이해조(1869~1927)이다. 언어의 사용법 면에서는 이해조가 이인직보다 더 세련된 반면, 이인직의 작품은 이해조의 그것보다도 권선징악적인 면으로부터 자유로웠다고 임화는 판단한다.[55] 이인직의 「치악산」(1908)은 「장화홍련전」 등의 소위 계모소설의 계보에 있고 등장인물에 개화파를 배치하고 있다. 또한 같은 이인직의 「귀의 성」(1907~08)은 현대 신소설의 원천으로 가정소설적인 유형에 속하고 구-사회에서 태어나 양반의 첩이 된 무지하고 불행한 여자의 일생을 그리고 있다. 임화에 따르면 완성도에서 볼 때 이 작품은 일본의 신파극이나 탐정소설에 영향을 받고 있다고 한다. 또한 임화는 같은 이인직의 「은세계」(1908)에 대해서 상당한 비중을 두고 서술한다. 구-사회의 부패를 폭로한 이 작품은 민중에 대한 노골적인 약탈이나 조선의 농민 반란이 그려진 유일한 사례로 내

---

53 위의 글, [2] 167~176쪽; 김영민, 「임화의 신문학사 연구의 성과와 의미 - 신문학의 발생 및 성장 과정에 대한 논의를 중심으로」, 문학과사상연구회 편, 『임화문학의 재인식』, 소명출판, 2004, 33~39쪽.
54 임화, 앞의 글, [2] 182쪽. 임화는 이 점에 대해서, 김태준의 『조선소설사』와 김재철의 『조선연극사』(1933)를 참고로 했다고 하고 있다.
55 위의 글, [2] 185쪽.

용뿐만 아니라 묘사가 생생하다고 높이 평가한다. 작중에 갑오농민전쟁(1894)의 지도자인 전봉준에 관한 동요가 대량으로 인용되고 있는 것도 특징적인데, 갑오개혁 세력이 수구파로부터 정권을 탈취하는 장면의 평가는 작품을 빌린 임화 자신의 개화사에 대한 해석일 것이다. 또한 일본에서 현해탄을 넘어 돌아온 사람의 심정을 처음으로 묘사하고 경부철도에서 보이는 산기슭의 초라한 민가를 묘사한 것을 평가하고 있는 점도 지극히 흥미롭다. 한편 이인직의 대표작이라고 거론되는 「혈의 누」(1907)에 대한 언급은 뜻밖에 적다. 청일전쟁 한창일 때 일본인 군의인 이노우에#上에게 입양을 간 조선인 여자가 일본에서 성장한 다음 미국으로 유학을 가서 거기서 생이별한 실제 아버지와 재회하는 이 이야기에 대해서 임화는 단순히 재자가인 계통의 소설이라고만 평가하고 있다. 다만 「치악산」이나 「귀의 성」이 식민지 시대 내내 계속해서 팔린 데에 비해서 「은세계」나 「혈의 누」가 발매 중지 조치를 당하거나 절판이 된 점을 소개하고 있는 부분은, 모두 한일합방 직전에 발표된 작품임에도 불구하고 작품에서의 오락성이나 정론성이 작품 유통의 존폐와 관계되어 있음을 소개한 사례로서 흥미로운 지적이라고 할 수 있다.[56]

이해조의 「자유종」(1910)은 가부장제 비판 소설이다. 작중에서 고소설을 비판하고 「춘향전」을 읽어도 정치는 이해할 수 없다고 하며 미신의 책은 모두 언문으로 쓰여 있다고 말하고 있는 이 작품은 가부장제를 비판하면서 이후 이광수도 주장했던 '자녀공물론'(자녀중심론)을 작중에서 호

---

56 위의 글, [2] 181~273쪽.

소했다. 또한 축첩제도를 비판하고 과거에 실학파 지식인이 주장한 바 서자가 사회에서 활약할 수 없는 사회를 비판했다. 차별을 비판하고 평등을 주장하는 이 작품의 지향성에 대해서 임화는 서구 인본주의의 체현이라고 평가한다. 이해조는 「빈상설」(1908)에서 당시 시정생활을 작품에 반영했으며 「구의산」(1912)에서는 계모형 소설의 구성에 대한 집착을 보여줬다. 임화는 이에 대해서 그만큼 가부장적인 가족관계가 견고했던 시대의 현상이라고 보았으며 작품 자체는 구소설적, 신파적, 통속소설적, 탐정소설적이라고 했다.[57]

신소설은 임화 자신의 정의에서도 「개설 신문학사」의 중심은 아니었을 터인데, 그럼에도 불구하고 왜 이렇게 많은 비중을 두고 서술된 것인가? 이 점에 대해서 김현양은 신소설의 형식은 근대적이지 않지만, 내용은 근대적 혹은 근대지향적이었기 때문에 신소설과 구소설·고소설을 연속적으로 보려는 기획의 산물이라고 지적한다.[58] 이는 근대소설을 전대 이야기와의 접촉·교섭을 통한 생성물로서 봄으로써 근대소설을 상대화하려는 시도였다고 볼 수 있다. 이 점은 김태준의 『조선소설사』도 마찬가지인데 임화는 신소설에 관한 서술에서 이인직의 「치악산」 같은 계모소설이 끊이지 않고 쓰여지는 사실을 제시함으로써 그 창조적인 영향 관계를 이후의 소설로 확장시키려고 한 것으로 보인다. 즉 그것은 오현숙도 지적하듯이 재래의 문학전통과의 교섭을 통해 조선적인 소설양식을 논

---

57   위의 글, [2] 274~346쪽.
58   김현양, 「임화의 '신문학사' 인식과 전통 – '구소설'과 '신소설'의 연속성」, 『민족문학사연구』 38, 민족문학사학회, 2008, 47~70쪽.

함으로써 신문학의 성립을 설명하려고 한 임화의 문학사 서술의 방법적 표시라고 생각할 수도 있다.[59]

임화의 「개설 신문학사」는 여기서 서술이 중단된 채 1945년 8월 15일의 해방을 맞이하게 된다.(신소설에 대한 기술 자체도 미완성이다) 원래라면 신소설에 관한 기술로써 '과도기의 문학'에 대한 언급을 정리하고 본격적인 근대문학에 대한 언급으로 들어가서 이광수와 최남선의 소설이나 시에 대해서 거론될 예정이었을 것이다. 예를 들면 임화는 「개설 신문학사」 연재중에 발표한 「신문학사의 방법」에서 신문학의 특징을 보여주는 것으로서 이광수의 소설과 최남선의 시를 언급하고 있다. 「신문학사의 방법」의 '환경' 부분에는 다음과 같은 진술이 있다.

일례로 신문학사의 출발점이라고 할 육당의 자유시나 춘원의 소설이 어떤 나라의 누구의 어느 작품의 영향을 받았는가를 밝히는 것은 신문학 생성사의 요점을 해명하게 되는 것이다. 그들의 문학이 구-조선의 문학 특히 과도기의 문학인 창가나 신소설에서 자기를 구별하기 위하여 필요한 것은 내지의 명치(明治), 대정(大正)문학이었음은 주지의 일이다. 그러나 그때 혹은 그 뒤의 신문학이 내지문학에서 배운 것은 왕년의 경향문학과 최근의 단편소설을 제외하면 극소한 것이다. 그러면 직접으로 서구문학을 배웠느냐 하면 그렇지도 아니했다. 그럼에 불구하고 신문학은 서구문학의 이식과 모방 가운데

---

59   오현숙, 「김태준의 『증보 조선소설사』와 임화의 『개설 신문학사』 비교 - 소설의 개념과 양식론을 중심으로」, 『한국현대문학회 학술발표회 자료집』 2009-6, 한국현대문학회, 2009, 98~113쪽.

서 자라났다.[60]

임화는 여기서 분명히 신문학의 출발점을 이광수나 최남선부터라고 생각하고 있고 따라서 그들을 이인직, 이해조 다음으로 서술할 예정이었을 것이다. 이보다도 이전에 임화는 「조선신문학사론서설」에서 신소설 작가인 이인직으로부터 신경향파 문학의 작가인 최서해까지를 다룸으로써 그 사이에 이광수 문학의 역사적 의의에 대해서 언급할 수 있었다. 또한 1920년대 중반 이후에 등장한 신경향파 문학에 대해서도 이광수의 문학보다 예술적으로 뒤떨어졌지만 목적의식적인 개조운동과 관련되는 내용을 소유하고 있다는 점에서 그보다도 우위에 있다고 하며, 신경향파 문학이나 그 후의 프롤레타리아문학에 의해서 극복될 대상으로서 이광수 문학을 논하고 있다. 임화는 당시 조선인이 생활적 현실 속에서 하나의 통일적인 목표로서 요구했던 자유로부터 윤리상, 도덕상의 개인적 자유를 분리하고, 마치 그것이 전부인 것처럼 모사한 '사상적 과장'이 춘원의 낭만적인 이상주의의 기초라고 지적하였다. 임화는 이광수의 소설이 '자유연애쟁이'나 '부권에 대한 불효자식' 청년의 소극적인 범행의 자태를 너무나 일방적인 묘사를 통해서 소묘한 것에 불과하다고 혹평하고 있으나, 신문학 초기에 이광수 문학이 이룩한 역할에 대해서는 크게 평가하였다.[61] 또한 초기 프롤레타리아문학을 견인한 김기진, 박영희와 함께 이광수, 이기영의 사례를 들면서 이들이 조선문학의 발전상 기본노

---

60   임화, 「신문학사의 방법」, 1940.1, [3] 654쪽.
61   임화, 「조선신문학사론서설」, 1935.10~11, [2] 385~397쪽.

선에서 작가가 발명한 세계를 가지고 구-시대를 종결시키고 새로운 시대를 개척했다고 평가하면서 이광수의 『무정』(1917)과 이기영의 『고향』(1933~34)을 그때까지 조선문학이 알 수 없었던 수많은 인물군을 발견·창조했다고 논하였다. 특히 『무정』(1917)과 『고향』의 주인공인 이형식과 김희준을 대비해서 논하며 이기영을 이광수의 확고한 계승자라고까지 평가했다.[62] 그리고 「소설문학의 20년」(1940.4)이나 「『백조』파의 문학사적 의의 – 일 전형기의 문학」(1942.11)에서는 이광수의 계몽주의 문학에 대항하는 형태로 나온 낭만주의 문학과 프롤레타리아문학의 작가와 작품에 대해서 집중적으로 논하였다. 그러나 이 논의들이 「개설 신문학사」의 속편으로서 이어지진 못했다. 해방 후 임화는 이광수에 대해서 다음처럼 평가했다.

이광수가 근본에서 이야기책을 양기하고 서구의 소설을 들여다가 조선의 소설문학 건설의 출발점을 삼은 것이다. (…중략…) 분명히 이광수의 단편은 이야기책의 전통적 형식으로부터의 완전한 분리요 예술적인 일대 비약이었다.[63]

임화의 평가와 「개설 신문학사」를 결부시킨 근대문학에 대한 서술과 평가는 해방 후 남북한에서의 문학사 연구에 계승되어 갔다. 따라서 후대의 연구가 임화의 논의를 긍정하든 부정하든, 조선의 신문학＝근대문학에 대한 임화의 평가는 지극히 큰 실적으로서 군림하고 있는 것이다.

---

62   임화, 「문단적인 문학의 시대」, 1938.7, [3] 223~225쪽.
63   임화, 「조선소설의 관한 보고」, 1946.6, [2] 509쪽.

제7장

테느와 식민지문학

조선과 대만에서의 수용 비교

1. 임화의 「신문학사의 방법」과 테느

임화의 「신문학사의 방법」(1940.1)은 「조선문학연구의 일과제—신문학사의 방법론」이라는 제목으로 『동아일보』에서 연재되었고 이후 그의 평론집 『문학의 논리』(1940) 마지막 장에 「신문학사의 방법」이라는 제목으로 수록된 문학사론이다. 카프 해산 직후부터 임화는 식민지 조선의 동시대 문학을 역사적으로 조명하고자 하였다. 그 첫 번째 결실은 「조선신문학사론서설」(1935.10~11)이었다. 「신문학사의 방법」을 쓰고 있을 당시 그는 「서설」의 내용을 더욱 본격적으로 발전시킨 형태인 「개설 신문학사」(1939.9~1941.1)를 연재중이었다. 말하자면 「신문학사의 방법」은 조선 최초의 본격적인 근대문학사 서술이라고 할 수 있는 「개설 신문학사」의 방법론으로서 집필된 것이다.

임화의 문학사 기술과 방법론이 다시 문제시되고 현대 한국문학 연구에서 기억되는 데에는 김윤식·김현의 『한국문학사』(1973)에서의 논의가 큰 영향을 미쳤을 것이다. 특히 이 책의 제1장 「방법론 비판」의 제1절 '시대구분론'의 집필을 담당한 김현은 임화의 「신문학사의 방법」 중 다음과 같은 문학사 인식을 문제시하고 있다.

신문학이 서구적인 문학 장르(구체적으로는 자유시와 현대소설)를 채용하면서부터 형성되고, 문학사의 모든 시대가 외국문학의 자극과 영향과 모방으로 일관되었다 하여 과언이 아닐 만큼 신문학사란 이식문화의 역사다.[1]

김현은 조선문학사에 대한 이러한 인식을 이식문화론, 전통단절론으로 비판했다. 그는 한국문학사의 근대적 기점을 그때까지 정설이었던 갑오경장설(1895)이 아니라 조선 영정조 시대로 거슬러 올라가서 설정, 실학파 지식인의 문학 행위에 대해 언급하면서 공저자인 김윤식과 함께 『한국문학사』를 기술해 갔다. 이는 당시 한국 사학계에서 이루어진 근대의 기점 논쟁에서 영향을 받은 것으로,[2] 그 시대 구분은 전례 없이 획기적이었던 것이었다. 이로써 임화의 문학사 인식은 '이식문화론'의 전형적인 사례가 되었으며, 식민사관이나 식민지 근대화론의 한 변종으로서 그 문제성이 늘 거론되게 된 것이다.

임화는 위의 내용을 조선 근대문학의 '환경'에 관한 진술에서 언급하

1 　임화, 「신문학사의 방법」, 1940, [3] 653쪽.
2 　한국경제사학회, 『한국사시대구분론』, 을유문화사, 1970 등.

고 있다. 그에 따르면 '환경'이란 "한 나라의 문학을 위요圍繞하고 있는 여러 인접문학"이며, "신문학의 생성과 발전에 있어 부단히 영향을 받아온 외국문학"을 말한다. 이어서 임화는 여기서 말하는 '환경'이 『영문학사』와 『예술철학』을 저술한 프랑스의 사상가 H. A. 테느H.A.Taine(1828~93)가 제기한 문화 분석의 요소 중 하나인 '환경milieu'과는 약간 다른 개념임을 다음처럼 언급하고 있다.

> 환경이라고 할 것 같으면 우리는 곧 테느의 밀리외를 생각한다. '영문학사'나 '예술철학' 등에서 그것은 벌써 고전적 학설이다. 자연주의문학이나 실증철학과 더불어 환경이란 벌써 독특한 내용을 가진 개념이다. 그러나 테느의 환경은 먼저 이야기한 토대 가운데 포섭될 것이다. 사회적 혹은 국민적인 풍토라는 것은 곧 물질적 토대 혹은 정신적인 배경에 불외한다. 이러한 의미에서 밀리외보다 훨씬 명확하다.[3]

그런데 임화 자신의 이러한 진술에도 불구하고, 문화운동이나 문학사를 이해하는 한 요소로서 '환경'의 중요성을 지적한 테느의 논의 자체는 하나의 담론 형태로서 임화의 논의에도 큰 영향을 끼쳤다. 여기서 질문하고자 하는 것은 다음과 같다. 왜 19세기 프랑스 사상가의 논의가 문학사를 설명하는 중요한 담론이 될 수 있었는가? 그것도 식민지 조선의 문학을 설명하기 위해 20세기 중반의 동아시아에서 호출되었는가? 여기서는

---

3   임화, 앞의 글, [3] 653쪽.

같은 시기의 식민지 대만에서의 테느 수용과의 비교를 통해 그 경위와 중요성을 논하고자 한다.

2. 19세기의 테느와 20세기 유럽 비교문학

테느는 19세기 후반의 프랑스 사상가이다. 당시 유럽에서는 문학이나 예술을 국민성의 관점에서 바라보는 사고나 사상이 융성했다. 그의 주요 저작인 『영국문학사*Histoire de la Littérature anglaise*』(1864~72)는 프랑스인이 쓴 최초의 영국문학사이자, 단독저자가 쓴 최초의 본격적인 영국문학사이기도 하였다. 그는 A. 콩트A.Comte와 J. S. 밀J.S.Mill에게서 배운 실증주의 정신을 바탕으로 복잡한 현실을 분석과 추상을 통해 단순 명료한 세계로 환원하면서 이를 인간 정신의 기구(=심리)와 운동(=역사)을 지배하는 소수의 근본 원칙과 정리·공식으로 설명하려고 했다.[4]

테느는 『예수전*Vie de Jésus*』(1863)의 저자인 사상가 E. 르낭E.Renan(1823~92)과 동시대인으로, 당시 프랑스의 사상과 철학을 석권한 인물이었다. 신학자이자 종교사학자였던 르낭의 경우 테느의 실증주의와는 방법이 달랐는데, 르낭은 같은 역사학과 문헌학의 기초 위에서 역사의 형이상학적 주관적 해석을 많이 채용했다.[5] 말하자면 테느와 르낭은 이 시대 프랑스 사상

---

4   平岡昇, 「ルナン·テーヌ素描」, 『プロポ』 II, 白水社, 1982, p.392; 平岡昇, 「訳者序」, イポリト·テーヌ, 平岡昇 訳, 『英国文学史』 第1巻, 創元社, 1943, pp.10~12.
5   平岡昇, 「ルナン·テーヌ素描」, 앞의 책, p.392.

계에서 상호보완적인 역할을 했다고 할 수 있다. 바로 이 르낭의 대표적인 연설 「국민이란 무엇인가?Qu'est-ce qu'une nation?」(1882)는 사람들의 과거, 현재, 미래의 희생정신으로 구성된 연대감을 '국민'의 불가결한 요소로서 주장하며, 그러한 정신적 원리로 결부된 것을 "국민이란 나날의 국민투표이다"라고 표현하고 있다. 여기서 르낭이 말하는 '국민'이란 인종이나 언어에 결부되어 있을 필요가 없으며, 그 대신 프랑스 국민이라는 항상적인 정신적 지향이야말로 국민을 '국민'이도록 하는 것이다. 르낭의 이와 같은 견해는 독일의 철학자 J. G. 피히테J.G.Fichte(1762~1814)와 대조적이다. 「독일 국민에게 고함Reden an die Deutsche Nation」(1808)에서 피히테가 인종과 언어에 바탕을 둔 네이션 공동체를 상정하고 있다면, 르낭은 인종과 언어가 아닌 사람들의 정신적 지향성, 소속감으로 국민을 설명하려고 한 것이다. 여기에는 르낭 자신이 처해있던 정치적 조건이라는 문제가 개입되어 있다. 프랑스 왕당파로서 르낭은 독일어권인 알자스-로렌 지방의 프랑스 귀속을 거기 거주하는 사람들의 프랑스에 대한 정신적 지향성이라는 문제로 파악하고자 했다.[6]

르낭이 주장한 이런 프랑스 국민주의가 2차대전 후 프랑스/마르티니크Martinique의 시인이자 정치가인 에이메 세제르Aimé F.D.Césaire(1913~2008)의 『식민주의론Discours sur le colonialism』(1955)이나 미국의 후기 식민주의의 비평가

---

6   J・ロマン,「二つの国民概念」, E・ルナン ほか, 鵜飼哲 ほか訳,『国民とは何か』, インスクリプト, 1997, pp.7~40. 독일어권인 알자스-로렌 지방의 보불전쟁(1870~71) 후의 상황에 대해서는 프랑스 작가 알퐁스 도데(Alphonse Daudet, 1840~97)의 단편소설 「마지막 수업(La Dernière Classe)」(1873)이 유명한데, 그 지역이 원래 독일어권이었던 점에서 오는 이 작품 읽기의 어려움에 대해서는 中本真生子,「アルザスと国民国家 -「最後の授業」再考」,『思想』887号, 岩波書店, 1998.5, pp.54~74 참조.

에드워드 W. 사이드의『오리엔탈리즘*Orientalism*』(1978)에서 아프리카를 '문명화'하려고 한 프랑스 식민주의를 정당화한 논리로서 비판받은 바가 있는 것은 물론 주지의 사실이다.

여기서의 논의에서 중요한 것은 르낭과 동시대 사상가였던 테느 또한 르낭의 프랑스 국민주의 사상을 공유하고 있다는 점이며, 이 같은 테느의 논의가 1930년대 동아시아 지식인에 의해서 호출되었다는 점이다. 이를 검토하기 위해서 먼저 당시 시작되고 있었던 학술 제도로서의 비교문학의 논의와 그것이 제국 일본의 고등교육과 학술계에 소개된 과정을 살펴보고자 한다.

비교문학이라는 학문적 제도는 1차대전과 2차대전 사이 프랑스에서 시작되었다. 프랑스 각지의 대학에서 강좌들이 개설되었고 기관지와 총서가 간행됐는데, 그중에서도 1914년부터 간행된 '비교문학총서Biblio-thèque de Littérature Comparée'와 1921년에 창간된『비교문학잡지*Revue de Littérature Comparée*』가 대표적이다. 이 두 잡지는 막 시작된 일본 제국대학의 학술계에 소개되었다.[7]

당시까지 유럽에서 문학을 비교하는 사고는 각국 문학사를 비교하는 일이었다. 그런데 1차대전 후의 내셔널리즘에 대한 다양한 반성적 사고 속에서 각 국민문학의 병치가 아니라 상호 작용을 통해 유기적으로 문학 작품을 인식하려는 새로운 문학사 방법이 모색되었다. 이때 프랑스 국민주의와 국민정신을 강조한 전 세기의 사상가 테느의 학설은 비판의 대상

---

7   橋本恭子,『『華麗島文学志』とその時代－比較文学者島田謹二の台湾体験』, 三元社, 2012, pp.36~37.

이 되었다. 대신에 세계주의cosmopolitanism와 유럽주의를 강조하는 F. 브뤼
티에르Ferdinand Brunetiére(1849~1906)의 문예 장르 연구로 연구의 주류가
옮겨 갔다. 그리고 이를 이어서 문학의 생성과정, 유동성, 변천 등을 연구
대상으로 삼아야 한다고 한 F. 발당스베르제F.Baldensperger(1871~1958) 등
의 방법이 이른바 '비교문학'의 주된 연구 방법이 되었다.[8]

이처럼 테느 류의 문학연구 방법을 극복하고 세계주의를 표방하려고
한 1차대전 후의 프랑스 사상계의 동향은, 1920년에 제네바에서 설립
된 국제연맹을 중심으로 각종 문화활동과 운동이 지원된 사실과도 관계
가 있을 것이다. 특히 1922년 국제연맹의 자문기관으로 설립된 '지적협
력국제위원회la Commission international de Coopération intellectuelle'는 문화국제
주의를 표방하면서 각종 사상과 인물, 학문의 교류를 지원했는데, 앞에서
거론한 『비교문학잡지』도 이 위원회의 지원을 받은 것이었다. 후대의 이
야기이지만 1936년 6월 부다페스트에서 열린 이 위원회의 사회를 폴 발
레리가 맡으면서 '새로운 휴머니즘un nouvel humanism'이 제창된 것도 유명
한 사실이다.[9] 비교문학은 이와 같이 유럽 내의 위기의식 속에서 상호융
화와 유럽 중심주의가 제창되었을 때 학문적 제도로 확립되었으며, 그 속
에서 테느의 학설이 비판적으로 계승되고 있었다.

여기서 다시 한 번 확인해두어야 할 것은 테느가 영국인이 아니라 프
랑스인이라는 점이다. 그는 항상 자신의 라틴적 전통 내에서 앵글로색슨

---

8   위의 책, pp.42~43.
9   入江昭, 篠原初枝 訳, 『権力政治を超えて-文化国際主義と世界秩序』, 岩波書店, 1998,
     pp.66~83.

의 문학, 영국의 문학을 바라보고 그 역사를 서술했다. 따라서 이 시기 유럽에서 시작된 비교문학이라는 학문은 끊임없이 테느 등의 학설, 즉 프랑스에서 이루어진 영문학 연구를 중요시할 수밖에 없었고, 그 학문적 제도를 받아들이려고 했던 1920년 당시의 제국일본의 학술계 또한 비교문학을 수용함과 동시에 테느 또한 열심히 받아들이려고 한 것이다.[10]

다음 장에서는 그 구체적 전개로서 당시 일본의 학술계에서 비교적 이른 시기에 프랑스 비교문학의 논의를 소개하고 있었던 대북제국대학 교수인 시마다 긴지島田謹二와 그 제자인 대만인 비평가 황더시黃得時의 논의를 살펴보도록 한다. 식민지 대만에서 이 두 사람의 논의가 이루어지고 있던 1930년대 후반은 바로 식민지 조선에서 임화가 테느를 참조하고 있었던 시기이기도 했다.

3. 대북제대의 비교문학과 테느 ─ 시마다 긴지와 황더시

시마다 긴지島田謹二(1901~93)는 도쿄에서 태어났고 1928년 졸업논문 「젊은 날의 말라르메의 서정시」를 제출하며 도호쿠제국대학 영문과를 졸업했다. 이후 1929년 3월부터 영어 강사로 대북제국대학에 부임,

---

10 참고로 1945년 이전에 일본에서 간행된 테느 저서의 일본어 번역은 다음과 같다. テエヌ, 広瀬哲史 訳, 『芸術哲学』, 大村書店, 1926; H·テエヌ, 瀬沼茂樹 訳, 『文学史の方法』, 岩波書店(文庫), 1932; イポリート·テーヌ, 丸山誠次 訳, 『文化と風土─英文学史其他』, 改造社(文庫), 1932; イポリト·テーヌ, 平岡昇·河内清訳, 『シェイクスピアからミルトンまで』, 大山書店, 1937; テーヌ, 平岡昇·秋田滋 訳, 『作家論』, 改造社(文庫), 1938; イポリト·テーヌ, 平岡昇 訳, 『英国文学史』1·2·3, 創元社, 1940~49.

1944년까지 16년 동안 대만에서 교육과 연구 생활을 보냈다. 아시아-태평양전쟁에서 일본이 패배한 후 시마다는 도쿄로 돌아가 1948년 일본비교문학회 창설에 참여했고 1949년부터는 신제도하의 대학으로 새롭게 출발한 도쿄대학 교양학부 교수로서, 그리고 대학원 비교문학 비교문화 과정의 초대 주임 교관으로서 1961년 퇴임 때까지 수많은 후진 연구자를 지도했다. 이와 같은 시마다 긴지의 경력은 일본 학술계에서 그가 말 그대로 제도로서의 비교문학이라는 학문의 중심인물로 군림했음을 보여준다. 시마다의 주요 학문적 업적으로서는 ① 제국 일본 해군 군인을 다룬 메이지明治기 내셔널리즘 연구, ② 근대 일본문학과 서양문학의 비교 연구, ③ 프랑스 영문학 연구, ④ 대만의 일본문학 연구 등이다. 이 중 ① 부터 ③까지는 1945년 전부터 그 후에 이르기까지 시마다의 학문적 업적으로서 전개됐는데, ④의 경우 대만에 거주한 1944년까지가 주된 연구 시기로 그 이후의 학문적 전개는 거의 없었다.[11]

이 ④에 분류되는 시마다의 연구는 당시 『화려도문학지華麗島文学志』라는 제목으로 단행본으로 정리될 예정이었는데, 여러 사정으로 시마다가 대북제대에 재직 당시에는 간행되지 못했다. 단행본 간행이 이루어진 것은 시마다가 세상을 떠난 후인 1995년의 일이었는데(일본 메이지서원明治書院에서 간행), 여기에 수록된 논문의 대부분은 1940년 즈음까지 발표된 것으로 대만 거주 당시 집필된 것이다. 시마다는 이미 1930년대에 대북제대 재직 시절부터 프랑스 비교문학을 연구, 소개하고 있었다. 이러한 비

---

11 시마다의 약력에 대해서는 橋本恭子, 앞의 책, pp.9~14를 참조했다.

교문학 연구의 토대 위에서 1930~40년대에 대만에서 거주하면서 일본(어)문학의 범주를 구상한 것이 이 『화려도문학지』였던 것이다. 다음으로 그 내용을 살펴보도록 한다.

시마다는 우선 대만의 문학에 대해서 17세기 이래 이 섬을 지배해 온 네덜란드, 스페인, 중국, 일본에 의해서 이루어진, 따라서 시대에 따라 언어를 달리하고 국민을 달리하는, 한 지역에서 발생한 서로 연관이 없는 문학 현상이라고 정의한다.[12] 여기서 시마다는 대만 내에 있는 민족의 차이는 문제 삼지 않으며, 대만의 현지인과 외래의 지배자, 식민자를 모두 대만문학의 담당자라고 설명한다. 이어서 아프리카 북부와 동남아시아에 거주하는 프랑스인들의 문학 활동을 참조하면서 대만에 거주하는 일본인들의 문학 활동으로 시선을 옮긴다.[13] 1930년대 중반 현지 대만인들에 의해서 간행된 『대만신문학』이나 『대만문예』(처음에 중국어로, 그 후에 일본어로도 간행)의 활동은 시마다도 알고 있었을 것이다. 그럼에도 불구하고 시마다는 대만인들에 의한 문학 활동에 대해서는 식민지 통치의 방침을 파괴하는 문학이라고 규정, 그런 문학들은 프랑스 외지에도 있는데 다분히 정치적 주장에 시종할 뿐이라고 일갈한다. 그에게 일본의 '외지'로서의 대만의 문학은 식민 통치의 방침을 따른, 주로 일본인이 담당하는 문학에 국한된 것이었다.[14]

1930년대 중반은 식민자인 일본인 사이에서도 대만에서의 '향토의식'

---

12 松風子(島田謹二),「南島文学志」,『台湾時報』, 1938.1, p.64.
13 松風子(島田謹二),「台湾におけるわが文学」,『台湾時報』, 1939.2, p.48.
14 島田謹二,「ジャン・マルケエの仏印小説」,『文芸台湾』, 1941.10, pp.37~38.

이 싹트기 시작한 때였으며, 동시에 대만인들의 이른바 '대만 의식'이 선명
해진 시기이기도 하였다. 황석휘黃石輝(1900~45)나 곽추생郭秋生(1904~80)
은 대만어 문학 건설을 주장했다. 여기에 대해 요육문廖毓文(1912~80), 뢰명
홍賴明弘(1915~58), 주점인朱点人(1903~47) 등이 문예 대중화는 대만어가 아
니라 중국 백화문으로 이룩해야 한다고 주장한 '향토문학논쟁'이 1930년
대 전반에 펼쳐졌다. 다분히 프롤레타리아문학운동의 흔적을 발견할 수
있는 이 논쟁 이후 1930년대 후반에 이르면 당시 발간된 『문예대만』, 『대
만문학』에서는 용영종龍瑛宗(1930~99)이나 장문환張文環(1909~78), 여혁약
呂赫若(1914~51) 등 대만인 작가 중에서도 일본어로 창작하는 사람들이 주
류가 되었다. 그 결과 향토문학논쟁에서 주장된 문학운동의 내용은 조금
씩 변질되고, 다분히 일본(도쿄문단)을 의식한 지방주의localism나 이국취미
exoticism를 강조한 문학 작품이 다수를 차지하게 되었다.[15]

식민화에 따른 사용언어의 교체를 포함한 대만문학의 이러한 전환기
에 있어서 시마다는 대만인들에 의한 문학 활동을 분석 대상에서 제외하
고 외지 대만에 거주하는 일본인들의 일본어 창작에 대해서만 언급하였
다. 시마다는 자신의 논의에서 결코 '대만문학'이라는 말을 쓰지 않고 '외
지문학'이라는 용어만 사용했는데, 그의 논의는 대만의 독자들로 하여금
왜 일본인의 일본어 문학만을 다루냐는 불만을 품게 할 요소가 충분히
존재하는 것이었다고 할 수 있다.[16]

이러한 시마다의 논의를 옆에서 지켜보고 있었던 유일한 대만인이 시

---

15   橋本恭子, 앞의 책, pp.192~198.
16   위의 책, pp.350~362.

마다의 대북제대 시절 지도학생이었던 황더시黃得時(1909~99)였다. 1909
년 타이페이에서 태어난 그는 1934년부터 37년까지 대북제대 동양문
학과 재학 당시 대만 신문학 운동에 적극적으로 가담했고『대만문예』나
『대만신문학』에도 자주 투고했다. 대북제대 졸업 후에는 대만의『대만신
민보』에 입사해서 일문 부주간으로『수호전』의 일본어 번역을 연재하기
도 했다.(1937.12.5~1942.12.7) 1941년에는 장문환張文環 등과 함께『대만
문학』을 창간했으며, 1944년에는 재직하고 있었던『대만신민보』가 정간
조치를 받았다. 일본 패전 후인 1945년 12월에 그는 대만대학 중문계 교
수로 부임했고 이후 대만의 중국학에서 중심적인 역할을 했다. 주요 저서
로『대만문학사』(1984~93) 등이 있다.[17]

황더시가 아직 대만이 일본의 식민지였던 시기에 시마다의 외지문학
론에 대항하기 위해 집필한 것이 1943년 잡지『대만문학』에 일어로 발표
된「대만문학사」를 비롯한 일련의 저작들이었다.[18] 그는 이미 1940년 전
후의 대만문학의 이국취미에 대해서 다음처럼 비판한 바 있다.

사당의 빨간 지붕이라든지 서낭제 축제라든지 많은 것을 소재로 선택했기
때문에 보기에는 상당히 아름답고 신기하지만 가슴에 와 닿는 저력이 비교적
적다.(원문은 일본어)[19]

---

17 編集部 編,「黃得時年表」, 黃得時,『評論集』(台北県作家作品集 5), 台北県立文化中心出版,
    1993 참조.
18 黃得時,「台湾文学史序説」,『台湾文学』, 1943.7; 黃得時,「台湾文学史(二)」,『台湾文学』,
    1943.12;「台湾文学史(三)」,『台湾文学』, 1943.12.
19 黃得時,「台湾文壇建設論」,『台湾文学』, 1941.9, p.7.

황더시의 이러한 이국취미 비판은 대만에 거주하는 일본인들의 문학
뿐 아니라 일본어로 창작하게 된 대만인들의 일본어 문학 작품에도 보이
는 이국취미를 비판한 것이었다. 어떤 언어로 씌어졌는지 어느 민족이 썼
는지를 논하는 효용성 자체가 의문시된 당시 식민지 대만에서 '대만문
학'이란 문화 혼종의 결과로서 파악할 수밖에 없었던 것이다.

황의 이러한 현장 인식은 이른바 「대만문학사」 서술에서의 '대만문학'
정의에도 계승된다. 그는 우선 「대만문학사 서설」의 서두에서 '대만문학'
의 범위에 대해 대만이 역사적으로 네덜란드, 중국, 일본의 지배하에 있
었기 때문에 저자의 국적이나 언어, 장소는 다양할 수 있다고 하면서 최
소한 '대만'이라는 장소와 관련이 있으면 그것이 어떤 언어로 쓰여 있든
어느 나라 사람이 쓴 것이든 상관없다고 전제한다.[20] 그 다음 중국의 청나
라 문학에서도 일본의 메이지 문학에서도 볼 수 없는 대만 특유의 문학
사를 구축하면서 '종족', '환경', '역사(시대)' 라는 세 가지 요소에 대해서
고찰한다. 말할 것도 없이 이 세 가지 요소란 테느가 『영국문학사』 서설
에서 전개한 방법과 동일한 것이다.

황더시는 대만문학의 '종족'은 대만의 원주민이나 네덜란드인, 스페
인인, 한족, 일본인들까지 그 담당자는 다양했다고 지적한다. 그리고 한
족이라도 복건인福建人과 광동인広東人의 구별이 있었다고 첨언한다. 이때
'종족'은 문학 담당층의 민족이나 종족을 말하며 이는 당연히 문학에 있
어서 사용언어의 문제와도 이어진다. 여기서 황이 중국어권 중에서도 복

---

20   黄得時, 「台湾文学史序説」, 『台湾文学』, 1943.7, p.3.

건인과 광동인의 구별에 대해 지적하고 있는 것은 1930년대 전반에 있었던 '향토문학논쟁'에서 문학 대중화를 위한 언어를 대만어閩南語로 할 것인지 중국 백화문으로 할 것인지가 논의된 사실과도 관련 있을 것이다. 두 번째, '환경'에 대해서 황은 문학 행위가 생성되고 전개되는 공간으로서의 풍토를 가리키고 있다. 기후가 온난하고 물자가 풍부한 대만에서 문학자들은 때로 이국취미의 문학에 기울어졌다고 하면서, 이전의 대만 동시대 문단에 대해 발언한 이국취미 비판의 편린을 여기서도 보여주고 있다. 세 번째, '역사(시대)'에 대해서 황은 지난 300년 동안 대만은 네덜란드, 정씨, 청나라, 일본 등에 의해 지배되었고 "민족적 불만과 정치적 불평을 토로한 작품"으로부터 "새로운 지배자와 협력하는 작품"까지 여러 경향의 작품이 씌어졌다는 사실을 지적한다.[21] 이어서 비록 충분한 서술이라고 하기는 어렵지만 '정씨鄭氏시대', '강희康熙 · 옹정雍正시대', '건륭乾隆 · 가경嘉慶시대', '도광道光 · 함풍咸豊시대', '동치同治 · 광서光緖시대', '개례이후改隷以後' 등 여섯 시대로 나눠서 대만이라는 공간에서 생성된 여러 문학 작품에 대해서 언급하고 있다.[22]

이렇게 황더시는 테느가 문학사의 방법을 제시할 때에 내건 세 가지 요소를 원용하면서 대만의 문학의 특징을 지적했는데, 이 모든 지적이 시마다가 『화려도문학지』에서 제기한 외지문학론에서 배제한 것들, 즉 문학 담당자로서의 대만인과 중국인, 사용언어로서의 중국 지역어 또는 작품 경향으로서의 정치성 등을 최대한 받아들이려고 한 것이었음을 알 수 있

---

21 위의 글, p.4.
22 黃得時, 「台湾文学史(二)」, 『台湾文学』, 1943.12; 「台湾文学史(三)」, 『台湾文学』, 1943.12.

다. 그런데 황이 혼자서 테느 이론을 원용한 것은 아니었다. 그가 테느를 받아들인 배경에는 다름 아닌 그의 논의의 주된 비판 대상이었으며, 대북제대의 지도교수였던 시마다가 있었다. 시마다 자신이 비교문학 이론을 받아들이는 과정에서 테느 문화이론의 요소 환원주의 및 문학에서 국민정신을 찾아내려고 하는 논의를 비판적으로 수용하고 있었던 것이다.[23]

황은 시마다의 이러한 수용을 나날이 접하면서 굳이 시대에 뒤떨어졌다고도 할 수 있는 테느 이론을 원용했다. 그것은 많은 국가, 국민, 언어에 지배되어 온 대만의 특수성에 주목함으로써 역으로 이를 통해 대만의 주체성을 내세우기 위함이었다. 바로 이 주체화를 위해서 원용된 것이 테느 이론이었던 것이다.

요컨대 19세기의 프랑스 국민주의는 프랑스의 판도를 넘어 언어를 달리한 지역에 사는 사람들의 '프랑스인'이고자 하는 지향성을 강조하고 그것을 주체화하려고 했다. 이 국민주의는 20세기에 접어들면서, 특히 1차대전 후의 세계주의 및 그것에 바탕을 두면서 생성된 비교문학의 논의 속에서 한 번은 폐기됐는데, 제국 내부에서 억압된 지역이나 민족의 문화 혼종성을 설명하는 도구로서 20세기의 동아시아에서 다시 한 번 호출된 것이다. 시마다와 황의 관계에서 말한다면 시마다가 외지문학론에서 대만인들의 민족주의나 정치성을 부정하고 일본인 중심의, 일본어로 된 외지문학론을 내세우려고 한 태도가 전자의 것이었다고 한다면, 황의 대만

---

23 예를 들면 島田謹二, 「仏蘭西派英文学の研究 − オーギュスト·アンヂュリエの業績」, 『文学科研究年報』, 台北帝国大学文政学部, 1937.4 등. 橋本恭子, 앞의 책, pp.391~394에서 재인용.

주의는 말 그대로 후자의 것이었다. 그렇다면 식민지 조선에서는 이것을 어떻게 생각할 수 있는가? 다음으로 임화의 논의를 살펴보기로 하자.

4. 문학 생성의 장소로서의 '환경' – 임화의 경우

서두에서 언급했듯이 임화는 스스로 집필하고 있었던 「개설 신문학 사」의 연재 중 그 방법론이라고 할 수 있는 평론 「신문학사의 방법」을 썼다. 잘 알려져 있듯이 이 평론은 '대상', '토대', '환경', '전통', '양식', '정신'의 여섯 가지 범주에서 스스로가 집필하는 신문학사, 식민지 조선의 근대문학사 서술 방법을 진술한 것이다. 지금까지 이 문학사론은 유물변증법적인 방법과 얼마나 거리가 있는지에 대해서 논의되는 경우가 많았으나[24] 여기서는 테느 방법론과 관련해서 조금 더 자세히 임화의 논의를 검토하고자 한다.

'대상'에서 임화는 신문학사의 전사로서 조선의 한문학을 포함할 것을 주장한다. 조선의 중세기에 꾸준히 이어진 한문학의 역사를 간과해서는 조선의 문학사를 논할 수 없고 또 그 최근사로서의 신문학사도 서술할 수 없다는 것이 임화의 입장이었다. 세계의 근대문학에서 'Literature' 앞

---

24 김윤식, 「이식문학론 비판」, 『한국문학의 근대성과 이데올로기』, 서울대 출판부, 1987; 임규찬, 「임화 '신문학사'의 올바른 이해를 위하여」, 임규찬 · 한진일 편, 『임화 신문학사』, 한길사, 1993; 임규찬, 「임화의 문학사 방법론과 문학사 서술」, 『문학사와 비평적 쟁점』, 태학사, 2001; 임규찬, 「임화 문학사를 둘러싼 몇 가지 쟁점」, 임화문학연구회 편, 『임화 문학연구』, 소명출판, 2009; 박진영, 「임화의 문학사론과 신문학사 서술」, 문학과사상연구회 편, 『임화문학의 재인식』, 소명출판, 2004 등.

에 두는 국적(조선의 경우에는 Korean)이란 사용언어인 동시에 인종이나 민족, 혹은 다루고 있는 내용까지 포함하는 삼위일체의 형용사이다. 그런데 임화는 특히 근대정신의 선구인 실학 사상가들의 업적들을 언급하면서 주로 한문으로 된 이들 저술을 조선문학사에 받아들이고 그것을 계승하며, 그것과 교섭해 가는 과정이 조선의 신문학사임을 주장했다.

그리고 '토대'란 물질적 토대, 즉 문학의 배경이 되는 시민적 사회관계(사회사)를 말하고 '환경'이란 조선의 문학을 둘러싼 인접문학, 외국문학을 말한다고 했다. 임화는 여기서 테느가 말하는 '환경'이 사회적 국민적 풍토를 가리킨다는 이유로 이를 '토대' 쪽에 포함시키고, '환경'에서 언문일치와 성경번역, 일본문학을 통한 서구문학의 유입이라는 사실을 지적하며 조선의 신문학사가 '이식'의 역사라고 말한다. 서두에서 지적한 이른바 '이식문화론'에 관한 진술이 등장하는 것이 바로 이 부분이다. 이것을 문제시한 1970년대 김현의 논의는 위에서 밝힌대로 식민화에 의해 근대가 생성된 것이 아니라 그 이전에 근대의식의 징조로서 실학사상이 존재했다는 것이다. 그런데 실은 임화 자신에 의해 이미 '대상' 부분에서 같은 지적이 행해지고 있다. 김현이 지적한 1930년대의 실학파의 재발견이란 실로 김현이 '이식문화론'이라고 비판한 임화가 경영하고 있었던 출판사 '학예사'에서 김태준의 『조선소설사』(1939) 등, 이른바 조선학 총서를 간행하면서 전개된 논의이자 운동이었다.

따라서 임화는 '전통' 부분에서 이 문화 이식의 운동 자체가 전통과의 교섭을 통해서 해체되어 간다고 지적할 수 있었던 것이다. 즉, 조선의 신문학은 일본에서 혹은 일본을 통해서 서구로부터 문학이라는 제도를 받아들였으되 이는 단순한 도입이 아니라 재래의 전통문학과의 교섭을 통해서 현재에 이르고 있는 것이다.[25] 이것은 '양식' 부분에서 진술되는 고전주의, 낭만주의 등의 문예사조의 경우에도 마찬가지로 적용될 수 있다. 여기서 확실히 명시되어 있지는 않지만, 이 사조 중에는 당연히 과거의 프롤레타리아문학운동 또한 포함되어 있다.

마지막으로 임화는 '정신' 부분에서 문학사의 목적과 도달점이 문학적, 양식적 운동과 변천의 근원이 되는 '정신'임을 지적한다. 왜 시대에 따라서 감수성의 양식이나 사고의 방식 내지는 체계의 구조가 달라지는지, 서로 다른 구조를 가진 정신이 어떤 원인으로 변천해 나갔는지를 분석하고 검토하는 것이 신문학사의 목적이라고 주장하고 있는 것이다.

이렇게 보면 임화 자신은 테느의 문학사 방법론과의 차이를 강조하고 있지만, 전체적으로는 테느의 방법론을 보다 치밀하게 항목화한 것으로 보인다. 즉, 테느가 '종족' 부분에서 논한 것을 임화는 '대상'이나 '전통' 부분에서 강조하면서 전통과의 교섭 혹은(종족이 아니라) 사용언어의 차이(한문이냐 국문이냐)를 논하고 있으며, 또 테느가 '환경'에서 논한 문학의 생성 공간과 관련된 것을 임화는 '토대'나 '환경' 부분에서 논했다고 생각할 수 있다. 마찬가지로 테느가 '시대'에서 논한 것을 임화는 '양식' 혹은 경우에 따라서는 '전통' 부분에서 논하면서 문화 이식이 단순히 이식에서

---

25 김윤식은 임화가 이 문학사론에서 물질적 토대와도 별개의 것이고 정신적 배경과도 분리되는 이 특이한 '환경'이야말로 신문학의 생성 법칙의 제1항이라고 간파했음을 지적하고 있다. 김윤식, 『임화와 신남철 – 경성제대와 문학사의 관련 양상』, 역락, 2011, 119쪽. 다만 임화 자신은 단순히 '환경'이 문화운동을 검토할 때의 독립된 요소가 아니라 '전통' 과의 교섭을 같이 생각함으로써 처음으로 생성 법칙으로서 제시할 수 있다고 주장하고 있다.

끝나는 것이 아니라 재래 문화와 교섭함으로써 해체되어 가는 과정임을 지적하고 있는 것으로 보여진다.

임화는 대만의 황더시처럼 이론적으로 대항할 구체적인 대상이 없었다. 그러나 황더시와 마찬가지로 임화도 테느의 방법론을 원용하면서 때로는 스스로 그 항목을 치밀화시키면서 조선의 신문학을 논했고 또 동아시아 문학사에서 '조선'을 주체화했다고 할 수 있을 것이다. 이런 점에서 제국 일본의 식민지였던 조선과 대만에서 테느의 문학사 벙법론, 문화이론이 같은 1940년 전후에 호출된 것은 결코 우연이 아니다. 한번 폐기된 전 세기의 테느의 방법론은 문화 혼종이 문화와 문학의 전개에서 중요한 역할을 하고 있음을 인정한다는 점에서 제국의 식민지 문학자들에 의해서 같은 형태로 원용되었다고 할 수 있다.

제8장

영화사와 서사시적인 것

1. 영화에서의 '조선표상'과 그 대항물

임화가 그 생애에서 영화론을 발표한 것은 크게 두 시기로 나눌 수 있다. 첫 번째 시기는 1920년대 말 도쿄 유학 전후에 발표한「최근의 세계영화의 동향」(1929.2),「영화적 시평」(1929.6),「〈화륜〉에 대한 비판」(1931.3~4) 등의 프롤레타리아 영화에 관한 평론이다. 이때 그는 조선에서「유랑」(1927),「혼가」(1929),「지하촌」(1931),「최후의 승리」(1936) 등 네 편의 영화에 배우로 출연하였고 도쿄에서도 영화평론을 일본어로 발표했다.[1] 두 번째는 도쿄 유학으로부터 10년 정도 지난 시기로 이 시기에 임화

1　松崎啓次,「日本に於けるプロレタリア映画運動の発展」, 新興映画社,『プロレタリア映画運動の展望』(大鳳閣書房, 1930), pp.157~158에 따르면, 1930년 당시 일본 프롤레타리아

는 조선영화의 발자국을 회고한 「조선영화발달 소사」(1941.6)와 「조선영화론」(1941.11), 그리고 영화 〈복지만리福地萬里〉(1941)에 대해 논한 「영화의 극성과 기록성」(1942.2) 등 중요한 영화론과 영화평론을 남기고 있다.

첫 번째의 시기, 즉 1929~30년에 도쿄에 유학하고 있었던 시기에 임화가 일본어로 발표한 영화평론 「조선영화의 제경향에 대해서」(1930.3)가 게재된 잡지 『신흥영화新興映畫』는 일본 프롤레타리아영화동맹의 기관지이다. 임화의 이 평론은 일본의 프롤레타리아 시인인 고리야마 히로시郡山弘史(1902~66)의 평론 「조선영화에 대해서」(1930.1)에 대해 응답하는 형식으로 씌어진 것이었다. 고리야마는 1924년 동북학원 전문부 영문과를 졸업 후에 조선에 건너가서 경성부립 제일보통고등학교의 교사로 재직하였다. 조선 거주 중에 그는 시집 『비뚤어진 달歪める月』(1926)을 간행했다. 이 시집에 수록된 「경성역京城驛」이라는 작품에서 그는 "끊임없이 토하고 / 끊임없이 피를 빨고 / 300만 엔 옷에 장식된 / 교만하게 일본의 노예 조선 한가운데에 군림하는 너 / (…중략…) / 너 / 근대 일본을 자랑하는 완비된 교통기관 / 조선민족의 도살기!"라고 고발하고 경성역의 장엄한 고딕 건축을 식민지 착취의 상징으로서 그리는 등 일본의 프롤레타리아 시인으로서 조선에 있는 것의 의미를 물었다.[2]

고리야마가 쓴 조선영화 소개는 당시 조선에서의 프롤레타리아 영화

영화동맹(프롤레타리아 키노)에서 제작부, 영사부, 재정부 등이 정비된 조직은 도쿄와 교토밖에 없었지만 조선에서는 「프롤레타리아 영화」 조선 지사·서울 키노 영화공장이, 조선 내에 약 40군데의 배급소를 가지고, 몇 편의 35밀리를 제작하고 있어 주목받았다고 한다.

2　郡山吉江編, 『郡山弘史·詩と詩論』, ウニタ書舗, 1983, pp.37~38 및 pp.294~295. 시 「경성역」의 일어 원문은 다음과 같다. "間斷なく吐瀉し / 間斷なく吸血し / 三百万円の衣裳に

의 인기에 대해서 언급하는 것이지만 기본적으로는 나운규가 감독, 주연을 맡은 무성영화 「아리랑」(1926)에 보이는 반역성, 즉 광인과 부랑자를 전면에 내세우고 저항성을 나타내려고 한 작품 소개로 시종했다. 임화는 이에 대해서 나운규가 그 후 작품적으로 성공하지 못했고 반동성마저 보인 것을 지적하면서 나운규에 이어 등장한 프롤레타리아 영화가 엄중한 검열을 견디어내면서 피억압 민족의 해방을 위해서 싸우고 있다는 점을 지적하고 있다.[3]

고리야마의 영화 「아리랑」에 대한 평가를 문제삼으며 백문임은 조선을 종족적인 게토로 만들어 내는 '시각적 인류학visual anthropology'의 문제를 지적하고 있다.[4] 다만 이때의 고리야마의 평론에서의 '종족적 게토화'와 '시각적 인류학'이 어떤 종류의 것인지 더 구체적으로 검토할 여지는 있어 보인다. 예를 들면 1903년 일본 오사카大阪에서 일어난 '인류관 사건'을 상기해도 좋을 것이다. 이것은 같은 해 오사카 텐노지天王寺에서 개최된 내국권업박람회에서 '학술인류관'이라는 것이 설치되고 거기서 아이누, 대만, 고산족生蕃(대만 원주민) 오키나와沖繩(류큐인), 조선(대한제국), 지나支那(청나라), 인도, 자바Java, 벵골Bengal, 터키, 아프리카 등 32명의 사람들이 민족복을 입고 일정한 구역 내에 거주하면서 일상을 전시한 것에 대해 오키나와와 청나라가 항의함으로써 문제가 된 사건이다. 문명과 야만, 개화와 미개를 한 곳에 모아서 시각적으로 보여주는 이 같은 제국의

装飾され / 傲然と日本の奴隷朝鮮の真っ只中に突立するお前 / (…中略…) / お前 / 近代日本を誇る完備せる交通機関 / 朝鮮民族の屠殺機!"

3　임화, 「朝鮮映画の諸傾向に就いて」, 『新興映画』(1930.3), [영화] 250~254쪽.

4　백문임, 『임화의 영화』, 소명출판, 2015, 40~42쪽.

인종박람회와 비교하자면, 고리야마의 평론에서 보이는 조선(인)표상은 일본제국을 저격하는 주체로써 상정되며 그럼으로써 제국을 공포에 잠기게 하는 반역성을 드러내는 것으로 표현되었다.

사실 이러한 조선인 표상이 고리야마만의 것이라고 할 수는 없다. 또 프롤레타리아문학에만 특화된 것이라고도 할 수 없다. 오히려 이것은 1920~30년대 일본어로 형상화된 조선인 표상에 공통된 특징이었다. 나카니시 이노스케中西伊之助(1887~1958)의 「적토에 싹트는 것赭土に芽ぐむもの」(1922), 「불령선인不逞鮮人」(1922)이나 「너희들의 배후에서汝等の背後に」(1923)와 같은 소설, 장혁주(1905~97)의 「아귀도餓鬼道」(1932)를 비롯한 초기 단편소설, 심지어는 김사량(1914~50?)의 「빛 속으로光の中に」(1939)를 비롯한 작품들도 이 계열에 속하는 것으로 간주될 수 있을 것이다. 이처럼 제국에 저항하는 주체, 반역하는 피식민지 민족을 찾아내려고 하는 식민지 종주국 지식인의 시선이 고리야마의 평론에서의 조선(인)표상에 대한 '기대'로서 표출하고 있었던 것이라면, 이 표상과 관련된 문제는 고리야마 개인의 자질의 문제가 아니라 더 깊은 곳에서 그 원인을 찾아야 할 것이다.

임화는 「조선영화의 제경향에 대해서」에서 "조선영화, 즉 조선의 인물, 조선의 의상과 배경이 스크린 위에 나타난 것"이라고 소박하게나마 그 나름의 조선영화에 대한 생각을 보여주고 있다.[5] 이것은 창작 주체와 자본의 귀속 관계가 반드시 명확하지는 않은 정의이지만, 조선영화에 대한 최초의 정의라고 할 수 있을 것이다.[6] 조선영화에 대한 임화의 견해는 임

---

5   임화, 「朝鮮映画の諸傾向に就いて」, 『新興映画』(1930.3), pp.116. [영화] 247쪽.

6   이영재, 「'조선' 영화와 조선 '영화' – 고유의 모더니티와 이식문화론」, 『제국 일본의 조선

화가 제시하고 있었던 다른 몇 가지 문학론과 비교하면서 다시 한 번 검토될 필요가 있다. 예를 들면 이 시기에 어떻게 조선문학을 규정할 것인가라는 문제를 두고 이광수는 조선인이 쓴 것이라도 조선어가 아니라 한문으로 쓰인 것은 조선문학의 역사에서 배제해야 한다고 하였다.[7] 임화는 이러한 이광수의 논의를 반박하며 한문으로 씌어진 것이라도 조선인이 쓴 것이라면 조선문학의 역사로 봐야 한다고 했다. 'Korean Literature'라고 할 때의 'Korean'이 사람뿐만 아니라 언어도 지칭하는 오늘날의 국민문학 개념에서 본다면 조선문학에 대한 임화의 이러한 정의는 약간 기묘해 보일지도 모른다. 그러나 식민지라는 사실을 망각시키는 민족주의적 논의에 대해 그것이 제국에 순치되기를 추인하는 것이라 하여 끊임없이 경계해 온 그의 입장에서 본다면, 전근대 조선의 언어 상황에 대해서도 이를 문화 혼종성의 관점에서 논하려고 하는 임화의 이러한 정의는 오히려 당연하고 자연스러운 것이었다고 할 수 있다.

그런데 이것과 임화의 조선영화에 대한 정의 사이에는 미묘한 일치점과 차이점이 동시에 드러나고 있다. 요컨대 위와 같은 조선영화에 관한 임화의 정의는 영화의 내용, 즉 각본이나 대본에 쓰여 있는 것만을 염두에 둘 때는 그가 조선문학에 대해서 규정한 개념과 완전히 일치, 부합된다. 그러나 영화 제작의 주체라고 했을 때는 등장인물이나 작가, 감독뿐만 아니라 자본의 문제 또한 반드시 고려되어야 대상이 된다. 이런 점을 감안한

영화 – 식민지말의 반도 : 협력의 심정, 제도, 논리』, 현실문화, 2008, 106~107쪽.

7   이광수, 「조선문학의 개념」, 『신생』, 1929.1; 「조선의 문학」, 『삼천리』, 1933.3; 「조선소설사」, 『사해공론』, 1935.5 등.

다면, 임화의 영화사론은 너무나 소박한 것이었으며, 또 그의 이식문화론에 비추어 보더라도 자본의 문제는 반드시 거론되어야 하는 것이었다.

임화가 영화와 적극적으로 관계했던 두 번째의 시기인 1930년대 후반에 그는 평론뿐만 아니라 영화제작, 출판사업 등 다양한 활동을 벌이고 있었다. 임화의 이 활동에서 중요한 역할을 한 것이 최남주라는 인물이다. 광주 출신의 광업회사 사장으로 성공한 그는 문화사업에 투자하는 와중에 적극적으로 임화의 활동을 지원하였다. 1939년 출판사 학예사를 시작하고 이후 조선학의 고전이 되는 '조선문고'를 간행하는 등 임화에게 그 운영을 일임한 것도 최남주이다. 또한 1935년 조선영화사를 창설하고 1936년과 1941년에 촬영소를 건설하기도 한 그는 역시 임화에게 영화 사업을 맡겼다. 임화는 1940년부터 42년에 걸쳐서 고려영화사의 문예부 촉탁으로 총독부 후원의 군국주의 선전영화〈너와 나君と僕〉(日夏英太郎(許泳의 창씨명) 감독, 1941)의 대본 교정을 맡았고, 1943년부터 1944년까지 조선영화문화연구소 촉탁으로『조선영화연감』과『조선영화발달사』등의 집필에 관여했다. 임화가 조선총력연맹 문화부장인 야나베 에이자부로矢鍋永三郎와 대담하고 있는 것도(『조광』, 1941.3) 최남주가 이 총력연맹 문화부의 위원이었던 것과 관련있을 것이다.[8]

이 시기의 조선영화는 한결같이 조선적이고자 했다. 백문임은 그 경위에 내외의 수많은 사건이 작용하고 있음을 지적하고 있는데[9] 그중 하나가

---

8   김윤식,『임화연구』, 문학사상사, 1988, 571~572쪽. 최남주에 대해서는 강옥희·이순진·이승희·이영미,『식민지 시대 대중예술인 사전』, 소도, 2006, 336~339쪽 참조.
9   백문임, 앞의 책, 71~88쪽.

1934년 조선총독부가 제정한 '활동사진영화취체규칙'이다. '활동사진영화취체규칙'은 총독부가 외국영화와 국산영화를 구별해서 점유율을 통제하고 외국영화(특히 미국영화)를 제한하고자 마련한 것이었다. 그런데 여기서 문제가 되는 것은 '조선영화'의 귀속이었는데, 조선영화는 '국산'이자 동시에 차별화된 이른바 '종족영화'로서 제국의 영토 내에서 유통된 것이다. 그것은 만주나 일본 시장에서 조선영화가 '조선적인 것'을 구체화하고 '향토상품'으로서 유통되기 위해서도 필요한 것이었다. 이 일련의 과정 중에 일어난 또 하나의 사건이 '조선일보사영화제'(1938)이다. 식민지 시기 처음이자 마지막으로 개최된 이 민간영화제를 계기로 조선에서 처음으로 조직적이고 집단적인 차원의 조선영화에 대한 자료수집과 고증이 이루어졌다. 영화제 개최가 식민지 당국으로부터 인정받은 것은 조선영화를 문화적 가치로서 인정한다기보다는 배급이나 흥행의 실태를 파악하려고 한 식민지 문화행정의 의도가 숨겨져 있던 결과라고 할 수 있을 것이다.

바로 이 '조선일보사영화제'와 관련된 자료수집 등의 흐름 위에서 서술된 것이 임화의 「조선영화발달소사」(이하 「소사」)였다. 이 「소사」는 조선영화사의 기초를 만들었다고 할 수 있을 만큼 잘 정리된 것이었는데, 그 체계성은 식민지 문화행정에 그대로 이용되었다. 임화의 이 「소사」는 「조선영화사업발달사」라는 제목으로 변경되어 이치카와 사이市川彩의 『아시아 영화의 창조 및 건설』(국제영화통신사출판부, 1941)에 무기명으로 부분 전재되었다. 다만 이 글 마지막에는 조선군보도부가 제작한 지원병 장려 영화 〈너와 나君と僕〉(1941)에 관한 내용이 추가, 개변되어 있는데, 이로써

임화 자신도 당시 영화 신체제에 가담하게 되는 계기가 되었다.[10]

이렇게 영화신체제 하에서 조선영화가 제국일본의 문화상품으로서 편입되어 가는 와중에 임화는 안티-아메리카니즘Anti-Americanism의 사상전이 영화의 수요와 공급 장소를 놓고 전개되는 양상을 식민지 조선 측에서 분석하고 있다. 「무너져가는 낡은 구라파 – 문화의 신대륙(혹은 최후의 구라파인들)」(1940.6)에서 임화는 유럽문화의 마지막 생식지로서 미국을 자각하는 논의를 전개하고 있는데,[11] 이러한 논의는 백문임도 지적하듯이 당시 일본의 영화평론가인 츠무라 히데오津村秀夫(1907~85)의 논의와 겹치는 데가 많다. 당시 일본영화는 이미 재미일본자산 동결령으로 미국시장에 진출할 수 없게 되었다. 그 결과 예정되었던 리코란李香蘭 주연의 영화 〈지나의 밤支那の夜〉(1940)의 배급이 무산되었다. 츠무라는 미국 물질문명의 최대의 선전 미디어인 할리우드 영화를 사상적 극복의 대상으로 삼고 그 타개책으로 나치스 영화에 시선을 돌리고 있는데,[12] 츠무라의 논의에서 주목할 것은 그가 영화의 사상적 감화력을 기술=테크놀로지의 문제로서 지적했다는 데에 있다.

츠무라의 이 논의는 그 유명한 '근대의 초극近代の超克' 논의 당시 단행본으로 나온 논문집에 수록되어 있다(「무엇을 타파해야 하는가何を破るべきか」).[13]

---

10   위의 책, 103~111쪽.
11   임화, 「무너져가는 낡은 구라파 – 문화의 신대륙(혹은 최후의 구라파인들)」, 1940.6, [5] 225~228쪽.
12   백문임, 앞의 책, 114~116쪽.
13   태평양전쟁 시기에 이루어진 일본인 지식인들의 좌담회로 유명한 '근대의 초극' 좌담회는 '세계사적인 입장과 일본' 좌담회와 더불어 한국어로 번역되었다. 나카무라 미츠오 외, 이경훈 외역, 『태평양전쟁의 사상 – 좌담회 '근대의 초극'과 '세계사적 입장과 일본'

진주만 공격 다음해인 1942년에 이루어진 일본 지식인들의 이 좌담회 기획에서 다른 지식인들이 독일철학과 프랑스사상을 배경으로 한 서구 중심주의의 극복을 논하고 있는 데에 비해 츠무라만이 일본이 전쟁을 시작한 상대인 미국의 문화를 테크놀로지 극복의 문제로서 논했다.[14] 츠무라의 논지는 이 좌담회의 다른 참가자가 사상이나 정신에서 세계를 파악하고 있었던 것과 전혀 달랐다. 1930년대 중반에서 후반에 이르기까지 일본과 동아시아 전반에 유통된 P. 발레리의 '정신의 위기'나 '사실의 세기'란 실은 이러한 일들과 관련되어 있다. 다만 유럽의 지식인이 반-파시즘의 공동전선으로서 '지식'의 연대 방법을 찾아내려고 하고 있었던 것과는 달리, 일본과 동아시아의 지식인은 유럽 지식인이 호소한 그러한 위기론을 단순한 시대의 변화나 문화의 상대성의 문제로 환원하고 제국과 군이 주도하는 총동원 체제에 쉽게 편승하는 상황을 초래했다. 임화 또한 이 시기의 이러한 담론 흐름에 무의식중에 동조하고 있었던 것이다.

으로 본 일본정신의 기원』, 이매진, 2007. 이 책에는 '근대의 초극' 좌담회가 이루어졌을 때 같이 제출된 좌담회 참석자들의 논문은 실려있지 않은데, 츠무라의 이 논문도 그때 제출된 것이다. 이들 좌담회는 당시 조선에서도 주목받았다. 좌담회 '세계사적 입장과 일본(世界史的立場と日本)'은 1941년 11월 26일에 개최되고 『中央公論』(1942.1)에 게재되었다. 그리고 다음에 高坂正顯・西谷啓治・高山岩男・鈴木成高, 『世界史的立場と日本』(中央公論社, 1943)로 단행본으로 간행되었다. 내용은 '세계사적 입장과 일본', '동아공영권의 윤리성과 역사성', '총력전의 철학'으로 구성되어 있다. 또한 좌담회 '근대의 초극(近代の超克)'은 1942년 7월 23일~24일에 개최되고 『文学界』(1942.9~10)에 게재되었다. 거기에는 좌담회 이외에 가메이 가쓰이치로[龜井勝一郎] 외 11명의 '지적협력회의' 멤버의 소논문이 동시에 게재되었다. 이들 좌담회와 소논문은 그 후 河上徹太郎 ほか, 『近代の超克』(創元社, 1943)로 출간되었다. 현재 입수하기 쉬운 자료로는 河上徹太郎・竹内好, 『近代の超克』(冨山房, 1979)가 있는데, 여기에는 위의 좌담회와 소논문, 그리고 다케우치 요시미[竹內好]의 논문 「近代の超克」(『近代化と伝統』(近代日本思想史講座 7), 筑摩書房, 1959에 수록)과 가쓰모토 겐이치[松本健一]의 해제가 게재되어 있다.

14 柄谷行人, 『〈戦前〉の思考』, 講談社(学術文庫), 2001, pp.121~128.(초판은 1994년)

2. 영화의 제작 주체로서의 조선

물론 임화가 식민지 조선에서의 자본화·기업화의 움직임을 완전히 등한시하고 있었던 것은 아니다. 다만 이 시기 기업화라고 해도 그것은 국가에 의한 영화통제 시기의 기업화이며 영화는 이미 자본주의의 상품이 아니라 국가의 선전도구가 되고 있었다. 임화는 이때 이미 출판사나 영화사 등의 일에 관여하고 있었고 스스로도 예를 들면 「문화기업론」(1938) 등의 평론에서 직업인으로서의 자신과 문화인으로서의 자신을 어떻게 통일, 조화시킬 것인가, 문화인이 직업인으로서 어떠한 문화를 생산할 수 있는가에 대해서 논하고 있다. 그는 현재 조선문화에 있어 직업인으로서의 자신과 문화인으로서의 자신을 어떻게 통일·조화시켜갈지가 실로 새로운 난제 중의 하나라고 말하고 있는데, 이를 통해 볼 때 스스로가 관여하고 있던 조선의 영화사업이 기업화의 문제에 직면하고 있음을 자각하고 있었던 것으로 판단된다.[15] 이것은 문화사업의 '장소'에 작용하는 미디어의 권력적 역할을 고려한, 상품미학에 종속된 문화산업의 그림자에 대한 비판적인 고찰이기도 하다.[16]

---

15 임화, 「문화기업론」, 1938.6, [5] 55~60쪽. 임화는 이 평론에서 그 옛날에 수업료나 입장권 혹은 차표 요금을 내거나 책을 사거나 한 것은 경제활동으로서가 아니라 일종의 증여였기 때문에 개화기 이래 조선의 신문화는 계몽적·이상적 성격을 유지할 수 있었다고 해서 그러한 이전의 공공권이 기업화나 시장화로 최근에 붕괴되고 있다고 지적한다. 즉, 그는 여기서 기업화나 시장화로 계몽행위와 활동을 둘러싼 환경과 공공권이 완전히 변화되고 있음을 지적하고 있는 것이다.
16 권성우, 「문학 미디어 비판과 문화산업에 대한 성찰 – 임화의 경우」, 『횡단과 경계 – 근대문학 연구와 비평의 대화』, 소명출판, 2008, 13~33쪽.

그런데 그의 영화기업론이 기업으로서의 영화산업을 어떠한 방향으로 경영해나갈 것인가에 초점을 두고 쓰여져 있는 것은 아니다. 임화는 초기 프롤레타리아 영화에 대해서 보여준 것처럼 개별 영화작품에 대해 그것이 제작된 환경을 포함하여 그 작품성을 평가하고 있을 뿐이다. 그러한 태도는 그의 「조선영화발달소사」 등에서도 잘 드러나 있다. 임화는 이 글에서 개화기 이래 조선에서 제작된 영화의 역사를 개관하며 "속화하고 상업주의화한 작품"이 많아서 "당시 성행하는 '갱' 영화의 졸악한 기능"을 이용하고 "기술 편집에 빠져" 있다고 논한다. 즉 그는 그때까지 문예비평에서 보여준 것과 비슷한 엄격한 기준으로 작품을 평가하면서, "주위의 제사정이 여하간에 자기의 예술적 성격의 획득과 기업화의 길은 의연히 조선영화 금후의 운명을 결정하는 것이리라"라고 말하며 문화기업으로서의 영화산업에 어려운 주문을 던지고 있다.[17]

그 구체적인 표현이 임화의 「조선영화론」이다. 이 글은 그의 문화이식에 대한 생각을 이해하는 데에도 지극히 유용한 논문이다. 우선 그는 조선영화라는 것은 광범한 의미의 조선 근대문화의 일종이라고 하면서 그것을 분석하는 시각에 대해 다음과 같이 전제한다.

문학도 연극도 음악도 경우에 의해서는 오락과 취미의 대상일 수가 있는 것이며, 한 걸음 더 나아가 모든 예술은 어느 정도로이고 사람을 즐겁게 하는 것이기 때문에, 일부러 영화만을 그렇게 생각하려는 태도는 영화를 애써 비하하

---

17   임화, 「조선영화발달소사」, 1941.6, [영화] 281~282쪽.

려는 것이거나 그렇지 않으면 일부러 영화를 일반문화나 예술로부터 분리하려는 온당치 아니한 기도라 아니 할 수 없다.[18]

그 시대의 제작이라는 것은 창작이라기보다는 이식에 불과했다. 즉 그들의 제작은 순전한 외래문화의 모방행위에 지나지 아니했다. 그들은 모방함으로써 이식했던 것이다. 그들이 어느 정도의 독창으로서의 제작을 자각하기 이전, 몰아(沒我)적인 기다란 모방의 시대는 영화에 있어 제작하지 않는 감상만의 시대에 필적한다 할 수 있다. (⋯중략⋯) 문학이나 그 타의 예술이 모방을 통하여 그것의 왕성한 이식운동을 전개하고 있는 동안에 우리는 단순히 활동사진을 보고 있었는데 지나지 않았다는 것이 영화사의 특색이다. 다시 말하면 활동사진은 존경할 문화와 예술이라기보다는 진기한 발명에 지나지 않았다.[19]

여기서 임화는 '이식'이라는 개념과 '모방'이라는 개념을 거의 같은 비중을 두고 사용하고 있다. 이것은 「신문학사의 방법」 등에서 언급한 '이식' 개념을 부연하는 설명이라고 할 수도 있을 것이다. 임화에 따르면 조선의 영화는 그 '모방'이나 '이식'의 대상을 찾지 못하고 있었다. 문학, 음악, 회화, 연극 등은 근대문화가 유입되기 이전에도 그에 해당되는 장르가 조선 내에 존재했고 '이식'이나 근대화는 그 개변이라고 할 수 있다. 따라서 "서구의 근대문화 앞에 압도되어 버리지 아니하고 능히 그것을 이식할 수 있었다는 것은 과거 동양이 상당히 높은 문화권이었음을 의미"하지만 영화

---

18   임화, 「조선영화론」, 1941.11, [영화] 283쪽.
19   위의 글, [영화] 285~286쪽.

라는 장르만큼은 사정이 다르다. 영화는 "상업의 은성과 연극의 흥륭을 전제"로 해서 근대기에 접어들어 처음으로 성립된 장르였다.[20]

조선영화는 어느 나라의 영화와도 달리 자본의 원호를 못 받는 대신 자기 외의 다른 인접 문화와의 협동에서 방향을 걸었다. 연쇄극에서 주지와 같이 영화는 연극의 원조자로서 등장했었으며 그 다음에는 자기의 자립을 위하여 가장 많이 문학에 원조를 구하였다. 전통적인 고소설은 조선영화의 출발에 있어 무성시대의 개시와 음화(音畵)로의 재출발에 있어 한가지로 중요한 토대가 된 것은 의미심장한 일이다.[21]

임화에 따르면 이렇게 조선의 영화가 다른 예술 분야보다 훨씬 늦게, 방황 끝에 발견한 '이식'과 '모방'의 대상이 '문학'이라는 '환경'이었다.[22] 초창기 무성영화처럼 조선의 영화는 문학, 특히 고소설(「춘향전」, 「심청전」 등의 판소리계 소설)에 그 소재의 대부분을 의거했고 그러한 문학 작품을 영화화함으로써 출발했다. 배우, 감독으로서 활약한 나운규의 무성영화 시대도 그러한 경위로 추이했다.[23] 여기서 임화는 초창기 조선영화에 대해 문학이 그중요한 '원조자'의 역할을 다했다는 조선적 특수성을 감지하고 있다.[24] 그리고 문학이나 음악 등, 전근대에도 유사한 장르를 가지고

20 위의 글, [영화] 287~288쪽.
21 위의 글, [영화] 290~291쪽.
22 백문임, 「조선영화의 존재론 – 임화의 「조선영화론」을 중심으로」, 임화문학연구회 편, 『임화문학연구』 3, 소명출판, 2012, 290~301쪽.
23 임화, 「조선영화론」, 1941.11, [영화] 291쪽.
24 백문임, 「1950년대 후반 '문예'로서의 시나리오의 의미」, 김소연 외, 『매혹과 혼돈의 시

있었다는 조선의 문화적 선진성과 그것을 도와줄 만큼의 여유가 없었던 민족자본의 취약성을 지적하면서, 그 점에서 문화 '이식'이 개입할 여지가 있었다는 나름의 시각을 보여주고 있는 것이다.

다만 임화의 조선영화의 초창기에 관한 이러한 지적은 똑같이 제국일본의 식민지였던 대만의 영화를 둘러싼 상황을 염두에 둘 때, 좀 더 신중하게 검토해 볼 필요가 있다. 대만도 조선과 마찬가지로 오래 전부터의 연극적 전통이 있었다. 외국영화를 감상하면서 영화예술에 눈을 뜬 문화인도 많이 있었다. 그럼에도 불구하고 식민지기 대만에서 극영화가 본격적으로 제작된 일은 거의 없었다. 임화의 논의에 비추어 보자면, 이것을 어떻게 설명할 수 있을 것인가? 식민지 대만에서는 민족자본에 의한 극영화가 경영적·수지적 이유로 대부분 제작되지 않았다. 극장에서 상영되는 극영화의 대부분은 중국대륙의 것을 포함한 '외국' 영화로, 대만에서 제작된 것은 뉴스영화나 대만군, 대만 총독부가 일본 내지의 영화사와 합작해서 제작한 〈사용의 종소리サヨンの鐘〉(1943)와 같은 작품으로 제한되어 있었다. 대만인이 중심이 돼서 출연하고 출자부터 감독, 촬영까지 한 사례는 〈수지과誰之過〉(1925), 〈혈흔血痕〉(1929), 〈망춘풍望春風〉(1937) 등 몇 사례에 그칠 뿐이다.[25] 대부분의 극영화 제작을 꿈꾸는 대만인은 대만

대 - 50년대의 한국 영화」(소도, 2003), 212~216쪽. 이 점에 대해서는 임화가 초기에 발표한 일어 논문 「朝鮮映画の諸傾向に就いて」(앞의 글), pp.116~117에서도 지적되어 있다.

25 三澤真美恵, 『「帝国」と「祖国」のはざま - 植民地台湾映画人の交渉と越境』, 岩波書店, 2010, pp.61~96; 市川彩, 『アジア映画の創造及建設』(国際映画通信社出版部 / 大陸文化協会本部, 1941. 유마니서방[ゆまに書房]에서 2003년에 복각판이 간행)에도 임화의 평론이 전재된 「조선영화사업발달사」 직전에 역시 무기명의 「대만영화사업발달사고」가 게재되어 있는데, 여기서도 영화의 배급이나 유통, 영화관의 극장만이 설명될 뿐이고, 극영화의 제

내에서 그 꿈을 이룩하는 것을 포기하고 일본이나 상해, 혹은 만주로 갔다. 이 점을 감안해서 생각한다면 조선에서의 민족영화 자본은 그것을 포위하는 일본 내지의 영화자본과 경쟁하거나 대항할 만큼의 규모로 기능했다고 생각해야 할 터이다.

그런데 임화는 영화의 역사를 이야기, 영화 내용의 역사로서만 파악하는 태도를 견지하고 있다. 그리고 근대기의 '모방'과 '이식'을 그토록 강조하면서도 결코 그 대상이 아니라 '모방'과 '이식'을 하는, 요컨대 '제작'하는 주체로서의 '조선'을 강조한다. 이것은 영화를 테크놀로지로서 보는 태도―더하여 바로 이 테크놀로지의 문제에 기술 전파의 문제가 개재되고 자본 이전의 가능성이 있을 수 있다는 논의―와 상당히 거리를 둔 견해라고 할 수 있는데, 그만큼 임화는 문학사를 구상했을 때와 마찬가지로 조선영화의 역사를 구상하는 데도 조선인이 제작하는, 조선의 현실을 반영한, 조선인이 등장하는 영화작품에 집착한 것이다.

임화는 프롤레타리아문학의 시인이자 평론가로서 동시대의 현실에 대한 개입과 비판으로서의 정치적 비평을 목표로 해왔다. 예를 들면 그는 식민지 말기 총독부 정책담당자와의 대화에서도 단순히 그 자리에서 떠오른 생각을 말한 것이 아니라 적극적으로 대책을 제안하고 있는 듯이 보인다. 임화가 국민총력조선연맹의 문화부장 야나베 에이자부로矢鍋永三郎와 대담했을 때도[26] 조선 근로자의 전체적이고 유기적인 조화를 강조

작은 조선과 비교해도 잘 안 되고 있으며, 대만인은 대륙의 중국영화만 관람하고 있다고 전하고 있다. 위의 책, p.142.

26 「총력연맹문화부장·矢鍋永三郎·임화 대담」, 1941.3, [영화] 339~352쪽.

하는 야나베에 대해서 임화는 자본이나 전체주의로부터 자립한 문화 영역을 강조하고 문화노동자와 정치, 경제, 군사는 다르다고 하며 야나베가 강요하는 문화주의 청산 논의에 반발했다. 즉 그것은 자넷 풀J.Poole도 지적하듯이 계급문학·문화와 정치는 별개인 것일 수 없다고 한 과거 프롤레타리아문학 논쟁의 논객이었던 시기의 정치일원론을 유보하는 것처럼 보이지만, 실은 그것을 관철하려 한 것이자[27] 선전·선동을 위한 문학·문화생산의 헤게모니를 계속해서 장악하려고 한 것이다. 이러한 관점에서 임화가 영화사업에 관여한 두 시기를 볼 때, 서로 다른 시대적인 맥락에도 불구하고 그가 한결같이 동시대 현실에 대한 개입과 비판으로서의 정치적 비평을 추구했음을 알 수 있다.

3. 다시 서사시로 – 영화〈복지만리〉를 둘러싼 상상력

1941년 4월에 개봉된 영화〈복지만리福地萬里〉(제작 : 이창용, 감독·시나리오 : 전창근, 촬영 : 이명우)는 만주영화협회와 고려영화협회가 공동으로 제작한 작품으로 제작비 7만 엔, 조선 중북부로부터 만주, 동경에 걸쳐서 약 2년간의 로케이션을 감행해서 당시 화제가 된 작품이다. 배우는 고려 측에서 진훈, 심영, 주인규, 박창환, 이규설, 이창관, 전옥, 류계선, 김동규, 전택이가, 만영 측에서 진진중, 왕근파, 리영, 왕미운, 장상, 장혁, 훈파 등이 출

---

27 Janet Poole, *When the Future disappears : The Modernist Imagination in Late Colonial Korea*, Columbia U.P., 2014, p.182.

연한, 말 그대로 조-만 합작영화이다.[28] 행복을 찾아서 일본으로부터 조선으로, 또 만주로 떠난 조선인 청년 네 명이 마침내 정착한 만주에서 만주인 부락과 첨예하게 대립하는데, 조선인 강흥 청년의 희생을 계기로 화해하면서 부락에 평화와 행복이 찾아온다는 내용이다.[29] 이렇게 대륙을 유랑하는 조선인 노동자의 모습을 묘사한 이 영화는 이른바 '오족협화'라는 만주국의 '이상'을 체현한 작품으로 주목받았으며, 조선영화 최초의 크레인 촬영 시도 등 기술적 면에서도 주목받은 작품이었다.[30]

이 〈복지만리〉에 대해서 임화는 평론 「영화의 극성과 기록성」(1942.2)에서 다음과 같이 그 예술적 가치를 인정하고 있다.

> 멜로드라마의 영화화라든가 삼면기사나 통속소설의 재현이라든가 하는 안가한 의식으로 제작에 임한 것이 아니라 영화를 고유의 의미를 가지고 있는 예술로서 그가 자기의 표현 세계에서 구사해 보려고 한 의도를 엿볼 수가 있다.[31]

일단의 조선 농민이 향토를 떠나 내지의 노동시장으로 갔다가 다시 조선으

---

28 한국영상자료원(KOFA) 편, 『고려영화협회와 영화신체제 : 1936~1941』, 한국영상자료원, 2007, 178~181쪽. 다만 안타깝게도 〈복지만리〉의 필름이나 대본은 현재로서는 찾을 수 없으며, 한국영상자료원에 소장된 스틸사진 몇 장과 당시 잡지 영화평에 나온 줄거리 등으로 간신히 그 내용을 알 수 있을 뿐이다. 한국에서 간행된 영화 관련 서적에도 이 〈복지만리〉에 관한 서술들은 많이 나오는데, 거기서 소개된 영화 내용이나 줄거리들도 기본적으로 거의 같은 데서 취재된 것들이다.

29 이화진, 『조선영화–소리의 도입에서 친일영화까지』, 책세상, 2005, 112쪽.

30 이영일, 『한국영화전사』(개정 증보판), 소도, 2004, 204쪽.

31 임화, 「영화의 극성과 기록성」, 1942.2, [영화] 296쪽.

로 건너와 국경 가차운 데서 벌목인부로 생활하다가 만주 광야로 떠나가서 다시 농민으로 돌아가는 과정을 그린 것은 이 이야기 속엔 드라마보다 하나의 역사적 기록으로서의 의미가 더 중요한 지위를 차지하고 있다.[32]

그러나 임화는 이 영화의 이야기 내용의 전형성과 그 한계를 다음과 같이 지적한다.

> 그럼에도 불구하고 이 작품의 기록성이 의연히 주제의 전개와 해명에 있어 단편적으로 관자(觀者)에게 인상주어지는 이유가 어디에 있을까? (…중략…) 이 작품은 분명히 서사시적 요소를 가지고 있음에도 불구하고, 서사시적 출발, 내지는 행정(그것은 동양에 있어 20세기적인 민족 이동의 중요한 표현의 하나다)의 근저가 된 등장인물의 표백의 동기에 대해서 충분히 묘사하지 못했고(혹은 작자에 있어 그것은 묘사 불가능한 것에 속했을지도 모른다) 또 작품속에 들어가서는, 내지에서 떠나오는 동기, 무산(茂山)서 떠나가는 동기가 충분히 관중을 납득시킬 만큼 현실적으로 핍진하게 그리지 아니했던 때문이다.[33]

위의 인용문에서 흥미로운 것은 임화가 영화 〈복지만리〉가 가지는 한계성에 대해서 지적하면서 그 판단의 기준으로 작품의 서사시적인 도달성을 언급하고 있다는 점이다. 요컨대 당시 조선민족의 민족 이동을 서사시적인 화폭으로 포착할 수도 있었다고 보고 있는 것이다. 임화의 설명을

---

32 위의 글, [영화] 299쪽.
33 위의 글.

역시 같은 글에서 조금 더 인용해 보자. 특히 그가 '서사시'에 대해서 어떻게 생각하고 있었는지를 보자.

> 기록영화의 예술성이라는 것과 극영화의 예술성이라는 것이 완전히 동일물은 아니라 하더래도 또한 전연의 별개물은 아니라는 것은 현재 우리가 상상할 수 있는 문제다. 서사시가 일면에 있어 소설이고 연극일 수 있는 것과 같이 기록영화의 예술성은 장래 극영화의 예술성의 가치를 결정하는데 있어 모순하지 아니할 뿐 아니라 오히려 중요한 지위를 요구할 날이 있지 아니할까. 이 점에서 우리는 호머의 서사시가 고희랍의 역사이었다는 사실만 아니라 빨자크의 소설이 시민의 운명을 표현하는 일면, 불란서의 풍속사였다는 점을 상기할 필요가 있다. (…중략…) 기록성을 가진 극영화라는 것은 차바에프란 소련영화와 같이 서사시의 길로 접근한다.[34]

한 성격의 존재에 있어 작품은 출발하고 그 성격과 다른 인물과의 교섭에 있어 작품은 구조되고 그러한 인물과 성격들의 복잡한 교섭의 경과를 따라 작품은 여러 가지 인간들의 기구한 생애를 싣고 줄거리를 풀려 나가는 것이다. 그리하여 작품이 끝나는 데서 그 인물들의 운명이 알려지고 그중에도 중요한 인물의 운명을 통하여 그가 속한 종류, 국가, 사회, 혹은 시대의 운명이 암시되는 것이 비단 그러한 것을 온전한 목적으로 하는 연극뿐만 아니라 소설, 영화, 서사시 등의 성격이다. 모태인 서사시가 영웅 전설과 신화에서 출발한 것이

---

34 위의 글, [영화] 296~297쪽.

고, 항상 주인공이라는 것을, 즉 전 작품에 있어 결정적 의미를 갖는 인물의 설정에서 시작하여 그 인물의 운명을 따라서 시종한 것은 의미 깊은 일이 아니면 아니 된다. (…중략…) 물론 일상적인 생활 세계란 것이 서사시적인 성격의 표현에 쾌적한 환경이 아니라는 점을 잊을 수는 없다. 그러므로 현대의 산문예술이 서사시가 되지 아니 했다 하나 현대 산문예술의 웅(雄)인 소설이 그러하듯이 역시 인간을 개성의 각도에서 묘사하는데 이 일상적인 생활세계의 묘사를 통하지 아니할 수 없는 것이다. 집단이 산 인간들의 집단이기 위하여는 그 개개인이 성격으로 구별되지 아니하면 아니 되기 때문이다. 집단이란 현대의 이런 종류의 예술이 발견한 아마 유일의 서사시적인 요소일 것이다. 그것은 분명히 서사시 시대의 영웅에 필적한다.[35]

여기서 우리는 임화가 다시 서사시를 응시하는 시선으로 민족을 응시하는 일에 의의를 인정하고 있다는 사실을 지적하지 않을 수 없다. 앞에서도 거론했지만 그는 카프 내부에서 벌어진 수많은 논쟁 가운데 팔봉 김기진과 주고받은 이른바 예술대중화논쟁에서 김기진의 통속소설론·대중소설론을 배척하고 이른바 단편서사시, 즉 고유성과 순수성을 추구하는 민족을 그리는 것이 아니라 조선이 식민지라는 상황에 놓여 있다는 사실을 환기시키는 이야기시를 그 대안으로 제출했고 스스로도 그러한 시를 많이 발표했다. 그때 그가 자기 시의 무대로 선택한 것은 서울의 종로 네거리나 현해탄이었는데, 10여 년이 지나 임화는 일본, 조선, 만주라

---

35   위의 글, [영화] 301~302쪽.

는 무대를 유랑하고 방랑하는 조선인으로부터 어떤 한 개인의 운명이 아니라 하나의 '집단', 하나의 공동체의 운명을 보려고 했다. 단 하나 10년 전의 논의와 다른 것은 임화가 그러한 상황을 이야기시·서사시적으로 형상화하는 것을 적극적으로 지지하는 대신 다만 그 전형성에 동의하고 있을 뿐이라는 점이다. 요컨대 거기서 환기되는 것은 예술대중화논쟁 당시에 임화가 스스로의 단편서사시에서 제시한 식민지의 어떤 혁명적 상황 또는 저항으로 대체해 나갈 수 있는 역경이나 극한 상황이 아니다. 그것은 유랑의 참상을 극복해 제국(만주, 일본)에 순치되는 민족의 위상을 그저 추인하게 되는 상황 제시에 지나지 않았던 것이다.

민족이 어디서 오고 어떠한 영웅이 어떻게 그 민족국가를 건설했는지를 설명하는 서사시는 일찍이 아리스토텔레스에 의해서 상호보완적인 문학 장르의 하나로 설명되었다. 그런데 20세기에 들어와서 루카치, 바흐친, 브레히트 같은 지식인들이 마르크스주의의 영향하에서 아리스토텔레스의 그러한 정적인 문학 장르론에 독자적인 해석을 가했다. 임화 역시 바로 그 서사시로부터 민족이라는 집단 공동체의 유래와 근거를 발견하려 하고 있다. 식민지 조선에서 그것은 장시長詩 자체가 될 수는 없었다. 그것은 식민지의 피지배성을 언급하고 그것을 환기하는 단편서사시의 형태일 수밖에 없었는데, 임화는 자신이 주장한 서사시의 그러한 역할을 스스로가 적극적으로 평가하는 문학 작품이나 영화작품의 기준으로 삼은 것이다. 다만 그것은 일정한 아이러니를 포함하지 않을 수 없었다. 그것은 제국에서의 피지배 민족인 조선 민족을, 더 나아가서 식민지로서의 조선을, 스스로의 논의에서 주체subject(종속)로 삼은 데서 오는 아이러니이다. 그 아이러니는 '만주'에서의 조선인을 언급하는 동시에 발현되었다. 식민지 조선에서 조선인들의 비애와 참상을 강조하는 것은 바로 식민지배에 대한 저항의 메시지가 될 수 있다. 그런데 만주에서 조선인들의 그런 모습을 강조하는 것은 또 다른 정치적인 무의식을 드러내는 행위이기도 한 것이다. '피지배'성을 고발하고 호소하는 것은, 장소가 바뀌는 순간 그 자체로 제국을 지탱하는 또 하나의 이데올로기가 되었던 것이다. 그리고 그 아이러니는 만주국이 사라지고 대일본제국이 소멸되더라도 여전히 내셔널리즘(국민주의)을 지탱하는 원동력으로서 그 위력을 발휘하고 있다. 임화의 경우에서 알 수 있듯이 문학이 거기에 가담하지 않는다는 보장은 어디에서도 찾을 수 없는 것이다.

결론

임화는 식민지 조선에서 프롤레타리아 시, 리얼리즘 평론, 문학사론, 영화론 등 다방면에 걸쳐서 수많은 저작을 남겼다. 거기에 보이는 '주체' 정립의 방식은 다양한 수준에서 관찰되고, 또 시대에 따라 조금씩 전환된다. 그것은 기본적으로 현실을 모순 관계로 파악하고 대립과 지양을 통해 역사가 진행되는 것을 혁명적 전위로서 때로는 관찰하고, 때로는 그 동력의 주인이 되는 바로 그러한 '주체'였다.

1930년 전후에 프롤레타리아문학 진영의 내부에서 이루어진 예술대중화논쟁에서 임화는 조선공산당의 재건이라는 목적하에, 팔봉 김기진의 형식·내용 양면에 걸친 대중화론에 대해 그것이 대중뿐만 아니라 검열에도 영합적이라고 비판했다. 이것은 스스로 혁명이나 전위의 주체가 되려고 하는 선언이었으며, 본인이 창작한 이야기시에서도 혁명성과 식민성이 전경화되는 현장을 강조함으로써 대립·모순의 양상을 폭로해서 보여주려 하였다.

또한 임화는 소설론에서도 분열 / 대립과 통합 / 지양이라는 시각으로 독자적인 리얼리즘 소설론을 전개했다. 「세태소설론」(1938.4)은 그 전형으로, 동시대 소설의 경향으로서 내성적인 것과 세태적인 것이 동시에 출현하는 것의 의미를 묻고 그 원인이 말하려고 하는 것과 묘사하려고 하는 것의 분열에 있다고 했다. 그러한 시각은 당시 마르크스주의 문예이론가였던 G. 루카치의 '전체성Totalitat,totality' 이론과 상동성이 있다. 루카치의 경우는 부르주아 문화의 이율배반을 해결하기 위해서 프롤레타리아트와 전위가 바라볼 수 있는 '전체성'의 관점을 확보한 것이었다. 임화의 경우는 그것을 전향소설의 주인공에게 적용하여 성격상의 결여, 다시 말해 인물보다도 묘사에 중점을 두고 등장인물이 행위하는 성격이 아니라 생활하는 시정인이 되고 있다는 점을 「현대소설의 주인공」(1939.9)에서 지적하면서 세태소설론과 마찬가지로 분열의 극복과 어떤 전체성에 대한 지향을 주장했다. 한편 1931년 만주에서 일어난 조선인 농민과 중국인 농민과의 충돌사건인 '만보산 사건'을 소재로 한 이태준의 단편소설 「농군」(1939.7)에 대해서는 애수와 비애의 감정이 비장하고 비극의 장대함을 방불케 함으로써 한 민족의 수난의 운명, 큰 비극 속에 감춰진 서사시의 감정을 잘 그려냈다고 절찬했다. 임화의 리얼리즘론은 여기서 민족의 비애와 상실감의 표출을 통해서 '주체'를 확보함으로써 스스로 제국의 논리를 내면화했다.

임화의 평론 「신문학사의 방법」(1940.1)은 그가 쓴 「개설 신문학사」(1939~41)의 방법론을 논한 것인데, 조선 신문학의 역사가 일본을 통한 서구문학의 이식의 역사였다고 한 점이 당시가 아니라 후년에 한국의 문학연구에서 문제가 되었다. 이 '이식문학론'은 그러나 임화의 문학사론에서 폭넓은 스펙트럼을 보여준 방법론이자 시각이었다. 그것이 적용되고 있는 하나의 사례로서 조선의 문학사에 한문학의 역사를 편입한다는, 민족이나 언어에 대한 독자적인 사고방식이 있었다. 한편 이것보다도 조금 이른 시기에 발표한 언어론 관계의 평론에서 임화는 당시 소비에트연방에서 이루어진 언어론과 언어정책을 적극 참조하면서 민족어로서의 조선어가 어떤 환경에 놓여 있는지를 강조했다. 동시에 조선어의 역사에 대해서 회고하고 유럽에서의 속어의 등장과 조선의 개화기 이후의 국문의 복권을 같이 생각하면서 민족어=조선어의 내용과 생성과정에 대해서 구체적으로 검토했다.

조선어 내지 조선문학의 역사에서의 민족과 언어의 문제는 이후 발표한 「개설 신문학사」에서도 계속 검토되었다. 조선문학의 고전에 대한 평가에서 반-복고와 평민문학에 대한 언급을 강조한 것도 사적변증법적인 시각과 관계가 있고 이광수의 문학 작품의 어떤 모순과 이데올로기성을 극복하기 위한 것으로 『백조』파와 신경향파 문학의 의의를 인정하는 것 역시 분열·대립과 그 지양으로 민족문학이 생성되는 것을 드러내려고 한 노력의 결과였다. 그리고 임화는 이 「개설 신문학사」 서술 작업을 통해 조선왕조 시대에 국문으로 창작된 시조, 가사, 창곡, 소설 등을 민족의 고전으로서 평가하기에 이르렀다. 즉 그는 중세의 한문/국문이라는 이중 언어생활, 두 가지 '글'을 가진 상태를 '정'과 '반'의 대립되고 모순된 상태로서 파악하고 근대 이후의 신문학이 그 상태를 지양하는 '합'의 상태인 것을 보여주려고 한 것이다.

임화가 「신문학사의 방법」(1940.1)에서 언급한 H. 테느의 '환경' 개념에 관한 논의는 역시 일본의 식민지였던 대만에서 대만문학의 '주체'를 설명하는 개념으로서 언급되었다. 테느의 '환경' 개념은 유럽에서의 내셔널리즘에 대한 다양한 반성적 여론 속에서 비교문학이라는 지식의 제도를 통해서 극복된 것이었는데, 제국일본의 아카데미즘이 식민지 문학을 인정하려고 하지 않았을 때, 그 저항의 수단으로서 식민지 지식인에 의해 다시 언급된 것이었다. 대북제대 교수인 시마다 긴지와 그 제자인 대만인 비평가 황더시 사이에 이루어진 각축이 바로 그러한 논쟁을 보여주고 있다. 황더시처럼 임화도 테느의 방법론을 인용하고 때로 스스로 그 설명을 치밀화하면서 조선의 신문학을 설명하고 또 동아시아의 문학사에서의 '조선'을 주체화했다. 이러한 점에서 제국일본의 식민지였던 조선과 대만에서 테느의 문학사방법론과 문화이론이 같은 1940년 전후에 언급된 것은 결코 우연이 아니었다.

임화는 식민지 조선의 영화에 대해서도 독자적인 논의로 그 역사의 변천을 설명하고, 또 작품의 주제를 통해 민족 주체를 확보하려고 했다. 임화에 따르면 조선에서의 영화는 '모방'이나 '이식'의 대상을 찾을 수 없었다. 그런 점에서 '이식'의 역사에 있어 영화라는 장르만이 다른 사정을 가졌다. 상업이나 연극의 융성을 전제로 한 영화는 근대에 처음 성립된 장르였기 때문이다. 임화는 여기서 초창기 조선영화에서 문학이 중요한 '원조자' 역할을 했다고 지적한다. 그는 영화 〈복지만리〉에 대해 부정적인 평가를 내렸는데, 그 기준은 이전의 이태준의 단편 「농군」을 평가했을 때와 같은 것이었다. 조선인 노동자의 대륙 유랑을 그린 이 영화는 내용으로서는 대일본제국과 만주국의 당시 국책=오족협화의 '이상'을 구현한 것으로, 임화는 이 작품의 한계에 대해 지적하며 그 판단의 기준으로서 작품의 서사시적인 도달성에 대해서 언급했다. 즉 조선민족의 민족이동을 서사시적인 화폭으로 파악할 수도 있었다고 한 것이다. 그는 이전의 예술대중화논쟁 당시 자신의 이야기시의 무대로서 서울의 종로나 현해탄이라는 혁명성과 식민성이 전경화된 장소를 선택했다. 그러나 식민지 말기 임화는 일본, 조선, 만주라는 무대를 유랑하고 방랑하는 조선인을 통해 어떤 한 개인의 운명이 아니라 하나의 '집단', 하나의 공동체의 운명을 보려고 했다. 이것은 임화가 민족이라는 주체를 파악하려고 한 끝에 도달한 하나의 아이러니라고 볼 수 있다.

임화가 관여된 두 가지 재판과
그 공판자료

임화는 생애에서 두 가지 큰 형사재판에 관여했다. 첫 번째는 스스로가 위원장을 맡고 있었던 프롤레타리아문학 단체 카프가 실질적으로 해산되는 계기가 된 1934년 6월의 신건설사사건과 관련된 재판이며, 두 번째는 사형판결을 받은 1953년 8월 평양에서 열린 숙청재판이다. 이 두 가지 재판에 대해서는 각각 자세한 공판자료가 남겨져 있다. 이 두 사건과 재판은 임화의 생애에서 결정적인 역할을 했다. 그러나 이 일이 그의 작품세계의 성격이나 문학관을 규정하는 결정적인 요인이 되기는 어렵다고 판단되기 때문에 그의 전기적인 사실을 다루는 보론에서 사건, 재판과 공판자료, 그 내용과 성격에 대해서 정리하기로 한다. 논의의 절차상 시간적인 순서와는 반대로 1953년 8월의 숙청재판에 대해서 먼저 검토하고 다음으로 1934년 6월의 신건설사사건과 그 재판에 대해서 검토하고자 한다.

1. 평양에서 열린 숙청재판(1953.8)

임화는 한국전쟁 휴전 협정이 조인된 후 북한에서 열린 박헌영, 이승엽 등의 남조선노동당 인사들에 대한 숙청재판에서 그 공범자로서 연루되어 사형판결을 받았다. 해방 후 정국에서 미국의 간첩 역할을 했다는 점과 일부 인사에 대해서는 해방 후 북한에서 쿠데타 계획을 모의했다는 혐의였다. 남조선노동당 계열의 인사들에 대한 숙청은 여기서 자세히 다루지 않는데[1] 임화는 1953년 8월에 평양에서 열린 이승엽 등에 대한 숙청재판에 연루되어 사형판결을 받았다.

이 재판에 관한 공판자료는 두 가지가 있다. 우선 재판 과정과 그 직후 북한 신문에 발표된 기소장(조선민주주의인민공화국 정부기관지 『민주조선』, 1953.8.5)과 범행진술(『민주조선』, 1953.8.7~8), 판결문(조선노동당중앙위원회 기관지 『노동신문』, 1953.8.8)이다. 이들 재판기록에서는 「피소자 리승엽, 조일명, 림화, 박승원, 리강국, 배철, 윤순달, 리원조, 백형복, 조용복, 맹종호, 설정식들의 조선민주주의인민공화국 전복의 음모와 반국가적 간첩 테러 및 선동 행위에 대한 사건」이라는 제목에 이어서 각각의 피고에 대한 죄상 인정 여부, 각 피고인의 범행 진술, 그리고 마지막 판결이 게재되어 있다. 이들 신문보도는 그 직후 일본에 번역되어 『暴かれた陰謀-アメリカのスパイ, 朴憲永, 李承燁一味の公判記録』(現代朝鮮研究会 訳編, 駿台社,

---

1   이 숙청재판의 전반적 과정에 대해서는 R. A. 스칼라피노·이정식, 한홍구 역, 『한국 공산주의 운동사』 2, 돌베개, 1986, 548~566쪽(R. A. Scalapino·Chong-Sik Lee, *Communism in Korea(part 1·2)*, University of California Press, 1972); 高峻石, 『南朝鮮労働党史』, 勁草書房, 1978, pp.237~244 참조.

1954)으로 간행되었다.[2] 그리고 이 자료를 바탕으로 해방 후 서울에서 좌우 진영이 대립하는 양상과 임화의 월북까지를 소재로 한 마쯔모토 세이쵸의 추리소설 『북의 시인』(1962~63)이 쓰였다.

또 하나의 자료는 이들 신문 보도로부터 3년 후 간행된 조선민주주의인민공화국 최고재판소의 『미 제국주의 고용간첩 박헌영 리승엽 도당의 조선민주주의 인민공화국 정권 전복 음모와 간첩사건 공판문헌』(평양 : 국립출판사, 1956.6.10)이다.[3] 이 자료는 한국에서 간행된 김남식 편, 『「남로당」 연구자료집』 제2집(고려대 아세아문제연구소 공산권자료총서 5, 고려대 아세아문제연구소·고려대 출판부, 1974)에 전재·수록됨으로써 그 존재와 내용

---

2   번역된 신문기사의 출처는 現代朝鮮硏究会 訳編, 『暴かれた陰謀』(駿台社, 1954, p.173)에 나온 것인데, 신문 원본에 대해서는 확인하지 못했고 원문 대조도 하지 못했다.

3   조선민주주의인민공화국 최고재판소, 『미 제국주의 고용간첩 박헌영 리승엽 도당의 조선민주주의 인민공화국 정권 전복 음모와 간첩사건 공판문헌』, 평양 : 국립출판사, 1956.6.10(A5판, 437pp, 10,000부 발행). 이 자료는 일본의 滋賀県立大学 도서관에서 소장되어 있어 필자도 내용을 확인했는데, 김남식 편, 『「남노당」 연구자료집』 2(고려대 아세아문제연구소 공산권자료총서 5, 고려대학교 아세아문제연구소·고려대 출판부, 1974)에 전재된 것과 내용적으로 완전히 동일한 것이다(김남식의 자료에도 이 평양 자료의 서지가 정확히 밝혀져 있다). 다만 하나 다른 것은 평양 자료 55쪽에 박헌영이 직접 쓴 것으로 추정되는 메모가 사진판으로 게재되어 있다는 점이다. 그 메모에는 다음처럼 쓰여 있다. "나의 사건 재판에 변호사의 참가를 나는 요구하지 않습니다. 변호사의 변론의 여지가 없기 때문이라고 생각함으로 그의 참가를 희망하지 않은 것입니다. / 1955년 12월 12일 / 박헌영." 1953년의 재판 자료가 1956년에 간행된 것은, 1955년 12월에 이루어진 박헌영에 대한 재판의 공판자료도 함께 게재되었기 때문이다. 이들 재판의 진행 과정에는 앞에서도 언급했듯이 1956년의 스탈린 비판의 영향도 무시할 수 없는데, 실제로 어떻게 영향을 주었는지에 대해서는 분명하지 않다. 단지 1953년 자료와 1956년 자료에 공통된 긴 기소장에는 여기저기에 '기록'이라고 약기되는 이 재판의 피고에 대한 심문조서와 같은 자료의 서지 표시가 쪽수와 함께 도처에 나와 있다. 이 '기록'이 어떤 자료인지 현 시점에서 조사할 수는 없으나, 그 서지 표시로 봐서 수십 권에 달하는 자료였던 것으로 추정된다. 이 '기록'의 전모를 알게 된다면 이 재판의 경위뿐만 아니라 임화를 비롯한 피고인들의 전기적 사실이나 관련사항에 대한 수많은 해명의 단서를 얻을 수 있을 것이다.

이 알려졌고 일본에서도 이 공판자료의 일본어 번역이 출판되었다.[4] 일본에서 간행된 이 책의 번역자는 원본의 출전을 밝히지 않고 있어 평양의 문헌을 번역했는지 김남식의 자료집을 번역했는지 명확하지 않지만 내용상 평양에서 1956년에 나온 재판자료의 번역임에는 틀림없다. 이 자료도 기소장, 피고인 진술, 판결문 등으로 구성되어 있고 내용적으로는 1953년에 신문에 난 자료와 대부분 동일하나, 가장 큰 차이는 피고인 진술 부분에서 각 피고인의 최종진술을 게재하고 있다는 점이다.[5] 이 진술은 여타의 임화연구에서도 그다지 소개된 적이 없기 때문에 다음에 임화의 최종진술만 인용한다.

재판장 판결을 표결하기 전에 최후로 진술하고 싶은 것이 있으면 말하시오.
(리승엽들의 최후 진술이 이어진다. 인용자)

4　林誠宏, 『欺かれた革命家たち(1) – 朝鮮労働党内粛清の意味と朴憲永裁判』, 啓文社, 1988; 林誠宏, 『欺かれた革命家たち(2) – 李承燁, 林和等12名の粛清と朝鮮共産主義運動』, 啓文社, 1988.

5　임화의 숙청재판의 공판자료는 그 이외에도 몇 가지 버전이 나와 있는데, 각각 정리된 흔적이 있다. 그것들의 차이를 제시하면 다음과 같다.

〈별표〉 임화 숙청재판의 공판자료(전재/번역)의 비교(◎=완전게재/ ○=일부게재/ ×=미게재)

	기소장	피고인진술	피고인진술(최종진술)	판결문
① (전재)	김남식 편, 『'남노당' 연구 자료집』 2(아세아문제연구소 공산권 자료총서 5), 고려대 아세아문제연구소 · 고려대 출판부, 1974.			
	원본은 조선민주주의인민공화국 최고재판소, 『미 제국주의 고용간첩 박헌영 리승엽 도당의 조선민주주의 인민공화국 정권 전복 음모와 간첩사건 공판문헌』, 평양 : 국립출판사, 1956.6.10.			
	◎	◎	◎	◎

림 화 저는 특별히 할 말은 없습니다.

사람의 형상을 썼다면 사람으로 태어나 오늘 이 자리에서 마지막 진술할 기회에 림하여 참 말할 수 없는 마음으로 말합니다. 세상에 마지막 소리를 남길 기회를 준 데 대하여 사람의 욕심에서 이 기회를 그냥 보내기가 아까워 다시 말씀드립니다. 우리 도당들이 여러 가지 말하고 또 제 자신도 여러 가지 말했습니다. 그러나 저에게 제일 깊은 감명을 준 것은 국가 검사가 론고의 마지막에서 한 "이 도당

	기소장	피고인진술	피고인진술(최종진술)	판결문
② (전재)	김남식, 『남노당연구』, 돌베개, 1988.			
	전 3권 중 2권과 3권에 해당되는 자료집 1과 2는 ①을 축약한 것인데, 이 자료편에는 이승엽 관련의 공판자료는 없고 판결문만 본편에 해당되는 이 책에 게재되어 있다. 다만 이 판결문도 주요인물의 것만으로 국한되어 있다.			
	×	×	×	○
③ (전재)	김윤식, 『임화연구』, 문학사상사, 1989 .			
	판결문은 ①과 동일한데, 임화의 피고인 진술은 편집해서 게재했다. 그리고 임화의 최종진술은 완전히 게재되지 않았다. 판결문도 관련 인물의 것으로 한정해서 게재했다.			
	×	○	×	○
④ (일본어 번역)	林誠宏, 『欺かれた革命家たち(2)李承燁, 林和等12名の粛清と朝鮮共産主義運動』, 啓文社, 1988.			
	①의 일본어번역(완역). 다만 이것이 ①의 원본을 보고 번역한 것인지, 고려대 아연 자료를 보고 번역한 것인지는 명확하지 않고 원본 서지도 밝히고 있지 않다.			
	◎	◎	◎	◎
⑤ (일본어 번역)	現代朝鮮研究会訳編, 『暴かれた陰謀』, 駿台社, 1954.			
	『민주조선』, 1953.8.5 · 1953.8.7~8; 『노동신문』, 1953.8.8에 수록된 기소장, 피고인 진술, 판결문 등을 일본어로 번역했는데, ①에 수록된 임화를 비롯한 피고인들의 최종진술이 수록되지 않았다. 그리고 임화를 비롯한 피고인들의 진술도 상당히 편집되었다. 판결문도 관련된 인물에 한해서 게재했다. 마쯔모토 세이쵸[松本淸張]의 『북의 시인』은 이 자료에 의거했기 때문에 ①에 수록된 이들 자료들은 이 작품에 반영되지 않았다.			
	◎	○	×	○

들을 평가할 때 조국 해방 전쟁에서 억울하게 희생된 선렬들을 상기하라"고 한 것입니다. 우리들의 죄악은 더 말할 수 없는 것입니다. 제가 느낀 것은 미제로 하여금 내 친구 내 부모 자식 친척을 죽이게 하고 내가 살던 곳 내가 걷던 길 산천을 폭격케 한 이 흉악한 책임이 바로 저에게 있다고 생각할 때 제일 저는 부끄럽습니다. 다른 어떤 말로는 형용 못하겠습니다. 내 가족도 미제의 폭격에 죽었습니다. 내 가족을 죽인 것은 미제보다도 우선 제 자신입니다. 나는 염치없이 미국놈이 죽였다고 생각했으나 나 자신이 육친 가족을 죽인 범인입니다. 이 이상 더 두려운 생각은 가져 보지 못했습니다. 저의 조서에 "조국과 인민을 위해 다시 복무하겠다"고 한 부분이 있으나 저는 육친을 죽인 자이므로 허용되지 못할 것입니다. 과거에도 육친을 죽인 범인은 용서받지 못했습니다. 제 나라 제 조국 제 육친을 죽인 나를 설사 어느 누가 용서한다고 하더라도 내 자신이 용서할 수 없습니다. 사람이 생명에 애착은 크다 하더라도 죄있는 제 생명은 다른 것 가지고는 속죄 못할 것입니다. 죽음으로써만 죄악에 충당할 수 있을 것입니다. 수치스러운 말을 해야 할 것은 예심 과정에서 저는 자살하려고 했습니다. 그것을 오늘 제가 이 자리에서 마지막 가는 길에 말하겠습니다. 이것은 사람으로서 가장 추악한 행동입니다. 제가 죽으려고 한 것은 용감해서가 아닙니다. 용감하다면 다른 방법 다른 기회에 죽었을 것입니다. 저는 인민의 심판이 두려워 죽으려고 한 것이므로 저의 행동은 더욱 간악하고 추악한 것입니다. 그것은 제 자신이 평소에 가지고 있던 공명심과 허영심에서부터였습니다. 즉 자기는 형을 받거나 죄인이 되는 것이 싫다는 것이며 이 더러운 사상 근원은 자주 동지들을 죽이고 조국을 배반한 근원이 되었으며 이것이 제 팔을 끊고 피를 흘리게 한 근원이었습니다.[6] 저의 공명심 허영심 온갖 추악한 죄악을 인민 대중 앞에 내놓기보다는 차라리 죽겠다는 것이었습니다.

이러한 사상이 예심을 곤란하게 하였고 공판에서는 질서를 문란케 했습니다. 이러한 말씀을 드리며 이와 같은 추악한 저에게까지 인간답게 취급하여 준 데 대해서 충심으로 감사를 드립니다.

저 역시 다른 피소자들과 같이 허용된다면 마지막까지 이 인민의 심판정에서 낯을 들고 목소리를 높여서 조국과 인민에게 영광이 있기를 축원합니다. 최고 재판소 판사 여러분 엄중한 범죄를 범한 저에게 모든 것에 만족하고 조국에 대하여 영광을 축원할 수 있으며 만족하게 죽을 수 있는 조건을 지어준 데 대하여 감사드립니다.[7]

너무나 잘 정리되어 보이는 임화의 이 최종진술이 본인의 진술을 한 자도 빠짐없이 그대로 게재한 것인지, 사후적으로 정리된 것인지는 알 수 없다. 그러나 해방 직후인 1946년에 서울에서 개최된 이른바 '봉황각 좌담회'에서 임화가 다음과 같은 발언을 한 것을 보면, 1946년 서울에서 제기된 임화의 자기비판이 1953년 평양에서 하나의 답을 이룬 것처럼 읽

---

6 이 자료에서는 1953년 자료에 보이지 않는 임화의 피고인 진술에 들어가는 서두에서 그가 자살미수를 범한 것을 시사하는, 다음과 같은 도입 부분도 보인다. 김남식 편, 앞의 책, 500쪽.
재판장 : 공판을 계속하겠습니다.(5시40분), 림화! 진술대 앞으로 나오시오.
변호인 김문평 : 림화는 신체가 쇠약하니 앉아서 진술하는 것을 허용하여 주기 바랍니다.
재판장 : (림화에게) 앉아서 진술하시오.(여기서 재판장은 "림화는 구류장에서 자살하려고 안경알을 깨서 오른팔 동맥을 끊어 출혈을 심히 하여 인사불성에 이른 것을 그 후 수혈을 많이 하여 생명은 구하였으나 그로 인하여 신체가 쇠약하여졌다"라고 부언하였다.)
7 위의 책, 614~615쪽.

을 수도 있다. 참고로 이 좌담회에서는 임화가 제일 마지막에 입을 열었다. 그 발언은 다음과 같다.

림화 自己批判이란 것은 우리가 생각하던 것보다 더 깊고 根本的인 問題일 것 같습니다. 새로운 朝鮮文學의 精神的出發點의 하나로서 自己批判의 問題는 提起되어야 한다고 생각합니다. 그런데 自己批判의 根據를 어듸 두어야 하겠느냐 할 때 나는 이렇게 생각합니다. 勿論 그럴 理도 없고 事實 그렇지도 않았지만 이것은 單純히 例를 들어 말하는 것인데 가령 이번 太平洋戰爭에 萬一 日本이 지지 않고 勝利를 한다, 이렇게 생각해 볼 瞬間에 우리는 무엇을 생각했고 어떻게 살아갈랴고 생각했느냐고, 나는 이것이 自己批判의 根源이 되어야 한다고 생각합니다. 이때 萬一 '내'가 一個의 草夫로 平生을 두메에 묻혀 끝맺자는 것이 한 줄기 良心에 있었다면 이 瞬間에 '내' 마음 속 어디 한 구텅이에 강인히 숨어 있는 生命慾이, 勝利한 日本과 妥協하고 싶지는 않었던가? 이것은 '내' 스스로도 느끼기 두려었던 것이기 때문에 勿論 입밖에 내어 말로나 글로나 行動으로 表示되었을 理 萬無할 것이고 남이 알 理도 없을 것이나 그러나 '나'만은 이것을 덮어두고 넘어갈 수 없는 이것이 自己批判의 良心이 아닌가 하고 생각합니다. 이럼에도 不拘하고 이 決定的인 한 点을 덮어둔 自己批判이란 하나의 虛僞上 假飾이라고 생각합니다. 그러기에 우리가 두루 謙虛하게 이 아무도 모르는 마음 속의 '비밀'을 率直히 터 펴놓는 것으로 自己批判의 出發點을 삼아야 한다고 생각합니다. 그리고 自己批判에 謙虛가 왜 必要한가 하면 남도 나쁘고 나도 나쁘고 이게 아니라 남은 다 나보다 착하고 훌륭한 것 같은데 나만이 가장 나쁘다고 敢히 肯定할 수 있어야만 비로서 自己를 批判할 수

있기 때문입니다. 이것이 良心의 勇氣라고 생각합니다. (一同 同感입니다.)[8]

이 좌담회에 출석한 김남천, 이태준, 한설야, 이기영, 김사량, 이원조, 한효 등 전원이 '동감'이라고 한 이유는 그들과 임화와의 그때까지의 개인적인 인간관계를 보았을 때 여러 가지로 해석할 수 있다. 여기서 그 배경에 대해서는 더 이상 검토하지 않을 것이나, 임화의 이 발언을 두고 김윤식은 문학이 정치에 말려들어가지 않을 수 없었던 해방 공간의 좌우익 투쟁의 상징적인 사건이라고 지적하고 있다. 또 신지영은 저항과 협력의 문제를 '생명욕'이라는 표현을 통해서 '신체'와 '욕망'이라는 차원에까지 내려가서 깊이 제기했다고 지적하고 있다.[9] 임화도 직접 언급한 그 '생명욕'이 도달한 곳이 권력투쟁의 와중에 내려진 육체적인 죽음의 선고였다는 사실이야말로 매우 아이러니컬하다고 하지 않을 수 없다.

2. 신건설사사건(1934.6)

1934년 6월에 카프 제2차 검거사건(신건설사사건)이 일어났다. 이것은 극단 신건설사가 연극 〈서부전선 이상없다〉 공연을 준비하는 단계에서

8　김남천·이태준·한설야·이기영·김사량·이원조·한효·임화(발언순), 「문학자의 자기비판 좌담회」, 『인민예술』2, 1946.10, 44쪽. 좌담회 자체는 1945년 12월 말경 서울 봉황각에서 이루어졌는데 인쇄 사정으로 간행이 늦어졌다고 밝히는 「부기」가 마지막에 붙어있다.

9　김윤식, 『임화연구』, 문학사상사, 1989, 578쪽; 신지영, 『부/재의 시대-근대계몽기 및 식민지기 조선의 연설·좌담회』, 소명출판, 2012, 469쪽.

극단원과 그 관계자 23명(대부분 카프 멤버)이 검거되어 결과적으로 카프 위원장인 임화가 경찰에 해산 신고를 냄으로써 프롤레타리아문학운동이 종언의 막을 내린 사건이다. 1953년 8월에 평양에서 열린 숙청재판 과정에서도 1934년의 이 사건에 대해 언급하는 장면이 있다. 1953년 8월에 나온 재판자료에는 이 신건설사사건 때 임화가 "병중에 있었기 때문에 피검되지는 않았으나 앞으로 저에게 닥쳐올 일제의 탄압에 겁을 먹고 문화인은 어떠한 시기에서나 작품을 쓰면 살 수 있으니 차라리 이 기회를 리용하여 일제에 아부함으로써 나의 일신상 안락을 도모"해서 일본의 경찰간부와 상의해서 카프 해산 선언서를 제출했다고 한다.[10] 임화 자신이 진술에서 밝히고 있듯이, 또 이기영이 1950년대 북한에서 쓴 회상기에서 지적하고 있듯이[11] 임화는 이때 검거되지 않았다. 안우식과 가와무라 미나토川村湊는 임화가 검거되었으나 연행중에 폐병으로 쓰러져 그대로 병원에 옮겨진 후 병원을 전전해서 도망갔다는 이야기를 전하고 있다. 1953년 평양에서 열린 재판에서 인정된 죄목이 해방 후 미국 첩보기관과의 결탁이었음에도 불구하고, 식민지기 일본 경찰기관과의 관계가 문제시되었다는 사실은 생각해보면 이상한 일이다.[12] 이 사건의 재판 시작을 전하는 신문을 살펴보면, 피고인들의 얼굴 사진 중 임화의 사진이 포함된 기사가 있는데(341쪽) 임화는 이때 검거도 되지 않았고 옥중생활도

---

10 김남식 편, 앞의 책, 500~501쪽.
11 리기영, 「카프시대의 회상기」, 『조선문학』, 1957.8, 85~91쪽.
12 安宇植, 「悲劇の「北の詩人」」, 『季刊青丘』, 1990年 秋号; 川村湊, 「林和別伝」, 『満洲崩壊─「大東亜文学」と作家たち』, 文藝春秋, 1997. 특히 안우식은 이 에세이 중에서, 1953년에 평양에서 열린 재판의 자료 『暴かれた陰謀』의 번역 작업을 한 것이 젊을 때의 자신이었다고 증언했다.

경험하지 않았고 사건의 재판도 받지 않았다.

　이 사건의 재판기록에 따르면 피고인 23명에 대한 판결 내용은 아래와
같다.[13]

　　(제1심) 판결 : 전주지방법원 / 쇼와(昭和) 10년(1935) 12월 9일

　　　박영희, 윤기정, 김영득 : 징역 2년(집행유예 3년)

　　　송무현(송영), 권경완(권환) : 징역 1년 8개월(집행유예 3년)

　　　이상춘, 전유협, 이의백 : 징역 1년 6개월(집행유예 3년)

　　　한병도(한설야), 이갑기, 백세철(백철), 이동규, 김형갑, 김귀영,

　　　홍장복, 나준영, 추완호, 석재홍 : 징역 1년(집행유예 3년)

　　　박완식, 정청산 : 징역 1년(미결구류 일수 300일 산입)

　　　변효식 : 징역 10개월(집행유예 2년)

　　　최정희 : 무죄

　　(제2심 / 항소심) 판결 : 대구복심(覆審)지방법원

　　　/ 쇼와(昭和) 11년(1936) 2월 19일

　　　박영희, 윤기정, 이기영 : 징역 2년(집행유예 3년)

　　　송무현(송영) : 징역 1년 8개월(집행유예 3년)

13　원문이 일본어로 된 이 자료는 『刑事裁判書原本』(昭和11년, 第3冊 / 保存種別·永久 / 全州
　　地方法院檢事局 / 年度77·番号4935)로서 한국 총무처 정부기록보관소에서 보존되고 있
　　다. 그리고 이 자료의 한국어 번역은 권영민,「카프 제2차 검거 사건의 전말, 공판기록 최
　　초공개」(『문학사상』, 1998.6)에서 해설과 함께 공개되었다. 그리고 권영민이 쓴 이 재판
　　자료의 소개와 해설은 권영민,『한국계급문학운동사』(문예출판사, 1998, 292~338쪽)
　　에서도 다시 한 번 자세히 언급되었다.

이상춘, 전유협 : 징역 1년 6개월(집행유예 3년)

라준영 : 징역 1년(집행유예 3년)

박완식 : 징역 1년(미결구류 일수 300일 산입)

(제3심 / 상고심) 판결 : 조선총독부 재판소

/ 쇼와(昭和) 11년(1936) 4월 30일

박완식 : 상고 기각

홍미로운 것은 이 공판기록의 내용이다. 이 사건은 극단 신건설사의 연극공연에 관한 것임에도 이 기록을 보면 23명의 피고인의 죄는 이 공연에 관여해서가 아니라 카프라는 조직에 가입한 것 자체가 치안유지법 위반으로 문제가 되고 있는 것이다. 그리고 피고 중의 3분의 1 정도가 "경성부 이화동 195번지 임인식 댁"에서 카프에 권유된 것이 주요한 판결 이유이다. 임인식, 즉 임화에게 권유받은 멤버가 모두 카프에 가입했으므로 문제가 되고 있는데도 권유한 장본인인 임화가 검거도 되지 않았고 기소도 되지 않았다는 사실은 확실히 이상하다. 게다가 이미 카프에서 제명당한 박영희도 유죄판결을 받았음에도 카프 위원장이었던 임화가 검거되지 않았다는 것도 의문이다. 마찬가지로 임화의 권유로 카프에 가입했으며 신건설사사건의 피고가 된 백철(본명 백세철. 피고로서의 이름은 이 본명이었다) 또한 임화가 검거되지 않은 점은 세상의 의혹을 충분히 초래하는 것이었다고 이야기하고 있는데, 그 표현도 어조가 낮아서 할 말을 다 못한 감조차 있다.[14] 옛날의 동지였던 임화가 북에서 숙청된 사실을 38도선을 넘어 남쪽에서 전해들은 백철의 감개가 그 자신으로 하여금 그렇게 표현하게 한 것일까?

그러나 이보다 전인 1931년 4월경에 일어난 카프 1차 검거사건에서 임화는 김남천 등과 함께 검거되어 3개월간 구류된 적이 있었다. 이때 카프 멤버로서는 김남천만이 평양 고무 직공동맹 파업에 관여한 것이 문제가 되어 기소되었으며, 2년의 실형 판결을 받았다.[15] 이때의 대량검거는 전체적으로는 조선공산당 재건운동과 관련된 탄압이었는데 그 배경은 이 검거사건 이전에, 임화가 김남천 등과 도쿄에서 머물고 있었던 시기부터 시작된다. 1930년 당시 도쿄 무산자사에서 김두용 다음으로 두 번째 위원장을 맡았던 김삼규(1908~89)의 회상에 따르면 김두용은 '재일 조선인노동조합'을 '전일본노동자협의회'(전평)로 개칭하는 일 때문에 바빴다. 조선공산당 재건위원회가 상해에서 도쿄에 지령을 내려 당 재건에 관한 논문을 잡지 『무산자』에서 냈는데 바로 이 논문이 신문지법 위반으로 걸렸으며, 검거자를 내게 된다. 그러나 위원장이었던 김두용이나 김삼규, 혹은 일본의 대학에 학적이 있었던 김남천, 한재덕, 안막이 검거되면 문제가 된다는 이유로 임화와 이북만이 그들 대신에 30일씩 유치장에 들어갔다고 한다. 김삼규에 따르면 이 무렵 무산자사에서 일어난 모든 검거 사건은 조선공산당 재건운동과 관련되어 있었는데, 카프 멤버들은 사

---

14 백철, 『문학자서전 - 진리와 현실』, 박영사, 1975, 313쪽.
15 김윤식, 앞의 책, 333~334쪽에서는 이때의 옥중생활과 관련된 일들이 임화와 김남천 사이의 개인적인 감정에 영향을 주었다고 지적하고 있다.

정을 잘 몰랐을 것이라고 한다. 그 후 1931년 8월에 김삼규는 체포돼서 1934년 8월까지 서대문형무소에 수감되었다.[16] 1934년의 신건설사사건에서는 체포도, 재판도 받지 않은 임화도 1931년의 카프 제1차 검거사건에서는 3개월 정도 구류되었으며, 도쿄에 체류 중인 조직의 다른 멤버들대신에 옥중생활을 보낸 적이 있었다. 만약에 카프 멤버들 사이에서 그간의 사정에 대한 개인적인 감정이 있었다면 임화 자신의 이러한 경력이다른 멤버에게 이해되지 않거나 오해받았을 가능성도 충분히 생각할 수있다는 점을 여기서 지적해 두고 싶다.

(사진) 신건설사사건의 공판 개시를 전하는 당시 신문.(『조선중앙일보』, 1935.10.27) 이 기사는 Sunyoung Park, *The Proletarian Wave : Literature and Leftist Culture in Colonial Korea, 1910-1945*, Harvard University Asia Center, 2015, p.71에서 소개되었다. Sunyoung Park은 이 기사 자체에 대해서 자세히 설명하지 않았는데, 얼굴 사진의 상단 왼쪽에서 두 번째에 이 사건에서 체포도 기소도 되지 않은 임화의 얼굴이 보인다. 오른쪽 단체 사진은 극단 신건설사 멤버들의 모습으로 왼쪽 건물 사진은 전주지방법원의 전경이다.

16　金三奎,『朝鮮の真実』, 至誠堂, 1960, pp.10~18; 金三奎,「個人史の中の朝鮮と日本」, 金三奎 ほか,『朝鮮と日本のあいだ』, 朝日新聞社, 1980, pp.21~25. 김삼규가 여기서 설명하는 조선공산당 재건운동의 경위는 金正明 編,『朝鮮独立運動 : Ⅳ · 共産主義運動篇』, 原書房, 1966의 제2편 제9장「조선공산당 재건운동」부분에 실려 있는 일본 사법성 형사국이나 내무성 경보국의 미공개 자료 내용과 일치한다. 권영민, 앞의 책, 216~230쪽도 당시의 재판자료를 참조하면서 일련의 사건에 대해서 분석하고 있다.

참고문헌

1. 1차 자료

(1) 임화 관련

임화문학예술전집 편찬위원회 편, 『임화문학예술전집』 1~5, 소명출판, 2009.

　　(1 - 시, 2 - 문학사, 3 - 문학의 논리, 4 - 평론1, 5 - 평론2)

백문임, 『임화의 영화』, 소명출판, 2015(권말에 임화의 영화론 원문을 게재).

[임화 작품의 상세서지] (본론에서 언급한 것 / 발표 연대순)

(시)

「네거리의 순이」, 『조선지광』(1929.1), 『현해탄』(1938)에 수록.

「우리 오빠와 화로」, 『조선지광』(1929.2), 『카프시인집』(1931)에 수록.

「어머니」, 『조선지광』, 1929.4.

「우산 받은 '요꼬하마'의 부두」, 『조선지광』(1929.9), 『카프시인집』(1931)에 수록.

「다시 네거리에서」, 『조선중앙일보』(1935.7.27), 『현해탄』(1938), 『회상시집』(1947)에 수록.

「해협의 로맨티시즘」, 『중앙』(1936.3), 『현해탄』(1938), 『회상시집』(1947)에 수록.

「밤길」, 『조선지광』, 1937.6.

「별들이 합창하는 밤 - 이상춘군의 외로운 주검을 爲하여」(1937), [1] 227~278쪽.

「차중 - 추풍령」, 『맥』, 1938.10.

「현해탄」(1938), 『현해탄』(1938)에 수록.

「눈물의 해협」(1938), 『현해탄』(1938)에 수록.

「9月12日 - 1945年, 또 다시 네거리에서」, 『찬가』(1947)에 수록.

「우리들의 전구 - 용감한 기관구 경비대의 영웅들에게 바치는 노래」, 『찬가』(1947)에 수록.

「너 어느 곳에 있느냐 - 사랑하는 딸 혜란에게」, 『너 어느곳에 있느냐』(1951)에 수록.

「서울」(1951), 『너 어느곳에 있느냐』(1951)에 수록.

(평론 기타)

「탁류에 항하여」, 『조선지광』, 1929.8.

「김기진 군에게 답함」, 『조선지광』, 1929.11.

「朝鮮映画の諸傾向に就いて」, 『新興映画』, 1930.3.

「시인이여! 일보전진하자!」, 『조선지광』, 1930.6.

「6월 중의 창작」, 『조선일보』, 1933.7.12~19.

「나의 애송시 – 中野重治의 「닥쳐오는 가을」」, 『조선일보』, 1933.8.29.

「비평의 객관성의 문제」, 『동아일보』, 1933.11.9~10.

「비평에 있어 작가와 그 실천의 문제」, 『동아일보』, 1933.12.19~21.

「33년을 통하여 본 현대 조선의 시문학」, 『조선중앙일보』, 1934.1.1~12.

「집단과 개성의 문제 – 다시 형상의 설질에 관하야」, 『조선중앙일보』, 1934.3.13~20.

「낭만적 정신의 현실적 구조 – 신창작이론의 정당한 이해를 위하여」, 『동아일보』(1934.4.14~25),
　　『문학의 논리』(1940)에 수록.

「언어와 문학 – 특히 민족어와의 관계에 대하야」, 『문학창조』(1934.6).

「언어와 문학 – 특히 민족어와의 관계에 대하야」, 『예술』(1935.1).

「역사적 반성에의 요망」, 『조선중앙일보』, 1935.7.4~16.

「조선신문학사론 서설」, 『조선중앙일보』, 1935.10.9~11.13.

「위대한 낭만적 정신 – 이로써 자기를 관철하라!」, 『동아일보』(1936.1.1~4), 『문학의 논리』(1940)
　　에 수록.

「조선문학의 신정세와 현대적 제상」, 『조선중앙일보』, 1936.1.26~2.13.

「조선어와 위기하의 조선문학」, 『조선중앙일보』, 1936.3.8~24.

「언어의 마술성」, 『비판』(1936.3), 『문학의 논리』(1940)에 수록.

「송영론」, 『신동아』(1936.5), 『문학의 논리』(1940)에 수록.

「예술적 인식 표현의 수단으로서의 언어」, 『조선문학』, 1936.6.

「객관적 사정에 의하야 규정된다」, 『삼천리』, 1936.8.

「조선문학의 개념규정에 반하는 소감」, 『조선문학』, 1936.9.

「문학상의 지방주의 문제」, 『조광』, 1936.10.

「작가의 '눈'과 문학의 세계」, 『조선문학』, 1937.6.

「복고현상의 재흥」, 『동아일보』, 1937.7.15~20.

「사실주의의 재인식」, 『동아일보』(1937.10.8~14), 『문학의 논리』(1940)에 수록.

「주체의 재건과 문학의 세계」, 『동아일보』(1937.11.11~16), 『문학의 논리』(1940)에 수록.

「세태소설론」, 『동아일보』(1938.4.1~6), 『문학의 논리』(1940)에 수록.

「본격소설론」, 『조선일보』(1938.5.24~28), 『문학의 논리』(1940)에 수록.

「문화기업론」, 『청색지』, 1938.6.

「문단적인 문학의 시대」, 『조선일보』(1938.7.17~23), 『문학의 논리』(1940)에 수록.

「사실의 재인식」,『동아일보』(1938.8.24~28),『문학의 논리』(1940)에 수록.

「『대지』의 세계성 – 노벨상 작가 펄 벅에 대하여」,『조선일보』(1938.11.17~20),『문학의 논리』(1940)에 수록.

「통속소설론」,『동아일보』(1938.11.17~27),『문학의 논리』(1940)에 수록.

「방황하는 문학정신」,『동아일보』(1938.12.12~15),『문학의 논리』(1940)에 수록.

「문학어로서의 조선어 – 일편의 조잡한 각서」,『한글』, 1939.3.

「孤独への愛 – 島木健作君へ(内地文壇人への公開状)」,『国民新報』, 1939.4.30.

「현대소설의 귀추」,『조선일보』, 1939.7.19~28.

「言葉を意識する」,『京城日報』, 1939.8.16~20.

「현대소설의 주인공」,『문장』(1939.9),『문학의 논리』(1940)에 수록.

「개설 신문학사」(「개설 신문학사」로서『조선일보』(1939.9.2~11.25),「개설 신문학사」로서『조선
일보』(1939.12.5~12.27),「속 신문학사」로서『조선일보』(1940.2.2~5.10),「개설 조선
신문학사」로서『인문평론』(1940.11~1941.4)에 연재).

「교양과 조선문단」,『인문평론』, 1939.12.

「일본 농민문학의 동향 – 특히 「토의 문학」을 중심으로」,『인문평론』(1940.1),『문학의 논리』
(1940)에 수록.

「생활의 발견」,『태양』(1940.1),『문학의 논리』(1940)에 수록.

「신문학사의 방법」,『동아일보』(1940.1.13~20),『문학의 논리』(1940)에 수록.

「생산소설론 – 극히 조잡한 각서」,『인문평론』, 1940.4.

「소설문학의 20년」,『동아일보』, 1940.4.12~20.

「소설의 현상 타개의 길」,『조선일보』, 1940.5.11~15.

「무너져가는 낡은 구라파 – 문화의 신대륙(혹은 최후의 구라파인들)」,『조선일보』, 1940.6.29.

「現代朝鮮文学の環境」,『文藝』, 1940.7.

「총력연맹 문화부장 矢鍋永三郎 林和 대담」,『조광』, 1941.3.

「농촌과 문화」,『조광』, 1941.4.

「조선영화발달소사」,『삼천리』, 1941.6.

「조선영화론」,『춘추』, 1941.11.

「영화의 극성과 기록성」,『춘추』, 1942.2.

「『백조』의 문학사적 의의」,『춘추』, 1942.11.

「조선 민족문학 건설의 기본과제에 관한 일반보고」,『건설기의 조선문학』, 조선문학가동맹,
1946.6.

「조선소설의 관한 보고」,『건설기의 조선문학』, 조선문학가동맹, 1946.6.

(2) 기타

김남식 편, 『「남노당」 연구자료집』 2(고려대 아세아문제연구소 공산권자료총서 5), 고려대 아세
　　아문제연구소, 고려대 출판부, 1974.

조선민주주의인민공화국 최고재판소, 『미제국주의 고용간첩 박헌영 리승엽 도당의 조선민주주
　　의인민공화국 정권전복 음모와 간첩사건 공판문헌』, 평양:국립출판사, 1956.6.10.

김기진, 『김팔봉 문학전집』 I, 문학과지성사, 1988.

김남천, 「모랄(모던문예사전)」, 『인문평론』, 1939.10.

김남천·이태준·한설야·이기영·김사량·이원조·한효·임화(발언순), 「문학자의 자기비판 좌
　　담회」, 『인민예술』, 1946.10.

이태준, 「한글문학만이 '조선문학'」, 『삼천리』, 1936.8.

김태준, 「『조선한문학사』 방법론」, 『학등』, 1934.5.

리기영, 「카프시대의 회상기」, 『조선문학』, 1957.8.

이광수, 「조선문학의 개념」, 『신생』, 1929.1.

이광수, 「「조선문학」의 개념」, 『삼천리』, 1936.8.

임규찬·한기형 편, 『제1차 방향전환과 대중화 논쟁』(카프비평자료총서 III), 태학사, 1989.

최재서, 『문학과지성 - 최재서 평론집』, 인문사, 1938.

＿＿＿＿, 『최재서 평론집』, 청운출판사, 1961.

臼井吉見, 『近代文学論争』 上, 筑摩書房, 1975.

金正明 編, 『朝鮮独立運動』 IV 共産主義運動篇, 原書房, 1966.

『蔵原惟人評論集』 第1巻 芸術論, 新日本出版社, 1966.

現代朝鮮研究会訳 編, 『暴かれた陰謀』, 駿台社, 1954.

林誠宏, 『欺かれた革命家たち(1) 朝鮮労働党内粛清の意味と朴憲永裁判』, 啓文社, 1988.

＿＿＿＿, 『欺かれた革命家たち(2) 李承燁, 林和等12名の粛清と朝鮮共産主義運動』, 啓文社, 1988.

平野謙ほか編, 『現代日本文学論争史』 上, 未来社, 1956.

『刑事裁判書原本』, 昭和11年, 第3冊 / 保存種別·永久 / 全州地方法院検事局 / 年度77·番号4935,
　　한국 총무처 정부기록보관소.

『日本プロレタリア文学評論集』 I - 前期プロレタリア文学評論集, 新日本出版社, 1990.

魯迅, 「門外文談」(1935), 松枝茂夫 訳, 『魯迅選集』 第11巻, 岩波書店, 1956.

2. 2차 자료

(1) 한국어 논저

강옥희·이순진·이승희·이영미,『식민지시대 대중예술인 사전』, 소도, 2006.

권명아,『음란과 혁명 – 풍기문란의 계보와 정념의 정치학』, 책세상, 2013.

권성우,『횡단과 경계 – 근대문학 연구와 비평의 대화』, 소명출판, 2008.

권영민,『한국계급문학운동사』, 문예출판사, 1998.

_____,「카프 제2차 검거 사건의 전말, 공판기록 최초공개」,『문학사상』, 1998.6.

김남식,『남로당연구』1~3, 돌베개, 1988.

김동식,「'리얼리즘의 승리'와 텍스트의 무의식:「의도와 작품의 낙차와 비평」에 대한 몇 개의 주
석」,『민족문학사연구』38, 민족문학사학회, 2008.12.

김병철,『서양문학이입사연구』, 전 6권, 을유문화사, 1975~98.

김신정,「정치적 행동으로서의 시와 시의 형식 – 임화의 시론과 시작의 의미」, 문학과사상연구회
편,『임화문학의 재인식』, 소명출판, 2004.

김영민,「임화의 신문학사 연구의 성과와 의미 – 신문학의 발생 및 성장 과정에 대한 논의를 중심
으로」, 문학과사상연구회 편,『임화문학의 재인식』, 소명출판, 2004.

김예림,「초월과 중력, 한 근대주의자의 초상 – 일제말기 임화의 인식과 언어론」,『한국근대문학연
구』5-1, 한국근대문학회, 2004.4.

김용직,『임화문학연구』, 세계사, 1991.

_____,『김태준 평전 – 지성과 역사적 상황』, 일지사, 2007.

김윤식·김현,『한국문학사』, 민음사, 1973.

_____,『한국근대문예비평사연구』, 한얼문고, 1973 / 일지사, 1976.

_____,『한국문학의 근대성과 이데올로기』, 서울대 출판부, 1987.

_____,『임화연구』, 문학사상사, 1989.

_____,『한일 문학의 관련양상 신론』, 서울대 출판부, 2001.

_____,『일제말기 한국 작가의 일본어 글쓰기론』, 서울대 출판부, 2003.

_____,『백철연구』, 소명출판, 2008.

_____,『임화와 신남철 – 경성제대와 신문학사의 관련양상』, 역락, 2011.

김응교,「임화와 일본 나프의 시」, 임화문학연구회 편,『임화문학연구』2, 소명출판, 2011.

김재용,『북한문학의 역사적 이해』, 문학과지성사, 1994.

_____,「친일문학의 성격」,『협력과 저항』, 소명출판, 2004.

김정일,『주체문학론』, 조선로동당출판사, 1992.

김준오,『시론』, 삼지원, 1982.

김철, 『『국민』이라는 노예 – 한국문학의 기억과 망각』, 삼인, 2005.

김학렬, 『조선프롤레타리아문학운동연구』, 김일성종합대학출판사, 1996.

김현양, 「임화의 '신문학사' 인식과 전통 – '구소설'과 '신소설'의 연속성」, 『민족문학사연구』 38, 민족문학사학회, 2008.12.

나카무라 미츠오 외, 이경훈 외역, 『태평양전쟁의 사상 – 좌담회 '근대의 초극'과 '세계사적 입장과 일본'으로 본 일본정신의 기원』, 이매진, 2007.

류보선, 「이식의 발명과 또 다른 근대 – 1930년대 후반기 임화 비평의 경우」, 『비교한국학』 19-2, 국제비교한국학회, 2011.12.

마쯔모토 세이쵸, 김병걸 역, 『북의 시인 임화』, 미래사, 1987.

민족문학사연구소 편, 『북한의 우리문학사 인식』, 창작과비평사, 1991.

박병채, 『일제하의 문화운동사』, 민중서관, 1970.

박정선, 『임화문학과 식민지 근대』, 경북대 출판부, 2010.

박진영, 「임화의 만학사론과 신문학사 서술」, 문학과사상연구회 편, 『임화문학의 재인식』, 소명출판, 2004.

박희병, 「天台山人의 국문학연구 – 그 경로와 방법 (상)」, 『민족문학사연구』 3, 민족문학사학회, 1993.4.

방민호, 「임화와 학예사」, 『상허학보』 26, 상허학회, 2009.6.

배개화, 『한국문학의 탈식민적 주체성 – 이식문학론을 넘어』, 창비, 2009.

백문임, 「1950년대 후반 '문예'로서의 시나리오의 의미」, 김소연 외, 『매혹과 혼돈의 시대 – 50년대의 한국 영화』, 소도, 2003.

_____, 「조선영화의 존재론 – 임화의 「조선영화론」을 중심으로」, 임화문학연구회 편, 『임화문학연구』 3, 소명출판, 2012.

_____, 『임화의 영화』, 소명출판, 2015.

백철, 『문학자서전 – 진리와 현실』, 박영사, 1975.

소영현, 『문학 청년의 탄생』, 푸른역사, 2008.

손유경, 『프로문학의 감성구조』, 소명출판, 2012.

시라카와 유타카, 「韓国近代文学史의 서술(~1945) – 日本의 文学史 등과 關聯하여」, 『한국학논집』 7, 한양대 한국학연구소, 1985.2.

신경림, 「서정시인 임화」, 마쯔모토 세이쵸, 김병걸 역, 『북의 시인 임화』, 미래사, 1987.

신두원, 「변증법적 사유와 실천의 한 절정 – 1940년을 전후한 시기의 임화」, 『민족문학사연구』 38, 민족문학사학회, 2008.12.

신승엽, 「식민지시대 임화의 생애와 문학」, 마쯔모토 세이쵸, 김병걸 역, 『북의 시인 임화』, 미래사, 1987.

신지영, 『부/재의 시대 - 근대계몽기 및 식민지기 조선의 연설 · 좌담회』, 소명출판, 2012.

오현숙, 「김태준의 『증보 조선소설사』와 임화의 『개설 신문학사』 비교 - 소설의 개념과 양식론을 중심으로」, 『한국현대문학회 학술발표회 자료집』 6, 2009.

유성호, 「'청년'과 '적'의 대위법 - 1930년대 중반 이후의 임화 시」, 임화문학연구회 편, 『임화문학연구』 1, 소명출판, 2009.

_____, 「임화 시의 영향」, 임화문학연구회 편, 『임화문학연구』 2, 소명출판, 2011.

유종호, 『시란 무엇인가』, 민음사, 1985.

_____, 『다시 읽는 한국시인』, 문학동네, 2002.

윤대석, 『식민지 국민문학론』, 역락, 2006.

이경훈, 『오빠의 탄생 - 한국근대문학의 풍속사』, 문학과지성사, 2003.

이경훈 편역, 『한국근대 일본어 평론, 좌담회 선집』, 역락, 2009.

이기문, 『국어사개설』(개정판), 탑출판사, 1972.

이승엽, 『민족문학을 넘어서』, 소명출판, 2000.

이영일, 『한국영화전사』(개정증보판), 소도, 2004.

이영재, 『제국 일본의 조선영화』, 현실문화연구, 2008.

이철호, 「카프 문학비평의 낭만주의적 기원 - 임화와 김남천 비평에 대한 소고」, 『한국문학연구』 47, 동국대 한국문학연구소, 2014.

이화진, 『조선영화 - 소리의 도입에서 친일 영화까지』, 책세상, 2005.

이현식, 『일제 파시즘체제하의 한국 근대문학비평 - 1930년대 후반 한국 근대문학비평 연구』, 소명출판, 2006.

임규찬, 「임화 '신문학사'의 올바른 이해를 위하여」, 임규찬 · 한진일 편, 『임화 신문학사』, 한길사, 1993.

_____, 『문학사와 비평적 쟁점』, 태학사, 2001.

_____, 「임화 문학사를 둘러싼 몇 가지 쟁점」, 임화문학연구회 편, 『임화문학연구』 1, 소명출판, 2009.

임형택, 「임화의 문학사 인식 논리」, 『창작과비평』 41-1, 2013.3.

장문석, 「임화의 참고문헌 - 「개설 신문학사」에 나타난 임화의 '학술적 글쓰기'의 성격 규명을 위한 관견」, 임화문학연구회 편, 『임화문학연구』 2, 소명출판, 2011.

조동일, 『한국문학통사』(제1판) 전5권, 지식산업사, 1984.

전승주, 『임화의 신문학사방법론에 관한 연구』, 서울대 석사논문, 1988.

전용호, 「백철 문학사의 판본 연구」, 『민족문화연구』 41, 고려대 민족문화연구원, 2004.

정재찬, 「1920~30년대 한국프로시의 전개과정」, 역사문제연구소 문학사연구모임, 『카프문학운동연구』, 역사비평사, 1989.

정종현, 「근대문학에 나타난 '만주' 표상 - '만주국' 건국 이후의 소설을 중심으로」, 『한국문학연구』 28, 동국대 한국문학연구소, 2005.6.

_____, 『동양론과 식민지 조선문학 - 제국적 주체를 향한 욕망과 분열』, 창비, 2011.

정호웅·손정수 편, 『김남천전집』 I, 박이정, 2000.

차승기, 「'사실의 세기', 우연성, 협력의 윤리」, 『민족문학사연구』 38, 민족문학사학회, 2008.12.

_____, 『반근대적 상상력의 임계들 - 식민지 조선 담론장에서의 전통 세계 주체』, 푸른역사, 2009.

천정환, 『근대의 책읽기 - 독자의 탄생과 한국근대문학』, 푸른역사, 2003.

최원식, 「한국문학의 근대성을 다시 생각한다」, 민족문학사연구소 편, 『민족문학과 근대성』, 문학과지성사, 1995.

_____, 「민족문학의 근대적 전환」, 민족문학사연구소 편, 『민족문학사 강좌』 (하), 창작과비평사, 1995.

하동호 편, 『한글 논쟁집』 (하) (역대한국문법대계 제3부 제11책), 탑출판사, 1986.

하정일, 「일제 말기 임화의 생산문학론과 근대극복론」, 연세대 근대한국학연구소 편, 『한국문학의 근대와 근대성』, 소명출판, 2006.

한글학회 50돌 기념사업회, 『한글학회 50년사』, 한글학회, 1971.

한국경제사학회, 『한국사시대구분론』, 을유문화사, 1970.

한국영상자료원 편, 『고려영화협회와 영화신체제 - 1936~1941』, 한국영상자료원, 2007.

한수영, 『한국소설과 식민주의』, 소명출판, 2005.

황종연, 『탕아를 위한 비평』, 문학동네, 2012.

홍기삼, 「세태소설론」, 『한국문학대사전』, 고려출판사, 1992.

R. A. 스칼라피노·이정식, 한홍구 역, 『한국공산주의운동사』 2, 돌베개, 1986(R. A. Scalapino·Chong-Sik Lee, *Communism in Korea(part 1 & part 2)*, University of California Press, 1972).

(2) 외국어 논저

綾目広治, 「中野重治のレーニン論」, 『社会文学』 12号, 日本社会文学会, 1998.6.

安宇植 ほか編, 『資料 世界プロレタリア文学運動』 第4巻, 三一書房, 1975.

安宇植, 「悲劇の「北の詩人」」, 『季刊青丘』, 1990年秋号.

池田浩士, 『ルカーチとこの時代』, インパクト出版会, 2009(원저는 平凡社, 1975).

池田浩士 編訳, 『表現主義論争』, れんが書房新社, 1988.

石坂浩一, 『近代日本の社会主義と朝鮮』, 社会評論社, 1993.

市川彩, 『アジア映画の創造及建設』(国際映画通信社出版部 / 大陸文化協会本部, 1941 / ゆまに書

房에서 2003년에 복각.

一記者,「島木健作氏招待会印象記」(일본어),『東洋之光』, 1939.5.

伊勢田哲治,『倫理学的に考える－倫理学の可能性をさぐる十の論考』, 勁草書房, 2012.

磯田光一,『鹿鳴館の系譜』, 講談社(文芸文庫), 1991.

入江昭, 篠原初枝 訳,『権力政治を超えて－文化国際主義と世界秩序』, 岩波書店, 1998.

大村益夫,「解説」, 松本清張,『北の詩人』, 角川書店(文庫), 1983.

_____,「解放後の林和」,『社会科学討究』13(1), 1967.6.

尾崎秀樹,『旧植民地文学の研究』, 勁草書房, 1971.

柄谷行人 編,『近代日本の批評－昭和篇』上, 福武書店, 1990.

柄谷行人,『〈戦前〉の思考』, 講談社(学術文庫), 2001(초판 1994).

川端香男里 編,『ロシア文学史』, 東京大学出版会, 1986.

川村湊,『異郷の昭和文学－「満州」と近代日本』, 岩波書店(新書), 1980.

_____,『満洲崩壊－「大東亜文学」と作家たち』, 文藝春秋, 1997.

菊池昌典,「解説」, 松本清張,『北の詩人』, 中央公論社(文庫), 1969.

姜信子,『日韓音楽ノート』, 岩波書店(新書), 1998.

金三奎,『朝鮮の真実』, 至誠堂, 1960.

_____,「個人史の中の朝鮮と日本」, 金三奎 ほか,『朝鮮と日本のあいだ』, 朝日新聞社, 1980.

金允植, 大村益夫 訳,『傷痕と克服』, 朝日新聞社, 1975.

金哲, 田嶋 訳『抵抗と絶望－植民地朝鮮の記憶を問う』, 大月書店, 2015.

轡田竜蔵,「ナショナリズム論 / 国民国家論：隔離される「第三世界ナショナリズム」」, 姜尚中 編,
　　　　『ポストコロニアリズム』, 作品社, 2001.

高榮蘭,『「戦後」というイデオロギー』, 藤原書店, 2010.

高峻石,『南朝鮮労働党史』, 勁草書房, 1978.

黄得時,「台湾文学史序説」,『台湾文学』, 1943.7.

_____,「台湾文学史(二)・(三)」,『台湾文学』, 1943.12.

_____,「台湾文壇建設論」,『台湾文学』, 1941.9.

呉養鎬 他 訳,『鄭芝溶詩選』, 花神社, 2002.

郡山吉江 編,『郡山弘史・詩と詩論』, ウニタ書舗, 1983.

三枝壽勝,『「韓国文学を味わう」報告書』, 国際交流基金アジアセンター, 1997.12.

酒井直樹,『日本思想という問題』, 岩波書店, 1997.

佐藤卓己,『『キング』の時代－国民大衆雑誌の公共性』, 岩波書店, 2002.

塩川伸明,「ソ連言語政策史の若干の問題」,『重点領域報告輯』no.42(北海道大学スラブ研究センタ
　　　　ー, 1997).

＿＿＿＿＿＿,「ソ連言語政策史再考」,『スラブ研究』(北海道大学スラブ研究センター) 第40号, 1999.

島田謹二,「仏蘭西派英文学の研究－オーギュスト・アンヂュリエの業績」,『文学科研究年報』(台北帝国大学文政学部, 1937.4).

＿＿＿＿＿＿,「ジャン・マルケエの仏印小説」,『文芸台湾』, 1941.10.

松風子(島田謹二),「南島文学志」,『台湾時報』, 1938.1.

＿＿＿＿＿＿,「台湾におけるわが文学」,『台湾時報』, 1939.2.

白川豊,『植民地期朝鮮の作家と日本』, 大学教育出版, 1995.

鈴木貞美,『日本の「文学」概念』, 作品社, 1998.

高田昭二,『中国近代文学論争史』, 風間書房, 1990.

田中克彦,『ことばと国家』, 岩波書店, 1981.

＿＿＿＿＿＿,『『スターリン言語学』精読』, 岩波書店, 2000.

中野重治,「『雨の降る品川駅』とそのころ」,『季刊三千里』, 1975年夏号.

＿＿＿＿＿＿,「あとがき」,『ハイネ人生読本』(1936),『中野重治全集・第20巻』, 筑摩書房, 1996.

＿＿＿＿＿＿,「レーニン素人の読み方」(1973),『中野重治全集・第20巻』, 筑摩書房, 1997.

中本真生子,「アルザスと国民国家－『最後の授業』再考」,『思想』887号, 岩波書店, 1998.5.

中谷いずみ,『その「民衆」とは誰なのか－ジェンダー・階級・アイデンティティ』, 青弓社, 2013.

西角純志,『移動する理論－ルカーチの思想』, 御茶ノ水書房, 2011.

橋本恭子,『『華麗島文学志』とその時代－比較文学者島田謹二の台湾体験』, 三元社, 2012.

洪宗郁,『戦時期朝鮮の転向者たち：帝国 / 植民地の統合と亀裂』, 有志社, 2011.

編集部 編,「黄得時年表」, 黄得時『評論集』(台北県作家作品集5), 台北県立文化中心出版, 1993.

松崎啓次,「日本に於けるプロレタリア映画運動の発展」, 新興映画社,『プロレタリア映画運動の展望』, 大鳳閣書房, 1930.

松永正義,『台湾文学のおもしろさ』, 研文出版, 2006.

三原芳秋,「崔載瑞のOrder」,『사이(SAI)』4, 국제한국문학문화학회, 2008.5.

三澤真美恵,『「帝国」と「祖国」のはざま－植民地台湾映画人の交渉と越境』, 岩波書店, 2010.

水野直樹,『『雨の降る品川駅』の事実しらべ」,『季刊三千里』, 1980年春号.

本橋哲也,『ポストコロニアリズム』, 岩波書店(新書), 2005.

山室信一,『キメラ－満洲国の肖像』, 中央公論社(新書), 1993.

李建志,『朝鮮近代文学とナショナリズム－「抵抗のナショナリズム」批判』, 作品社, 2007.

李茂傑,「万宝山事件の経緯」, 日本社会文学会編『近代日本と「偽満洲国」』, 不二出版, 1997.

崔末順,『海島興半島：日拠台韓文学比較』, 聯経, 2013.

和田春樹,『スターリン批判1953～56年－一人の独裁者の死が, いかに20世紀世界を揺り動かしたか』, 作品社, 2016.

T・W・アドルノ, 木田 ほか訳, 『否定弁証法』, 作品社, 1996(Theodor W. Adorno, *Negative dialektik*, 1966).

B・アンダーソン, 白石 ほか訳, 『想像の共同体 - ナショナリズムの起源と流行(増補版)』, NTT出版, 1997(B. Anderson, *Imagined Communities : Reflections on the Origin and Spread of Nationalism*, 1983).

T・イーグルトン, 有泉 ほか訳, 『マルクス主義と文芸批評』, 国書刊行会, 1987(T. Eagleton, *Marxism and Literary Criticism*, 1976).

M=F・ギュイヤール, 福田 訳, 『比較文学』, 白水社, 1953(M. F. Guyard, *La littérature comparée*, 1951).

E・R・クルツィウス, 南大路 ほか訳, 『ヨーロッパ文学とラテン中世』, みすず書房, 1971(E. R. Curtius, *Europäische Literatur und lateinisches Mittelalter*, 1948).

V・シクロフスキーほか, 桑野 訳, 『レーニンの言語』, 水音社, 2005.

M・シルバパーグ, 林淑美 ほか訳, 『中野重治とモダンマルクス主義』, 平凡社, 1998(M. Silverberg, *Changing Song : The Marxist Manifestos of Nakano Shigeharu*, 1987).

M・ジェイ, 荒川 ほか訳, 『マルクス主義と全体性 - ルカーチからハーバマスへの概念の冒険』, 国文社, 1993(Martin Jay, *Marxism and Totality : The adventures of concept from Lukács to Habermas*, 1984).

F・ジェイムソン, 大橋 ほか訳, 『政治的無意識 - 社会的象徴行為としての物語』, 平凡社, 1989(F. Jameson, *The Political Unconscious : Narrative as a Socially Symbolic Act*, 1981).

鈴木登美, 『語られた自己 - 日本近代の私小説言説』, 岩波書店, 2000(Tomi Suzuki, *Narrating the self : fictions of Japanese modernity*, 1996).

E・シュタイガー, 高橋英夫 訳, 『詩学の根本概念』, 法政大学出版局, 1969(E. Staiger, *Grundbegriffe der Poetik*, 1946).

K・M・ドーク, 小林 訳, 『日本浪曼派とナショナリズム』, 柏書房, 1999(K. M. Doak, *Dreams of difference : the Japan Romantic School and the crisis of modernity*, 1994).

イルメラ・日地谷=キルシュネライト, 三島 ほか訳, 『私小説 - 自己暴露の儀式』, 平凡社, 1992(Irmela Hijiya-Kirschnereit, *Selbstentblößungsrituale : zur Theorie und Geschichte der autobiographischen Gattung "Shishōsetsu" in der modernen japanischen Literatur*, 1981).

J・ベルクほか, 山本 ほか訳, 『ドイツ文学の社会史』上, 法政大学出版局, 1989(J. Berg ed., *Sozialgeschichte der deutschen Literatur von 1918 zur Gegenwart*, 1981).

F・ファノン, 鈴木 ほか訳, 『地に呪われたる者』, みすず書房, 1969(F. Fanon, *Les damnés de la terre*, 1961).

フリーチェ, 外村 訳, 『欧州文学発達史』, 鉄塔書院, 1930.

E・ルナンほか, 鵜飼哲 ほか訳, 『国民とは何か』, インスクリプト, 1997.

M・ワイナー, 「コミンテルンと東アジア」, K・マクダーマット&J・アグニュー, 『コミンテルン史－レーニンからスターリンへ』, 大月書店, 1998(K. McDermott & J. Agnew, *The Comintern : A History of International Communism from Lenin to Stalin*, 1996).

Heekyoung Cho, *Translation's Forgotten History : Russian Literature, Japanese Mediation and the Formation of Modern Korean Literature*, Harvard University Asia Center, 2016.

Cristopher P. Hanscom, *The Real Modern : Literary Modernism and the Crisis of Representation in Colonial Korea*, Harvard University Asia Center, 2013.

Theodore Hughes, *Literature and Films in Cold War South Korea*, Columbia U. P., 2012.

Nayoung Aimee Kwon, *Intimate Empire : Collaborations & Colonial Modernity in Korea & Japan*, Duke U. P., 2015.

Sunyoung Park, *The Proletarian Wave : Literature and Leftist Culture in Colonial Korea 1910~1945*, Harvard University Asia Center, 2015.

Janet Poole, *When the Future Disappears : The Modernist Imagination in Late Colonial Korea*, Columbia U. P., 2014.

Andre Schmid, *Korea Between Empires 1895~1919*, Columbia U. P., 2002.

찾아보기

[ㄱ]

가와무라 미나토 336
가와카미 하지메 52
강경애 22, 177
고리야마 히로시 300~302
고리키 44, 146
고바야시 히데오 17, 135~136, 139
고트플리트 벤 146
곽말약 48
곽추생 49~50, 289
구라하라 고레히토 50~54, 57~58,
   67~68
구추백 48~49
권덕규 174~176
권영민 27, 337, 340
권환 86, 337
권터 147
기쿠치 마사노리 28
김광진 266
김귀영 337
김기림 139, 178, 193, 223, 232
김기진 34, 38, 42, 58~73, 79, 85,
   89~90, 105, 177, 196, 200, 239,
   252, 277, 318, 321
김남천 130~131, 138~139, 142, 154,
   161, 334~335, 339

김동규 314
김동인 105, 133, 178, 193, 196,
   239~240, 245
김동환 74, 90, 105, 128, 178, 222
김두용 34, 42, 63~64, 69, 70, 339
김병걸 30~31
김사량 251, 302, 334~335
김삼규 69, 339
김선기 175
김소월 122
김억 178
김영득 337
김외곤 25
김용직 26, 104, 247
김윤경 175, 269, 270
김윤식 14, 24~26, 90, 95~96, 104, 130,
   138, 142, 181, 208~210, 213~214,
   219, 243~244, 251, 280, 294, 296,
   304, 335, 339
김일성 15, 22~23, 119
김재용 6, 22, 26, 95, 166
김정일 22~24
김창술 85~86
김학렬 23~24
김현 208~210, 212~214, 219, 275, 280,
   295
김형갑 337

[ㄴ]

나도향 239, 245, 248
나운규 301, 311
나준영 337
나카노 시게하루 34, 50~51, 53~58,
    67~70, 95~98, 144, 161
나카니시 이노스케 302
나카무라 미츠오 17, 135, 306
노자영 178
니이 이타루 160

[ㄷ]

다카하시 고이치 268
다카하시 하마키치 268
단테 191, 258
도쿠토미 소호 93

[ㄹ]

라이 산요 221
라준영 337
레닌 44, 50, 52, 54~57, 68, 144, 148,
    182, 184~186, 188
로망 롤란 147
뢰명홍 289
료육문 49~50
루쉰 48, 261
루카치 35, 38, 46~47, 50, 55, 68,
    143~145, 147~152, 200, 319, 322
류계선 314
류만 24

르낭 282~284
리강국 328
리드 138
리영 314
리처즈 124
리코란 306

[ㅁ]

마르크스 38, 52, 54~57, 59~60, 65,
    67~68, 83, 94, 98, 143~145,
    147~150, 152, 160, 180, 182, 186,
    189, 200, 267, 319, 322
마야코프스키 44
마쯔모토 세이쵸 3, 27~33, 329
말 186, 188~190
맹종호 328
모리타미 가쓰미 266
모순 48~49
모윤숙 178
무라야마 도모요시 257
문시혁 176
문일평 105, 177, 196
미야자와 켄지 163
미야카와 미노루 52
미하라 요시아키 138
민우보 272
밀 282

[ㅂ]

바르트 17
바바 19

바흐친 319
박세영 86
박승극 179~180
박승빈 174, 176~177
박승원 328
박영효 268
박영희 60, 177, 179, 194, 239, 241, 248,
　　252, 277, 337~338
박완식 337~338
박월탄 178
박은식 269, 271
박정선 26~27, 84, 87, 104
박지원 172, 245~246
박창환 314
박태원 132, 137, 139~140, 153, 158,
　　178, 193
박팔양 177
박헌영 206, 328~329
박현식 175
발당스베르제 285
발자크 129, 149~150, 152, 356
배빗 138
배철 328
백남규 176
백남운 266~267
백문임 4, 26~27, 301, 304, 306, 311
백철 142, 172, 177, 206, 246~247, 251,
　　337~338
백형복 328
베르톨트 브레히트 147, 319
변효식 337
브륀티에르 285
블룸 17

[ㅅ]

사설홍 49
사에구사 도시카츠 30
사이드 19, 284
석재홍 337
설정식 328
셰익스피어 149
소쉬르 198
송영 177, 252, 337
슈타이거 114
스즈키 토미 17
스탈린 15, 44~45, 55, 148, 182,
　　185~186, 188~189, 329
스피박 19
시마다 긴지 11, 286~290, 292~293, 324
시마키 켄사쿠 160, 167
시카타 히로시 266
신경림 31~32, 86
신남철 25, 176, 243~244, 296
신두원 26, 74, 127, 166, 189, 249~250
신명균 174~175
신무라 이즈루 211
신승엽 25, 31
실러 271
심영 314

[ㅇ]

아다치 겐조 268
아도르노 151
아리스토텔레스 319
아오노 스에키치 57, 68

안국선 271
안막 86, 339
안우식 336
앙드레 지드 147
앙리 발뷰스 147
앤더슨 91~92
야나베 에이자부로 304, 313
야노 류케이 271
야마다 세이자부로 163
야마카와 히토시 55
양계초 93, 271
양주동 178
엄호석 104
에밀 졸라 150
에른스트 블로흐 147
에이메 세제르 283
엥겔스 52, 54, 129, 145, 150, 182
여혁약 289
염상섭 60, 105, 133, 196, 245
오구라 신페이 269
오무라 마스오 24~25, 30, 33
오상순 178
오자키 코요 93
오쿠히라 다케히코 266~267
와다 덴 163
왕근파 314
왕미운 314
요육문 289
용영종 289
우에무라 마사미 270
유게 고타로 268
유길준 270~271
유치진 177

윤기정 177, 337
윤백남 193
윤순달 328
윤치호 177
이갑 175, 337
이갑기 337
이경훈 6, 84, 90~91, 258, 306
이광수 38, 60, 63, 74, 90~93, 105, 128,
    164, 171~172, 178, 193, 196, 200,
    204, 219~223, 226, 229, 231~235,
    240, 244~246, 248, 260, 263, 271,
    274, 276~278, 303, 323
이규방 174
이규설 314
이규영 176
이극로 175
이글턴 148
이긍종 176
이기영 22~24, 128, 154, 156, 166, 177,
    196, 246, 252, 277~278, 334~337
이노우에 가쿠고로 268
이능화 267~268
이동규 337
이만규 175
이명우 314
이병기 172, 175, 193
이병도 177, 267
이북만 14, 83, 97, 339
이북명 177
이상 6, 15, 45, 48, 50~51, 53, 55,
    63, 86, 109, 113, 122, 124~126,
    132, 137, 139~140, 142, 147, 153,
    164~165, 175, 177, 192~193, 199,

218, 225, 248, 251, 265, 268~269,
272, 277, 308, 315, 325, 332,
335~338
이상춘 175, 337
이상협 272
이상화 122, 177, 248
이세정 175
이수정 269
이승규 174
이승엽(리승엽) 328~331
이우진 266
이원조(리원조) 328, 334~335
이윤재 175
이은상 178
이의백 337
이인직 181, 238~240, 245, 273~275,
277
이종구 74
이창관 314
이창용 314
이청원 266
이치카와 사이 305, 313
이탁 175
이태준 38, 134, 153, 156~159, 164,
166, 178, 193, 200, 222, 226, 322,
324, 334~335
이토 세이 135
이해조 139, 238, 240, 245, 273~275,
277
이호 85, 252
이훈 27
이희승 175
임경재 174

임규찬 25~26, 64, 213, 241, 294
임헌당 49

[ㅈ]

자넷 풀 314
장개석 48
장문환 289~290
장상 314
장위수 49
장지연 175
장지영 174
장혁 164, 178, 257, 302, 314
장혁주 164, 178, 257, 302
적구 85
전봉준 274
전승주 213~214
전영택 178
전옥 314
전유협 337
전창근 314
전택이 314
정규창 176
정열모 175
정인보 193
정인섭 175
정지용 108~109, 113, 120~121, 178,
193
정철관 271
정청산 337
조명희 239, 245, 252
조용복 328
조윤제 172, 242, 255, 268, 272

조이스 151
조일명 328
조일제 272
조중환 128
주시경 175~177, 179, 270
주요한 141, 178, 249, 338
주인규 314
주점인 289
지석영 177, 270
진진중 314
진훈 314

[ㅊ]

채만식 131, 153, 178
최광옥 270
최남선 93, 177, 193, 260~261, 269, 271, 276~277
최남주 14, 243, 304
최독견 178
최두선 174
최서해 181, 239, 245, 248, 252, 277
최원식 69, 210, 245~246
최재서 124~125, 136~139, 141~142
최정희 178, 337
최창선 269
최현배 175, 269
추완호 337
츠무라 히데오 306~307

[ㅋ]

카뮈 151

카프카 151
콘라드 221
콩트 282
쿠르티우스 264~265
클로드 샤를 달레 267

[ㅌ]

타고르 221
테느 4, 11, 36, 201, 279, 281~282, 284~286, 291~297, 324
톨스토이 56, 149
투르게네프 179, 194
트로츠키 44

[ㅍ]

펄 벅 159
폴 발레리 141~142, 285, 307
프란츠 파농 19, 106
프레하노프 56
프리체 190, 249~251
플로베르 150
피천득 178
피히테 283
필립 라쿠-라바르트 17

[ㅎ]

하리우 주로 268
하멜 267
하야시다 아사토 266
하야카와 지로 266

하이네 98
하정일 26, 166
한설야 23, 104~105, 154, 196, 239, 334~335, 337
한용운 122
한재덕 339
한진일 25, 241, 294
한효 334~335
현진건 178, 196, 245
홍명희 105, 132, 154, 196
홍장복 337
황더시 11, 286, 290~292, 297, 324
황석휘 49, 289
후지타 도코 221
후쿠다 기요토 163
후쿠모토 가즈오 54~55, 57~58, 68, 144
훈파 314
히라노 켄 135